Verscharrt auf Wangerooge

Petersens zweiter Fall

****

Kriminalroman

von

Malte Goosmann

Cover Design & Layout : Monika Goosmann

Verlag: epubli GmbH, Berlin, www.epubli.de

ISBN 978-3-7375-9902-3

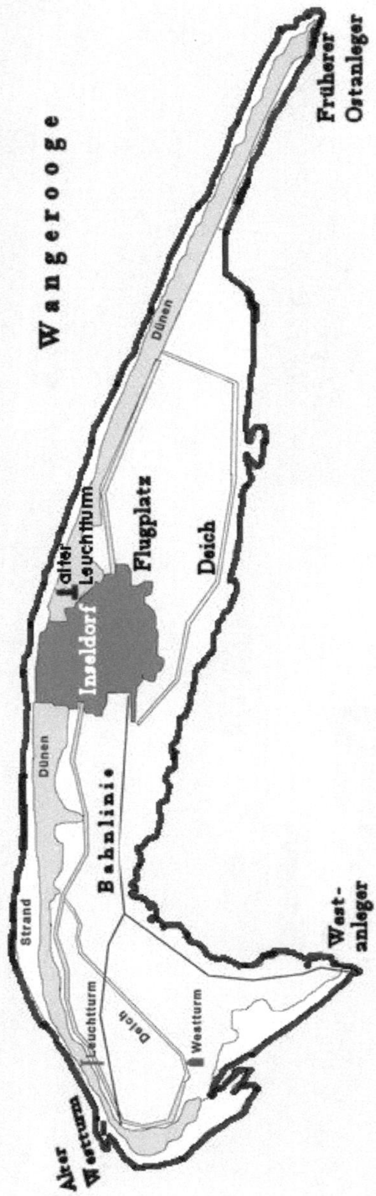
Wangerooge
Früherer Ostanleger
Dünen
Flugplatz
Deich
alter Leuchtturm
Inseldorf
Bahnlinie
Dünen
Strand
West-anleger
Leuchtturm
Deich
Westturm
Alter Westturm

Deutsche Bucht - März 1945

Trotz der alliierten Offensive am Rhein war der deutschen militärischen Führung nicht klar, ob noch ein Landeunternehmen von See aus bevorstand. Der Kommandeur im Führungsbereich Bremen ordnete eine erhöhte Aufmerksamkeit an. Jegliche Wahrnehmung über Luft- und Seelandungen waren zu melden. Hinter den Deichen sollten Panzergräben ausgehoben werden. Die Versorgungslage war jedoch schon derart desolat, dass diese Arbeiten auf Grund von Material- und Personalengpässen nur sehr beschränkt durchgeführt werden konnten. Augenscheinlich hatte man Hinweise über Aktivitäten feindlicher Marineaufklärungseinheiten vor den Ostfriesischen Inseln erhalten. Die Personalstärke im Bereich des Admirals Deutsche Bucht (Bereich von der dänischen bis zur niederländischen Grenze) betrug 82.000 Personen, zu ihnen gehörten etwa 10.000 Marinehelfer- und helferinnen.

Die Nordseeinsel Wangerooge hatte im 2. Weltkrieg eine hohe militärische Bedeutung. Von hier aus konnte der seewärtige Zugang zu Deutschlands bedeutendstem Kriegshafen Wilhelmshaven kontrolliert werden. Aber auch in der Luftverteidigung hatte Wangerooge einen hohen Stellenwert. Die alliierten Luftangriffe auf die deutschen Seehäfen und auf das Hinterland wurden häufig über den

Bereich Wangerooge geflogen, somit spielte Wangerooge eine große Rolle bei der Luftverteidigung des Deutschen Reiches. Entsprechend waffenstarrend präsentierte sich die kleine Insel im 2. Weltkrieg. Vom Westturm bis zur Ostspitze der Insel war der Strand mit seinen Dünen zum Teil verbunkert und mit zahlreichen Flak- und Artilleriestellungen versehen. Man geht davon aus, dass sich auf Wangerooge ca. 100 Bunker befanden. Neben den Marineeinheiten befanden sich auch Abfangjäger vom Typ Me109/110 und Minensuchflugzeuge vom Typ Ju 52 auf der Insel, die über einen Flugplatz verfügte. Neben den Geschützstellungen befanden sich neuartige Funkmessgeräte, Vorläufer der späteren Radartechnik, die sehr früh feindliche Flugzeuge erfassen konnten. Diese Geräte trugen die Namen Würzburg, Freya oder Wassermann. Das heutige Café Pudding, ein Wahrzeichen Wangerooges, ist auf einem Bunker gebaut, auf dem eine solche Funkmessantenne stand. Neben den Antennen waren in der Regel große Suchscheinwerfer installiert. Diese Scheinwerfereinheiten sollten den Luftraum erhellen, um anfliegende Maschinen zu erfassen und gegnerische Flieger zu blenden.

Die Besatzungen dieser Stellungen bestanden auf der einen Seite aus älteren Marineoffizieren und auf der anderen Seite aus jungen Marinehelfern, die aus den Höheren Schulen und Mittelschulen im Küstenraum rekrutiert wurden. Betroffen waren die Jahrgänge 1926 und 1927. Nach etwa einem

Jahr wurden diese Jugendlichen in den Reichsarbeitsdienst überführt, um dann später noch Dienst in der Wehrmacht zu absolvieren. Der Jahrgang 1928 verbrachte seine gesamte Dienstzeit bis zum Kriegsende auf der Insel. Durch den vermehrten Einsatz der Marinehelfer war es möglich, weitere Soldaten an die Front zu schicken. Für die durchweg schulpflichtigen Jugendlichen bedeutete die Einberufung zu den Marinehelfern erst einmal eine willkommene Abwechslung vom Schulalltag. Ein Minimum an schulischer Ausbildung sollte beibehalten werden. Dieses bedeutete für die Marinehelfer, dass neben dem Einsatz bei der Luftverteidigung auch Schulunterricht auf der Tagesordnung stand. Dieses hieß konkret, dass die Jugendlichen häufig nachts, wenn die Alliierten ihre Angriffe flogen, Gefechtsdienst absolvierten und am Tage dem Schulunterricht folgen mussten. Gegen Ende des Krieges wurde die geforderte Mindeststundenzahl von 18 Unterrichtsstunden deutlich unterschritten, da die Alliierten sowohl am Tag als auch in der Nacht ihre Angriffe flogen. In den Gefechtspausen mussten die Artilleriewaffen gereinigt werden. Die Zeit für Schlaf und Nahrungsaufnahme verkürzte sich zunehmend. Freizeitgestaltung, wie sie die Richtlinien für den Einsatz von Marinehelfern vorsahen, blieb die Ausnahme.

Nordseeinsel Wangerooge - März 1945

Erste Sonnenstrahlen zeigten sich am späten Vormittag. Die drei Marinehelfer, die in Höhe der Stellung 2 in den Dünen lagen, spürten schon die wärmende Kraft der Frühlingssonne. Sie hatten ihre Uniformjacken aufgeknöpft und sich in Richtung Osten aufgereiht, um ein wenig von der wärmenden Sonne abzubekommen. Alle drei rauchten eine Zigarette, obwohl ihnen dies offiziell verboten war. In einer Anweisung zur gesundheitlichen Betreuung von Flak-Helfern waren die Jugendlichen von allen Genussgiften wie z. B. Tabak und Alkohol auszuschließen. Als Ausgleich erhielten sie größere Mengen von Drops, die sie wiederum mit den älteren Soldaten gegen Zigaretten tauschten. Diese Praxis wurde in der Regel von den Vorgesetzten toleriert. Nur die Lehrer der Marinehelfer meldeten schon manchmal den einen oder anderen Schüler bei den Offizieren, wenn die Jungen rauchend erwischt wurden. Richtig Ärger gab es einmal, als am Strand mehrere Fässer englischen Vollbieres angeschwemmt wurden und in der Kantine dann ältere Soldaten die Jugendlichen, die die Fässer geborgen hatten, mit ein paar Gläsern Bier belohnten.

Für Dietrich Reimers, Meinhard Siems und Gerd Fehrensen lag dieses Ereignis weit zurück. Sie ließen sich nicht mehr von ihren Vorgesetzten und Lehrern erschrecken. Im Laufe ihrer Dienstzeit war ihr Selbst-

bewusstsein enorm angewachsen. Sie spürten, dass man auf sie angewiesen war. Neues Personal war nicht in Sicht und im Laufe der Zeit waren sie eine funktionierende Einheit geworden. Alle drei waren Oberschüler, mit einer schnellen Auffassungsgabe, die ihnen eine Art Sonderstellung unter den Marinehelfern bescherte. Die Schüler waren allesamt sehr gute Mathematiker. Sie konnten die Daten des Funkmessgeräts Würzburg Riese in ihrer Stellung 2 sehr schnell auswerten, in den entsprechenden Planquadraten darstellen und an die Flakstellungen weiterleiten. Ihr Vorgesetzter, der schon etwas ältere Batterieoffizier Heinz Behnken, wusste, was er an „seinen Jungs" hatte und ließ ihnen viele Freiheiten. Er selbst war schon häufig belobigt worden wegen der hohen Abschussquoten, aber auch die drei Marinehelfer wurden auf Vorschlag von Behnken mit den Flak-Kampfabzeichen ausgezeichnet.
Obwohl sie so gut im militärischen Alltag harmonierten, waren sie völlig unterschiedliche Charaktere. Dietrich Reimers, der große schlaksige Junge mit den blonden Haaren und den wasserblauen Augen, kam aus Bremen. Sein Vater war Lehrer, langjähriges SPD-Mitglied, wurde aber wegen seiner nazikritischen Äußerungen im Jahre 1938 aus dem Schuldienst entlassen. Er hielt sich mit Gelegenheitsjobs über Wasser. Im Jahre 1942, Reimers Vater war mittlerweile 62 Jahre alt, wurde er von der NSDAP-Kreisleitung Bremen verpflichtet, als Lehrer an der deutschen Nordseeküste Marinehelfer zu unterrichten. Zu diesem Zweck wurde er an die Hermann-Lietz-Schule auf Spiekeroog versetzt. Er

musste eine Erklärung unterschreiben, die ihm jegliche Art von politischer Äußerung verbot. Da sein Sohn noch schulpflichtig war, wurde dieser somit zum Schüler auf Spiekeroog.
Meinhard Siems, geborener Wangerooger, war der Sohn eines Kapitäns, der jetzt im Krieg als Kommandant eines U-Boot-Versorgungs-schiffes seinen Dienst tat. Seine Mutter war im Lazarett auf der Insel als Kranken-schwester tätig. Meinhard war der kleinste der drei, dunkelhaarig und von etwas gedrungenem Körperbau. Beim Sport hatte er meist das Nachsehen, war aber wegen seines ausgleichenden Wesens sehr beliebt bei seinen Kameraden, zumal er jedes Versteck auf der Insel kannte.
Gerd Fehrensen kam wie Dietrich Reimers aus Bremen. Sein Vater war Polizeibeamter, überzeugter Nationalsozialist, der jetzt bei der Gestapo (Geheime Staatspolizei) in Bremen tätig war. Zu seinem Zuständig-keitsbereich gehörten auch die Lager der Fremdarbeiter auf Wangerooge. Um seinen Sohn vor den ständigen Bombenangriffen auf Bremen zu schützen, brachte er ihn auf Spiekeroog in der Hermann-Lietz-Schule unter. Gerd war mittelgroß, hatte dunkelblonde Haare und einen sehr sportlichen Körperbau. Sein recht freundliches Gesicht wurde durch seine sehr schmalen Lippen etwas beeinträchtigt. Es kam durchaus vor, dass er von einigen Kameraden als „Rasierklingenlippe" gehänselt wurde. In solchen Situationen konnte er sich auf Dietrich und Meinhard verlassen, die eine solche Verunglimpfung sofort unterbanden und, wenn es sein musste, auch mit körperlicher Gewalt.

Meinhard zog tief an seiner Zigarette: „Habt ihr schon gehört, der Major will für uns zu Ostern 150 Ostereier in den Dünen verstecken lassen?"
„Will der uns veralbern?", grinste Dietrich, „das ist doch ein Scherz oder?"
„Ruhig Blut", mischte sich jetzt Gerd ein, „die haben immer noch nicht kapiert, dass wir keine Kinder mehr sind. Aber sie wollen uns halt eine Freude machen, so muss man das seh'n."
Dietrich verzog sein Gesicht:
„So soll wohl die Kampfmoral der Truppe gestärkt werden, wo wir jetzt Tag und Nacht ran müssen und die Zahl der feindlichen Flieger ständig zunimmt."
„Hör auf mit der Schwarzmalerei. Wir haben doch schon 'ne Menge von diesen Schweinen runtergeholt", Gerds Stimme wurde schärfer, „gestern wurde ein Vorpostenboot und ein Minensuchboot von mehreren „Mosquitos" versenkt. Was die bei uns zerstören, das werden wir denen alles heimzahlen!"
Meinhard hob seine rechte Hand: „Lasst es gut sein. Wir brauchen uns doch hier jetzt nicht zu streiten. Bringt sowieso nichts."
Meinhard stand auf, klopfte sich den Sand aus der Uniform und auch die beiden anderen standen jetzt auf. Langsam trotteten sie zu ihrer Mannschaftsbaracke. Eigentlich hätte jetzt Schulunterricht stattfinden müssen, aber auf Grund der nächtlichen Gefechte, konnte kein Unterricht abgehalten werden, denn die Flakmannschaften brauchten dringend eine Erholungspause. In der Mannschaftsbaracke der Stellung Ost herrschte munteres Treiben. In der Kantine wurde Essen ausgegeben und die jungen Marinehelfer

lärmten wie auf einem Schulhof. Die älteren Offiziere hatten sich in eine Ecke der Baracke verzogen, sie fühlten sich genervt, wollten das muntere Treiben der Jugendlichen aber auch nicht unterbinden. Sie wussten, dass jederzeit mit einem neuen Alarm zu rechnen war.
Die Schüler der Hermann-Lietz-Schule galten bei den Offizieren als etwas aufsässiger als ihre Kameraden aus dem Binnenland. Teilweise hielten sie sich nicht an die korrekten Bekleidungsvorschriften, trugen längere Haare und zeigten in Konfliktsituationen schon mal ihre intellektuelle Überlegenheit. Es wurde gemunkelt, dass sie heimlich der amerikanischen Jazz- und- Swing Musik huldigten.
Dietrich Reimers fand zwar auch die amerikanische Musik interessant, aber wenn er heimlich feindliche Sender hörte, dann galt sein Interesse eher den Berichten zur aktuellen Frontlage. Als er eines Abends im Bett Radio Calais hörte, wurde er von Gerd Fehrensen überrascht. Zornig drohte dieser, ihn bei ihren Vorgesetzten zu melden. Wieder war es Meinhard Siems, der beruhigend auf Gerd einwirken konnte. Erst im letzten Monat waren 17 Marinehelfer wegen des Abhörens feindlicher Sender vor das Kriegsgericht gestellt worden. Die meisten von ihnen wurden freigesprochen, nur der vermeintliche Rädelsführer mit dem Namen Ernst Jünger (Sohn des Schriftstellers) wurde zu einer Gefängnisstrafe verurteilt. Die Marine versuchte diese Vorfälle herunterzuspielen, während die Gestapo sicherlich härter durchgreifen würde. Den dreien war klar, dass die meisten älteren Offiziere von

dem illegalen Treiben einiger Marinehelfer wussten, aber gnädig darüber hinwegschauten. In ihrem fortgeschrittenen Alter verfolgten sie eher das Ziel, heil aus diesem Krieg herauszukommen. Zudem spielte natürlich die Tatsache eine Rolle, dass Dietrich, Meinhard und Gerd mit die höchsten Abschussquoten aufzuweisen hatten. Niemand wollte dieses erfolgreiche Trio sprengen. Die direkten Vorgesetzten gaben die Erfolge der Jugendlichen häufig als ihre eigenen Erfolge aus.
Für Gerd Fehrensen waren diese, aus seiner Sicht, Nachlässigkeiten ein Grund dafür, dass das Deutsche Reich immer mehr in die Defensive gedrängt wurde. Das ein oder das andere Mal spielte er mit dem Gedanken, seinem Vater, dem Gestapo-Beamten aus Bremen, von diesen Schlampereien bei der Marine zu berichten. Er war sich jedoch unsicher, ob die Gestapo einen Zugriff auf die Marine hatte. Die Gestapo Bremen war lediglich für die Arbeits- und Erziehungslager auf Wangerooge zuständig. Die Rivalitäten beider Institutionen hatten sich schon bei dem Prozess gegen jene 17 Marinehelfer gezeigt.

Am Abend des 21.03.1945 hofften die Flakbesatzungen auf Wangerooge noch eine ruhige Nacht zu verleben. Der große Teil der Marinehelfer versuchte zu schlafen, einige spielten Karten oder lasen noch einmal in den Briefen ihrer Eltern. Vor der Batteriebaracke spielte ein Marinehelfer mit der Gitarre Lieder von den Comedian Harmonists, die in der Nazizeit nicht mehr auftreten durften. Niemand kümmerte sich aber darum, dass diese sehr erfolgreiche Musik der 20-er Jahre eigentlich nicht mehr gespielt werden durfte. Selbst Gerd Fehrensen fand es nicht weiter verwerflich beim Lied vom „kleinen grünen Kaktus" mit zu summen. Diese vermeintlich friedliche Ruhe war trügerisch, so wie fast in jeder Nacht. Gegen 23:30 Uhr wurde Alarm gegeben. Von den Funkmessstationen wurden Flugbewegungen gemeldet. Die Batteriebesatzungen, die keinen Bereitschaftsdienst hatten, hetzten zu ihren Stellungen. Vereinzelt zeigten sich einige Flieger am Himmel. Die Suchscheinwerfer hatten sie erfasst. Augenscheinlich waren es Aufklärungsflugzeuge, die in Richtung Bremen flogen. Ein Feuerbefehl wurde nicht erteilt. Einzelne Maschinen durften wegen der Munitionsknappheit nicht beschossen werden. Meinhard, Dietrich und Gerd saßen in ihrer Stellung und waren sichtlich frustriert. Sie hatten eine Maschine klar erfasst, doch sie durften nicht handeln. Laut schimpfte Gerd:

„So kann man ja keinen Krieg gewinnen, wenn man nicht einmal die eigenen Waffen einsetzen darf."

Dietrich biss sich auf die Lippen. Er wollte jetzt nicht noch Öl ins Feuer gießen. Für seinen Geschmack waren diese Äußerungen aus Gerds Mund, dem überzeugten Nazi, schon fast wehrkraftzersetzend. Zweifelte Gerd am Endsieg? Aber auch er musste sich eingestehen, dass er wegen des ausgebliebenen Feuerbefehls enttäuscht war. Bis zum Morgen passierte nichts. Die Mannschaften dösten vor sich hin. Der Alarm hatte aber weiter Bestand, denn die nächtlichen Aufklärungsflüge verhießen nichts Gutes. Die Erfahrung zeigte, dass vereinzelten Aufklärungsflügen meist ein großer Angriff folgte.

Um 10:35 Uhr wurden sie aufgeschreckt. Die Informationen waren eindeutig. Ein großer feindlicher Verband bewegte sich in Richtung deutsche Nordseeküste. 70 bis 80 Flugzeuge wurden ausgemacht: Überwiegend amerikanische „Fortress" Bomber, die von Jagdflugzeugen des Typs „Mustang" und „Thunderboldt" begleitet wurden. Ihr Kurs war klar: Bremen. Die Feuerfreigabe wurde schnell erteilt, doch nur ein Bomber wurde getroffen. Gefechtspause. Allen war klar, dass der Verband wieder zurückfliegen musste. Die Munition wurde nachgeladen, dann Zigarettenpause. Gegen 11:45 Uhr hörte man schon von weitem das Dröhnen der Motoren. Die Flakbesatzungen ließen die Maschinen kommen, bis sie in ihrer Reichweite waren. Es wurde Befehl für Vernichtungsfeuer gegeben, hunderte von Granaten abgefeuert. 6 Maschinen werden getroffen. Mit bloßem Auge beobachten Meinhard, Dietrich und Gerd, wie direkt über Schillig ein Besatzungsmitglied aus einer getroffenen „Fortress" ausstieg. Durch den starken Nordwind wurde er mit seinem Fallschirm in Richtung Watt, Höhe Strandbake, abgetrieben. Auf ihrem Leitstand läutete das Telefon. Heinz Behnken nahm ab, er nickte zweimal, dann ertönte kurz und knapp: „Zu Befehl Herr Major!" Behnken wandte sich an die drei Marine-

helfer:
„Jungs, wir sollen ins Watt und nach dem Amerikaner suchen. Meinhard, du bist hier geboren, du wirst uns führen. Holt eure Waffen!"
Alle drei sprangen auf, nahmen ihren Karabiner 98 und schulterten das Gewehr. Heinz Behnken griff neben seinem Gewehr noch 2 Stielhandgranaten und steckte diese in seinen Gürtel. Schnell durchschritten sie den Dünengürtel in Richtung Watt. Bevor sie über die Eisenbahnschienen stiegen, die zum Ostanleger führten, suchte Heinz Behnken mit dem Feldstecher das Watt ab. Ungefähr in Richtung Schillig sah er an einem Priel Reste eines Fallschirms liegen.
„Diese Richtung Jungs", rief er und zeigte mit seinem Arm in Richtung Schillig.
„Gut, dass wir ablaufend Wasser haben. So haben wir eine Chance den Amerikaner zu kriegen."
Meinhard hatte das Jagdfieber gepackt, auch den beiden anderen war die Aufregung ins Gesicht geschrieben. Heinz Behnken wirkte gelassener, fast desinteressiert. Für ihn war klar, dass eine solche Suche auch mit Gefahrenen und Unannehmlichkeiten zu tun haben könnte. Scherereien waren jetzt das Letzte, was er gebrauchen konnte. Durch sein Fernglas konnte er jetzt eine Person erkennen, die sich in Richtung Ostspitze der Insel bewegte. Wollte der Amerikaner in Richtung Minsener Oog abhauen?
„Wir müssen ihm den Weg abschneiden, ohne nasse Füße wird das aber nicht gehen",

erklärte Meinhard, sichtlich stolz auf seine Rolle als Führer der Gruppe.
„Macht nix, wir folgen dir mein Führer“, Dietrich lachte dabei und fing sich einen bösen Blick von Gerd ein.
Minsener Oog ist eine Insel, die südöstlich von Wangerooge liegt. Zwischen den beiden Inseln verläuft die Blaue Balje, eine tiefgehende Strömungsrinne. Der amerikanische Pilot blieb jetzt stehen und sah in die Richtung der drei Marinehelfer und ihres Offiziers. Augenscheinlich hatte er die Sinnlosigkeit seines Unterfangens erkannt. Langsam hob er die Arme.
„Achtung, der bleibt stehen, der ergibt sich“, rief Dietrich.
„Den holen wir uns jetzt, der wird keine Bomben mehr auf Deutschland werfen“, das Gesicht von Gerd Fehrensen war vor Aufregung stark gerötet. Heinz Behnken war mittlerweile zurückgefallen. Er konnte dem Tempo der Jungen nicht folgen. Schwer atmend blieb er stehen und beobachtete, wie die drei ihre Karabiner von der Schulter nahmen und sie entsicherten………….

1

Nordseeinsel Wangerooge - März 2014

Kurz nach Abschluss der Ermittlungen im Fall der Lehrerin Brigitte Dunker hatte sich das Inselleben merklich beruhigt. Lars Petersen spürte, dass sein Ansehen bei den Insulanern gestiegen war. Die musikalische Unterstützung des Shantychores tat ein Übriges, um den von Bremen verstoßenen Kommissar zu integrieren. Auch sein Verhältnis zu Bürgermeister Depken hatte sich, seit der ihn beim Neujahresempfang der Gemeinde ausgezeichnet hatte, verbessert.

Im Dezember 2013 wurde die Aufmerksamkeit der Freiwilligen Feuerwehr, aber auch die der Polizei, auf die Auswirkungen des Orkans „Xaver" gerichtet. In der Nacht auf den 6. Dezember hatte sich der starke Wind zu einem Orkan mit Windgeschwindigkeiten von 146 km/h aufgebaut. Die Vorhersage meldete 2,50 bis 3 Meter Wasserstand über Normalnull. Petersen, der zu diesem Zeitpunkt allein auf der Insel Dienst tat, wurde von Harm Gerdes, dem Leiter der Freiwilligen Feuerwehr, in die Kommandozentrale des neuen Feuerwehrhauses eingeladen. Gemeinsam beobachteten sie die Wetterlage und die Pegelstände auf den Monitoren. Im Westen der Insel, dort wo Petersen damals Angela Remmers aus den Fluten gerettet hatte, wurde das Deckwerk von den Fluten überspült. Salzwasser lief in den Westinnengroden, dem Wiesengebiet hinter den Dünen. Das Schullandheim „Haus am Meer" meldete Sturmschäden, etliche Bäume wurden umgeweht. Die Dünenketten, ein wichtiger Schutz für die

Insel, wurden bedenklich von den Fluten angenagt. Der Bade- und Burgenstrand war vollständig von der See weggespült. Die Hauptlast in dieser Sturmnacht hatte die Freiwillige Feuerwehr zu tragen. Petersen nahm eher eine beobachtende Rolle ein. Er musste lediglich sicherstellen, dass die Kinder des Kindergartens und der Grundschule unversehrt in ihren Einrichtungen ankamen. Der Besuch war den Eltern freigestellt. Ein Betreuungsangebot wurde in beiden Einrichtungen vorgehalten.

In den Weihnachtsferien wurde der Polizeiposten auf drei Mann aufgestockt. Die Lage um Silvester herum blieb aber erstaunlich ruhig. Petersen hatte mit mehr Arbeit gerechnet, aber nicht einmal eine richtige Kneipenschlägerei war dabei. Ab Januar trat auch der alte Leiter der Dienststelle, Onno Siebelts, seinen Dienst wieder an. Er hatte seine Reha-Maßnahme beendet und sollte nun mit halber Stundenzahl wieder eingegliedert werden, wie es im Amtsdeutsch hieß.

Keinen Kontakt hatte Petersen zu der Polizeianwärterin Mona Behrens, die ihn im November bei der Lösung des Falls Dunker, aber auch bei einer anderen spektakulären Festnahme, geholfen hatte. Die Beziehung zu dieser jungen Frau hatte ihn emotional sehr aufgewühlt. Standhaft hatte er sich zu Beginn ihrer Zusammenarbeit gegen emotionale Nähe gewehrt, war aber zuletzt dem Charme dieser jungen Frau erlegen. Am letzten Tag vor ihrer Abreise landeten sie in dem Bewusstsein, dass ihre Beziehung keine Zukunft hatte, im Bett. Petersen litt bis heute unter dieser Tatsache. Er verkroch sich in seine Wohnung über der Dienststelle und intensivierte sein Gitarrenspiel. Am 2. Weihnachtstag hatte der Shantychor noch einen Auftritt gehabt, danach kehrte erst einmal Ruhe im Wangerooger Kulturleben ein. Auch sein alter Kumpel aus Bremer Drogenfahnder-Zeiten,

der in Wangerooge die Kneipe „Zum Störtebeker“ betrieb, war für 2 Wochen zu seiner Mutter nach Twistringen gefahren. Der Name „Störtebeker“ war aber nicht nur eine Bezeichnung für seine Kneipe, sondern auch Programm für den Besitzer. Er nannte sich „Magister“ in Anlehnung an den Gefährten des Seeräubers „Störtebeker“, der sich selbst Magister Wigbold genannt hatte.
Jetzt im März erwachte die Insel langsam wieder aus ihrem Tiefschlaf. Der Badestrand, der während der Sturmflut weggespült worden war, sollte nun wieder aufgefahren werden. Bürgermeister Depken schätzte die Kosten für die Sandfahrmaßnahmen zur Wiederherstellung der Strände auf 500.000 Euro. Die Arbeiten dazu liefen nun an. Von der Ostspitze der Insel wurde mit riesigen Tiefladern, sogenannten Dumpern, der Sand für den Badestrand aufgefahren. Diese Maßnahmen rissen immer wieder ein großes Loch in die Gemeindekasse. Zwischen Bund, Land und Gemeinde gab es ständig Differenzen, wer denn die Kosten hierfür zu tragen habe. Letztlich blieb die Gemeinde aber auf den Kosten sitzen. Auch die umstrittene Bautätigkeit an der Promenade nahm ihren weiteren Verlauf, eine große Appartementanlage war im Entstehen. Die Bürgerproteste hiergegen waren vergebens gewesen.
Anfang März saßen Onno Siebelts und Lars Petersen wie an jedem Morgen bei einem Morgenkaffee in ihrer Dienststelle in der Charlottenstraße. Bis Siebelts wieder mit voller Stundenzahl arbeitete, war Lars Petersen der kommissarische Dienststellenleiter. Intern lehnte Petersen diese Regelung ab. Siebelts war seit 20 Jahren der leitende Beamte auf der Insel und für Petersen sollte das auch so bleiben. Intern hatten sie sich darauf geeinigt, dass Siebelts den Bürokram erledigte und Petersen mehr draußen unterwegs sein sollte. Siebelts rührte in seinem Kaffee:

„Die haben wohl gestern im Finanzausschuss beschlossen, dass noch zwei zusätzliche Fahrzeuge für den Personentransport zugelassen werden. Wir kriegen da ein Problem, wir sollen nämlich die Geschwindigkeit kontrollieren."
Petersen stutzte:
„Wie soll das denn gehen? Kriegen wir 'ne Radarpistole und stehen dann damit in der Zedeliusstraße? Das kann doch nicht deren Ernst sein oder?"
„Nee, so ist das nicht gemeint. In die Elektrokleinbusse wird ein Fahrtenschreiber eingebaut und wir sollen dann die Dinger auslesen und nachschauen, wie schnell die gefahren sind."
„Gut, das könnte man ja machen, aber dazu brauchen wir doch so ein Lesegerät oder?"
„Genau, das ist der Punkt. Wer bezahlt so ein Gerät? Glaubst du, dass Wilhelmshaven uns so ein Gerät anschafft?"
„Nee, nie und nimmer. Ich werd' natürlich offiziell anfragen, aber die Antwort kenn' ich schon."
„Wenn wir ständig Unfälle mit E-Fahrzeugen hätten, könnt' ich das ja verstehen, aber das steht doch in keinem Verhältnis zum Nutzen?"
„Seh' ich genauso, wenn die das unbedingt wollen, dann muss die Gemeinde das eben bezahlen."
„Dann wird das nichts, die haben doch kein Geld, wie zu Hause in Bremen, nur immer Ankündigungspropaganda."
„Du immer mit deinem Bremen, ist doch eigentlich eine tolle Stadt."
„Ich bin der Letzte, der das nicht unterschreiben würde, aber es läuft eben einiges schief."
„Okay, ich beantrage das Ding mal. Noch was anderes, die Gemeinde hängt in zwei Wochen wieder die Schilder für die Fußgängerzone auf, bald sind Osterferien. Du weißt, unser

Dauerthema, Kontrolle der Fahrradfahrer."
„Ja, ja nun nerv nicht. Ich werd' mich dann da wieder ein paar Mal aufbauen. Mal seh'n, was die Gemeinderatsmitglieder machen, wenn ich denen ein Bußgeld aufdrücke, die fahren doch auch mit dem Rad durch die Fußgängerzone."
„Mach' ruhig, dann sehen sie, dass wir was tun."
Ihre Unterhaltung wurde durch das Läuten des Telefons beendet. Siebelts nahm ab. Es war nur ein kurzes Gespräch. Er nickte ein paar Mal und legte dann auf.
„Unsere Verstärkung für Ostern hat sich angekündigt. Leider keine schöne blonde Kollegin namens Mona Behrens."
Siebelts grinste Petersen an, der über diesen Gag überhaupt nicht lachen konnte. Siebelts fuhr fort:
„Entschuldigung, ich wollte dich nicht ärgern. Ich war ja nicht dabei als die Kollegin hier war, aber der Inselfunk..."
„Ist ja gut, hör auf damit. Die Sache ist Vergangenheit."
Petersens Stimme klang verärgert.
„Nichts für Ungut, also da kommt ein älterer Kollege aus Wardenburg, der war schon mal häufiger hier, ein bisschen langsam in allem, der ist auch bei Beförderungen mehrfach übergangen worden. Walter Haake hat noch 5 Jahre, der reißt sich kein Bein mehr aus, aber besser als nichts."
„Okay, wenn es Ostern genauso ruhig bleibt wie Weihnachten und Silvester, dann kriegen wir das hin."
Petersen räumte die Kaffeetassen weg und verabschiedete sich zu einem Streifengang. Auf der Promenade angekommen, atmete er erst einmal tief ein. Die frische Meeresluft, die Brandungsgeräusche, alles das hatte er mittlerweile lieb gewonnen. Der Ärger über seinen unfreiwilligen Abschied aus Bremen und die Demütigungen durch das Disziplinarverfahren waren zwar noch nicht

vollständig verflogen, aber mittlerweile fühlte er sich auf Wangerooge recht wohl. Vom Osten her sah er die gelben Dumper, die den Sand für den Hauptstrand auffuhren. Für die Spaziergänger war das eine lästige Störung bei der Strandwanderung, aber es gab keine Alternative zu dieser Maßnahme. Der Strand musste wieder her, so dass die Insel vor den nächsten Sturmfluten geschützt werden konnte. Die Touristen brauchten ihn ebenso, damit sie um ihre Strandkörbe schöne Burgen bauen konnten. Petersen grinste bei diesem Gedanken.

Auf dem Weg Richtung „Café Pudding" kam er an der großen Baustelle nahe der Polizeiwiese vorbei und was er so beobachten konnte, ließ architektonisch nichts Gutes für die Insel erwarten. Mittlerweile hatte auch das Regionalfernsehen von Radio Bremen in einer Wochenserie mit dem Titel „Ausverkauf einer Insel" über die starke Bautätigkeit fremder Investoren auf der Insel berichtet. Die Gegnerin dieser Bautätigkeit im Gemeinderat war Opfer eines Verbrechens geworden. An der Aufklärung dieses Verbrechens hatte er einen großen Anteil gehabt. Die Entwicklung für die Insel war jetzt nicht mehr zu stoppen.

In Höhe des „Strandkorbs" wurde Petersen aus seinen Gedanken gerissen. Die Bedienung aus der Kneipe, ein netter Kerl aus Polen, mit dem er sich schon häufig unterhalten hatte, stürzte aus der Kneipe, als er Petersen vorbeigehen sah:

„Sheriff, ich hätte sowieso gleich bei dir angerufen. Bei mir sind eben zwei Typen einfach abgehauen, ohne zu zahlen. Die hatten 50 Euro auf dem Deckel."

Die Bezeichnung „Sheriff" hatte Petersen nun auf der ganzen Insel weg, seitdem der Magister angefangen hatte ihn so zu nennen.

„Warte, ich komm mal eben rein, ich brauch eine ver-

nünftige Beschreibung von denen.“
Petersen ging langsam die Treppe zur Kneipe hoch, setzte sich rechts an den runden Tisch unter dem Fernseher, zückte sein Notizblock und nahm die Beschreibung der Zechpreller entgegen. Ein weiterer Gast mit Namen Friedel steuerte noch bei, dass beide gesuchten Personen Kölner Dialekt sprachen. Petersen fand es schon etwas außergewöhnlich, dass morgens schon die Zeche geprellt wurde. Er kannte dieses Phänomen nur aus der späten Nacht oder dem frühen Morgen, wenn die Kneipengänger voll waren und nicht mehr ein und aus wussten. Er verabschiedete sich aus dem „Strandkorb“ und bog in die Zedeliusstraße ein. Ein Gedanke ließ ihn nicht mehr los. Wenn jemand morgens die Zeche prellte, dann wollte er womöglich in den nächsten Stunden abreisen. Im Schaukasten der Deutschen Bahn am Rosengarten suchte er nach den Abfahrtzeiten. In 10 Minuten würde ein Zug gehen. Sein Schritt wurde jetzt schnell. Vielleicht hatte er Glück und die beiden Rheinländer saßen im Zug. Er las beim Gehen noch einmal die Beschreibung der beiden Männer durch: Beide groß, einer mit ‘ner blauen Vliesjacke, der andere mit einem roten Segelparka. Der Zug war schon am Bahnsteig bereitgestellt worden. Die meisten Fahrgäste saßen bereits im Zug. Schnell ging Petersen in das Büro des Fahrdienstleiters und bat um einige Minuten Aufschub, da er den Zug kontrollieren wollte. Der Beamte willigte ein. Er kannte Petersen vom „Störtebeker“. Dieser hatte schon mal einen Graffitischaden an einem Waggon aufgeklärt. Petersen las kurz seine Personenbeschreibung vor. Der Bahnbeamte ging mit ihm auf den Bahnsteig. Petersen kontrollierte den Zug vom Ende her, der Eisenbahner vom Zuganfang. Im dritten Waggon hörte er schon sehr laut Stimmen mit Kölner Dialekt. Die Beschreibung passte auf

die leicht angetrunkenen Männer.
„Haben wir nicht was vergessen, meine Herren?“, sprach er die Männer an, „oder handeln Sie nach dem Motto, die Karawane zieht weiter, der Sultan hat Durst, aber ohne zu bezahlen?“
Die Männer schauten sich verdutzt an.
„Heinz, er kennt unser Liedgut, der Wachtmeister is jot. Isch glaub‘ mer haben tatsächlich wat vergessen.“
„Zahlemann und Söhne“, mischte sich jetzt der andere Kölner ein.
Petersen musste grinsen:
„Wenn nicht jetzt, wann dann?“
Dann forderte er sie auf, den Zug zu verlassen. Der Spaß war vorbei. Erst gab es ein Murren, als aber der Fahrdienstleiter sich zur Unterstützung zu Petersen gesellte, kletterten beide Männer aus dem Zug.
Onno Siebelts staunte nicht schlecht als Petersen mit den beiden auf der Wache erschien. Nach eingehender Befragung taten beide ihren Zechbetrug als Versehen ab. Sie zahlten sofort ihre 50 Euro. Siebelts nahm die Personalien auf, während Petersen mit dem „Strandkorb“ telefonierte. Auf eine Anzeige wurde verzichtet, aber beide Kölner bekamen Hausverbot. Nachdem der notwendige Bericht geschrieben wurde, verabschiedete sich Siebelts, der auf Grund seiner verminderten Arbeitszeit in der Regel nachmittags frei hatte. Er hatte aber Petersen mehrfach versichert, dass, wenn Not am Mann wäre, er jederzeit abrufbar wäre. Petersen wusste diese Zusage zu schätzen, wollte aber wirklich nur im Notfall davon Gerbrauch machen. Im Übrigen würde demnächst ja noch die Verstärkung vom Festland eintreffen. Was ihm wirklich Sorgen machte, war die Zunahme von Vandalismus und Sachbeschädigungen auf der Insel. Blumenkübel wurden

umgeschmissen, Fahrräder demoliert und erst kürzlich wurden ein Teil der Außenbestuhlung des Bahnhofkiosks und eine gläserne Tischplatte zerstört. Brauchbare Spuren: Fehlanzeige. Auch die auf der Insel kursierenden Spekulationen brachten keine neuen Erkenntnisse. Siebelts und er hatten eine Liste mit Täter-Szenarien aufgestellt, aber letztlich stocherten auch sie im Nebel der Vermutungen. Alkoholisierte Schüler aus den Schullandheimen, von denen die Insel einige hatte, und die große Anzahl meist osteuropäischer Arbeiter von diversen Baustellen standen an der Spitze der Liste. Siebelts hatte mit rotem Filzstift quer auf die Liste „Suff" geschrieben. Petersen musste hierüber immer wieder grinsen, wenn er sich die Liste ansah, aber irgendwie lag der liebe Onno mit seiner großen Erfahrung wahrscheinlich richtig. Die Zahl der sogenannten „Getränkeunfälle", wie es die Insulaner nannten, war erheblich. In den letzten zwei Monaten musste der Rettungshubschrauber fünfmal die Opfer von „Getränkeunfällen" ins Nordwest-Krankenhaus nach Sande fliegen.

Es klingelte an der Außentür des Reviers, Petersen hatte schon abgeschlossen, denn die offizielle Öffnungszeit des Reviers war vorbei. Über die Sprechanlage meldete sich Sönke Meiners, der Leiter des Shantychores. Petersen betätigte den Öffner:

„Moin Sönke, ich hoffe nicht, dass du mir Arbeit bringst?"

„Nee, keine Angst, ich bin privat hier, in sozusagen musikalischer Absicht. Der Shantychor macht mir Sorgen, ständig fehlen Leute und wir finden keinen Nachwuchs mehr. Es kann gut sein, dass das in diesem Jahr unsere letzte Saison wird."

„Oha, damit hätte ich jetzt nicht gerechnet. Du weißt ja, ich bin nicht unbedingt ein Freund dieser Musik, aber irgend-

wie hat mir das ganze Spaß gemacht, auch weil du die Sache ja moderner aufgezogen hast, wir haben da doch jetzt einen ganz guten Sound reingebracht."
„Stimmt, vor allem mit deiner Gitarre sind wir rockiger geworden und deshalb will ich einen Plan B mit dir machen. Ich denke, da wir beide ohne Musik als Hobby kaum leben können, dass wir eine kleine Band gründen, die der Insel noch ein bisschen einheizt."
Petersen grinste:
„Der Vorschlag könnte von mir sein. Ich bin dabei, wenn du genug andere Leute hast und wir uns über das Repertoire verständigen können."
„Ich hab' nichts anderes von dir erwartet. Gib mir noch ein wenig Zeit und dann machen wir einen Termin, okay?"
„Na, klar, ich werd' mir auch schon mal ein paar Gedanken machen. Man, wir auf unsere alten Tage, ich glaub' es nicht."
Beide lachten und sehr gut gelaunt verließ Sönke Meiners die Polizeidienststelle.
Petersen schloss nun die Dienststelle ab und begab sich in seine Dienstwohnung, die über der Wache lag. Er hatte in den letzten Monaten die unpersönlich möblierte Wohnung etwas stärker nach seinem Geschmack gestaltet. Neben einem Ole West-Poster mit den Leuchttürmen der deutschen Bucht hatte er ein Konzert-Poster der Rolling Stones von der Voodoo Lounge-Tour 1995 aufgehängt. Auch andere sehr persönliche Gegenstände schmückten jetzt die Wohnung, kein Vergleich mehr mit den ersten Wochen seiner Dienstzeit auf der Insel, als er sich noch innerlich gegen die Versetzung in die Provinz gesperrt hatte und das Ganze als persönliche Niederlage empfunden hatte. Was natürlich nicht fehlen durfte, war das legendäre Portrait von Klaus Störtebeker. Das Interesse an den Seeräubern um Klaus Störtebeker, Godeke Michels und Magister Wigbold

verband ihn mit dem Magister aus seiner Stammkneipe dem „Störtebeker“ in Wangerooge. Auch dieser hatte ein Portrait des berühmten Seeräubers in seiner Kneipe hängen. Daneben hing ein Auszug aus einer Chronik über die Seeräuber: „Magister Wygbold, een mester an den seven kunsten.“ Mit diesem Spruch nervte der Magister seine Gäste. Vor allem die allabendliche Knobelrunde heulte auf, wenn der Magister wieder seinen Spruch aufsagte. Mit der Figur eines vermeintlichen akademisch gebildeten Seeräubers identifizierte er sich und bei genügend Jever Pils hielt er sich selbst für diese Figur. Petersen konnte hierüber immer wieder lachen, aber er musste sich die Sprüche des Magisters auch nicht jeden Abend anhören.
Heute Abend, beschloss er, würde er beim Magister mal wieder vorbeischauen. Er hatte nämlich einen interessanten Artikel aus dem Bremer Weser-Kurier zum Thema Piraten ausgeschnitten und wollte ihn dem Magister zeigen.

Als Petersen die Kneipe gegen 20:00 Uhr betrat, war die Knobelei anscheinend zu Ende. Diverse geöffnete Jever Flaschen standen auf dem Tresen. Einige davon waren noch vollständig gefüllt, was darauf hindeutete, dass einige Spieler mit dem Trinken nicht mehr nachkamen, ein sicheres Zeichen dafür, dass das Knobeln sich dem Ende näherte. Der „Schwede“, ein erklärter BVB Fan, dozierte gerade darüber, dass Robert Lewandowski bei den Bayern scheitern würde. Als er Petersen sah, rief er rüber:
„Werder steigt diese Saison ab.“
„So ein Blödsinn“, konterte der Magister, der genauso wie Petersen Werder-Fan war, „eher steigt der HSV ab.“
Nach dem kurzen Fußballgeplänkel wandte sich der Magister Petersen zu:
„Moin, Sheriff, warst lange nicht mehr da, weinst du deiner

Mona nach? In unserem Alter hat man doch keinen Liebeskummer mehr?"
Petersen war über diese Anspielung wenig begeistert:
„Hör auf mit dem Scheiß, ich musste nach dem Stress mit dem Fall Dunker mal etwas kürzer treten und die Alkoholquote senken."
„Nun mach' mal halblang, du kannst doch auch Jever-Fun trinken, mach ich doch auch, wenn ich trocken bin."
„Nee, in die Kneipe gehen und alkoholfreies Bier trinken, das ist nich' mein Fall."
„Wir haben auch schöne Säfte hier, mit vielen Vitaminen drin."
Brüllendes Gelächter, der Magister konnte sich über seinen eigenen Spruch gar nicht mehr einkriegen. Trocken konterte Petersen mit einem Spruch, der eigentlich das Markenzeichen des Magisters war:
„Wir sind hier nicht auf Sylt!"
„Der war gut Sheriff, du hast bei mir gelernt."
Petersen kramte jetzt seinen Zeitungsausschnitt aus der Jackentasche und legte ihn auf den Tresen.
„Hier stand im Weser-Kurier, du kennst doch noch Rainer Büsing vom „Stubu" in Bremen, der will 'ne neue Kneipe an der Schlachte aufmachen, ‚Hollemanns Keller', soll 'ne Piratenkneipe werden."
„Hollemann, wer soll das denn sein?"
Der Magister nahm den Artikel und überflog ihn.
„Ich hab mal bei Schwarzwälder, dem Bremer Historiker, nachgeschlagen. Johann Hollemann war ein Bremer Kaufmann, der tatsächlich im 14. Jhdt. Seeräuberei betrieb. Der soll sogar bei einer Revolution 1358 das Bremer Rathaus besetzt haben. Er ist dann vor seinem Haus, der Hollemannsburg, aufgehängt worden. Diese Geschichte soll ein Grund mit dafür sein, dass Bremen in die Hanse

eintreten musste, so schreibt es jedenfalls Schwarzwälder. Und Büsing glaubt nun, dass er im Kellergewölbe unter dem „Paulaner“ in Bremen die Reste des Hollemann-Hauses gefunden hat.“

Der Magister stutzte, zapfte dabei, ohne zu fragen, noch ein Bier für Petersen.

„Das ist eine geniale Geschäftsidee, in so einem Gewölbe einen Piratenkeller zu eröffnen. Warum hatten wir nicht diesen genialen Einfall?“

„Weil dem Büsing der Keller gehört. Du hättest ihn ja auch kaufen können.“

„Dazu musst du aber ein paar Bier mehr trinken, Sheriff.“

Beide steigerten sich jetzt in die Idee der Ausstattung des Piratenkellers. Von der Musik bis zur Kleidung der Bedienung wurde alles besprochen. Petersen nahm noch ein Bier, bevor er zahlte und die Kneipe verließ. Die Nacht war sternenklar, vom Strand her hörte er die Motorengeräusche der Dumper, die den Sand vom Osten der Insel ankarrten. Es war Niedrigwasser, deshalb fuhren die Sandfahrer auch nachts, denn nur bei Ebbe konnte gefahren werden.

2

Jens Rackow freute sich auf seinen Feierabend, der eigentlich kein Abend mehr werden konnte. Sie waren die ganze Nacht durchgefahren. Das Wasser kam nun langsam zurück. Es würde seine letzte Fuhre werden. Die Musik dröhnte durch die beiden großen Kopfhörer in seine Ohren. Es musste immer wieder ACDC sein. Er hatte sich auf seinem Smartphone eine Best Of-Liste zusammengestellt, die er häufig bei seinen Fahrten mit dem Dumper hörte. Ein Fahren ohne Kopfhörer war kaum möglich, denn die Fahrgeräusche dieser gelben Ungetüme waren erheblich. Ein Ohrenschutz war unerlässlich und wurde auch vorgeschrieben. Die meisten Fahrer benutzten ihn auch. Rackow nahm lieber die Musikkopfhörer, um die Fahr- und Vibrationsgeräusche zu übertönen. Er war jetzt an der Ostspitze angekommen. Der Radlader wartete schon mit einer vollen Schaufel auf ihn. Es dauerte knappe 5 Minuten und sein Dumper war mit Sand vollgeladen. Es dämmerte zwar schon, aber alle Scheinwerfer an den Fahrzeugen waren eingeschaltet. Rackow fuhr gerne nachts, da dann in der Regel keine Strandspaziergänger unterwegs waren. Man musste nicht so aufpassen und konnte seinen Träumen nachgehen. Rackow war eigentlich Strandwärter, also Herr über die Strandkörbe. In der Saison kontrollierte er, ob die Gäste auch für ihren Korb bezahlt hatten und musste nach nächtlichen Saufgelagen am Strand Flaschen, Kondome und noch so allerlei andere Dinge einsammeln. Umgestürzte Körbe wurden wieder aufgerichtet und auf die richtige Position gestellt. Rackow freute sich auf die kommende Saison, auf die große Auswahl aus Mädchen, die er von

seinem Strandwächterkarren aus beobachten konnte. Die eine oder andere würde er dann im Beach Club, der örtlichen Stranddisco, abschleppen können. Rackow war ein mittelgroßer, blonder, meist braungebrannter Typ und hatte ohne Zweifel einen „Schlag“ bei Frauen.
Der Radlader hupte. Das war das Signal für die Abfahrt. Für Rackow war das alljährliche Sandfahren eine gute Abwechslung im tristen Inselalltag der Vorsaison, zumal er den zusätzlichen Nebenverdienst gut gebrauchen konnte. Beim Überfahren der Buhnen nahm er das Gas weg. Die Dumper mit ihren extrem hohen und dicken Rädern waren nicht gut gefedert. Schon aus Liebe zu seiner Bandscheibe drosselte er an dieser Stelle immer die Geschwindigkeit. Er hatte den Hauptstrand erreicht. Die letzte Fuhre würde er in Höhe Surfkiosk abladen. Gleich daneben, vor der großen Halle, wo die Strandkörbe gelagert wurden, mussten die Dumper dann geparkt werden. Er schaltete in den Rückwärtsgang, der starke Rückscheinwerfer leuchtete auf, damit der Fahrer seine Ladung korrekt platzieren konnte. Die Ladefläche ging hoch und der Sand rutschte auf den Strand. Rackow beobachtete durch den Rückspiegel den Vorgang. Doch irgendetwas war anders. Er meinte ein Metallteil gesehen zu haben und mehrere Unebenheiten im Sand. Mittlerweile war die gesamte Ladung abgekippt worden. Rackow kletterte aus dem hohen Fahrerhaus, ließ aber den Rückscheinwerfer brennen, damit er den Sandhaufen besser begutachten konnte. Zuerst fiel ihm ein verrostetes Metallrohr auf, was wie ein Gewehrlauf aussah. Er zog an dem Rohr und tatsächlich kam ein Gewehr, oder das, was davon übrig geblieben war, zum Vorschein. Rackow wühlte weiter im Sand. Er erschrak aber heftig, als er auch noch einen Totenschädel erblickte. Daneben schienen noch andere Knochenreste zu liegen. Da es noch ziemlich dunkel

war und nur der Scheinwerfer die Szenerie aufhellte, hatte das ganze etwas Geisterhaftes. Rackow, der sonst nicht sehr schreckhaft war, fing an zu zittern. Ein leichter Würgereiz stellte sich ein. Er schaute sich um, seine Kollegen waren schon weg. Er hatte die letzte Tour gefahren. Der Fahrer des Radladers war noch weit weg. Rackow atmete tief durch, griff in die Brusttasche seines blauen Overalls nach seinem Handy und wählte 110.

Lars Petersen schreckte auf. Sein Diensthandy machte einen Höllenlärm, das war immer dann der Fall, wenn sich die Leitstelle vom Festland meldete. Jemand auf der Insel musste 110 gewählt haben. Er meldete sich schlaftrunken mit:
„Petersen."
Der wachhabende Beamte informierte über den eingegangenen Notruf:
„Moin, Herr Kollege, tut mir leid, dass ich Sie wecken muss. Jemand hat angeblich Leichenteile am Strand gefunden. Position Höhe Surfkiosk, der Mann heißt Rackow."
„Okay, ich kümmere mich drum."
Petersen stöhnte auf:
„Bitte nicht wieder 'ne große Sache. Es war so schön ruhig."
Schnell zog er sich seine Uniform an, nahm den starken Handscheinwerfer mit und schwang sich auf das Dienstfahrrad. Onno Siebelts würde er später informieren, wenn er sich ein Bild von der Lage gemacht hatte. Jens Rackow kannte er von der Knobelrunde beim Magister. Der war eher ein ruhiger Vertreter, nur im Suff etwas aufbrausend. Wenn der ihn jetzt verarschen wollte, dann gäbe es richtig Ärger. Auf der anderen Seite konnte Jens jetzt nicht besoffen sein, denn er gehörte zu den Dumperfahrern, die er heute Nacht gehört hatte.

Petersen erreichte die Promenade, stellte sein Fahrrad vor dem Schwimmbad ab und ging die Treppe zum Strand hinunter. Sofort fiel ihm der helle Lichtschein des Dumpers auf. Neben dem Fahrzeug standen zwei Männer. Einer davon war ohne Zweifel Jens Rackow, den anderen kannte er nicht. Er musste aber auch zu den Sandfahrern gehören, denn der Radlader stand neben dem Dumper. Rackow sah blass aus, der andere Mann wirkte etwas unbeteiligter. Petersen umrundete den Sandhaufen. Rackow sprach ihn sofort an:
„Moin Sheriff, guck dir das mal an!"
Petersen konnte noch nichts Auffälliges erkennen. Er nahm seinen Handscheinwerfer und schaltete ihn ein. Rackow zeigte mit seinem Arm in die Richtung, wo der Schädel lag. Jetzt sah auch Petersen den Totenkopf, daneben lagen einige Knochenteile.
„Habt ihr was angefasst, Jens?"
Rackow deutete auf die rostigen Gewehrreste.
„Ich hab' nur das Rohr hier rausgezogen, weil mir das aufgefallen ist. Normalerweise liegt da nichts im Sand, wenn wir hier abladen."
„Ist okay, dass dir das überhaupt aufgefallen ist, Kompliment."
Rackow freute sich über das Lob und langsam kam auch wieder Farbe in sein Gesicht. Er hatte sich eine Zigarette angezündet und deutete wieder auf den Schädel:
„Muss aber schon länger tot sein oder?"
Petersen grinste:
„Darauf kannst du Gift nehmen. Der ist sowas von tot, toter geht's nicht. Frisch verweste Leichen sehen anders aus."
„Ist ja gut, keine Einzelheiten, mir reicht das hier."
Rackow zog an seiner Zigarette. Insgeheim freute sich Petersen. Das war kein aktueller Todesfall, so wie bei

Brigitte Dunker im letzten Jahr. Trotzdem musste er natürlich handeln. Er blickte auf seine Uhr, es half nichts. Er würde seinen Kollegen Onno Siebelts aus dem Bett klingeln müssen, auch Wilhelmshaven musste informiert werden. Der Kriminaldauerdienst in Wilhelmshaven versprach, Kommissar Wilbert, der für Tötungsdelikte zuständig war, zu informieren. Ein Spurensicherungsteam würde in jedem Fall losgeschickt werden. Mit Wilbert hatte Petersen nach anfänglichen Schwierigkeiten recht gut zusammengearbeitet. Wilbert hatte auch seine gute Arbeit bei den Vorgesetzten erwähnt, aber der Innensenator in Bremen wollte Petersen trotzdem auf keinen Fall zurückhaben. Die Geschehnisse um das Disziplinarverfahren gegen den Drogenfahnder Lars Petersen hatten zu viel Staub aufgewirbelt und der Senator selbst war in die Schusslinie geraten. Petersen war eben das Bauernopfer gewesen, so empfand er es jedenfalls.

Mittlerweile war auch Siebelts eingetroffen, der kleine gedrungene Mann, mit Bierbauchansatz, hatte offensichtlich Schwierigkeiten sich durch die Sandmassen zu kämpfen. Mit hochrotem Gesicht erreichte er Petersen und Rackow. Der Fahrer des Radladers hatte sich in sein Steuerhaus gesetzt. Man brauchte ihn im Moment nicht.

Siebelts hatte Absperrband mitgebracht. Schnaufend prustete es aus ihm raus, als er den Totenkopf sah:

„'Nen Arzt, der uns 'nen Totenschein ausstellt brauchen wir wohl nicht oder?"

„Du bist ja schon gut drauf, heute Morgen", bemerkte Petersen trocken.

„Tja, ich bin froh, dass das keine aktuelle Leiche ist. Vielleicht ist da jemand vor Jahren von einem Schiff über Bord gegangen und ist schon vor langer Zeit an den Strand geschwemmt worden. Kann doch sein oder?"

Petersen deutete auf die Gewehrreste:
„Sicherlich ist das möglich, aber stutzig macht mich dieses Gewehr hier. Ein Seemann hat doch in der Regel kein Gewehr und ein Mariner läuft doch auch nicht mit einen Gewehr über sein Schiff."
Rackow, der bei der Marine gedient hatte, schaltete sich ein:
„Da hast du sicherlich Recht, Sheriff und das ist auch kein aktuelles Bundeswehrmodell. Ein G3 ist das sicher nicht."
Petersen nickte:
„Es hilft nichts, da müssen die Kriminaltechniker ran, aber was machen wir so lange mit unserem Sandhaufen?"
Siebelts runzelte die Stirn:
„Das ist doch keine klassische Auffindsituation. Jens hat doch den Scheiß hier hergefahren. Wir sollten den ganzen Haufen mit dem Radlader in die Halle fahren, da kann dann ja die KTU alles in Ruhe untersuchen, ohne dass ‚Touris' hier rumbuddeln."
Petersen fand den Gedanken überzeugend:
„Wir sollten uns aber in Wilhelmshaven absichern, sonst haben wir wieder den schwarzen Peter."
Siebelts fand diese Obrigkeitshörigkeit etwas übertrieben. Er wusste aber davon, wie Petersen in Bremen übel mitgespielt worden war und konnte seine Vorsicht nachvollziehen.
Nach kurzem telefonischem Hin und Her gab Wilhelmshaven grünes Licht. Rackow fuhr seinen Dumper langsam in die Parkposition. Der Fahrer des Radladers wurde instruiert, wo er die Ladung Sand hinschütten sollte. Es wurde ihm eingeschärft, den Sandhaufen möglichst original aufzunehmen und langsam in der Strandkorbhalle abzusetzen. Die Einfahrt der Halle war durch einen Anker und eine gelbschwarze Gefahrentonne beschränkt. Rackow betätigte die Elektronik des Hallentores. Langsam schob

sich das Hallentor nach oben. Rackow wies dem Fahrer des gelben Radladers eine Ecke in der Halle zu, von der er wusste, dass sie nicht gebraucht wurde. Das Unterfangen gelang, da der Fahrer sich sehr geschickt anstellte.
„Gelernt ist gelernt“, sagte Petersen zu Siebelts.
Beide waren zufrieden. Sie mussten jetzt keine Bewachung der Fundstelle organisieren. Die Halle wurde abgeschlossen, die Hallenecke mit Absperrband markiert. Siebelts würde die Kurverwaltung informieren, dass ein Teil der Halle gesperrt war. Mit Rackow zusammen gingen die beiden Polizisten in ihr Revier in der Charlottenstraße. Es musste ein Protokoll angefertigt werden.
Nachdem Rackow die Wache verlassen hatte, orderte Siebelts erst einmal bei seiner Frau Frieda Kaffee und ein paar belegte Brötchen. Beiden Beamten war sichtlich flau im Magen. Petersen machte sich Sorgen um seinen Kollegen, der erst kürzlich nach einem Herzinfarkt und einer mehrwöchiger Reha-Maßnahme den Dienst wieder angetreten hatte.
„Wann kommt eigentlich unsere Verstärkung?“, fragte Petersen.
Siebelts runzelte die Stirn und sah Petersen verärgert an:
„Glaubst du, ich halte das hier nich‘ durch oder was?“
„Nein, natürlich nicht. Aber es wird eine Menge Arbeit auf uns zukommen und da könnten wir schon noch Unterstützung gebrauchen.“
„Nun mach‘ mal nicht in Schwarzmalerei, Lars, das ist kein aktueller Mordfall. Strandleichen hat es hier immer schon gegeben. Du als Großstadtpolizist siehst immer nur Mord und Totschlag. Strandleichen gehören seit ewigen Zeiten zu den Nordseeinseln und nun komm‘ mir nich‘ mit Nordsee ist Mordsee!“
Petersen fing an zu lachen:

„Du kennst dich ja aus, der Film von Hark Bohm mit der Musik von Udo Lindenberg."
„So genau wusste ich das nicht. Du bist hier anscheinend der Kulturkenner, unser intellektueller Dorfsheriff aus Bremen."
Beide hatten nicht bemerkt, dass Frieda Siebelts während ihrer Unterhaltung das Dienstzimmer betreten hatte. Die große, schlanke Frau mit dem herben Gesicht war für Petersen das Sinnbild einer Ostfriesin. Ihre blauen Augen funkelten böse:
„So früh raus und ohne Frühstück, das ist nichts mehr für Onno, der klappt mir bald wieder zusammen."
Bei diesen Worten lief Siebelts rot an:
„Hör auf, das war nur 'ne Strandleiche, da war nichts Aufregendes dabei, beruhig dich. Lass uns den Korb mit Kaffee und Brötchen hier und lass uns weiter arbeiten."
„Dafür bin ich euch gut genug", keifte Frieda Siebelts, „und wenn dann das Kind in den Brunnen gefallen ist, kann ich wieder Mutter Theresa am Krankenbett spielen."
Mit diesen Worten verließ sie wutschnaubend die Wache. Petersen war etwas erschrocken über den Wutausbrauch, hegte aber Sympathie für die Argumente der besorgten Ehefrau.
„Onno, irgendwie hat sie aber Recht. Wir brauchen Unterstützung. Du solltest in Wilhelmshaven anrufen, vielleicht kann der Kollege Haake ja schon früher kommen."
„Erst mal warten wir ab, ob da wirklich viel Arbeit auf uns zukommt. Erst dann ruf ich an. Nur wegen einer Strandleiche mach' ich mich nicht lächerlich."
In diesem Moment läutete das Telefon. Siebelts nahm ab. Es war Kommissar Wilbert aus Wilhelmshaven. Etwas säuerlich gab Siebelts den Hörer an Petersen weiter:
„Der will mit dir sprechen."
Mit „Moin Kollege Wilbert", meldete sich Petersen. Wilbert

erwiderte den Gruß, legte dann aber sofort los:
„Also wir wollen aus der Sache nichts Großes machen. Das Spusiteam kommt heute Nachmittag mit dem Polizeikreuzer und nimmt dann mit, was von eurer Leiche übrig geblieben ist. Das wird dann untersucht und dann werden wir wissen, aus welchem Jahrhundert das Skelett ist.“ Wilbert lachte:
„Vielleicht werden Sie ja noch als großer Archäologe in die Geschichte eingehen, der Nordsee-Ötzi von Wangerooge.“
Petersen konnte hierüber nicht lachen und wunderte sich über den merkwürdigen Humor seines Wilhelmshavener Kollegen. Er vermied es aber, den Leichenfund zu kommentieren. Vielleicht hatten seine Kollegen an der Küste Recht und er überbewertete die Sache mit der Leiche, aber irgendwie spürte er ein merkwürdiges Gefühl in seiner Magengegend. Auf sein Gefühl konnte er sich bisher immer verlassen, nur in puncto Frauen hatte ihn dieses Gefühl häufig im Stich gelassen. Petersen informierte Siebelts über das Gespräch mit Wilbert. Siebelts rief Harm Gerdes von der Freiwilligen Feuerwehr an. Die Beamten der Kriminaltechnik mussten vom Anleger abgeholt werden, da zum Leidwesen der Wangerooger Beamten der Polizei kein eigenes Fahrzeug zur Verfügung stand. Gerdes sicherte die Hilfe der Feuerwehr zu. Die Zusammenarbeit zwischen Polizei und Feuerwehr war kein Problem. Petersen hatte bei seinem letzten Fall dies am eigenen Leib positiv erfahren.
Nach dem nochmaligen Lesen des Protokolls fiel Petersen ein mögliches Versäumnis auf. Zweifelnd sprach er Siebelts an:
„Sag mal, hätten wir nicht noch mal zur vermeintlichen Fundstelle im Osten fahren müssen. Vielleicht liegt da noch was und wenn die wieder anfangen Sand zu fahren, ist es zu spät.“

Onno schüttelte mit dem Kopf:
„Wir haben jetzt Flut, die spült sowieso alles durcheinander. Aber ich ruf mal die Gemeindeverwaltung an, dass Jens oder der Fahrer des Radladers uns noch mal die Fundstelle zeigen, okay?“
Petersen nickte:
„Wenn heute Nachmittag Ebbe ist, können die vielleicht einen von der Spusi mitnehmen.“
„Mook we! Ich ruf mal bei der Gemeinde an.“
Das Einfließen von pattdeutschen Redewendungen durch Onno Siebelts gefiel Petersen. Er hatte noch seine Großeltern in Bremen Platt sprechen hören und war seitdem von dieser Sprache fasziniert. Zu seiner Musiksammlung gehörten auch LPs von Knut Kiesewetter und Fiede Kay, die plattdeutsche Musik machten.

Für 15:00 Uhr war die Ankunft des Polizeikreuzers aus Wilhelmshaven angekündigt. Harm Gerdes stand mit dem roten Rover der Freiwilligen Feuerwehr zur Abholung des Spurensicherungsteams am Anleger bereit. Petersen und Siebelts brachen nach einer kurzen Mittagspause zur Strandkorbhalle auf, wo bereits einige Mitarbeiter der Kurverwaltung auf sie warteten. Petersen steuerte direkt auf Jens Rackow und den Fahrer des Radladers zu. Er nickte beiden freundlich zu:
„Moin ihr beiden, büschen wenig Schlaf heute, aber es hilft ja nichts. Ich hab‘ ‘ne Frage an euch. Findet ihr die Stelle wieder, wo ihr heute Morgen die letzte Fuhre aufgenommen habt?“
Rackow antwortete:
„Ungefähr schon, aber die Flut wird alles verändert haben.“
Petersen nickte:
„Ist mir schon klar, aber ich würde euch bitten, einen der

Beamten aus Wilhelmshaven da mal hinzufahren. Geht das?"
„Aye, aye Sir", antwortete Rackow, der immer mal wieder betonte, dass er auf der Fregatte „Lübeck" gefahren war. Petersen hatte das mal beim Knobeln im „Störtebeker" aufgeschnappt.
Er betrat nun die Strandkorbhalle. Die Ecke mit dem Sandhaufen war abgesperrt. Alles schien unberührt, nur die Lichtverhältnisse gefielen ihm nicht.
„Können wir irgendwie mehr Licht in die Ecke bekommen?", fragte er die Vertreter der Kurverwaltung. Man versprach, einen Scheinwerfer herzuschaffen. Petersen hörte schon das Röhren des Rovers. Harm Gerdes kam mit seinem Fahrzeug vom Strand und fuhr direkt die Auffahrt zur Halle rauf. Die drei Beamten kletterten aus dem Fahrzeug. Mit einem knappen „Moin, moin" begrüßte man sich. Alle drei Spezialisten waren auch mit dem Fall Dunker auf der Insel befasst gewesen. Die Silberkoffer wurden entladen. Harm Gerdes versprach die persönlichen Sachen in die Pension zu fahren. Die drei inspizierten den Sandhaufen. Einer der Beamten wandte sich an Petersen:
„Wir brauchen so 'ne Art Sieb für den Sand, könnt' ihr das besorgen?"
„Wir haben hier 'ne Gärtnerei", schaltete Siebelts sich ein, „ich ruf da mal eben an. Ich hab so ein Ding auf dem Gelände in der Siedlerstraße mal gesehen, glaub' ich wenigstens."
Nachdem Petersen die Beamten kurz über die Auffindsituation informiert hatte, wurde ein Beamter abgeordnet, mit dem Radlader in den Osten der Insel zu fahren. Die anderen schlüpften in ihre weißen Overalls und begannen mit ihrer Arbeit. Nach einer halben Stunde wurde von dem Inhaber der Inselgärtnerei mit dem E-Karren ein Sandsieb herbeigeschafft. Siebelts und Petersen waren mit

sich zufrieden. Sie hatten alles Denkbare getan, damit die Kollegen ihre Arbeit optimal verrichten konnten. Es war jetzt etwas Zeit zum Verschnaufen. Petersen tippte Onno Siebelts auf die Schulter:
„So lieber Onno, du gehst jetzt nach Hause und machst Feierabend, sonst reißt Frieda mir noch den Kopf ab.“
„Du spinnst wohl, jetzt, wo es gerade interessant wird?“, brauste Onno auf.
„Keine Widerrede, das wird jetzt nicht spannend. Das dauert bis die Spusi-Jungs was rauskriegen und ob die uns was sagen, ist auch nicht sicher, für die sind wir kleine Lichter.“
Murrend schob Siebelts ab und bat Petersen, ihn zu informieren, falls es etwas Neues geben sollte. Petersen beobachtete noch, wie die beiden Spusi-Beamten begannen, den Sand durch das Sieb laufen zu lassen. Die Skelettreste und die verrosteten Gewehrteile hatten sie in Plastikfolien eingepackt. Zu gern hätte er gefragt, ob es schon Erkenntnisse gab, aber er wusste zu gut, dass die Spusi nichts mehr hasste, als Kriminalbeamte, die ständig schon so früh was wissen wollten. Es blieb ihm also nichts anderes übrig, als auch nach Hause ins Revier zu gehen, zumal sich auch bei ihm eine gewisse Müdigkeit breit machte.
Nach dem Duschen und einem kleinen Imbiss griff er zur Gitarre und spielte einige Rock-Soli als Fingerübung. Die Ereignisse um die Strandleiche traten zunehmend in den Hintergrund. Musik war für ihn Entspannung pur. Das Projekt von Musiklehrer Sönke Meiners, eine Band auf der Insel zu gründen, musste gut überlegt sein. Sicher mussten Rock-Standards zum Repertoire gehören, aber so ganz von maritimen Inhalten sollte man sich nicht lösen, wenn auch einmal vor Publikum gespielt werden sollte. Das würde ein schmaler Grat zwischen Shanties und Rock werden. Bei

diesen Gedanken fielen ihm die Augen zu und er versank in eine Welt musikalischer Träume.

3

Als ihn sein Handy mit dem Gitarrenriff von *Smoke on the water* weckte, fühlte Petersen sich komplett gerädert. Sein Traum von Lars Petersen als Rock-Heroe war jäh ausgeträumt. Er musste sich beeilen. Onno würde zu Hause frühstücken und nur noch einen Kaffee mit ihm trinken, also mussten Brötchen her. Auf dem Weg durch die Zedeliusstraße zur Inselbäckerei sog er die klare Meeresluft tief in sich ein. Auf der Straße begegneten ihm nur E-Karren einiger Handwerksbetriebe, die sich jetzt sputen mussten, um zum Saisonbeginn alle Arbeiten zum Abschluss zu bringen. Aus dem rötlichen E-Karren der Inseltischlerei donnerte ihm ein kräftiges „Moin Sheriff" entgegen. Petersen kannte den Gesellen vom „Störtebeker". Er gehörte zur allabendlichen Knobelrunde beim Magister. Die knallgelb gestrichene Eingangstür der Bäckerei war geöffnet. Zum ersten Mal waren wieder Tische und Stühle auf der Terrasse aufgebaut. In der Saison wurde hier ein gutes Frühstück angeboten. Auch Petersen, der, mal von Silvester abgesehen, noch keine richtige Saisonerfahrung besaß, nahm sich vor, hier einmal zu frühstücken. Im Verkaufsraum war niemand zu sehen. Petersen brummte, um sich bemerkbar zu machen, ein tiefes „Moin."
„Komme sofort", flötete es aus dem Hinterraum.
Sogleich erschien eine äußerst attraktive Blondine mit einer braunen Bäckerschürze. Als sie Petersen erblickte, lief ihr Gesicht leicht rot an, auch Petersen war verunsichert. Es war die nette Verkäuferin vom letzten Jahr, die ihn einmal als „Insel-Clapton" bezeichnet hatte. Vielleicht wäre etwas zwischen ihnen gelaufen, wenn da nicht die Sache mit Mona

gewesen wäre.
Petersen durchbrach als Erster die peinliche Stille:
„Wo sind Sie denn die letzten Wochen gewesen? Ich habe Sie vermisst.“
Noch einmal errötete die Verkäuferin um einiges mehr.
„Ich war zu Hause in Greifswald. Ich bin hier keine Ganzjahreskraft. Außerdem waren Sie ja mit anderen Dingen beschäftigt.“
War das jetzt eine Anspielung auf seine Arbeit im Fall Dunker oder spielte sie auf die Sache mit Mona an? Petersen versuchte seine Verunsicherung zu unterdrücken.
„Ja, ja jetzt ist es wieder ruhiger.“
Mehr brachte Petersen nicht zustande. Beim Rausgehen ärgerte er sich über sich selbst, so ein bescheuerter Satz! In solchen Dingen war er oft hilflos. Auf den Treppenstufen der Terrasse drehte er sich noch einmal um und machte eine ungelenke Handbewegung, die ein Winken darstellen sollte. Hierbei übersah er eine Stufe und hätte sich fast auf die Schnauze gelegt. Bloß weg hier, bevor es noch peinlicher wird! Schnurstracks trat er den Heimweg zur Charlottenstraße an. Onnos Fahrrad stand bereits im Fahrradständer vor dem rot geklinkertem Haus mit dem großen Polizeischild neben der Eingangstür.
Während Petersen frühstückte, kontrollierte Siebelts die eingegangenen Mails. Lachend drehte er sich zu Petersen um:
„Da ist sie wieder die Fahrradnummer! Der Bürgermeister bittet noch einmal, die Kontrollen in der Fußgängerzone in der beginnenden Saison zu verstärken.“
Petersen legte sein Marmeladenbrötchen aus der Hand:
„Weißt du, was wir machen? Wir machen Symbolpolitik. Wenn der neue Kollege da ist, gehen wir mit drei Mann in die Zedeliusstraße und machen da ‘ne große Kontrollshow.“

„Is‘ ja gut“, stutzte Siebelts, „aber warum ist das Symbolpolitik?“
„Das haben wir in Bremen auch immer gemacht. Wenn die Bevölkerung unzufrieden war, haben wir so eine Schwerpunktaktion gemacht, einen Monat lang, ordentlich Wirbel mit Presse usw.“
„Das is‘ ja nix Schlechtes oder?“
„Nein, natürlich nicht, was nur verschwiegen wird, ist, dass aus anderen Bereichen die Beamten abgezogen werden. Also, was du auf der einen Seite gewinnst, verlierst du auf der anderen, ein Nullsummenspiel.“
„Ich find‘ die Idee für uns aber trotzdem gut“, beharrte Siebelts.
„Na klar, da wird die Insel noch längere Zeit von sprechen. Wir lassen uns per Foto ablichten, machen einen Artikel für den Inselkurier. Es gibt keine Verwarnungen, gleich Bußgeld, unter dem Motto: Die Polizei greift hart durch.“
Siebelts lachte:
„Du bist so ‘n Trickser, warum bist du eigentlich nicht Polizeipräsident in Bremen geworden?“
„Weil ich nicht in der SPD bin.“
„Na ja, außerdem hast du ja auch noch anderen Scheiß gebaut.“
Bei diesen Worten verfinsterte sich Petersens Gesicht. Bei den Ereignissen, die zu seinem Straf- und Disziplinarverfahren geführt hatten, verstand er keinen Spaß. Die Wunde saß zu tief. Er war immerhin Leiter einer Ermittlungsgruppe mit der höchsten Aufklärungsquote im Drogenbereich gewesen und wurde seiner Meinung nach durch eine Intrige ans Messer geliefert. Siebelts, der das versteinerte Gesicht von Petersen bemerkt hatte, wiegelte sofort ab.
„Entschuldigung, ich wollte dir nicht zu nahe treten. Ich

weiß, dass dir übel mitgespielt wurde. Schwamm drüber!"
„Geschenkt", murmelte Petersen.
Siebelts lenkte das Gespräch wieder in eine andere Bahn:
„Jede Wette, wenn wir das mit der Fahrradkontrolle durchziehen, das meiste Bußgeld holen wir von den Insulanern selbst."
Petersen nickte:
„Ich denke, wir sollten jetzt mal zur Strandkorbhalle gehen. Mal sehen, wie weit die Spusi ist"
Siebelts stimmte ihm zu. Beide griffen sich ihre Uniformmützen und machten sich auf den Weg. Auf der Promenade erwartete sie ein toller Ausblick. Im Fahrwasser nach Bremerhaven konnte man ein großes Kreuzfahrtschiff erkennen, während im Wangerooger Fahrwasser ein Supertanker der offenen Nordsee entgegen fuhr. Petersen genoss diesen Moment. Beide blieben einen Moment stehen.
„Onno, ist das für dich eigentlich immer noch was Besonderes, dieser Ausblick, oder nimmst du das als Insulaner gar nicht mehr wahr?", fragte Petersen seinen Kollegen.
Ohne zu zögern kam die Antwort:
„Ich muss einmal am Tag am Strand gewesen sein, sonst fehlt mir was. Das ist einfach so drin."
Sie gingen jetzt am Schwimmbad vorbei, das gerade renoviert wurde, direkt auf die Auffahrt zur Strandkorbhalle. Das Rolltor war etwa zur Hälfte geöffnet. Petersen sah sofort, dass die drei Beamten am Einpacken waren.
„Was, ihr seid schon fertig? Das war's oder was?" Petersen machte einen ziemlich enttäuschten Eindruck. Der Leiter des Teams ging auf Petersen zu:
„Wir können hier nichts mehr machen. Wir müssen unsere

Fundstücke im Labor untersuchen. Täterspuren haben wir hier ja nicht. An der Baggerstelle am Strand hat der Kollege nichts mehr gefunden. Hier im Sand allerdings haben wir noch eine verrostete Blechmarke gefunden. Du weißt ja, ich bin mit Prognosen immer vorsichtig, aber das könnte so 'ne Blechmarke sein, wie sie Soldaten immer tragen und die Gewehrreste, da tippe ich auch auf 2. Weltkrieg. Beim Bund gab es, so glaube ich, nicht so 'ne Gewehre. Alles Weitere wird dann in unserem Bericht stehen."

Onno versprach, den Transport zum Anleger zu organisieren.

Petersen konnte seine Enttäuschung nicht verbergen. Also kein neuer Fall, sondern irgendein vermisster Soldat aus dem 2. Weltkrieg. Vielleicht könnte man seine Identität für die Angehörigen rauskriegen, aber das wär's dann schon gewesen. Von hinten kam Onno auf ihn zu:

„Na, Lars, das war's dann wohl, kein aufregender Mordfall. Ich sag ja, halt 'ne Strandleiche aus dem Krieg."

„Ist ja gut", murmelte Petersen.

Missmutig stapfte er die Promenade entlang in Richtung Pudding. Auf dem unteren Teil der Promenade wurde für die neue Saison die Bungee-Anlage aufgebaut. Auf den gelben Bannern stand „Guido's Bungee Jump and Fly". Guido aus Hannover, der dieses Geschäft betrieb, war teilweise auch mal Gast im „Störtebeker" gewesen. Petersen erinnerte sich, wie der Magister ihn als „Jumping Jack Flash" vorstellte.

Kurz vorm „Strandkorb" kam ihm doch glatt ein Angestellter der Gemeinde mit dem Fahrrad entgegen. Normalerweise hätte Petersen um diese Jahreszeit nichts gemacht oder nur „absteigen" gerufen, aber jetzt musste er seinen Frust rauslassen, zumal gerade die Gemeinde ständig Fahrradkontrollen forderte.

„Na, können wir denn keine Verkehrsschilder lesen?“, raunzte Petersen den Gemeindeangestellten an, der mittlerweile von seinem Fahrrad abgestiegen war.
„Ich bin in Eile, Entschuldigung, aber ich muss zum Schwimmbad, da gibt es ein Problem bei der Renovierung“, stotterte der ertappte Verkehrssünder.
Petersen hatte sich jetzt wieder etwas beruhigt und ärgerte sich, den Mann überhaupt angehalten zu haben.
„Beim nächsten Mal gibt es ein Bußgeld, Tschüss“, gab er dem sichtlich erleichterten Mann mit auf den Weg. „Was bin ich nur für ein Weichei?“, grummelte Petersen in seinen 3-Tage-Bart.
Langsam bog er beim Café Pudding rechts in die Zedeliusstraße ein. Im Pizza- und Eisladen wurde sauber gemacht. Die bald beginnenden Osterferien warfen ihre Schatten voraus. Petersen entschloss sich kurz im Inselbuchladen vorbei zu schauen. In der hinteren Ecke des Ladens fand er Literatur über die Welt der Nordsee, Inselkrimis und sonstige maritime Literatur. Das Buch über den Untergang der Pamir, was hier angeboten wurde, war ihm bereits bekannt, auch das Werk über Seemachtpolitik im 20 Jhdt. hatte er gelesen. Im Bereich der „Seeräuberliteratur“ gab es ebenfalls nichts Aktuelles. Hier musste er immer auf dem neuesten Stand sein, um den Magister zu übertrumpfen. Es war ein leidenschaftlicher Wettstreit zwischen den beiden, um neue Erkenntnisse in der Seeräuberforschung. Hier ging es immer darum, aktuelle Publikationen der Seeräuberforschung zu kennen, um dann gegenüber dem Anderen aufzutrumpfen. Ins Auge fiel ihm im letzten Regal ein großer Band mit dem Titel „Bomben über Wangerooge“. Augenscheinlich handelte es sich hier um eine Abhandlung der Geschichte Wangerooges im 2. Weltkrieg. Obwohl das Buch einen stolzen Preis hatte,

entschied er sich, den Band zu kaufen. Bewaffnet mit der Einkaufstüte aus dem Buchladen trat er wieder auf die Zedeliusstraße. Hinter ihm hörte er die Stimme des Bürgermeisters:
„Moin Herr Petersen, Polizisten interessieren sich auch für Literatur?“
Petersen meinte etwas Abschätziges in der Formulierung zu erkennen.
„Lieber Herr Bürgermeister, es gibt auch denkende Polizisten, man sollte es kaum glauben.“
Bürgermeister Depken berührte ihn an der Schulter seiner Uniformjacke:
„Nichts für ungut, Herr Petersen, ich wollte mich nicht über Sie lustig machen.“
„Geschenkt“, antwortete Petersen.
Er war mit Bürgermeister Depken das eine oder andere Mal im Fall Dunker aneinander geraten und wollte die Sache jetzt nicht eskalieren lassen.
Depken wollte aber augenscheinlich etwas Anderes.
„Sagen Sie mal, es gibt da wieder eine neue Leiche, haben meine Mitarbeiter erzählt? Müsste ich irgendwas wissen?“
Petersen spürte sofort, worauf Depken anspielte. Dieser hatte sich im Fall Dunker von Petersen schlecht informiert gefühlt. Er war augenscheinlich immer noch der Meinung, dass die Polizei den Bürgermeister ständig informieren müsse. Petersen teilte diese Ansicht nicht und war deshalb auch mit Depken in Streit geraten. Trotzdem wollte er jetzt den Ball flach halten.
„Keine Angst, nichts Aktuelles. Wir haben Skelettreste gefunden, wahrscheinlich aus dem Krieg. Wenn sich die Techniker und die Gerichtsmedizin das genauer angesehen haben, wissen wir mehr.“
„Da bin ich aber erleichtert. Jetzt, wo die Saison beginnt,

können wir keine Schreckensnachrichten gebrauchen. Wenn Sie mehr wissen, sagen Sie mir bitte Bescheid."
Mit diesen Worten verabschiedete sich Depken. In Petersen machte sich ein wenig Ärger bemerkbar. Halblaut grummelte er:
„Von wegen, ich bin nicht dein Gemeindebüttel."

Die nächsten zwei Tage war auf dem Revier des Wangerooger Polizeipostens „tote Hose". Siebelts und Petersen machten Büroarbeit und kurze Streifengänge, um Flagge zu zeigen.
In seiner Freizeit vertiefte sich Petersen in die Welt des 2. Weltkrieges auf Wangerooge. Völlig überrascht war er von der Tatsache, welch überragende Rolle Wangerooge bei der Luftverteidigung des Deutschen Reiches gespielt hatte. Er sog die historischen Fakten quasi in sich hinein und vergaß die Welt um sich herum. Zwei Tage las er bis spät in die Nacht, wobei er sich zu einigen Sachverhalten Fragen notierte. Irgendwie kam es ihm vor wie in seiner Studentenzeit, in der er nächtelang Exzerpte von historischer Fachliteratur angefertigt hatte. Eigentlich wollte er mal Lehrer für Geschichte werden, doch sein Leben hatte einen anderen Verlauf genommen.

4

Nach dem Frühstück tranken Siebelts und Petersen noch einen Kaffee. Die letzten beiden Tage waren ruhig gewesen. Sie hatten ihre Ablage auf Vordermann gebracht und den monatlichen Polizeibericht für den Inselkurier geschrieben. Siebelts verabschiedete sich. Er hatte einen Untersuchungstermin beim Inselarzt Dr. Meyerdierks. Was Petersen jetzt beim Checken der Mails auf dem Bildschirm sah, elektrisierte ihn. Der Untersuchungsbericht der Gerichtsmedizin und der Kriminaltechnik über die Leichenreste war da. Gleich der erste Satz hatte es in sich. Die männliche Person war keines natürlichen Todes gestorben. Ein Schuss in den Kopf war die eindeutige Todesursache. Die Kugel stammte aus einem Gewehr der Marke Karabiner 98. Ein Selbstmord wurde ausgeschlossen, denn die Möglichkeit, dieses Gewehr bei der großen Länge des Laufes gegen sich selbst zu richten, hielt die Kriminaltechnik für unwahrscheinlich. Die Untersuchung der Knochenreste deutete auf einen jungen Mann hin im Alter von 16 bis 20 Jahren. Ein Abgleich mit der zentralen DNA-Analysedatei(DAD) wies keinen Treffer auf. Die verrostete Metallmarke hatte augenscheinlich keine drei Trennschlitze, wie das normal üblich war bei den Erkennungsmarken der deutschen Soldaten im 2. Weltkrieg. Es handelte sich hier genauer um eine eloxierte Alumarke mit einer Trennlinie. Was das zu bedeuten hatte, war den Technikern unklar. Die genaue Untersuchung der Beschriftung würde noch etwas Zeit in Anspruch nehmen. Petersen schnalzte mit der Zunge. Also doch keine Wasserleiche oder das Opfer eines Bombenabwurfs,

sondern ein junger Mann, der schlichtweg erschossen worden war.
Er griff sich sofort das Diensttelefon und wählte die Nummer von Kommissar Wilbert in Wilhelmshaven. Dieser meldete sich auch prompt:
„Moin Kollege Petersen, Ihren Anruf habe ich schon erwartet. Sie haben gerade den Bericht gelesen und wittern natürlich einen neuen Mordfall."
„So ist es ja auch nicht, dass ich ständig heiß auf Tötungsdelikte bin, aber wir halten doch mal fest, dass es sich um eine Tötung handelt und Mord verjährt ja nun nicht."
„Nun mal halblang Petersen, es handelt sich um eine Sache aus dem 2. Weltkrieg, da machen wir jetzt kein Buhei drum. Im Krieg wurden Leute erschossen und Soldaten sowieso, das war ja nun nichts Ungewöhnliches. Ich möchte nicht, dass Sie da jetzt Ihre ganze Arbeitskraft binden und die Insel kirre machen. Was Sie versuchen können, ist, die Identität des Jungen rauszufinden. Ich geb' Ihnen zwei bis drei Wochen. Da kommt sowieso nichts bei rum und wir können immer sagen, dass wir uns bemüht haben. Haben wir uns verstanden, dies ist eine dienstliche Anweisung!"
Petersen schluckte. Er hätte noch sehr viele Fragen gehabt, hielt es aber taktisch für klüger, jetzt nichts mehr zu sagen, außer einem knappen „verstanden, Tschüss."
Nach dem Telefonat stand er auf. Er musste seine innere Unruhe bändigen. Während er im Dienstzimmer auf und ab schritt, kam Siebelts von seinem Arztbesuch zurück.
„Ist was passiert? Was läufst du hier rum wie so 'n Tiger im Käfig?"
Petersen drehte den Monitor in Richtung Siebelts.
„Der Bericht ist da. Lies mal!"
Angestrengt las Siebelts den Bericht, drehte dann den

Monitor wieder zu Petersen.
„Na ja, ist halt ein Kriegstoter.“
Petersen berichtete in kurzen Worten von seinem Gespräch mit Wilbert, deutete aber noch nicht an, wie er die Sache einschätzte. Siebelts kräuselte seine Stirn:
„Du kannst sagen, was du willst, aber Wilbert hat Recht. Was sollen wir denn da noch machen? So ‘ne Identität rauszukriegen ist viel zu aufwändig, du kannst das ja mal versuchen, aber häng dich da bloß nicht so rein.“
Petersen verkniff sich jeglichen Kommentar. Er würde sich allein um die Sache kümmern müssen. Vielleicht aber konnte er noch einen Verbündeten finden und mit diesem Gedanken beschloss er, heute Abend dem „Störtebeker“ einen Besuch abzustatten. Da er noch viele Überstunden abzufeiern hatte, machte er früh Feierabend, zog sich um und ging in der „Düne 17“ eine Kleinigkeit essen. Die blonde Frau vom Flughafen war auch wieder da. Mit ihr wechselte er ein paar Worte.
„Du darfst mir gratulieren. Ich habe geheiratet. Ich konnte nicht mehr auf dich warten.“
Bei diesen Worten fing sie herzlich an zu lachen. Ihr Mann arbeitete auch am Flughafen und sie war mittlerweile nach Carolinensiel umgezogen. Zum Abschluss des Gesprächs umarmten sich beide und Petersen zahlte. Er machte dann noch eine kleine Runde über die Promenade. Die Positionslaternen der Schiffe waren deutlich zu erkennen und am Horizont blitzte das Feuer des Leuchtturms Helgoland. Er liebte diese Szenerie. Leise summte er das Lied von Hans Albers *der Wind und das Meer sind meine Begleiter*. Über die Anton-Günther-Straße bog er in die Friedrich-August-Straße ein. Am Ende der Straße sah er das grüne Jever-Schild einladend leuchten. Die Eingangstür der Kneipe war geöffnet und er hörte das Gelächter der Gäste.

Die Würfel in den Knobelbechern knallten auf die Theke. Zum Glück war es noch recht früh. Das ein oder andere Mal hatte er den Magister verwarnen müssen, da Gäste aus dem gegenüberliegenden Haus sich über ruhestörenden Lärm beschwert hatten. In der Kneipe war das tägliche Feierabend-Knobeln in vollem Gange. Die Theke war vollbesetzt und die Anzahl der leeren Flaschen war bedrohlich groß. König Alkohol hatte schon das Regiment übernommen. Petersen wurde mit lautem Hallo begrüßt.
„Moin Sheriff, warst schon lange nicht mehr da“, sprach ihn der „Schwede“ an, der diesen Namen trug, weil er gerade beim Knobeln häufig die Redewendung „alter Schwede“ benutzte. Da die Theke besetzt war, platzierte Petersen sich neben den Spielautomaten auf die Verlobungsbank, wie die kleine Bank an der rechten Thekenseite genannt wurde. Auf dem Spielautomaten stand eine Glaskugel, die erleuchtet war. Ein grüner Schriftzug kreiste in der Kugel. Es war der Kultspruch des Magisters: „Wir sind hier nicht auf Sylt“. Petersen wartete gespannt darauf, mit welchem Spruch der Magister ihn begrüßen würde. Er spürte wie es in ihm arbeitete, dann kam es kurz und trocken:
„Wir begrüßen den Mann, dessen Lederjacke kein Spaß versteht.“
Der Magister fing grölend an zu lachen. Die Knobelrunde fixierte Petersens Lederjacke, die mindestens 20 Jahre alt war, speckig und abgewetzt. Petersen wartete bis das Lachen verstummte und konterte:
„Das kommt nicht von dir. Der Spruch kommt von Jan Delay. Ich sage nur *Wacken* heißt der Song.“
„Der Kandidat hat 24 Punkte, den alten Musikfreak kann man nicht täuschen“, und mit diesen Worten schob der Magister Petersen ein schön gezapftes Jever rüber, welches dieser in zwei Zügen leerte. Der Magister bediente die

Knobelrunde. Auf der Empore waren keine Gäste. Man war also unter sich. Die Knobelbecher wurden besprochen, es wurde geschimpft, es wurde gelacht. Petersen begann sich wohlzufühlen. Lange war er nicht mehr hier gewesen, aber ab und zu brauchte er diese Atmosphäre. Da der Magister einen guten Riecher für musikalische Stimmungen hatte, legte er jetzt die CD von Jan Delay „Hammer und Michel" auf. Als beim Song *Wacken* die entsprechende Zeile mit der Lederjacke, die keinen Spaß verstand, kam, klatschte die Knobelrunde Beifall. Die letzte Runde lief, einige von den Männern waren schon schwer angezählt. *„Auf St. Pauli brennt noch Licht, da ist lange noch nicht Schicht"*, dröhnte es jetzt aus den Boxen. Alle sangen mit. Der Magister öffnete die Flaschen für die letzte Runde. Schwungvoll warf er die Kronkorken der Bierflaschen unter die Kneipendecke. Direkt über der Theke hatte er einen Magneten angebracht, so dass eine Traube mit Kronkorken von der Decke hing. Als das Lied verstummte, lallte einer der Knobler, der schon bezahlt hatte:

„Schwarze BHs sollen fliegen."

Der Magister und Petersen lachten sich die Tränen aus den Augen. Der trockene norddeutsche Humor hatte wieder zugeschlagen. Schwarze BHs und St. Pauli passten durchaus zueinander, fand Petersen. Langsam löste sich die Runde auf. Nur der Schwede blieb noch an der Theke sitzen. Petersen hielt es jetzt für angebracht sein Anliegen vorzubringen, obwohl der Alkoholpegel beim Magister ebenfalls einen Höchststand erreicht hatte. Er wollte es trotzdem versuchen:

„Mal eben was anderes, ich hab' gerade das Buch über Wangerooge im 2. Weltkrieg gelesen, dieser Autor Huntemann, lebt der eigentlich noch und wenn ja, wo?"

Der Magister brauchte nicht lange zu überlegen:

„Das ist ein pensionierter Lehrer von der Insel, der ist weit über 80, aber noch total fit im Kopf. Wie es ihm körperlich geht, weiß ich nicht, aber der lebt auf der Insel.“
„Der wohnt in der Robbenstraße“, mischte sich der Schwede ein, „gleich neben dem Kreativ-Café.“
„Warum willst du das eigentlich wissen?“, setzte der Magister neugierig nach, „willst du dein Geschichtsstudium wieder aufnehmen?“
Petersen machte eine abwehrende Handbewegung.
„Wir haben da doch Teile aus dem 2. Weltkrieg gefunden. Mich interessiert das, was hier in der Zeit so los war.“
„Da bist du bei Huntemann an der richtigen Adresse, der erzählt gern aus dieser Zeit. Du musst aber ein bisschen Geduld mitbringen, wenn der mal ins Erzählen kommt, hört der nicht mehr auf“, erläuterte der Schwede.
„Na ja, genauso wie bei dir“, kommentierte der Magister trocken.
Petersen wollte die Sache nicht weiter vertiefen. Er gab noch ein Abschlussbier aus und wünschte sich noch einmal *auf St. Pauli brennt noch Licht*. Als er gezahlt hatte und schon die Kneipentür halb geöffnet hatte, drehte er sich noch einmal um und rief ins Lokal:
„Übrigens Jungs, denkt dran, schwarze BHs sollen fliegen.“
Auf dem Nachhauseweg musste er immer wieder über diesen Spruch lachen, obwohl ihm klar war, dass die Situation nicht vermittelbar war und sicher auf Unbeteiligte äußerst spätpubertär wirken würde. Ein Recht auf Albernheit hatte Petersen sich bisher immer erhalten, auch wenn er manchmal damit auf Unverständnis stieß. Er erinnerte sich da an so manche Szene auf Feten mit Lehrerkollegen seiner geschiedenen Frau, die regelmäßig seine Frau bedauerten, mit so einem kleingeistigen Polizisten verheiratet zu sein. Das war aber Schnee von

gestern und belastete ihn nicht mehr. Morgen würde er versuchen, mit diesem pensionierten Geschichtslehrer einen Termin zu machen.

5

Am nächsten Morgen versuchte Petersen telefonisch Kontakt mit dem pensionierten Lehrer Helmut Huntemann aufzunehmen. Huntemanns Tochter nahm das Gespräch entgegen und erschrak, als sich Petersen als Polizist zu erkennen gab. Erst als er erläuterte, was sein Anliegen war, stimmte sie einem Treffen am Nachmittag zu. Siebelts, der das Telefongespräch beim Betreten des Dienstzimmers mitbekam, schüttelte mit dem Kopf:

„Die Identität unserer Kriegsleiche kriegst du doch nicht über den raus. Was soll das? Du verrennst dich da in was."

„Mein Gott, was regst du dich auf?", antwortete Petersen leicht verärgert.

„Ich lebe auf dieser Insel und mich interessiert nun mal, was hier im 2. Weltkrieg los war. Ich habe in Bremen auch Bücher über die Stadtgeschichte in dieser Zeit gelesen. Interessiert dich das überhaupt nicht?"

Petersen war klar, dass er sein wahres Interesse gegenüber Siebelts verschleierte.

„Für mich ist das zu lange her, tote Geschichte. Das bringt uns nicht weiter."

„Das wird sich noch zeigen, ob das tote Geschichte ist", entfuhr es Petersen.

Sofort ärgerte er sich über diesen Satz, denn nun war klar, dass er auch ein Ermittlungsinteresse hatte. Zum Glück ging Siebelts nicht weiter auf die Sache ein. Es klopfte und der Zollbeamte der Insel, Ralf Kleppe, trat ein.

„Moin, ihr beiden, bald ist eure Ruhe vorbei, die Osterferien gehen bald los, da könnt ihr wieder Fahrräder kontrollieren."

Siebelts konterte trocken:
„Und du kannst wieder die Kiffer hinter der Disco kontrollieren."
Kleppe setzte sich unaufgefordert auf den Stuhl vor Petersens Schreibtisch.
„Spaß beiseite! Ich hab 'ne Bitte an euch. Meine Kollegen auf Helgoland haben den Verdacht, dass irgendjemand große Mengen Alkohol, also Schnaps, mit Sportbooten auf die Insel bringt. Ich hab' dem Hafenmeister auch schon Bescheid gesagt. Wir sollten gemeinsam Augen Ohren und offenhalten."
Petersen starrte Kleppe ungläubig an:
„Wie geht denn sowas, das muss doch auffallen oder?"
„Du hast Recht, eigentlich müsste das in Helgoland schon auffallen. Aber wenn da ein Schiffsausrüster mitspielt, kann das laufen. Die Segler lassen sich ja ihre Ware ans Schiff liefern. Wenn die Lieferung verschleiert wird und in den Kisten was anderes ist, als das was da draufsteht, geht das schon. Nur muss eben jemand in Helgoland mitspielen."
Petersen überzeugte das immer noch nicht:
„Okay, aber hier im Hafen muss das doch immer auffallen."
„Nachts ist da doch niemand, auch kein Hafenmeister", mischte sich jetzt Siebelts ein.
Petersen hakte nach:
„Schön und gut, aber wie willst du den Fusel denn unbemerkt vom Hafen ins Dorf bringen, da brauchst du doch einen E-Karren, mit der Inselbahn geht das doch nicht oder?"
„Eigentlich ja, deshalb sollt ihr ja einfach mal die Augen aufmachen. Wenn euch was auffällt, ruft mich bitte an."
Siebelts und Petersen nickten. Als Zollinspektor Kleppe die Wache verlassen hatte, wandte sich Siebelts an Petersen:
„Du bist doch der große Drogenfahnder, mit Schmuggel

müsstest du dich doch auskennen."
„Ja, das stimmt schon, aber Drogenschmuggel in großem Stil läuft meistens über Container, da sind dann z. B. in Dosen mit Artischockenherzen Kokain- oder Heroinbeutel drin. In Bremerhaven haben die zwar so ein Röntgengerät für Container, aber bei der Masse der umgeschlagenen Container kannst du natürlich nur Stichproben machen oder du kriegst einen Tipp. Und da wären wir wieder bei meinem Problem. Wenn du einen Tipp haben willst, musst du die Leute anfüttern, aber das war ja in Bremen nicht mehr gewollt. Political correctness, wenn du verstehst, was ich meine?"
Onno Siebelts nickte, hatte aber jetzt eigentlich keine Lust auf Petersens Bremen Geschichten. Er erhob sich und meldete sich zu einem Streifengang ab. Petersen nutzte die Zeit, die er für sich hatte, um sich einige Fragen zu notieren, die er dem pensionierten Geschichtslehrer stellen wollte. Zeitzeugen musste man präzise Fragen stellen, sonst würde es zu ausufernden Statements kommen, die in der Sache nicht weiterhelfen würden.

Das kleine Haus in der Robbenstraße wirkte auf Petersen wie ein Häuschen im Liliputland. Klein, aber in einem sehr guten Zustand. In den Gardinen waren Motive von Segelschiffen und Leuchttürmen zu erkennen. So etwas hatte er bisher nur in Holland gesehen. An der Wand neben dem Eingang waren aus Metall die Umrisse des Rote Sand Leuchtturms angebracht. Noch bevor Petersen die Klingel betätigen konnte, wurde die Eingangstür geöffnet und eine Frau mittleren Alters, Petersen schätzte sie auf ca. 50, erschien im Hauseingang. Etwas skeptisch blickte sie ihn an: „Mussten Sie denn extra in Uniform kommen? Was sollen denn die Nachbarn denken?"

Petersen erschrak, er hatte tatsächlich vergessen die Uniform auszuziehen, denn dieses Gespräch sollte ja inoffiziellen Charakter haben. Lächelnd nahm die Frau, die sich als Huntemanns Tochter vorstelle, die Entschuldigung an und bat Petersen ins Haus. In dem kleinen, sehr geschmackvoll mit antiken Möbeln eingerichteten Wohnzimmer war friesisches Teegeschirr aufgedeckt und in einem großen Ohrensessel saß ein kleiner weißhaariger Mann mit wachen blauen Augen. Ohne Mühe erhob er sich, um Petersen zu begrüßen:
„Moin Herr Petersen, ich freue mich, Sie mal kennenzulernen, hab schon einiges von Ihnen gehört, keine Angst, nur Gutes. Es ist ja auch schon ein Stück Zeitgeschichte, als Sie rausgekriegt haben, dass hier ein ehemaliges RAF-Mitglied auf der Insel gelebt hat und denn noch als Lehrerin tätig war, quasi als ehemalige Kollegin von mir“, lachte Huntemann und ließ sich wieder in seinen Sessel fallen.
Die Tochter schenkte Tee ein, ohne zu fragen wurde Sahne zum Tee dazu gegossen. Natürlich nahm Petersen auch Kluntjes wie es friesische Art war, obwohl er Zucker im Tee nicht mochte. Er vermied es die Sahne zu verrühren, was eine Todsünde für die friesische Teezeremonie bedeutet hätte. Die Tochter des Lehrers verabschiedete sich und ließ die beiden Männer alleine. Petersen erzählte sehr detailliert von den Funden am Strand und erläuterte die Erkenntnisse der Gerichtsmedizin und der Kriminaltechnik. Gespannt folgte ihm Huntemann, ohne ihn auch nur ein einziges Mal zu unterbrechen, was für Lehrer eher unüblich war. Nachdem Petersen fertig war, nahm Huntemann einen Schluck Tee, fixierte sein Gegenüber, kniff seine Augen zusammen und begann zu sprechen:
„Die Erkennungsmarke, die Sie da gefunden haben, ist eine

Marke der Marine, denn die Flakbatterien auf Wangerooge wurden von der Marine betrieben. Vom Alter her muss es sich um einen Marinehelfer gehandelt haben. Weil sie kein Personal hatten, haben sie ganze Schulklassen mit 16- und 17-jährigen Jungs an die Kanonen gesetzt. Der Karabiner 98 gehörte zur Standardbewaffnung der Marinehelfer."
Petersen machte sich einige Notizen. Huntemann fing jetzt an, über die Rolle der Marinehelfer im Allgemeinen zu referieren. Petersen wollte aber seine Fragen noch loswerden. Als schien Huntemann Petersens Gedanken erraten zu haben, stoppte er seinen Vortrag plötzlich und sah Petersen nachdenklich an:
„Was mich stutzig macht, ist, dass der junge Mann erschossen wurde. Normalerweise sind die Jungs bei den Bombenangriffen gefallen."
„Hat es denn auf Wangerooge keine Kampfhandlungen, außer natürlich den Bombenangriffen, gegeben?", fragte Petersen.
„Nein", kam es sofort von Huntemann, „Wangerooge wurde von den Kanadiern besetzt, da war der Krieg schon zu Ende und es fiel kein Schuss. Der erste Inselkommandant hieß Major Wilson aus Kanada."
Bevor Huntemann wieder anfangen konnte, länger auszuholen, stellte Petersen seine nächste Frage:
„Haben Sie eine Erklärung, warum unser junger Marinehelfer erschossen wurde?"
Huntemann überlegte eine Weile, runzelte die Stirn:
„Ehrlich gesagt nein. Bekannt ist, dass ein abgeschossener kanadischer Flieger von einem Oberbootsmannmaaten, der seine Angehörigen bei einem Bombenangriff auf Hamburg verloren hatte, erschossen wurde. Der tote Flieger lag am Klinkerweg zum Westen. Sein Tod wurde später verschleiert. Auf der Gräberliste wurde „Ausländer

erschossen“ (Plünderer) vermerkt. Nach dem Krieg ist das dann aber rausgekommen und der Täter wurde von den Kanadiern verhaftet. Mir fällt dann noch ein, dass ein holländischer Arbeiter wegen angeblicher „Leichenfledderei“ von einem Standgericht zum Tode verurteilt wurde. Den haben sie dann mit einem Schild um den Hals mit der Aufschrift „Ich habe geplündert - Ich werde erschossen“ durchs Dorf getrieben. Aber sonst ist mir nichts bekannt.“

Diese exakten Detailkenntnisse des alten Mannes überraschten Petersen. Aber das war noch nicht seine letzte Frage:

„Haben Sie einen Tipp für mich, wie ich an die Identität unseres erschossenen Marinehelfers rankommen kann?“, setzte er nochmal nach.

„Es gibt eine Wehrmachtsauskunftsstelle, da können Sie mal was versuchen. Am besten wäre es natürlich, wenn Ihre Techniker die Daten auf der Erkennungsmarke wieder sichtbar machen könnten. Bei der Marine stand da der volle Name drauf, das Eintrittsjahr und ein Buchstabe als Kennung für die Laufbahn.“

Petersen war beeindruckt. Ein Mann in diesem Alter mit solch detailliertem Wissen, das hatte er nicht erwartet. Er wollte sich gerade erheben, um sich zu verabschieden, als Huntemann noch etwas einfiel:

„Warten Sie noch mal. Die Gestapo Bremen war für die Arbeitslager auf Wangerooge zuständig. Ganz entfernt bestände die Möglichkeit, dass die da vielleicht eine Hinrichtung durchgeführt haben, aber eigentlich habe ich die Akten damals für mein Buch durchgearbeitet, das wäre mir wahrscheinlich aufgefallen. Als letzte Möglichkeit fällt mir noch das Archiv der Hermann-Lietz-Schule auf Spiekeroog ein. Viele Marinehelferklassen kamen von da, vielleicht gibt es noch Vermisstenfälle, die nicht geklärt sind."

Petersen kam gar nicht mit seinen Notizen nach. Er erhielt so viele Informationen, die für ihn vielleicht eine Bedeutung haben könnten.

„So junger Mann, jetzt bin ich erschöpft. Sie haben mich ganz schön gefordert. Ich bin froh, dass ich im Kopf noch ganz klar bin, aber es strengt an. Melden Sie sich ruhig wieder, wenn Sie was rausgefunden haben."

Petersen verabschiedete sich sehr herzlich von dem pensionierten Lehrer, bedankte sich bei seiner Tochter für den köstlichen Tee und verließ sehr nachdenklich das Haus in der Robbenstraße. Langsam ging er die Straße in Richtung Bahnhof hinunter. Das unregelmäßige Kopfsteinpflaster zwang ihn, wieder auf den Fußweg zu gehen. Sein Gehirn filterte die Fülle der Informationen, aber das Ergebnis war immer das Gleiche: Er glaubte, es mit einem Mord zu tun zu haben. Ihm war klar, dass es sich um eine Arbeitshypothese handelte, die er zum jetzigen Zeitpunkt mit seinen Vorgesetzten in Wilhelmshaven nicht diskutieren konnte. Kommissar Wilbert hatte ihm aber freie Hand bei der Suche nach der Identität der Leiche zugesichert. Diese Aufgabe würde er jetzt angehen. Während er seinen Gedanken nachhing, war er beim Bahnhof angekommen. Augenscheinlich stand die Ankunft eines Zuges bevor. Nur wenige Menschen standen auf dem Bahnsteig. Erst in einer Woche, wenn die Osterferien in Niedersachsen und Bremen beginnen würden, wäre der Bahnsteig voll mit Vermietern, die ihre Gäste abholen würden. Beim Bahnhofskiosk waren wegen der milden Witterung schon Stühle und Tische rausgestellt worden. An einem der Tische saß die nette Verkäuferin von der Inselbäckerei. Neulich morgen hatte er ja eine peinliche

Vorstellung abgegeben, als er fast die Treppe beim Bäcker runtergefallen wäre, nun galt es diese Scharte auszuwetzen.
„Ist hier noch ein Plätzchen frei?“, flötete Petersen
„Für die Polizei, meinen Freund und Helfer, doch immer“, antwortete die blonde Frau recht souverän. Petersen schätzte sie auf Mitte bis Ende Vierzig. Sie hatte ein freundliches Gesicht und ihr gesamtes Äußeres machte einen sehr gepflegten Eindruck. Petersen bestellte sich einen Cappuccino und ein Wasser.
„Haben Sie schon Feierabend?“, mit dieser Frage versuchte Petersen die Unterhaltung in Gang zu bringen.
„Ja, heute ist mein kurzer Tag, da hab‘ ich schon nachmittags frei und jetzt wird es etwas wärmer, da brauche ich nicht in meiner kleinen Bude rumzusitzen. Ich bin froh, dass der Frühling kommt.“
„Geht mir auch so“, antwortete Petersen, der irgendwie eine Form von Solidarität zeigen wollte.
„Ich hab` auch nur eine möblierte Dienstwohnung in der Polizeiwache, das kann manchmal ganz schön trist sein. Meine Gitarre hilft mir dann, und ab und zu geh‘ ich auch mal in die Kneipe, aber da hab‘ ich Sie ja noch nie gesehen im Wangerooger Nachtleben.“
„Nee“, grinste sie, „als Frau alleine muss ich das nicht haben, auf alkoholisiertes Anbaggern hab‘ ich keinen Bock.“
„Na ja, so schlimm ist es hier auch nicht. Im „Störtebeker“ passt der Magister schon auf, ob eine Frau belästigt wird. Derbe Sprüche sind da allerdings an der Tagesordnung. Was halten Sie davon, wenn ich Sie mal mitnehme? Oder besser noch wir sollten mal gemeinsam Essen gehen oder?“
„Gut, das mit dem Essen ist die bessere Idee.“
Petersen nickte, musste aber noch eine Frage loswerden, weil er das Gespräch zu unpersönlich empfand:
„Also, ich heiße Lars Petersen, wie ist denn Ihr Name?“

„Rita Kolbow. Im November waren wir aber schon beim Du.“ „Stimmt“, fiel es jetzt auch Petersen ein, „beim Essen besiegeln wir das dann noch richtig.“
Sie verabredeten sich für den nächsten Abend um 19 Uhr in der „Düne17“. Gutgelaunt kehrte Petersen in die Wache zurück. Siebelts hatte schon Feierabend gemacht, was ihm eigentlich gut in den Kram passte. Er hatte keine Lust, ellenlang von dem Besuch bei Lehrer Huntemann zu berichten. Bevor er die Lichter ausmachte, recherchierte er noch kurz die Telefonnummern der Wehrmachtsauskunftstelle und der Hermann-Lietz-Schule auf Spiekeroog.

Am nächsten Morgen, es war Freitag, setzte Petersen Onno Siebelts kurz über das Gespräch mit Huntemann in Kenntnis. Alle Informationen, die auf Mord hindeuteten, verschwieg er in seinem Bericht. Er hatte keine Lust auf Diskussionen und Rechtfertigungen. Von der Abfolge der Recherchen einigten sie sich, die Hermann-Lietz-Schule zuerst zu kontaktieren. Erst wenn die Kriminaltechniker etwas mehr zur Erkennungsmarke sagen konnten, wollten sie an die Wehrmachtsauskunftstelle herantreten. Da Siebelts Kontakte zur Schule auf Spiekeroog hatte, übernahm er den Anruf. Die Verwaltungsangestellte der Schule weigerte sich zunächst, mit ihm über Archivangelegenheiten zu sprechen. Sie verwies auf den Datenschutz und forderte einen schriftlichen Antrag auf Akteneinsicht durch die Polizei. Siebelts war leicht genervt. Obwohl er wusste, dass die Frau korrekt handelte, ließ er sich dann aber mit dem Schulleiter verbinden, um über den „kurzen Dienstweg“ an die Informationen zu kommen. Nachdem Siebelts seine Fragen gestellt hatte, sah der Schulleiter keine Probleme zu helfen, da das Ansinnen sich nicht auf lebende Personen bezog. Er versprach sich in

kürzester Zeit wieder zu melden. Petersen, der das Gespräch mit verfolgt hatte, rieb sich seinen Dreitagebart:
„Die Datenschutznummer ist in Bremen auch immer ein Problem gewesen. Offiziell durften wir der Schulleitung nicht sagen, dass da ein bekannter Dealer in der Klasse saß. So was lief dann immer unter der Hand."
Siebelts nickte:
„In der Großstadt mag das so sein, aber hier, auf der Insel, gibt es keinen Datenschutz, da weiß jeder über jeden alles. Also ich denke, dass die Schule sich schnell meldet, vielleicht noch heute. Noch was anderes Lars, Montag kommt der Walter Haake als Verstärkung. Ich denke, er und ich kümmern uns um den Kleinkram hier und du bleibst an der Geschichte mit unserer Weltkriegsleiche dran, okay?"
Petersen nickte, dass Onno eine solche Arbeitsteilung vorschlagen würde, darauf hätte er gar nicht zu hoffen gewagt.
„Einverstanden, in Notfällen stehe ich natürlich immer zur Verfügung."
„Klar, das sollte ja auch nur eine grobe Richtung sein. Übrigens Ostersonnabend müssen wir alle ran, da ist das Osterfeuer mit ein paar tausend Leuten."
„Wo findet das statt?"
„Neben dem Flughafen, beim Golfplatz."
„Und was müssen wir da machen?"
„Na ja, allgemein Flagge zeigen, du würdest sagen Symbolpolitik. So viele Menschen auf einem Haufen sind immer ein Risiko."
„Sag mal, wo soll der Kollege Haake wohnen?"
„Na, neben dir, in der Wohnung, wo deine Mona gewohnt hat."
„Das war nicht meine Mona, außerdem hat sie sehr gute Arbeit geleistet", antwortete Petersen gereizt.

„Ja, ja, das bestreite ich doch auch nicht, aber gefallen hat sie dir, auf einer Insel bleibt nichts geheim, das hatten wir doch gerade."
Petersen machte eine abwehrende Handbewegung, wandte sich seinem PC zu, um etwas mehr über diese Wehrmachtsauskunftstelle zu erfahren. Der eigentliche Name war Deutsche Dienststelle(WASt), ihr Sitz war in Berlin. Es gab hier eine alphabetische Zentraldatei, eine Kriegsgefangenendatei, Kriegsgräberdatei, eine Abteilung Kriegsmarine und eine Erkennungsmarkendatei. Hauptsache, die Jungs von der Kriminaltechnik können irgendwas von dieser Marke restaurieren, dachte Petersen. Und was er jetzt las, entlockte ihm ein leises Pfeifen: Die Dienststelle half bei Ermittlungen der Justiz wegen Kriegsverbrechen durch die Wehrmacht. Aber soweit wollte er noch gar nicht denken, wahrscheinlich ging es jetzt mit ihm durch. Auf alle Fälle war er jetzt relativ optimistisch, die Identität der Leiche herauszufinden.
Während er auf den Monitor starrte, hörte er das Signal einer empfangenen Mail. Schnell wechselte er in den Eingangsordner des Mailprogramms. Absender war die Kriminaltechnik in Oldenburg. Die Spannung stieg. Petersen öffnete die Mail, er spürte wie sein Herzschlag sich erhöhte. Er sah das Bild einer Erkennungsmarke, die gesäubert war. Unter dem Bild hatten die Kollegen aufgelistet, was sie glaubten erkannt zu haben:

Bei dem Vornamen waren ein R und ein C deutlich zu erkennen. Beim Nachnamen als letzte Buchstaben ein R und ein S. Marinehelfer stand deutlich unter den Namensresten, dann 1944 E. Ob das reichen würde, Petersen war sich unsicher. Auf der Internetseite der WASt hatte er gelesen, dass das E für das Eintrittsjahr in den Militärdienst stand.

Damit war zweifelsfrei bewiesen, dass es sich bei dem Toten um einen Marinehelfer handelte. Die Bestimmung des ungefähren Alters durch die Gerichtsmedizin hatte diese Vermutung bereits naheliegen lassen. Petersen drehte den Monitor in Richtung Siebelts, der gerade im Begriff war, nach Hause zu gehen, um Mittag zu essen.
„Das könnte uns weiterhelfen, Lars, vielleicht haben wir Glück und der Marinehelfer war ein Schüler der Hermann-Lietz-Schule. Ich denke, die werden sich bald melden. Heute gibt es bei Frieda zum letzten Mal Grünkohl, ich mach‘ mich vom Acker.“
„Mahlzeit, der Kollege geht zu Tisch, wie der Beamte sagt“, rief Petersen lachend Onno Siebelts nach.
Die nächste Stunde verging zäh. Petersen starrte ständig aufs Telefon, wie ein verliebter Oberschüler, der auf einen Rückruf von seiner Freundin wartete. Um sich abzulenken, beschäftigte er sich mit der Information des Zollkollegen über diesen Schmuggelverdacht. Wie kam der Fusel vom Sportboot ins Dorf? Er musste mal zum Hafen fahren, um sich die Verladeabläufe bei den Materialzügen anzusehen. Vielleicht hatte der Hafenmeister auch noch was Erhellendes beizutragen. Petersen erschrak. Das Telefon läutete und es war tatsächlich der Schulleiter aus Spiekeroog:
„Ist Onno Siebelts nicht zu sprechen?“, fragte er.
Petersen verneinte:
„Der macht Mittag. Ich bin aber über den Vorgang eingeweiht. Sie können ruhig mit mir sprechen.“ Petersen spürte, wie sein Gesprächspartner zögerte:
„Das ist jetzt kein Misstrauen, aber wie war Ihr Name.“
Nachdem Petersen noch einmal seinen Namen und seinen Dienstgrad nannte, schien er die Zweifel des Schulleiters beiseite geräumt zu haben:

„Also, von unseren Schülern, die als Marinehelfer eingesetzt waren, sind natürlich einige gefallen. Das ist eine ziemlich lange Liste.“
Petersen unterbrach höflich:
„Entschuldigen Sie, es geht uns nur um nicht geklärte Fälle, also vermisste Schüler Ihrer Schule.“
„Ach so, dass macht die Sache einfacher, da gibt es nur zwei Namen:
Hans Artelt und Dietrich Reimers.“
„Einen kleinen Moment“, Petersen musste die Namen mit den Informationen der Kriminaltechnik vergleichen. Bingo, es konnte nur Dietrich Reimers sein.
„Nach unseren Informationen kann es sich nur um Dietrich Reimers handeln. Wissen Sie mehr über den?“
„Ich habe seine Akte in der Hand. Sein Vater war am Ende des Krieges bei uns tätig. Eigentlich war der schon pensioniert, der hat Marinehelferklassen unterrichtet, der war auch auf Wangerooge.“
„Was wissen Sie noch über die Familie?“
„Die Familie kommt aus Bremen, mehr weiß ich auch nicht.“
Überschwänglich bedankte sich Petersen bei dem Schulleiter der Hermann-Lietz-Schule. Jetzt war er einen entscheidenden Schritt weiter.
Sofort griff er zum Hörer und wählte die Nummer der WASt in Berlin. Die Dame in der Zentrale hörte sich sein Anliegen an, notierte seine Dienststelle und seinen Namen. Sie würde ihm einen Online-Fragebogen schicken, in den er seine vorhandenen Informationen eintragen sollte. Danach würde die Dienststelle sich bei ihm melden. Etwas enttäuscht ließ Petersen sich in seinen Stuhl fallen. Ihm ging das alles nicht schnell genug. Allerdings kam der Online-Fragebogen schon nach der nächsten Minute auf seinen PC. Er trug alle ihm zur Verfügung stehenden Informationen ein und

schickte das Formular sofort zurück. Mehr konnte er jetzt nicht mehr machen. Eine Antwort war heute nicht mehr zu erwarten. Da er ja noch ein Date hatte, machte er Klarschiff und ging nach oben in seine Wohnung.

Bei der Wahl seiner Kleidung für das Date entschied er sich für ein Heavy Metal T-Shirt und natürlich für seine alte Lederjacke, über die im „Störtebeker" so viele Witze gemacht wurden. In der „Düne 17" war es um diese Jahres- und Tageszeit recht leer. Petersen war einige Minuten vor 19 Uhr erschienen. Ein Gast saß direkt an der Theke in der Nähe der Toilettentür und ein älteres Paar saß auf der Thekenbank gegenüber. Auf den Tischen brannten überall Teelichter, was dem Gastraum eine romantische Atmosphäre verlieh. Die Bedienung, ein Mann mittleren Alters mit aschblonden Haaren, führte ihn zu seinem reservierten Tisch. Die Köchin, die vor der Küchentür stand, winkte ihm freundlich zu:
„Tach ok Sheriff, mal wieder gut essen?"
Petersen nickte und bestellte ein 0,3 Bitburger. Die an der hinteren Wand aufgemalte Dünenlandschaft gefiel ihm. Die Einrichtung hatte ein Konzept, das ausgezeichnet zur Insel passte. Etwas nervös blätterte er in der Speisekarte. So richtig klar war ihm nicht, was der Abend bringen würde. Was wollte er von dieser Frau? Aber diese Frage war wahrscheinlich schon falsch, sagte er sich, einfach locker bleiben und den Abend genießen. Das war allerdings für Petersen nicht so leicht zu machen, dieses Lockerbleiben. In diesem Moment betrat Rita Kolbow das Lokal. Petersen staunte nicht schlecht, wie sich Menschen doch veränderten, wenn sie ihre Berufskleidung nicht an hatten. Sie war dezent geschminkt und trug unter ihrer Windjacke eine schwarze Bluse, der ihre durchaus vorhandene

Oberweite betonte. Zur Jeans trug sie hohe schwarze Stiefel, was ihr ein jugendliches Aussehen verlieh. Freundlich lächelnd trat sie an den Tisch, an dem Petersen bereits Platz genommen hatte:
„Bin ich zu spät?“, fragte sie leicht verlegen.
„Überhaupt nicht, ich war nur zu schnell fertig“, antwortete er und bemühte sich dabei, souverän zu wirken.
„Ich hätte dich fast nicht erkannt, ich kenne dich ja eigentlich nur in deiner Arbeitskleidung.“
„Sollte das ein Kompliment sein oder wie darf ich das verstehen?“
Petersen ärgerte sich über seine Bemerkung und versuchte die Scharte auszuwetzen:
„Natürlich als Kompliment“, schob er nach.
Rita Kolbow lächelte.
„Im November hattest du ja nur Augen für deine schöne Kollegin, mich hast du ja ganz schön abblitzen lassen.“
Petersen war die Anspielung auf seine junge Kollegin Mona äußerst unangenehm. Er musste irgendwie aus der Nummer wieder rauskommen.
„Schon, schon nach anfänglichen Schwierigkeiten haben wir uns tatsächlich recht gut verstanden, vor allem was die Arbeit anging. Sie hätte immerhin meine Tochter sein können. Ich bin ein alter Mann.“
Rita Kolbow grinste ihn verschmitzt an:
„Was willst du jetzt hören, dass du kein alter Mann bist? Es gibt genug ältere Männer, die sich mit Zwanzigjährigen schmücken.“
Petersen musste dem Gespräch eine andere Wendung geben.
„Da war nichts“, schwindelte er, „ich habe keinen Kontakt mehr zur Kollegin Behrens“, was wiederum der Wahrheit entsprach. Erleichtert stellte er fest, dass Rita Kolbow diesen

Gesprächsfaden nicht weiter verfolgte. Sie lächelte ihn freundlich an und reichte ihm eine Speisekarte.
Beide studierten die Speisekarte, bestellten und stießen mit ihren Gläsern an, um noch einmal das Du offiziell zu besiegeln. Sie hatte einen Weißwein bestellt und Petersen hatte sein erstes Bier schon fast ausgetrunken. Ihm war klar, dass das nun nicht besonders gut aussah. Hoffentlich sah Rita nicht gleich einen Alkoholiker in ihm. Sie bestellte einen Salat mit Putenbruststreifen und er entschied sich für Schollenfilets mit Brokkoli.
Petersen eröffnete die Unterhaltung mit einer Frage, die, als er sie gestellt hatte, ihm schon wieder spießig vorkam:
„Was hat dich denn eigentlich nach Wangerooge verschlagen?"
Rita Kolbow lachte kurz auf:
„Die Frage werde ich dir auch gleich noch stellen. Aber gut, ich also zuerst. Wie man zweifelsfrei hört, komme ich aus dem Osten, aus der Nähe von Greifswald. Ich bin Bäckereifachverkäuferin und bin vom Arbeitsamt hierher vermittelt worden, weil es bei uns keine Jobs in diesem Bereich gibt, außer im Supermarkt an der Brötchentheke, da hätt's aber zu wenig Lohn gegeben. Ich muss meinen Sohn unterstützen, der in Jena studiert, während mein Ex sich fortgemacht hat, der zahlt nichts."
„Wieso, der muss doch zahlen?", unterbrach Petersen.
„Der macht offiziell auf arbeitslos, kassiert aber durch Schwarzarbeit die Kohle, als Maler."
Die Verbitterung war ihr bei diesen Worten deutlich anzumerken. Petersen beschloss, nicht weiter zu fragen. Bei ihm kochte die Wut darüber hoch, dass die Behörden gegen solche Männer nicht rigoroser vorgingen. In Bremen wurden kaum Anstrengungen unternommen, um solche Gelder einzutreiben und das bei einem Haushalts-

notlageland. Dafür fehlte ihm jegliches Verständnis. Er wechselte das Thema:
„Woher kommt denn dein Interesse an Rockmusik? Ich erinnere mich an die Anspielung im November.“ Rita Kolbow hatte ihn einmal im Scherz als „Insel-Clapton“ bezeichnet.
„Blonde Frau aus dem Osten bedeutet nicht gleich Schlagertussi“, erklärte sie lachend, „es gab auch in der DDR Leute, die sich für gute Rockmusik interessierten. Ich habe zum Beispiel alle CDs von Deep Purple, das ist doch was oder?“
Petersen nickte. Es entwickelte sich jetzt eine anregende Unterhaltung über Deep Purple und andere Rockgruppen, vor allem über die aus den 70-er und 80-er Jahren. Beide genossen die ungezwungene Unterhaltung und merkten nicht wie die Zeit verging. Erst das nervöse Auf- und Abgehen des Kellners signalisierte, dass es Zeit war zu zahlen. Petersens Angebot, die Rechnung alleine zu zahlen, wurde von Rita Kolbow abgelehnt.
Auf der Zedeliusstraße war es menschenleer, nur im Café Treibsand brannte noch Licht.
„Wie wär’s noch mit einem kleinen Absacker?“, wagte Petersen sich vor.
„Ein andermal, vielen Dank. Ich muss morgen früh raus“, antwortete Rita Kolbow sofort. Petersen brachte sie noch bis zur Inselbäckerei, wo sie ihr möbliertes Zimmer hatte.
„Jetzt verschwinden wir wieder in unseren möblierten Wohneinheiten“, sinnierte Petersen.
„Das ist das Los der Dienstleister auf den Inseln und irgendwie gehören wir beide dazu.“
Rita Kolbow hauchte Petersen einen Kuss auf die Wange und verschwand im Seiteneingang der Bäckerei. Etwas verdattert stand Petersen vor den Treppen der

Inselbäckerei. So richtig konnte er die Situation nicht deuten. Es war ein ausgesprochen angenehmer Abend, leider mit einem etwas abrupten Schluss. Aber was hatte er erwartet? Dass Rita Kolbow gleich mit ihm in die Kiste sprang? Nicht wirklich. Ob er wirklich bereit für eine solche Sache war, er wusste es nicht, denn natürlich spukte Mona nach wie vor in seinem Kopf rum. Nachdem er seine Gedanken sortiert hatte, stapfte er in Richtung Charlottenstraße, für einen Absacker beim Magister war es ihm jetzt auch zu spät.

Am nächsten Morgen, es war Sonnabend, fiel das gemeinsame Frühstück mit Onno Siebelts aus. Seine Frau Frieda bestand auf einem Frühstück zu Hause mit ihrem Mann. Petersen entschied sich heute Morgen nicht zur Bäckerei zu gehen, irgendwie war er feige, obwohl das Abendessen mit Rita Kolbow ganz entspannt gewesen war. Er entschied sich dafür, die übriggebliebenen Brötchen von gestern aufzubacken. Mit einer Nachricht von der WASt war vor Montag nicht zu rechnen. Er konnte also auf ein entspanntes Wochenende hoffen.
Werder hatte ein Heimspiel und es sah so aus, als würde sich die Mannschaft vor dem Abstieg retten. Für den Vormittag entschloss er sich, dem Yachthafen einen Besuch abzustatten. Das bedeutete für Petersen eine längere Fahrt mit dem Dienstfahrrad auf dem Deich gegen den Wind. Er hasste dieses Dienstfahrrad. Feuerwehr, Rettungsdienst und die Seenotretter hatten Dienstfahrzeuge, nur die Polizei musste mit halbverrosteten Drahteseln vorlieb nehmen. Dabei gab es Dienstfahrzeuge der Polizei, auch mit Elektromotor. Gerade hatte Helgoland ein solches Fahrzeug bekommen, aber die Dienststelle in Wilhelmshaven wollte von all dem nichts wissen. Grimmig zog er sich die verhasste

Wollmütze mit der Aufschrift Polizei über und bestieg sein Dienstfahrzeug. Der Wind kam ihm auf dem Deich heftig entgegen. Die völlig veraltete Dreigangschaltung hakte und so musste er im 2. Gang den Kampf mit den Böen aufnehmen. Er verfluchte seinen Entschluss zum Hafen zu fahren, aber umkehren kam jetzt auch nicht mehr in Frage. Am alten Westturm, in dem sich die Jugendherberge der Insel befand, bog er links in Richtung Hafen ab. Die Dünenkette auf der rechten Seite bot ihm Windschutz, es ging voran.

Am Hafen herrschte muntere Betriebsamkeit. Die Mitglieder des Yachtclubs hatten Arbeitsdienst und brachten die Schwimmstege mit Hilfe eines Krans ins Wasser. Petersen schloss sein Fahrrad ab und ging durch die laut quietschende Drehtür aufs Hafengelände. Er wurde freundlich begrüßt und zum Mithelfen aufgefordert, was Petersen dankend ablehnte. Er wollte den Hafenmeister sprechen. Angeblich sei dieser gerade in sein Büro, welches auf Stelzen am Wattenrand stand, verschwunden. Petersen ging langsam die Treppe des Pfahlbaus hinauf und klopfte an der Tür. Niemand meldete sich, obwohl deutlich eine Stimme zu hören war. Er öffnete die schwere braune Tür und sah Hafenmeister Hermann Willers, den er vom Shantychor kannte, am Funkgerät sitzen. Der weißhaarige Mann, Inbegriff eines Seebären, hatte gerade Funkkontakt mit einem Boot auf See. Mit einem kräftigen „Over" beendete Willers das Gespräch.

„Moin Sheriff", begrüßte er Petersen, „was verschafft mir die Ehre. Hier kommt gleich ein holländisches Plattbodenschiff rein mit 'ner Schulklasse an Bord, das gibt Arbeit für dich."

Willers lachte lauthals los:

„Und zur Beruhigung trinken wir erst einmal 'nen Lütten."

Petersen wollte protestieren, aber schon stand ein gut gefülltes Schnapsglas vor ihm.
„Nun erstmal Prost, was hast du denn auf dem Herzen?“
Petersen verzog sein Gesicht, weil der Schnaps in seinem Magen langsam wieder hoch kam: „Kleppe vom Zoll hat mich angesprochen, dass hier was läuft mit Schnaps aus Helgoland.“
Willers grinste Petersen an: „Du bist gerade zum Mittäter geworden. Polizeikommissar säuft Schmugglerware.“ Grölendes Gelächter, Willers konnte sich kaum halten.
Petersen war leicht verunsichert und sein Gesicht konnte diese Verunsicherung nicht verbergen.
„Mensch Lars, das war ein Spaß, krieg dich wieder ein. Darauf trinken wir noch einen, auf einem Bein kann man schlecht stehen.“
Willers griff zur Flasche Strothmann und füllte die Gläser so schnell, dass Petersen sich nicht wehren konnte, was er eigentlich auch gar nicht wollte. Trotzdem musste er sein Anliegen irgendwie noch loswerden, bevor hier die Sache im Schnaps versank.
„Hermann, bevor wir gleich duhn sind, hast du davon was gehört, mir sind die Abläufe hier nicht so klar. Wenn einer in großen Mengen Schnaps an Land bringen würde, das müsste doch auffallen oder?“
Willers kraulte sich den Bart.
„Da hast du Recht, ich hab noch niemanden mit Getränkekisten von Bord gehen sehen. Die bringen ja eher den Proviant an Bord und nicht von Bord, das würde auffallen.“
„Und was ist nachts?“, warf Petersen ein.
„Gut, da ist hier niemand. Die Fähre fährt spätabends nicht mehr und ich bin ab 18 Uhr weg. Aber wie soll denn der

Schnaps in den Ort gebracht werden? Mit 'nem E-Karren? Das fällt doch auf, wenn hier nachts ein Fahrzeug rumfährt."
Petersen war nicht ganz überzeugt. Ein E-Karren war leise und ohne Licht würde das Fahrzeug sehr unauffällig sein. Er entschloss sich aber, diesen Gedanken mit Willers nicht weiter zu verfolgen. Mit einem dritten Schnaps wurde er verabschiedet.
Auf der Pier waren die Männer vom Yachtclub gerade dabei, einen Ponton zu verholen. Petersen inspizierte die Szenerie. Dieser offene Platz, auf dem nur die Schienen und die Weichen der Inselbahn zu sehen waren, eignete sich nicht unbedingt dafür, ungesehen größere Mengen von Schnaps wegzuschaffen. Am rechten Rand der Kaje war der Verladeplatz für die Materialversorgung der Insel. Hier stapelten sich Container und Paletten und warteten auf ihre Abholung entweder durch das Versorgungsschiff aus Harle oder aber durch den Versorgungszug der Inselbahn. Sein Gespür als alter Drogenfahnder meldete sich. Lag hier der Schlüssel für den Schnapsschmuggel? Er beschloss diesen Gedanken später weiter zu verfolgen. Jetzt aber musste er sich beeilen, wenn er pünktlich zum Werder-Spiel im Dorf sein wollte.
Der frische Wind tat ihm gut und linderte die Wirkung der Schnäpse. Leicht beschwingt trat er die Rückfahrt an, diesmal mit Rückenwind. Da nur noch wenig Zeit bis zum Spielbeginn war, musste er das Spiel notgedrungen in Uniform ansehen.
Im „Störtebeker" war, wie immer, die kleine eingeschworene Werder-Gemeinde versammelt. Als Petersen die Kneipe betrat, hob der Magister sofort beide Hände und rief:
„Nicht schießen, bitte nicht schießen, ich bin unbewaffnet!"
Petersen griff zu seiner Dienstpistole, zog sie aber nicht aus dem Holster:

„Bei dir hilft nur der finale Rettungsschuss!"
Die ganze Kneipe amüsierte sich über dieses Laienspiel. Bei Spielbeginn nahmen die Albernheiten ein Ende und die Expertenrunde konzentrierte sich auf das Spiel. Da Werder diesmal recht ansprechend spielte, waren die Diskussionen nach dem Spiel weniger hitzig und die grundsätzliche Diskussion über die Perspektiven des Vereins fand diesmal nicht statt. Petersen beschloss, nach dem Spiel nach Hause zu gehen, um seine Uniform auszuziehen, versprach aber später wieder zu kommen.
Nachdem er geduscht und eine Kleinigkeit gegessen hatte, kehrte er gegen 21 Uhr zurück ins „Störtebeker". Die Kneipe war gut gefüllt. An der Theke saß der Schwede mit zwei weiteren Insulanern. Die weiteren Barhocker waren von Gästen belegt, die Petersen nicht kannte. Die gesamte Empore war mit einer großen Gruppe bevölkert, die augenscheinlich irgendein Wochenendseminar besuchte. Petersen schloss dies aus der Tatsache, dass die meisten der Gäste noch Namensschilder an ihrer Oberbekleidung trugen. An der Stirnseite des Tresens saßen zum Beispiel Wolfram und Brigitte, die sich angeregt unterhielten. Petersen nahm auf dem letzten Barhocker vor der „Verlobungsbank" Platz. Der Magister rollte mit den Augen, da er ordentlich rennen musste. Petersen wurde den Verdacht nicht los, dass es sich um eine Lehrergruppe handelte, die im „Störtebeker" eingefallen war. Kleidung und Wortfetzen erhärtete seinen Verdacht. Der neben ihm sitzende Wolfram fabulierte ständig von einem Leitbild, während Brigitte ihre Befindlichkeit formulierte. Der Magister stellte grinsend ein Bier für Petersen auf die Theke: „Die kommen heute vom ‚Schilf' Sheriff, habe ich gerade gelernt."
„Wie, was ist das denn, wo gibt es hier Schilf?" Petersen zog

seine Stirnfalten, von denen er reichlich hatte, zusammen.
„Schulinterne Lehrerfortbildung“, belehrte ihn der Magister, „die kommen aus deiner Heimat, aus Bremen.“
„Oh, Gott“, entfuhr es Petersen, der noch immer daran zu knapsen hatte, dass er jahrelang mit einer Lehrerin verheiratet gewesen war, „ich mach mich klein und sage kein Wort.“
Der Magister lachte laut auf:
„Wart ab, wir mischen den Laden nachher ordentlich auf. Freddy, Hans Albers, das wirkt immer und stellt die Lehrerschaft vor intellektuelle Probleme. Jetzt muss ich aber erst einmal Geld verdienen. Apfelsaftschorle und O-Saft sind heute der Renner.“
Die Lehrerin mit der brünetten Kurzhaarfrisur und dem Namensschild Brigitte schien die Ausführungen des Magisters mitbekommen zu haben. Da der Magister schon wieder auf der Empore bedienen musste, sprach sie Petersen schnippisch an:
„Kann man denn nicht auch ohne Alkohol lustig sein?“
Petersen entgleisten fast seine Gesichtszüge, das war Klischee pur. Auf diese Art von Unterhaltung hatte er nun überhaupt keine Lust. Er entschloss sich aber höflich zu bleiben:
„Ja, natürlich überhaupt kein Problem, bloß kein Zwang. Jeder kann das halten wie er will, im Sinne von Friedrich d. Großen“, Petersen ritt jetzt der Teufel und er ließ den Intellektuellen raus, „jeder soll nach seiner Facon selig werden.“
Brigitte nickte freundlich. Während der Magister, der den letzten Satz Petersens noch mitbekommen hatte, in die Ecke zur Musikanlage hechtete und halblaut stammelte:
„Das halt‘ ich nicht aus, ich dreh durch.“
Brigitte aber schien die Antwort von Petersen gefallen zu

haben, denn sie sprach ihn jetzt direkt an:
„Machen Sie hier Urlaub oder sind Sie von der Insel?“
Petersen schluckte, wie kam er nur wieder aus der Nummer raus:
„Das fällt unter Datenschutz, ich verlebe hier gerade meinen Feierabend.“
Brigitte schien beleidigt zu sein. Sie schüttelte mit dem Kopf und griff zu ihrem Saftglas. Petersen frohlockte, er würde jetzt wieder seine Ruhe haben. Zu seiner Überraschung ergriff der Lehrer mit dem Namensschild Wolfram das Wort:
„Wir sind von der Ludwig-Quidde-Oberschule aus Bremen. Unsere Steuergruppe macht auf Wangerooge ein Seminar zur Leitbildentwicklung. Wir sind leicht euphorisiert und haben deshalb so ein Mitteilungsbedürfnis“, versuchte er seine Kollegin zu entschuldigen.
Bei dem Namen der Schule zuckte Petersen zusammen, es begann in seinem Magen zu grummeln, Schweißperlen bildeten sich auf seiner Stirn. Seine Ex-Frau war Lehrerin an dieser Schule. Verstohlen blickte er auf die Empore. Er hatte es nicht anders erwartet: Seine Ex hatte nie eine Arbeitsgruppe in der Schule ausgelassen, ganz hinten, vor der Gallionsfigur saß sie und diskutierte intensiv mit einem bärtigen Kollegen, der eine Nickelbrille à la John Lennon trug. Sie schien ihn nicht entdeckt zu haben. Er musste schnell ungesehen hier raus kommen. Hilfesuchend sah er sich nach dem Magister um, der von der Empore kommend auf den Zapfhahn zusteuerte:
„Was machst du denn für ein Gesicht, ist dir ‘ne Laus über die Leber gelaufen? Ach nee, über deine Leber kann keine Laus mehr laufen, so kaputt wie die ist!“ Brüllendes Gelächter ertönte.
Der Magister musste mal wieder über seinen Gag am

lautesten lachen. Das Lehrerpaar neben Petersen sah sich betroffen an. Bloß jetzt nicht wieder eine Alkoholdebatte, dachte er und winkte den Magister heran. Leise flüsterte er: „Meine Ex ist da oben, ich muss hier schnell raus."
„Na und?", antwortete der, „da läuft man doch nicht weg oder? Ich hab gerade noch für dich ein Jever angezapft, bleib ruhig Brauner."
Aber jetzt war das Kind schon in den Brunnen gefallen. Anja, so hieß Petersens Ex-Frau, stand vom Tisch auf ging die Treppe von der Empore runter und steuerte direkt auf Petersen zu. Der Magister beobachtete die Szene mit leichtem Grinsen. Anja hatte ein lilafarbenes Strickkleid an, unter dem sie schwarze Leggins trug. Ihre leicht stechenden Augen funkelten. Das verhieß nichts Gutes. Petersens Schweißproduktion lief auf Hochtouren. Mit leicht arrogantem Unterton sprach sie die beiden Kollegen, Brigitte und Wolfram, an:
„Lasst mich mal eben durch, da sitzt mein Ex-Mann, den haben sie auf diese Insel strafversetzt."
Diese Äußerung war für Petersen die Höchststrafe, so empfand er es jedenfalls. Wieder einmal hatte sie ihn bloßgestellt, wie so häufig in ihrer Ehe. Aber sie war augenscheinlich noch nicht fertig:
„Hier bist du also gelandet, mein Gott bist du tief gefallen."
Im Weiteren machte sie ihm Vorhaltungen über seine Arbeit bei der Drogenfahndung. Brigitte und Wolfram lauschten äußerst interessiert der Tirade ihrer Kollegin. Petersen war in sich zusammengefallen und zeigte keine Regung. Dann aber verstummten alle Unterhaltungen,
Unter fremden Sternen ertönte in ohrenbetäubender Lautstärke aus den Boxen, laut und kräftig ertönte die Stimme von Freddy Quinn:
„Es kommt der Tag, da will man in die Fremde...."

Die versammelte Lehrerschaft wirkte komplett desorientiert, hilfesuchend blickte man sich um. Grinsend zündete sich der Magister in der Ecke vor der Musikanlage eine Zigarette an. Petersens Ex Anja fixierte den Magister und brüllte:
„Mach‘ diesen schrecklichen Scheiß aus, das ist ja fürchterlich!“
„Wir sind in einer Kneipe an der Küste, da gehört das dazu“, konterte der Magister, der nun in seinem Element war.
Ex Anja ließ von Petersen ab und ging wieder auf die Empore und forderte ihre Kollegen zum Zahlen auf. Fast alle nickten. Der Magister begann mit dem Erstellen der Rechnung. Aus den Boxen ertönte nun Hans Albers: *Der Wind und das Meer sind meine Begleiter*.
Vor lauter Lachen konnte sich der Magister kaum noch auf seine Rechnungserstellung konzentrieren. Auch Petersen hatte seine Fassung wieder erlangt, seine Schockstarre löste sich. Nachdem die Lehrer brav gezahlt hatten, raunzte Ex Anja noch einmal den Magister an:
„Was du hier spielst, ist faschistisches Liedgut, pfui!“ Wutschnaubend verließ sie die Kneipe. Sofort regelte der Magister die Boxenlautstärke wieder auf ein Normalmaß. Lachend wandte er sich Petersen zu:
„Sheriff, nun haben wir wieder unsere Ruhe und ich weiß jetzt, warum du nicht mehr verheiratet bist.“
Zum großen Erstaunen hatten Brigitte und Wolfram nicht gezahlt, stattdessen sagte sie zu Petersen gewandt:
„Ich lass mir doch von der nicht diktieren, wann ich gehen soll. Und was war das für ein Auftritt? Ich muss mich bei Ihnen für das Verhalten meiner Kollegin entschuldigen.“
„Keine Ursache, wir nehmen hier niemanden in Sippenhaft“, entgegnete Petersen in dem Bewusstsein, seine Souveränität wieder gewonnen zu haben.

Die Lust auf weitere Unterhaltungen war ihm aber vergangen. Leise bedankte er sich beim Magister, der ihn ja irgendwie gerettet hatte, zahlte und verschwand in seinem Polizeirevier.

Der nächste Sonntag verging ohne größere Ereignisse. Sönke Meiners informierte Petersen darüber, dass er die Besetzung ihrer neuen Band gefunden habe und es wurde ein Termin für die nächster Woche ausgemacht. Man wollte sich erst einmal beschnuppern, ohne größere musikalische Vorlagen.

6

Dieser Montag im März versprach ein schöner Tag zu werden. Die Wolkendecke war aufgerissen, die Sonne zeigte sich und entwickelte schon eine gewisse Wärme. Petersen genoss den kurzen Weg zur Inselbäckerei. In einzelnen Gärten hingen bemalte Ostereier an den Zweigen der Büsche und auch die Geschäfte in der Zedeliusstraße waren schon für das kommende Osterfest dekoriert. Die Osterferien von Niedersachsen und Bremen hatten begonnen, in der nächsten Woche, der Karwoche, würde Nordrhein-Westfalen folgen. Onno Siebelts hatte Petersen per Anruf auf dem Anrufbeantworter der Wache informiert, dass er den Kollegen, der für die Ferienzeit die Wache verstärken sollte, direkt vom Bahnhof abholen würde. Petersen erhoffte sich von dieser Verstärkung eine Entlastung bei der täglichen Kleinarbeit und versprach sich, mehr Zeit für die Recherchen um den Tod des Marinehelfers zu bekommen. Die Schlange bei der Inselbäckerei war das sichtbare Zeichen für die beginnende Ferienzeit. Es würde also kaum Zeit für einen kurzen Flirt mit Rita Kolbow geben. Die drei Verkäuferinnen arbeiteten sehr schnell, so dass die Wartezeit nicht allzu lang war. Rita Kolbow verstand es geschickt, ihre Kolleginnen so zu dirigieren, dass sie Lars Petersen bedienen konnte. Freundlich lachte sie ihn an:
„Moin Lars, vorgestern spät geworden?“
War das ein Anflug von Eifersucht oder eine ironische Anspielung auf die Geschehnisse der Samstagnacht, Petersen war sich unsicher:

„Hör bloß auf, der Inselfunk hat denn ja wohl wieder funktioniert, aber du willst ja nicht mit mir zum Magister."
„Sind wir hier in einer Talkshow oder in einer Bäckerei?", tönte es hinter Petersen.
Diese Art von Sprüchen war das sichere Anzeichen für die beginnende Ferienzeit. Der Großstadtmensch hatte sich wieder der Insel bemächtigt. Rita bekam einen hochroten Kopf und reichte, verlegen wie ein Schulmädchen, Petersen die Brötchen.
Mit einem „bis bald", verabschiedete sich Petersen. Auf der Treppe zur Inselbäckerei waren mehrere Hunde am Geländer angebunden und veranstalteten ein Kläffkonzert. Petersen, als Hundefeind, umkurvte die bellenden Hunde und war froh, wieder auf der Straße zu sein.
Im Revier ließ er sich etwas Zeit. Der Frühzug würde gegen 10:15 Uhr kommen. Er wollte die Ruhe nutzen, um gemütlich zu frühstücken. Doch die Neugierde darüber, ob schon eine Mail von der WASt in seinem Posteingang des Mailprogramms eingetroffen war, übermannte ihn und er fuhr seinen PC hoch. Der Eingangskorb war voll, wie nach jedem Wochenende. Fahndungsersuchen vom Festland mussten auch von der Inselpolizei gesichtet werden, das gehörte zum Alltag einer jeden Polizeidienststelle. Aber schnell fand Petersen die Mail, auf die er so gespannt wartete: Absender Deutsche Dienststelle (WASt). Nach dem Öffnen der Mail starrte er wie elektrisiert auf den Text. Der Marinehelfer Dietrich Reimers aus Bremen war bei einem Bombenangriff auf Wangerooge am 22. März 1945 gefallen und wird seit diesem Zeitpunkt als vermisst geführt. Petersen las diese Sätze mehrfach, aber wollte das Gelesene nicht glauben. Laut Gerichtsmedizin und Kriminaltechnik war Dietrich Reimers an einem Kopfschuss gestorben. Von Verletzungen, wie sie nach einem Bombenangriff üblich waren, stand in

dem Bericht der Gerichtsmedizin nichts. Irgendetwas stimmte hier nicht, aber was? Petersen musste erst einmal seine innere Unruhe bezwingen, um seine Gedanken zu ordnen. Langsam goss er sich noch eine Tasse Kaffee ein und aß das zweite Brötchen, das er sich mit Kochkäse geschmiert hatte. Zwei Dinge musste er als nächste Schritte klären. Gab es an diesem besagten 22. März 1945 überhaupt einen Bombenangriff auf Wangerooge. Bei Klärung dieser Frage konnte ihm sicherlich Lehrer Huntemann helfen. Ferner musste geklärt werden, ob noch Verwandte von Dietrich Reimers lebten. Diese Recherche musste erst einmal über Bremen laufen, da Reimers aus Bremen stammte. Hierfür müsste Kommissar Wilbert ihm grünes Licht geben, denn die Feststellung der Identität des Toten und die Benachrichtigung etwaiger Angehöriger war ja Petersen Auftrag. Von den Ungereimtheiten bezüglich der Todesursache würde er Wilbert vorerst nichts erzählen. Seine vermeintlichen Einwände kannte er schon. Alles viel zu lange her, es war Krieg, da sind eben Menschen getötet worden, auch Onno Siebelts würde er nur über die Suche nach möglichen Verwandten von Reimers informieren. Onno vertrat in dieser Sache die gleichen Argumente wie Wilbert und auf Stress mit Onno hatte er nun überhaupt keinen Bock. Hauptsache, sie würden ihn nicht zu sehr mit den Inselalltäglichkeiten belämmern.
Entschlossen griff Petersen zum Telefonhörer und informierte seinen Vorgesetzten, Kommissar Wilbert, über die Fortschritte bei der Feststellung der Identität. Wilbert schien recht desinteressiert an der Sache zu sein, gab aber grünes Licht für Nachforschungen beim Standesamt Bremen und beim Einwohnermeldeamt. Er würde die Kollegen in Bremen informieren. Das war schon mal was! Jetzt war er handlungsfähig und konnte selbstständig

Kontakt mit den Bremer Behörden aufnehmen. Ferner musste er Huntemann, als Inselhistoriker, zu dem vermeintlichen Bombenangriff befragen. Telefonisch machte er einen Termin für nachmittags mit Huntemanns Tochter ab.

Während er noch telefonierte, hörte Petersen das Knarren der Gartenpforte der Polizeistation, auch das typische Geräusch von Rollkoffern war zu vernehmen, immer ein sicheres Zeichen für die Ankunft eines Zuges. Petersen ging zur Eingangstür. Er wollte den neuen Kollegen mit gebührender Höflichkeit empfangen. Onno Siebelts, sowie auch der neue Kollege, zogen einen sehr großen Rollkoffer hinter sich her. Petersen half beiden die Koffer über die Eingangsschwelle der Polizeidienststelle zu hieven. Als die Koffer abgestellt waren, stellte er sich dem neuen Kollegen vor:

„Moin Kollege Haake, ich bin Lars Petersen, auf gute Zusammenarbeit!" Beide schüttelten sich die Hände. Walter Haake war vom Kofferschleppen sichtlich außer Atem:

„Moin moin, ich bin Walter, als Kollegen sollten wir uns duzen."

Petersen war eigentlich kein Freund des schnellen Duzens, wie das heute üblich war. Er hatte sogar von der Schule seiner Ex-Frau gehört, dass dort Schüler einige Lehrer duzten. Aber in diesem Fall hielt er das Duzen für angebracht.

Walter Haake war ein kleiner, rundlicher Mann mit Vollglatze und mit einem durchdringenden Blick. Es war nicht zu verkennen, dass sich seine Uniformjacke über dem Bauch spannte. Petersen tippte auf Biertrinker und er konnte sich nicht vorstellen, dass dieser Kollege bei der Verfolgung eines Täters eine Hilfe sein könnte. Er musste an Onnos Worte denken, dass Haake nur noch seine Zeit bis

zur Pensionierung absitzen wollte. Wichtige Beförderungen waren an ihm vorbeigegangen. Petersen war das im Moment völlig egal. Er hoffte nur, dass Haake und Onno ihm den Rücken für seine Ermittlungen freihalten würden.
Alle drei hatten jetzt das Dienstzimmer betreten. Walter Haake atmete wieder ruhiger, als er auf einem Bürostuhl Platz nahm:
„Onno hat mir schon viel von dir erzählt, dir sollen sie ja in Bremen übel mitgespielt haben und jetzt in Wangerooge gelandet zu sein, ist doch Scheiße oder? Ich seh‘ das hier als Urlaub an, aber du stehst doch noch in vollem Saft und bist Hauptkommissar.“
Petersen passte die Richtung der Unterhaltung überhaupt nicht. Hilfesuchend blickte er Onno Siebelts an, der offensichtlich sofort Petersens Lage erfasste. Onno erhob sich wieder und wandte sich an Haake:
„Walter, wir bringen jetzt erst mal dein Gepäck nach oben und danach wird Lars uns auf den neuesten Stand in Sachen Weltkriegsleiche bringen.“
Dankbar nickte Petersen in Richtung Onno und packte einen der Koffer, um ihn nach oben zu tragen.
Urlaub wollte der also hier machen, das war ja eine tolle Perspektive, staunte Petersen. Den Urlaub würde er ihm schon vermiesen. Kein guter Einstand für seinen neuen Kollegen. Nachdem Haake in seiner Dienstwohnung verschwunden war, saßen Siebelts und Petersen einen Moment schweigend in ihrem Büro. Onno war nicht verborgen geblieben, dass Petersen sauer war. Auch er empfand den Einstand von Walter Haake als etwas unglücklich, wollte aber die Stimmung etwas entkrampfen:
„Lars, das mit dem Urlaub darfst du nicht so eng sehen, der meint das nicht so. Der drückt sich nicht vor der Arbeit, glaub mir das.“

Für Petersen klang das nicht sehr überzeugend:
„Wenn der hier ‘ne ruhige Kugel schieben will, nicht mit mir. Wir werden noch einiges zu tun kriegen. Es sind Osterferien und die Weltkriegsleiche haben wir auch noch an den Hacken.“
„Okay, lass mal Luft ab, das kriegen wir schon hin. Meine Meinung zur Leiche kennst du, das war Krieg, da stehen wir nicht so unter Druck.“
Petersen musste sich zurückhalten, um nicht zu platzen, aber er wollte seine Karten noch nicht aufdecken. Die Arbeit wollte er aber schon verteilen:
„Wir wissen jetzt, wer der Tote war, Dietrich Reimers aus Bremen. Unsere Aufgabe ist es jetzt rauszufinden, ob es noch Angehörige gibt. Wilbert hat uns grünes Licht gegeben, auch in Bremen nachzuforschen. Ich würde dich bitten, noch mal bei der Hermann-Lietz-Schule in Spiekeroog anzurufen. Die werden doch wohl in der alten Akte noch eine Adresse aus Bremen haben, zumal Reimers alter Herr da doch auch Lehrer war.“
Siebelts wagte es nicht mehr Petersen zu widersprechen. Er nickte wohlwollend:
„Kein Problem, mach‘ ich. Eine Adresse wird es geben, aber ob die Angehörigen, wenn es sie noch gibt, da noch wohnen, ist die Frage?“
„Egal, dann haben wir zumindest einen Anhaltspunkt. Ich geh‘ über das Einwohnermeldeamt und das Standesamt Bremen“, erklärte Petersen.
Da Onno Petersen nicht noch weiter verärgern wollte, griff er sofort zum Telefon, um mit der Schule in Spierkeroog zu telefonieren, auch Petersen begann die Telefonate mit den Ämtern in Bremen. Onno war der erste, der mit einem Ergebnis aufwarten konnte. Die Sekretärin der Hermann-Lietz-Schule hatte die Akten aus dem Weltkrieg noch nicht

wieder ins Archiv zurück gebracht. Die Adresse der Familie Reimers war vor und während des Krieges: Bremen-Walle, Bremerhavener Straße 52. Stolz legte Siebelts Petersen den Zettel mit der Anschrift auf den Schreibtisch.
„Das ist eine Hilfe für die Ämter in Bremen", zeigte sich Petersen wieder etwas versöhnlicher, „ich geb' das mal weiter."
Inzwischen war Walter Haake aus seiner Wohnung wieder zurückgekommen. Als er die beiden Kollegen beschäftigt sah, verabschiedete er sich zu einer kurzen Streifenrunde, um wieder „Inselfeeling", wie er es nannte, zu bekommen. Petersen schüttelte mit dem Kopf und als Haake das Dienstzimmer verlassen hatte, wandte er sich an Onno Siebelts:
„Ein paar Absprachen müssen wir wohl für die Zukunft treffen, wer wann Bereitschaft hat, wer hier letztendlich das Sagen hat usw.?"
Siebelts nickte:
„Wenn er wiederkommt, machen wir das. Die Rollenverteilung ist für mich klar, so lange ich in der Wiedereingliederung nach der Reha bin, bist du hier der Chef, so hat es Wilhelmshaven ja auch verfügt. Außerdem bist du für mich sowieso der Ranghöhere, zwischen uns hat es da doch nie Probleme gegeben oder?"
Petersen nickte:
„Und das soll auch so bleiben, ich fand unsere Zusammenarbeit immer gut."
Mittlerweile meldete sich das Einwohnermeldeamt in Bremen wieder. In der Bremerhavener Straße 52 war keine Person mit dem Namen Reimers gemeldet, allerdings eine ältere Dame mit Namen Wiechers. Petersen gab diese Information an das Standesamt Bremen weiter. Dort wurden die Stammbücher der Reimers Familien durch-

forstet, davon gab es zwölf. Heute würde Petersen noch keine brauchbare Information erhalten. Er legte die Unterlagen zum Fall Reimers beiseite und begann für die laufende Woche einen Bereitschaftsplan aufzustellen. Vor allem nachts war dies besonders wichtig, wenn jemand auf Wangerooge die Nummer 110 wählte. Walter Haake, der mittlerweile von seinem Rundgang zurückgekehrt war, nahm den Plan kommentarlos entgegen, was Petersen nicht unbedingt für ein gutes Zeichen hielt. Siebelts verdeutlichte Haake noch einmal, dass Petersen der Chef des Polizeipostens sei. Haake nickte und hielt sich mit Kommentaren zurück. Petersen verabschiedete sich, um dem alten Lehrer Huntemann einen Besuch abzustatten. Den wahren Grund für den Besuch verschwieg er seinen Kollegen. Als vorgeschobenen Grund nannte er allgemeine Informationen über die Rolle der Marinehelfer. Siebelts kommentierte Petersens Besuch bei Huntemann mit den Worten:
„An dir ist ein Historiker verloren gegangen."
Was Siebelts nicht wusste, war, dass Petersen in der Tat einige Semester Geschichte studiert hatte, bevor er zur Polizei ging.
In der Robbenstraße wurde Petersen wieder sehr freundlich begrüßt. Tochter Huntemann hatte den Tisch wieder für die ostfriesische Teezeremonie gedeckt. Das blauweiße Geschirr erinnerte Petersen an seine Großmutter, die aus Norderney stammte. Huntemann selbst schien nicht in so guter Verfassung zu sein. Er wirkte müde und abgespannt. Petersen nahm sich vor, den Besuch nicht über Gebühr auszudehnen, obwohl es sehr informativ war, sich mit diesem alten Zeitzeugen zu unterhalten. Petersen kam schnell auf den Punkt seines Besuches:
„Gab es am 22.März 1945 einen Bombenangriff auf Wanger-

ooge?", fragte er Huntemann direkt. Huntemann blätterte in seinem Buch, kniff die Augen zusammen:
„Sie fragen wegen Ihres toten Marinehelfers, weil die als Todesursache Bombenangriff angegeben haben." Petersen nickte.
Huntemann fuhr fort:
„Am 22.März sind feindliche Flieger, die Richtung Festland unterwegs waren, von der Flak angegriffen worden. Es hat auch Abschüsse gegeben. Ich meine, dass man im Watt sogar einen feindlichen Flieger, ich glaube einen Amerikaner, der mit dem Fallschirm runter kam, festgenommen hat. Mehr war aber nicht! Der große Bombenangriff auf Wangerooge kam erst wesentlich später am 25. April. Sie haben Probleme mit der Todesursache oder? Ihr Marinehelfer ist erschossen worden. Ich hab Ihnen das letzte Mal schon gesagt, dass da irgendwas nicht stimmt. Versuchen Sie es einfach noch mal im Staatsarchiv in Bremen, da liegen Unterlagen der Gestapo. Ich hab' da zwar nichts Auffälliges gefunden, aber vielleicht habe ich was übersehen."
Petersen machte sich einige Notizen, merkte aber wie Huntemanns Kräfte nachließen. Er bedankte sich artig und verließ das Haus in der Robbenstraße. Für ihn war klar, dass ein Besuch in Bremen anstand. Er hoffte inständig auf Nachfahren von Dietrich Reimers in Bremen. Sie könnten einen guten offiziellen Besuchsgrund abgeben. Den beabsichtigten Besuch im Staatsarchiv würde er allerdings verschweigen.

Auf dem Rückweg machte er einen kleinen Abstecher zur Inselbäckerei. Rita Kolbow strahlte ihn wie immer freundlich an, als er sich eine Tüte mit belegten Brötchen kaufte:

„Na, keine Zeit für geregelte Mahlzeiten?“, flötete sie. Petersen nickte:
„Wenn man so allein ist, hat man keine Lust zu kochen“, bei diesen Worten setzte er seinen Welpenblick auf, von dem er wusste, dass er gut bei Frauen ankam.
„Dann müssen wir wohl mal wieder essen gehen, Herr Kommissar, oder?“ Rita Kolbow grinste über das ganze Gesicht.
„Machen wir, Ende der Woche? Einen genauen Termin schnacken wir noch ab.“
Mit diesen Worten verabschiedete Petersen sich. Ein längeres Gespräch war nicht mehr möglich, weil eine Familie mit lärmenden Kindern die Bäckerei betrat. Im Befehlston wurde die Mutter aufgefordert, eine bestimmte Sorte Donuts zu kaufen. Fluchtartig nahm Petersen Reißaus.

Im Revier war mittlerweile auch Walter Haake wieder aufgetaucht. Die drei Beamten regelten die Bereitschaftszeiten für die Zeit, wenn die Wache nicht besetzt war. Onno Siebelts setzte sich an seinen PC, um eine Übersicht über die Bereitschaftszeiten für das Schwarze Brett zu entwerfen. Petersen wiederum startete seine Adressenabfrage bei den Bremer Ämtern. Beim Bürgerservicecenter-Mitte wurde er fündig. Nachdem die Sachbearbeiterin seine Identität überprüft hatte, gab sie Petersen die entscheidende Information: Tatsächlich war bei der bekannten Adresse in Bremen-Walle eine Frau Wilhelmine Wiechers gemeldet. Für Petersen außerordentlich interessant war die Tatsache, dass sie eine geborene Reimers war. Er pfiff durch die Zähne als er die Information erhalten hatte:
„Volltreffer, es scheint noch eine Angehörige von Dietrich Reimers in Bremen zu leben“, wandte er sich an Onno

Siebelts, „dem Alter nach zu urteilen, könnte es eine jüngere Schwester sein.“ Siebelts schien sich für ihn zu freuen:
„Dann ist ja wohl eine Dienstreise nach Bremen fällig.“
Petersen nickte. Wilbert hatte ihm für diesen Fall freie Hand gegeben. Jetzt musste er aber erst einmal Kontakt zu dieser Wilhelmine Wiechers bekommen. Schnell googelte er nach dem öffentlichen Telefonbuch Bremens und fand auch sofort die Nummer einer Wilhelmine Wiechers. Ohne zu zögern wählte er die Nummer, war sich aber beim Wählen schon unsicher, wie er ein solches Gespräch führen sollte. Am anderen Ende der Leitung meldete sich eine feste Frauenstimme mit „Wiechers.“ Petersen musste jetzt improvisieren. Er meldete sich mit „Polizei Wangerooge, Hauptkommissar Petersen.“ Er hörte am anderen Ende der Leitung ein leises „Oh, Gott.“ Petersen fuhr fort:
„Liebe Frau Wiechers, in welchem verwandtschaftlichen Verhältnis stehen Sie zu einem Dietrich Reimers, seines Zeichens Marinehelfer auf Wangerooge im 2. Weltkrieg?“
Es entstand eine kurze Pause. Petersen hörte ein lautes Atmen, das ihm wie ein Schnaufen vorkam. Augenscheinlich brauchte seine Gesprächspartnerin einen Moment, um seinen Anruf verarbeiten zu können.
Nachdem Frau Wiechers sich gesammelt hatte, antwortete sie mit gebrochener Stimme:
„Haben Sie ihn gefunden nach all den Jahren? Ich bin seine Schwester.“
Jetzt musste Petersen schlucken. Erst jetzt realisierte er, was dieser Anruf für die alte Frau bedeutete. So einfühlsam wie möglich versuchte er zu antworten:
„Liebe Frau Wiechers, es sieht so aus. Ich würde all das nicht gerne am Telefon besprechen. Wenn Sie einverstanden sind, besuche ich Sie in Bremen.“
Wilhelmine Wiechers war einverstanden und bat Petersen,

so schnell wie möglich nach Bremen zu kommen, um die Ungewissheit für sie zu beenden. Er bot ihr an, schon am nächsten Tag in Bremen zu sein. Wilhelmine Wiechers stimmte sofort zu. Sie verabredeten sich für 11 Uhr in Bremen. Onno Siebelts drehte seinen Bürostuhl zu Petersen:
„Das war sicher nicht einfach für die Frau, aber jetzt hat sie Gewissheit, dass wir ihren Bruder gefunden haben."
Petersen nickte:
„Deshalb muss ich auch gleich morgen da hin, sonst wird das für diese alte Frau zu stressig."
Onno warf einen Blick auf den Fährplan:
„Mit dem Schiff schaffst du es nicht. Das fährt erst um 13:15 Uhr. Du musst also fliegen."
Petersen nahm sofort Kontakt mit den Inselfliegern auf und buchte für 8:15 Uhr einen Flug nach Harle.
Petersen lehnte sich in seinem Bürostuhl zurück. Er musste kurz seine Gedanken sammeln, der Griff zu den belegten Brötchen half ihm dabei. Ihm kamen wieder die Worte von Lehrer Huntemann in den Sinn, der auf mögliche Akten im Staatsarchiv Bremen hingewiesen hatte. Zumindest war die Gestapo Bremen für das Arbeits- und Erziehungslager auf Wangerooge zuständig gewesen, aber natürlich nicht für die Marinehelfer. Vielleicht gab es in den Akten, die ja laut Huntemann vorhanden waren, irgendwelche versteckten Hinweise auf die Erschießung eines Marinehelfers. Unwahrscheinlich, aber er musste dieser Spur nachgehen. Wieder griff er zum Telefonhörer und wählte die Nummer des Archivpädagogen vom Bremer Staatsarchiv. Dort arbeitete ein Bekannter seiner geschiedenen Frau, der ihm gegenüber aber nicht feindlich gesonnen war. Petersen musste diesen Kontakt ausnutzen, denn er hatte nicht die Zeit, tagelang im Staatsarchiv zu recherchieren. Archivpädagoge Gutjahr war über Petersens Anruf überrascht,

versprach aber, sich um die Sache zu kümmern. Für ihn bedeutete es eine Abwechslung gegenüber der alltäglichen Arbeit mit Schulklassen, die sowieso nur immer ihre Geburtsanzeige im Weser-Kurier sehen wollten.
Kneipe war für Petersen heute gestrichen. Für morgen musste er fit und ausgeschlafen sein.

7

Am nächsten Morgen traf Lars Petersen pünktlich gegen 8 Uhr am Flughafen ein. Mit einem „Moin, moin Sheriff, geht's in den Urlaub?", wurde er von der Flughafenangestellten begrüßt.
„Nee, schön wär's, ich muss dienstlich nach Bremen", antwortete er sofort, ärgerte sich aber gleich über sich selbst. Dass er dienstlich nach Bremen musste, ging eigentlich niemanden etwas an. Das Bedürfnis hier den Wichtigen zu machen, hatte ihn wohl übermannt. Schnell verschwand er in der kleinen, bereits wartenden Maschine. Petersen genoss den kurzen Flug über das Wattenmeer. Auf den Sandbänken konnte er die Seehundsrudel deutlich erkennen. Zwei Krabbenkutter fischten in den Prielen und ein Versorgungsschiff hatte sich auf den Weg nach Wangerooge gemacht. Da leichter Nord-Ostwind herrschte, begann der Pilot den Landeanflug direkt über dem Hafen von Harlesiel. Die Inselparkplätze waren schon stark belegt, da die Osterferien bereits begonnen hatten. Routiniert brachte der Pilot die Maschine auf die Piste von Harle. Auf dem Flughafen war wenig los. Für Touristen war es wohl noch etwas zu früh, nur einige Handwerker warteten auf die Maschine nach Wangerooge. Mit seiner Reisetasche bewaffnet, ging Petersen langsam über den Deich zu den Inselgaragen. Er war seit 6 Monaten zum ersten Mal wieder auf dem Festland, ein komisches Gefühl für ihn, der eigentlich ein ausgesprochener Großstadtmensch war. Ursprünglich hatte er mit dem Gedanken gespielt, sein Auto zu verkaufen. Aber nachdem er festgestellt hatte, dass es ziemlich umständlich war, mit dem Zug nach Bremen zu

kommen, hatte er diesen Gedanken wieder verworfen. Er hatte sich eine Garage gemietet und dort seinen Golf untergestellt. Bei der Ausfahrt hielt er seinen Garagenausweis kurz an die Scheibe und bog dann links ab in Richtung Carolinensiel. Zu Beginn der Fahrt musste er sich auf das Fahren konzentrieren. Irgendwie war er dem Autofahren völlig entwöhnt. Im CD-Player lag noch eine Scheibe von Bob Seger, die er jetzt startete und dabei die Lautstärke deutlich erhöhte. Für die Übernachtung in Bremen hatte er sich bei seinem alten Musikkumpel Merti in Gröpelingen angemeldet. Sicher hätte er auch die Übernachtung in einem Hotel in Bremen über die Polizeikasse abrechnen können, aber in Bremen ins Hotel zu gehen, kam ihm denn doch recht komisch vor. Durch die neue Umgehungsstraße von Jever hatte sich die Fahrzeit nach Bremen erheblich verringert. Gegen 10 Uhr überquerte er bereits die Weserbrücke, ließ rechts das Verwaltungsgebäude von Becks liegen. Den neuen Namen des belgischen Konzerns würde er nie akzeptieren, Beck's war für ihn immer noch Beck's. Hinter der Weserbrücke bog er links in den Bremer Westen ab. Am Ende der Wartburgstraße war ein Bäcker, wo er noch einen Cappuccino trinken und ein belegtes Brötchen essen konnte. Er parkte seinen Wagen in einer Seitenstraße und schlenderte dann zum Bäcker.
Frisch gestärkt machte er sich gegen 10:50 Uhr auf den Weg in die Bremerhavener Straße. Schräg gegenüber von einem chinesischen Lokal befand sich das Haus Nr. 52. Es war ein unauffälliges Haus, rot geklinkert, wie es so viele hier im Bremer Westen gab. Obwohl es augenscheinlich ein 3 Etagenhaus war, stand an der Klingel nur der Name Wiechers. Sofort, nachdem Petersen geklingelt hatte, wurde die Tür geöffnet. Er wurde also erwartet. Eine gepflegte Frau

mittleren Alters öffnete ihm die Tür. Vom Alter her konnte es unmöglich die alte Frau Wiechers sein. Freundlich lächelte sie Lars Petersen an:

„Ich bin Brigitte Stehnken, die Tochter von Frau Wiechers. Und Sie sind sicherlich Herr Petersen aus Wangerooge? Meine Mutter lebt zwar noch alleine hier, aber sie hat mich zur Unterstützung hergebeten."

Petersen gab ihr die Hand und zog seinen Dienstausweis aus seiner Jacke. Brigitte Stehnken winkte ab:

„Das wird schon seine Richtigkeit haben."

Sie geleitete Petersen in ein großes, geschmackvoll eingerichtetes Wohnzimmer. Ein großer Esstisch mit Worpsweder Möbeln war das Zentrum des Zimmers, das eher den Eindruck einer Bibliothek machte, denn beide Seitenwände waren mit großen Bücherregalen bestückt. Am Ende des großen Zimmers befand sich ein Wintergarten, der mit vielen Pflanzen ausgestattet war. Eine kleine Sitzecke mit Korbmöbeln befand sich in der Mitte des Wintergartens. Auf einem der Korbsessel saß eine alte Frau mit schneeweißen Haaren, aber sehr wachen Augen, wie Petersen fand. Ihr Gesicht war von vielen Falten gezeichnet, die sie aber nicht zu einer Greisin machten. Ihre klaren Augen beeindruckten Petersen. Als er vor dem Korbsessel angekommen war, erhob sich die alte Dame und streckte ihm freundlich ihre Hand entgegen:

„Petersen ist Ihr Name, richtig?"

Petersen nickte:

„Ich bin Hauptkommissar und zurzeit auf der Insel Wangerooge tätig."

Er wurde aufgefordert sich zu setzen und die Tochter von Frau Wiechers schenkte in die bereitgestellten Tassen Tee ein. Frau Wiechers nahm einen Schluck und fixierte den Kommissar:

„Ihre Nachricht hat mich schon ein bisschen durcheinander gebracht. Wir wussten ja, dass mein Bruder nicht mehr lebt und wir haben uns in all den Jahren auf diese Situation eingestellt und konnten damit dann auch leben. Aber Ihre Nachricht hat natürlich wieder alles aufgewühlt und mich emotional tief bewegt. Sie müssen nämlich wissen, dass ich ein sehr inniges Verhältnis zu meinem Bruder hatte. Er war eben der große Bruder, ein großer starker Junge, der sehr viel Zuversicht ausstrahlte, auch in dieser dunklen Zeit. Jede Woche hat er mir einen Brief aus Wangerooge geschrieben, das hat mich ihm sehr nah gebracht, auch wenn er nicht hier war. Oh, entschuldigen Sie mich, ich rede hier die ganze Zeit. Bitte berichten Sie uns, was Sie gefunden haben und wie Sie auf meinen Bruder gekommen sind und bitte schonen Sie uns nicht. Wir haben so lang auf diese Nachricht gewartet."
Petersen räusperte sich und versuchte den beiden Damen die Auffindsituation auf Wangerooge so taktvoll wie möglich zu schildern. Detailliert berichtete er über seine Recherche, das Einschussloch im Schädel von Dietrich Reimers erwähnte er allerdings nicht, noch nicht. Während des Berichts von Petersen liefen Frau Wiechers zeitweilig die Tränen über die Wangen. Als Petersen mit seinem Bericht zu Ende war, entstand eine kurze Stille.
Die Tochter von Frau Wiechers durchbrach das Schweigen: „Damit ist für mich unzweifelhaft bewiesen, dass es sich um die sterblichen Überreste meines Onkels handelt. Werden wir ihn beerdigen können?"
Petersen fühlte sich jetzt sichtlich unwohl, in seinem Kopf fühlte er aufsteigende Hitze. Er musste jetzt mit seinen Fragen rauskommen:
„Ich denke die Identität ist ohne Zweifel geklärt. Sie können natürlich auf einen DNA-Abgleich bestehen."

Wilhelmine Wiechers winkte sofort ab.
Petersen fuhr fort:
„Ich denke als Todesursache wurde Ihnen Bombentod genannt."
Wilhelmine Wiechers nickte, klug wie sie war, bemerkte Sie sofort Petersens Unsicherheit:
„In Ihrer Stimme, lieber Herr Petersen, schwingt eine gewisse Unsicherheit mit. Irre ich mich?"
Petersen rutschte auf seinem Korbsessel, so dass es knarrte. Er nahm noch einen Schluck Tee und kam jetzt auf den Punkt:
„Ja, das haben Sie richtig bemerkt, da ist etwas, was ich nicht erklären kann. Ihr Bruder hatte ein Einschussloch in seinem Schädel, verzeihen Sie meine Ausdrucksweise, aber ich weiß nicht, wie ich es sonst ausdrücken soll."
Wilhelmine Wiechers schüttelte mit dem Kopf. Ihre Tochter wandte sich an Petersen:
„Heißt das, dass mein Onkel erschossen wurde?"
Petersen nickte:
„Diese Tatsache hat mich schon bei meinen ersten Recherchen stutzig gemacht. Am Tage des Todes Ihres Bruders gab es keine Bombenabwürfe auf Wangerooge. Die Flakstellungen, auch die Ihres Bruders, wurden zwar von alliierten Flugzeugen beschossen, die auf dem Weg ins Hinterland waren, doch die Kugel, die Ihren Bruder getroffen hat, stammt nicht aus der Bordkanone eines Flugzeugs, sondern aus einem Karabiner, wie ihn die Marinehelfer trugen."
Die beiden Frauen schienen verwirrt. Petersen war klar, was er Ihnen jetzt zugemutet hatte. Er legte aber noch einmal nach:
„Auch einen Selbstmord haben wir ausgeschlossen, das ist mit dieser großen und langen Waffe so nicht möglich, da

waren sich unsere Techniker ganz sicher."
Brigitte Stehnken war die Erste, die wieder einen klaren Gedanken fassen konnte:
„Dann bleibt ja nur noch Mord!"
Wieder trat eine längere Schweigepause ein. Petersen unterbrach die Stille:
„Meine Vorgesetzten haben mich nur befugt, Ihnen den Leichenfund mitzuteilen. Nach meiner Einschätzung hat man wenig Interesse, eine so alte Sache anzufassen. Im Rahmen meiner Möglichkeiten werde ich aber weitermachen, das kann ich Ihnen versprechen."
Wilhelmine Wiechers hatte ihre Sprachlosigkeit überwunden:
„Wir sind Ihnen sehr dankbar dafür, wie können wir Ihnen helfen?"
Petersen zögerte einen Moment, kam dann aber wieder zur Sache:
„Sie haben zu Beginn unseres Gesprächs von Briefen gesprochen, die Ihr Bruder Ihnen geschrieben hat. Ich gehe davon aus, Sie haben die Briefe aufbewahrt?"
Sie nickte stumm.
„Ich weiß, dass ist sehr intim, aber dürfte ich diese Briefe lesen? Vielleicht gibt es einen Hinweis auf Schwierigkeiten, die Ihr Bruder hatte."
Frau Wiechers antwortete ohne zu zögern:
„Das bin ich meinem Bruder schuldig, ich gebe Ihnen die Briefe." Sie wandte sich nun ihrer Tochter zu:
„Brigitte, du weißt, wo die Briefe sind, hole sie bitte!"
Brigitte Stehnken verschwand in der nächsten Etage. Lars Petersen war sich bewusst, dass die Herausgabe der Briefe ihm gegenüber einen großen Vertrauensbeweis darstellte.
„Frau Wiechers, Sie brauchen keine Angst zu haben, ich werde das, was in den Briefen steht, sehr diskret behandeln.

Ich habe noch eine weitere Bitte: Sprechen Sie zum jetzigen Zeitpunkt mit niemandem über meinen Verdacht. Meine Vorgesetzten würden mir den Fall sofort entziehen."
Wilhelmine Wiechers nickte:
„Ich dachte immer Mord verjährt nicht. Sie sind mein Verbündeter, Herr Petersen, ich werde Sie nicht enttäuschen, so senil bin ich noch nicht."
In diesem Moment trat die Tochter wieder ins Zimmer und überreichte Petersen einen Stapel vergilbter Briefe, die liebevoll mit rotem Dekoband verknotet waren. Petersen nahm die Briefe ehrfurchtsvoll entgegen:
„Ich werde auf die Briefe gut aufpassen. Sie bekommen alles wieder geordnet zurück. Ich werde mir nur, wenn ich etwas Wichtiges finde, einige Notizen machen."
Nachdem Wilhelmine Wiechers noch einen Schluck Tee genommen hatte, sprach sie Petersen wieder an:
„In diesen Briefen spielen zwei weitere junge Männer eine Rolle, die auch auf Wangerooge als Marinehelfer Dienst tun mussten. Dietrich, also mein Bruder, beschreibt recht eindrucksvoll die Freundschaft der drei Jungs. Beide leben noch. Der eine ist Gerd Fehrensen, er besitzt eine große Sicherheitsfirma in Bremen mit Sitz in der Überseestadt. Sein Sohn kümmert sich um den Laden. Die sind dick drin in der Bremer Gesellschaft, gute Kontakte zum Senat. Den zweiten müssten Sie kennen, Meinhard Siems, er stammt meines Erachtens aus Wangerooge und lebt da wohl heute noch."
Petersen machte sich eifrig Notizen. Das war mehr als er erwartet hatte. Zwei mögliche Zeugen, wenn auch sehr alte Männer, aber vielleicht konnten sie ihm helfen.
Petersen bedankte sich bei den zwei Damen. Sie versprachen sich gegenseitig in Kontakt zu bleiben. Zum Abschluss, als die drei schon im Hausflur standen, umarmte

Wilhelmine Wiechers Lars Petersen:
„Ich bin froh, dass es solche Polizisten wie Sie noch gibt. Wenn Sie mal in Schwierigkeiten kommen, lassen Sie es mich wissen, auch unsere Familie hat gewisse Beziehungen, alter SPD-Adel, Sie verstehen?“
Petersen und auch Wilhelmine Wiechers mussten jetzt herzlich lachen. Man verabschiedete sich. Als Petersen wieder allein auf dem Fußweg der Bremerhavener Straße stand, atmete er tief durch. Die Begegnung mit dieser klugen alten Dame hatte ihn tief bewegt. Auf dem Weg zu seinem Auto versuchte er seine Gedanken zu ordnen. Also zwei noch lebende Zeugen: einer davon lebte aller Wahrscheinlichkeit nach in Bremen, ein anderer wahrscheinlich auf Wangerooge. Wie aber würde Wilbert in Wilhelmshaven reagieren, wenn er weiter ermittelte. Eigentlich war sein Auftrag beendet. Die Angehörigen von Dietrich Reimers waren gefunden. Von einem möglichen Mord wollte Kommissar Wilbert nichts wissen. Auf der anderen Seite erwartete die Schwester von Dietrich Reimers, dass er weiter ermitteln sollte. Er setzte sich in seinen Golf und googelte mit seinem Smartphone nach Sicherheitsfirmen in Bremen. Durch seine Tätigkeit bei der Bremer Polizei wusste er, dass hier ein Boom entstanden war. Firmen, aber auch Privatleute versuchten sich Sicherheit zu erkaufen, weil die Polizei in vielen Bereichen durch ihre Personalknappheit überfordert war. Einige Kollegen von ihm selbst hatten als Beamte gekündigt und machten jetzt als Sicherheitsberater die große Kohle. Er starrte auf sein Display, Bingo! Es gab eine Firma namens FuSS, Fehrensen und Söhne-Security mit Sitz in der Bremer Überseestadt, Konsul-Smidt-Straße. Ein Blick auf seine Uhr zeigte ihm, dass es noch zu früh war, um zu seinem alten Musikerkumpel Frank Mertens nach Gröpelingen zu fahren,

bei dem er sich für diese Nacht einquartiert hatte. Die Überseestadt lag quasi auf dem Weg nach Gröpelingen. Kurz entschlossen startete er seinen Golf und fuhr in diese Richtung. Sein Gefühl sagte ihm zwar, dass er vielleicht jetzt einen Fehler machte, aber irgendwie konnte er nicht anders. Beim ALDI-Markt am Kopf des Europahafens stellte er seinen Wagen ab und ging erst einmal zur neu entstandenen Hafenpromenade. Die Überseestadt war das städtebauliche Vorzeigeobjekt für die Hansestadt Bremen. Der große Anspruch war es, die alten Hafenreviere mit der Moderne zu verbinden. „Mediterrane Modernität“ sollte das Motto für das architektonische Konzept sein. Petersen konnte sich nur wundern. Mehrere quadratisch geschnittene Bürokästen waren aneinandergereiht. Ein Blick ins Hafenbecken zeigte gähnende Leere, nur ein paar Sportboote dümpelten an einem Steg. Wenn das der neue Mix von Vergangenheit und Zukunft sein sollte, war er ratlos. Das zweite Hafenbecken, den Überseehafen, hatte man zugeschüttet und den Großmarkt dort angesiedelt. Dieser lag nun wie ein Fremdkörper neben dem alten Speicher XI, der nur durch die Privatinitiative des Bremer Architekten Hübotter gerettet worden war. Hier war nach Petersens Meinung tatsächlich ein vernünftiger Mix gelungen. In dem Speicher befand sich Gastronomie, das Hafenmuseum und die Hochschule für Gestaltung. Vor dem Speicher war das alte Rettungsboot, die „Wilhelm Hübotter“ von Wangerooge, ausgestellt, die Vorgängerin der heutigen „Wilma Sikorski“. Petersen hatte mittlerweile das Bürogebäude der Firma FuSS erreicht. Das Gebäude war einer dieser typisch quadratischen, mit dunklen Gesteinsplatten verkleideten, Kästen. Die Balkone waren in verschiedenen Farben gestaltet. Im Erdgeschoss befand sich ein offener Empfangsbereich, der stark einer Hotellobby ähnelte. Um

einen halbrunden Empfangstresen waren mehrere Sitzgruppen angeordnet. An den Wänden hingen, Petersen wollte es kaum glauben, große Fotographien von der Nordseeinsel Wangerooge. Ohne eigentlich richtig zu wissen, was er hier wollte, steuerte Petersen auf den Empfangstresen zu, wo eine, für seinen Geschmack stark überschminkte Blondine, auf den Monitor eines PCs starrte. Als sie Petersen bemerkte, setzte sie ein professionelles Lächeln auf und spulte ihre Standardfrage ab:
„Wie kann ich Ihnen helfen, mein Herr?“
Jetzt begriff Petersen erst, dass er über kein Konzept für die Herangehensweise seiner Befragung verfügte. Einfach umdrehen und wieder weggehen? Er überlegte es sich anders:
„Mein Name ist Petersen, ich komme von der Polizei Wangerooge. Wie bekomme ich einen Termin bei Ihrem Seniorchef Herrn Gerd Fehrensen?“
Überrascht runzelte die Blondine die Stirn, ein Fragezeichen war ihr ins Gesicht geschrieben:
„Unser Seniorchef ist nur noch selten im Büro. Sein Sohn leitet die Geschäfte. Worum geht es denn?“
Petersen konnte jetzt nicht mehr zurück:
„Ich müsste schon den Senior sprechen. Es geht um eine alte Geschichte aus dem 2. Weltkrieg. Wir haben auf Wangerooge eine Leiche gefunden. Mit diesem jungen Mann, sein Name lautete Dietrich Reimers, war Herr Fehrensen auf Wangerooge als Marinehelfer stationiert. Ich bräuchte dazu eine Zeugenaussage von Herrn Fehrensen.“
Mit diesen Informationen war die Blondine völlig überfordert. Petersen, dem klar war, dass er jetzt keinen Termin bekommen konnte, legte seine Karte auf den Tresen.
„Bitte übermitteln Sie Herrn Fehrensen meinen Gesprächs-

wunsch, ich bin unter dieser Nummer immer erreichbar."
Mit diesen Worten war das Gespräch beendet. Petersen ließ die Empfangsdame stark verwirrt zurück und verließ das Bürogebäude der Firma FuSS.
Ihm war sofort klar, dass er einen Riesenfehler gemacht hatte. Zu früh und unüberlegt hatte er Ermittlungsergebnisse aus der Hand gegeben. Hoffentlich würde er diesen eigenmächtigen Schritt nicht nochmal bereuen müssen.
An der Promenade des Europahafens trank er in einer Snack-Bar einen Cappuccino und wählte die Nummer des Polizeireviers Wangerooge. Nach kurzer Pause meldete sich Onno Siebelts:
„Moin Lars, hast du schon Heimweh nach unserem schönen Sandhaufen?"
„Noch nicht Onno", antwortete Petersen, „aber nach ein paar Bieren bestimmt. Ich habe also die Schwester von Dietrich Reimers getroffen. Sie hat mir einen Hinweis auf zwei Zeugen gegeben, mit denen der Reimers auf Wangerooge als Marinehelfer war. Beide leben noch, einer davon soll ein Insulaner sein. Sagt dir der Name Meinhard Siems etwas?"
Petersen hörte ein leises Stöhnen in der Leitung.
„Lars, kannst du es nicht lassen? Machst du wieder deine eigene Mordermittlung. Hallo, das war im Krieg. Das ist doch gar nicht dein Auftrag, wenn du weiter machst, gibt das bestimmt Ärger mit Wilbert."
„Bleib ruhig, Onno! Die Schwester möchte doch nur wissen, wie genau ihr Bruder umgekommen ist, also die näheren Begleitumstände."
Petersen war bei diesen Worten klar, dass das nicht die ganze Wahrheit war. Aber er sah keine andere Möglichkeit in der Sache weiter zu kommen. Er setzte noch einmal nach:

„Was ist mit Siems?“
„Du gibst ja doch keine Ruh‘ “, schnaufte Siebelts, „der lebt mit seiner Tochter in der Rösingstraße. Sie besitzen eine größere Pension in der Friedrich-August-Straße. Der hat früher, glaube ich, bei der Gemeinde gearbeitet. Ist das wichtig?“
„Nicht wirklich, wollte nur wissen, ob es ihn tatsächlich gibt, diesen Meinhard Siems. Ich sag jetzt erst mal Tschüss, bis morgen. Ich komm‘ mit dem Schiff um 15 Uhr.“
Petersen rührte im Schaum seines Cappuccinos. Mehr konnte er jetzt erst mal nicht machen. Langsam schlenderte er zum Auto. Irgendwie fühlte er sich beobachtet. Auf dem Parkplatz eines Weinhandels stand ein Fahrzeug mit dem roten Schriftzug FuSS. Der Mann in dem Fahrzeug starrte in seine Richtung. Petersen verwarf sein Gefühl. Die Firma hatte hier ihren Verwaltungssitz, da war es nicht ungewöhnlich, dass auch Firmenfahrzeuge in der Nähe waren. Er startete seinen Golf und fuhr in Richtung Gröpelingen.
Petersen hatte lange Zeit mit Frank Mertens in einer Band gespielt. Mertens war ein begnadeter Keyboarder, nur als Lehrer war er gescheitert. Der kleine, schmächtige Mann mit seinen rötlichen Haaren wirkte im Klassenzimmer oft linkisch und hilflos. So gut und virtuos er als Musiker war, als Pädagoge konnte er nicht überzeugen. Er hatte kein Gespür für die Schülerwirklichkeit und war fest davon überzeugt, dass die Schüler seine Leidenschaft für Musik teilen müssten. Seine Gutmütigkeit wurde von den Schülern gnadenlos ausgenützt und als Schwäche interpretiert. Er galt als Spinner und durchgeknallter Typ, mit Merti, so nannten ihn die Schüler, konnte man Spaß haben, der aber zumeist auf Kosten von Merti ging. Frank Mertens hatte das einzig Richtige getan und seine Lehrerstelle gekündigt, was

nach Petersens Meinung nur logisch und konsequent war. Seitdem schlug er sich mehr schlecht als recht als Berufsmusiker durchs Leben. Notgedrungen musste er alle Aufträge annehmen, vom Alleinunterhalter auf Hochzeiten oder anderen Familienfeiern bis hin zu Trauerfeiern, wo er auf dem von ihm verhassten Harmonium, Trauermärsche, meist von Beethoven oder Chopin, spielen musste. Obwohl er klassisch ausgebildet war, galt seine Liebe der Rock-Musik.

Petersen bog in die Rasteder Straße ein, wo Mertens ein kleines Arbeiterhaus besaß. Hier hatten seit Bestehen der Werft „AG Weser" in der Regel Werftarbeiterfamilien gewohnt. Heute, nach der Pleite der Werft, wohnten zwar noch echte Gröpelinger in diesen Häusern, aber gierige Immobilienhaie hatten einige Häuser aufgekauft und sie mit bulgarischen Arbeitern vollgestopft. Damit waren Konflikte vorprogrammiert.

Merti begrüßte seinen alten Kumpel Lars überschwänglich. Beide fielen sich in die Arme und klopften sich gegenseitig auf die Schulter.

„Mensch, alter ‚Gitarren-Lude', wie lange haben wir uns nicht mehr gesehen?"

„Zu lange", antwortete Petersen und stellte seine Tasche ab. Merti hatte im Wohnzimmer Kaffee und Kuchen aufgedeckt, was für seine Verhältnisse recht ordentlich gelungen war, sogar Servietten hatte er neben die Kuchenteller gelegt. Nachdem sie die ersten Bissen des Butterkuchens gegessen hatten, legte Merti die Kuchengabel weg und sah Lars Petersen ernst an:

„Wie hast du alles verarbeitet, deine Disziplinarstrafe und die Versetzung nach Wangerooge. Drehst du da nicht durch auf der Insel?"

Petersen konnte bei diesen Fragen ein leicht flaues Gefühl

in der Magengegend nicht verleugnen:
„Am Anfang war es schon schwer. Ich hatte mit mir selbst Probleme, fühlte mich schlecht behandelt und habe mich wohl dem Selbstmitleid hingegeben. Aber dann kam und damit rechnest du auf einer Insel ja nun überhaupt nicht, dieser Mordfall mit der Lehrerin“.....
„Diese Dunker, das hat hier auch in der Zeitung gestanden, weil sie ja auch in Bremen tätig war“, unterbrach Merti Petersen.
„Ja“, nickte dieser, „das war eine aufregende Zeit und ich bin gar nicht so viel zum Nachdenken gekommen. Durch diese Sache bin ich auch den Insulanern näher gekommen. Ob du's glaubst oder nicht, ich spiele mit meiner Gitarre im Shantychor.“
Merti grinste:
„Ist klar, ′ne Metallica Coverband wirst du auf der Insel nicht aufmachen können, aber ich will mich nicht darüber lustig machen. Ich hab‘ neulich in einem Altersheim hier in Gröpelingen Lieder von der Küste gespielt, Hans Albers, Freddy, Lolita und so ‘n Zeugs.
Wenn du dir überlegst, dass wir mit richtiger Rockmusik in den 80-ern ganz ordentlich Kohle gemacht haben, heute undenkbar. Heute ist Ballermann-Musik mit DJ gefragt, rauf und runter. Ich muss mich ganz schön strecken, dass ich über die Runden komme.“
Petersen unterbrach Mertis Redefluss:
„Übrigens, da kommst du nie drauf, wer in Wangerooge eine Kneipe hat? Der Magister...“
„Der Magister?“ staunte Merti, „ der, bei dem wir nachts nach der Mucke in der ‚Lebensquelle‘ im Steintor noch ′nen Absacker getrunken haben?“
„Genau der, ich hab‘ mich so ‘n bisschen mit ihm angefreundet. Ich kannte ja auf der Insel niemanden und er

hat mir ein paar Tipps gegeben."
„Na, ja, das hat er ja früher auch gemacht, das hab' ich wohl gemerkt, wie du ihn über die Szene im Steintor ausgequetscht hast, also alles beim Alten."
„Nein, so nicht, aber ein paar Hinweise, wer wie auf der Insel tickt, das ist ganz hilfreich."
„Okay, aber nun zum Wesentlichen. Was macht die Frauenfrage?"
Bei diesen Worten fing Merti an zu grinsen und lauerte auf Petersens Reaktion. Dieser setzte sein Pokerface auf:
„Da ist und war nichts."
„Wie kommt es, dass ich dir das nicht so richtig abkaufe, aber lassen wir das. Ich krieg das schon noch raus, wenn wir heute Abend bei Rocco essen gehen. Ich hab' für uns um 19 Uhr einen Tisch bestellt, wie in alten Zeiten. Der Grappa wird deine Zunge lösen."
Merti konnte sich vor Lachen kaum einkriegen und Petersen wusste in diesem Moment nicht, was er sagen sollte. Nachdem das Kaffeetrinken beendet war, zeigte Merti Petersen voller Stolz seinen Musikkeller. Er hatte sich dort ein kleines Tonstudio eingerichtet und arrangierte für seine Alleinunterhalterauftritte sogenannte „Midi Files", also Tonspuren mit anderen Begleitinstrumenten, so dass es sich anhörte, als wenn eine komplette Band spielen würde. Die Wände des Kellers waren mit Konzertplakaten tapeziert. Viele dieser Konzerte hatten die beiden Musiker gemeinsam besucht. Manchmal musste Petersen dabei als Drogenfahnder den Eingangsbereich der Hallen observieren, um Dealer zu identifizieren, die allerlei Drogen an die Konzertbesucher verkauften.
Da auch eine Gitarre im Keller vorhanden war, jammten die beiden voller Inbrunst und spielten die alten Lieder aus ihrer gemeinsamen Bandzeit. Fast hätten sie ihre

Umgebung vergessen, aber die große Wanduhr zeigte ihnen an, dass es nun Zeit war aufzuhören. In Erwartung einiger Grappa Runden bei ihrem Italiener beschlossen sie, mit der Straßenbahn nach Walle zu fahren. Als beide auf die Straße traten, startete in diesem Moment ein schwarzer VW-Touran an der Ecke Rasteder Straße/Pastorenweg und wieder meinte Petersen den roten Schriftzug FuSS erkannt zu haben. Entweder drehte er jetzt durch und sah Gespenster oder aber er wurde nach seinem Besuch bei der Sicherheitsfirma tatsächlich observiert. Eine leichte Nervosität beschlich ihn. Er entschied sich dagegen, seinen Kumpel mit seinen Beobachtungen zu belasten. Merti hatte mit der Sache nichts zu tun und er war sich überhaupt nicht sicher, ob diese Firmenwagen nicht seinem nervösen Polizeigehirn entsprungen waren.
Als sie das Lokal „Da Rocco“ betraten, wurden sie überschwänglich vom Chef begrüßt:
„Buonasera Signor Commissario, du warst lange nicht mehr hier, grande gioia.“
Sie umarmten sich. Rocco wies ihnen den kleinen Tisch in Höhe der Theke zu, der in der Regel für Stammgäste reserviert war. Kaum hatten sie ihre Jacken über die Stuhllehnen gehängt, standen schon zwei gut eingeschenkte Grappa-Gläser auf dem Tisch.
„Salute!“ Die Gläser klirrten. Das kleine Lokal war gut gefüllt und die anderen Gäste beobachteten recht amüsiert die laute Begrüßungszeremonie. Petersen erzählte kurz von seinem Dienst auf Wangerooge, denn auch Chef Rocco hatte eine Beziehung zu der Insel. Kurz nachdem er in Deutschland als 18-jähriger angekommen war, arbeitete er eine Saison lang im „Eiscafé Venezia“ in der Zedeliusstraße. Merti und Petersen bestellten ausnahmsweise kein Bier. Während ihrer gemeinsamen Besuche bei Rocco hatte sich

das gepflegte Weintrinken eingebürgert. Sie bestellten eine Flasche Chianti classico und Petersen machte eine Bewegung mit seiner rechten Hand, er zeichnete einen Kreis in die Luft. Rocco, der mittlerweile hinter der Theke stand, reagierte sofort:
„Si, Commissario, du hast nichts vergessen, un giro, si, subito!“
Giro bedeutete natürlich erneut eine Grappa Runde, die diesmal von Petersen ausgegeben wurde. Beim Essen verlangsamte sich der Alkoholkonsum merklich. Merti und Petersen unterhielten sich angeregt über neue Entwicklungen in der Musikszene. Nach dem Essen kam der Chef fragend an den Tisch:
„Buono?“
Petersen versuchte auf italienisch zu antworten:
„Molto bene, si grazie.“
Nun ließ Rocco ein altes Wortspiel wieder aufleben, welches sie früher ausgiebig praktiziert hatten:
„Grazie, molto gentile, Moltofill.“
Merti und Petersen prusteten vor Lachen und schon kreiste Mertis Finger in der Luft:
„Un giro , per favore!“
Die Antwort ließ nicht lange auf sich warten:
„Sempre, sempre“, kam es gesungen zurück, so, als wenn Al Bano es intonieren würde. Als das Lokal sich langsam leerte, reichte Rocco Petersen die Gitarre, die immer gebrauchsbereit in der „Kuschelecke“ stand. Vom Grappa enthemmt, hatte er keine Scheu die alten italienischen Schmachtfetzen anzustimmen. Rocco sang inbrünstig Lieder wie *una festa sui prati* oder *Volare*. Merti sang die 2. Stimme dazu, die verbliebenen Gäste klatschten begeistert mit. Petersen genoss es mit alten Freunden zu feiern, sein aktueller Fall trat in den Hintergrund, für ihn war es Entspannung pur.

Als das Taxi vorfuhr, wurde noch schnell *Arrivederci Roma* angestimmt.

Am nächsten Morgen erwachte Petersen mit starken Kopfschmerzen. Aus der Küche hörte er ein Klappern und es roch nach frisch aufgebrühtem Kaffee. Nach dem Duschgang ging es ihm schon besser und das üppige Frühstück, das Merti zubereitet hatte, tat das Übrige. Ein Blick auf die Uhr zeigte ihm, dass es Zeit wurde, sich wieder auf den Weg nach Harlesiel zu machen. Die Kumpels verabschiedeten sich sehr herzlich und Petersen versprach bald wieder vorbeizuschauen. Er ahnte, dass das nicht der letzte Bremen-Besuch in absehbarer Zeit sein würde.
Nachdem er über die B75 die Autobahn nach Oldenburg erreicht hatte, rief er die Nummer seines Bekannten aus dem Staatsarchiv auf. Dieser entschuldigte sich bei Petersen, dass er noch keine Zeit gefunden hatte die Recherche, um die Petersen ihn gebeten hatte, durchzuführen.
„Nun mal langsam, das war mir schon klar, dass du nicht innerhalb von 24 Stunden zu irgendwelchen Resultaten gekommen bist“, entschuldigte er sich bei dem Archivar, „ich rufe dich an, weil ich dir zwei Namen als mögliche Zeugen, Meinhard Siems und Gerd Fehrensen, durchgeben möchte. Vielleicht ist das eine Hilfe für dich.“
„Gerd Fehrensen?“, kam es wie aus der Pistole geschossen zurück, „ist das der von der Sicherheitsfirma?“
„Jawohl, die Firma wird jetzt vom Sohn geführt.“
„Der ist ‘ne große Nummer in Bremen, bei allen großen Veranstaltungen stellen die den Sicherheitsdienst, wenn der mal nicht sogar in der SPD ist. Ich meine, ich hätte den Namen auch schon mal in Zusammenhang mit der Bremer Polizei in der Nazi-Zeit gehört. Vielen Dank Lars, du hörst

von mir. Es sind ja jetzt Osterferien und ich hab' hier keine Schulklassen zu betreuen, dann hab' ich mehr Zeit."
Ein ungutes Gefühl beschlich Petersen, ihm war aber nicht klar, wo die genaue Ursache dafür lag. Hinter dem Oldenburger Kreuz beschleunigte er das Tempo. Die Autobahn nach Wilhelmshaven war nicht ganz so voll, obwohl das Osterwochenende bevorstand. Den Schock bekam er allerdings in Harlesiel, Autoschlangen vor der Parkplatzschranke. Bei der Einfahrt zu den Garagen war Gott sei Dank alles ruhig, so dass er nicht warten musste. Vor der Abfertigung für die Gepäckcontainer und vor der Fahrkartenausgabe hatten sich ebenfalls lange Schlangen aufgebaut. Petersen war froh, dass er schon eine Fahrkarte hatte, so dass er mit seiner kleinen Reisetasche direkt aufs Schiff gehen konnte. Die „MS Harlingerland" war schon gut besetzt, als er an Bord ging. An einen Sitzplatz war nicht zu denken. Auf der hinteren Plattform an der Reling fand er noch einen Platz. Die Geräuschkulisse auf dem Schiff war unerträglich. Eine Gruppe von jungen Männern mit einheitlichen T-Shirts gab sich schon die Jever-Dröhnung. Kinder liefen laut schreiend zwischen den Sitzbänken umher. Völlig überforderte Mütter herrschten in kreischendem Ton ihre Kinder an, sich endlich hinzusetzen. Aber diese kümmerten sich nicht um die Anweisungen, auch die Drohung, dass es dann keine Cola gäbe, blieb ohne Wirkung. 5 Minuten später sah Petersen das entsprechende Kind mit einem Plastikbecher Cola. Er schüttelte mit dem Kopf. Wäre ich doch bloß mit dem Flugzeug geflogen, dachte er und kramte seinen I-Pod aus der Jackentasche. Normalerweise genoss er die Geräusche während einer Seefahrt. Wellenschlag und Möwengeschrei hatten auf ihn immer eine beruhigende Wirkung, aber heute musste er sich musikalisch abschotten. Bezeichnenderweise lief auf

seinem I-Pod gerade Bob Seger *Against the Wind.* Das Drama setzte sich dann in der Inselbahn fort. Der Zug stand mindestens eine Dreiviertelstunde am Anleger, weil das viele Gepäck umgeladen werden musste. Wieder entwickelte sich das gleiche Theater, schreiende Kinder, fluchende Eltern und eine alkoholisierte Männergruppe, die jetzt auch noch Lieder aus dem Ballermann-Segment anstimmte wie *Schatzi schenk mir ein Foto*, dazwischen wurde bei der Verteilung der neuen Bierflaschen auch noch „zur Mitte, zur Titte, zum Sack, Zack Zack" skandiert. Petersen verfluchte wieder einmal die Tatsache, dass die Inselpolizei über kein eigenes Fahrzeug verfügte. Wie schön wäre es gewesen, wenn Onno ihn vom Anleger abgeholt hätte. Stattdessen quetschte er sich auf die hintere Plattform des letzten Waggons und wartete auf das erlösende Pfeifsignal der Diesellock, das die Abfahrt einläutete.
Als der Zug im Bahnhof Wangerooge einfuhr, war Petersens Nervenkostüm in einem desolaten Zustand. Wenn ihm jetzt jemand dumm gekommen wäre, hätte er für nichts garantieren können. Hektisch flüchtete er vom übervollen Bahnsteig im Laufschritt in die Charlottenstraße. Das Dienstzimmer im Revier war verwaist, entweder hatten die beiden schon Feierabend gemacht oder aber einer ging Streife. Petersen ließ sich in seinen Bürosessel fallen und atmete tief durch. Wie sollte er weiter vorgehen? Für mögliche nächste Schritte würde er keine Rückendeckung von seinem Vorgesetzten bekommen und auch Onno würde ihn nach Lage der Dinge nicht unterstützen. In diesen Momenten fehlten ihm die Gespräche mit Mona, die ihm so bei der Aufklärung des Falles Dunker geholfen hatten. Er musste also auf der Hut sein, weil er völlig auf sich allein gestellt war. Seine Gedanken wurden durch das Eintreten Onno Siebelts jäh unterbrochen.

„Moin Lars, hatte schon Angst, du würdest in Bremen bleiben. Wie war's?"
Onno sah Petersen fragend an. Petersen gab einen kurzen Bericht, verschwieg aber den Besuch bei der Firma von Fehrensen. Verschwieg aber nicht, dass er Kontakt zu Meinhard Siems, dem Dritten im Bunde der Marinehelfer, aufnehmen wollte.
„Ich weiß, wie du darüber denkst Onno, aber ich bin das der Schwester von Dietrich Reimers schuldig", erklärte sich Petersen.
„Du weißt, was ich davon halte, aber du bist alt genug und ich fürchte, dass ich dich sowieso nicht davon abhalten kann."
Onno Siebelts zog seine Uniformjacke aus und fuhr fort:
„Morgen hat Walter Bereitschaft und Sonnabend müssen wir alle drei Flagge zeigen. Ich sage nur Osterfeuer, da sind ein bis zweitausend Menschen unterwegs. Wenn du einverstanden bist, hast du dann Nachtbereitschaft!"
Petersen nickte. Er würde dann morgen etwas Zeit zum Verschnaufen haben und vielleicht konnte er sich mit den Briefen, die Wilhelmine Wiechers ihm mitgegeben hatte, beschäftigen. Man verabschiedete sich. Petersen verzog sich in seine Wohnung. Nach der anstrengenden italienischen Nacht in Bremen, wollte er heute von Kneipe nichts mehr wissen.

8

Der Karfreitag zeigte sich am Morgen recht verhangen und neblig. Auf dem Weg zur Inselbäckerei bemerkte Petersen kaum die vielen farbigen Ostereier, die an den Sträuchern in den Vorgärten hingen, so sehr verfolgten ihn seine Gedanken. Wie konnte er Kontakt zu Siems aufnehmen, ohne Staub aufzuwirbeln? Als er in die Zedeliusstraße einbog, bekam er einen Schock. Vor der Inselbäckerei hatte sich eine Schlange von ungefähr 50 Metern gebildet. Er hatte es versäumt, Brötchen bei Rita vorzubestellen, jetzt besaß er die Arschkarte. Kein Toast mehr im Haus, das fing ja gut an! Durch die Scheibe der Bäckerei sah er Rita Kolbow bedienen, drei Frauen versuchten die Schlange abzuarbeiten. Als Rita ihn sah, zuckte sie mit den Schultern. Was sollte sie auch machen? Wenn sie jetzt mit einer Brötchentüte herausgekommen wäre, hätte es in der Urlauberschlange Aufruhr gegeben. Also blieb ihm nichts anderes übrig, als in den Supermärkten der Charlottenstraße sein Glück zu versuchen. An den Feiertagen hatte meist einer der Läden geöffnet. In der Regel wurde sich abgewechselt. Petersen hatte Glück, die Schlangen vor den beiden Kassen waren überschaubar. Sein Frühstück, auf das er so viel Wert legte, war gerettet.
Im Revier traf er Walter Haake, der sich gerade für einen Streifengang vorbereitete. Sie wechselten einige Höflichkeitsfloskeln, aber so richtig warm würde er mit diesem Kollegen nicht werden. Außerdem war Petersen froh, dass er jetzt seine Ruhe hatte, so konnte er mit dem Sichten der Briefe von Wilhelmine Wiechers beginnen. Vorsichtig löste er den Knoten des Bandes, welches um die

Briefe gewickelt war. Einige der Briefe waren an die Heimatadresse in Bremen adressiert, die letzten zwei Briefe waren an eine KLV-Lageradresse in Obertauern-Österreich gerichtet. KLV? Petersen überlegte. Die Abkürzung hatte er schon mal gelesen. Zur Sicherheit googelte er nach der Abkürzung. Kinderlandverschickung, jetzt fiel bei ihm der Groschen. Zu Ende des Krieges wurden immer mehr Schulklassen aus den Großstädten in Gebiete ausgelagert, die vom Bombenkrieg nicht sehr stark betroffen waren, dazu gehörten auch Gebirgstäler in Österreich. Demnach musste Wilhelmine Wiechers oder besser Reimers, wie sie damals noch hieß, mit ihrer Schulklasse in den letzten Kriegsmonaten in einem KLV-Lager in Obertauern gelebt haben. Als erstes begann Petersen die beiden jüngsten Briefe zu studieren. Einige Passagen waren so interessant, dass er sich sofort Kopien davon machte:

Wangerooge, Januar 1945

Liebe Willi!

Ich bin sehr froh darüber, daß du aus Bremen rausgekommen bist.

Ich weiß, Mama und Papa ist es sehr schwergefallen dich ziehen zu lassen. Aber ich weiß, wovon ich schreibe. Immer mehr Bomber fliegen Richtung Festland und so viele erwischen wir hier nicht. Einige unserer Geschütze sind ausgeleiert und treffen nicht mehr richtig. Die Stellungen sind unterbesetzt. Entweder nehmen sie Schüler, so wie uns oder alte Offiziere, die nicht mehr geradeaus laufen können. Entschuldige meine Ausdruckweise. Aber hier wird man so! Wir haben hier aber eine gute Gemeinschaft. Mit Meinhard und Gerd verstehe ich mich sehr gut. Wir halten fest zusammen. Mit Gerd ist es manchmal schwer, weil er so verbiestert sein kann. Er glaubt fest an den Endsieg, obwohl der Feind so viel mehr Flugzeuge hat. Wir kriegen das ja nun fast jeden Tag mit. Für uns ist der Alarm eine gute Abwechslung, dann müssen wir nicht zum Unterricht, auch haben wir drei hier nichts auszustehen, die brauchen uns. Wir haben eine recht gute Abschussquote, weil wir gut mit der neuen Funkmesstechnik zurechtkommen. Einige andere sind dafür zu doof. Du weißt ja, in Mathematik war ich immer schon gut.

Wenn wir in den Dünen mal eine Zigarette rauchen, machen die nichts.

Papa habe ich nicht oft gesehen. Er ist meist auf Spiekeroog, manchmal kommt er zum Unterricht hier her, aber das ist selten. Entweder passt die Flut nicht oder es ist Alarm. Du weißt ja, wie ich über den Unterricht beim eigenen Vater denke. Mir ist das unangenehm, ich glaube, ihm aber auch.

Ich hoffe Mama geht es in Bremen gut. Ich habe schon Angst um sie. Die Bomber *fliegen häufig in Richtung Bremen. Hoffentlich schafft sie es, immer rechtzeitig in den Bunker zu gehen. Du musst mir aus Österreich berichten, du bist ja mitten in den Bergen. Ich kann mir das gar nicht so richtig vorstellen. Merkt ihr überhaupt was vom Krieg?*

Petersen war völlig in Gedanken versunken, dass er überhaupt nicht gemerkt hatte, dass eine Frau das Dienstzimmer betreten hatte und den Diebstahl eines Fahrrads melden wollte. Petersen nahm die Anzeige auf, war aber in Gedanken nicht bei der Sache. Es fiel ihm schwer, sich auf die Fahrradsache zu konzentrieren. Nachdem die Frau gegangen war, nahm er sich den letzten Brief vor.

Wangerooge, Februar 1945

Liebe Willi!

Vielen Dank für deinen Brief. Er hat drei Wochen bis hierher gebraucht. Ich habe mich sehr darüber gefreut, daß du einigermaßen zurechtkommst in Obertauern. Ich wusste nicht, daß das so hoch liegt und daß da eine Passstraße durchgeht. Falls da die Amis durchkommen, so wie du geschrieben hast, hättet ihr Glück. Pass aber auf dich auf, geh niemals alleine los, so wie du das in Bremen immer gemacht hast und ich immer nach dir suchen musste. Gestern war Papa hier. Wir hatten Unterricht in unserer Unterkunft. Danach hat er mich noch kurz beiseite genommen. Mama soll es gut gehen. Er hatte anscheinend etwas Ärger mit dem alten Fehrensen, der ja bei der Gestapo in Bremen ist. Der weiß natürlich, daß Papa ein alter Sozi war. Der alte Fehrensen soll wohl im Moment auf der Insel sein, da die Gestapo Bremen für die Arbeitslager auf

Wangerooge zuständig ist. Er hat Papa verwarnt, er solle seine defätistischen Äußerungen unterlassen. Papa muss wohl Zweifel am Endsieg geäußert haben. Ich hab ihm auch gesagt, daß er vorsichtig sein soll. Er hat es mir versprochen, aber für ihn ist es schwer, seine Überzeugung zu unterdrücken. Papa macht sich wiederum um mich Sorgen, weil ich so eng mit dem Sohn von Fehrensen zusammen bin. Braucht er aber nicht. Gerd ist zwar überzeugter Nazi, aber kein Kameradenschwein. Er hat mich neulich mal beim Feindsender Hören erwischt, hat aber keine Meldung gemacht. Ich war auch zu leichtsinnig, mach ich so nicht noch mal. Der Krieg wird bald vorbei sein, wenn ihr schon von den Amerikanern sprecht, da in

euren Bergen. Ich hoffe nicht, daß der Tommy hier landet, denn dann wird es richtig ungemütlich und hoffentlich kommt nicht noch mal ein großer Bombenangriff auf Wangerooge. Du brauchst aber keine Angst um mich haben. Unsere Stellungen sind eigentlich ganz gut geschützt.
Ich freue mich auf ein Wiedersehn nach dem Krieg, meine liebe, kleine Schwester.

Petersen berührten diese letzten Zeilen von Dietrich Reimers. Es sollten seine letzten sein, er würde seine Schwester nicht wiedersehen. Petersen musste erst einmal tief durchatmen.
Nach dem Lesen der Briefe verspürte er eine noch größere Verpflichtung, den Tod des Bruders von Wilhelmine Wiechers restlos aufzuklären. Trotzdem gelang es ihm nicht seine Gedanken zu ordnen. Mona hätte in dieser Situation ein Flip-Chart genommen und versucht, Ordnung in das Gedankenchaos zu bringen. Der Schmerz über die Trennung von Mona übermannte ihn. Ihm wurde klar, dass er so einiges aus den letzten Monaten noch nicht verarbeitet hatte. Er griff zum I-Pod und dröhnte sich mit Deep Purples *Speedking* den Kopf voll.

9

Am nächsten Morgen hatte Onno eine Besprechung über den Einsatz beim Osterfeuer angesetzt. Petersen, der ja eigentlich noch Vorgesetzter war, hatte ihm den Vortritt gelassen, weil Onno die Abläufe beim Osterfeuer genau kannte. Die drei Beamten fanden sich gegen 10 Uhr zu eine gemütlichen Runde mit Kaffee und Brötchen zusammen. Das Treffen hatte Onno als Einsatzbesprechung anberaumt. Petersen musste innerlich grinsen, denn er hatte an Einsatzbesprechungen in seiner Polizeikarriere andere Erinnerungen. Onno genoss es sichtlich, wieder den Ton angeben zu können:
„Also liebe Kollegen", begann er sehr förmlich, „das ganze Spektakel beginnt gegen circa 21 Uhr und es werden ein paar Tausend Leute auf den Beinen sein, die Insel ist voll. Wichtig ist nur, dass wir Präsenz zeigen. In den letzten Jahren ist kaum etwas passiert. Auf dem Platz am Flughafen ist ja die Feuerwehr, die sind für die Sicherheit am Feuer verantwortlich, da brauchen wir uns nicht drum kümmern. Hinterher strömen viele in die Kneipen. Wir sollten nach dem Feuer einen kurzen Streifenrundgang machen, um zu sehen, ob alles ruhig bleibt. Danach bitte ich euch, auch privat nicht in die Kneipen zu gehen."
Irgendwie fühlte Petersen sich ermahnt, wie ein Kind, dessen Vater ihm mit auf den Weg gibt „und mach' keinen Scheiß heute Abend." Er hatte aber sowieso Bereitschaft und Kneipe war für ihn darum gestrichen. Nachdem Onno seinen Vortrag beendet hatte, war praktisch Freizeit angesagt. Petersen verließ die Wache und schlenderte zum Dorfplatz, vielleicht gab es in der Inselbäckerei noch ein

Stück Kuchen für ihn. Zudem könnte er sich auch mal wieder bei Rita zeigen. Zu seinem Erstaunen brannte im „Störtebeker“ Licht. Die Putzfrau hätte eigentlich durch sein müssen. Er drückte die Türklinke runter und betrat die Kneipe. Der Geruch von Bier und Zigarettenqualm schlug ihm entgegen. Im Hintergrund lief leise die Elvis Nummer *Return to sender*, aber vom Magister war nichts zu sehen.
„Hallo, hier ist die Polizei und die Gewerbeaufsicht“, rief Petersen laut in den Gastraum, „Hände hoch und an die Wand stellen.“
Ein kurzes Schnaufen war auf der Empore zu hören. Der Magister hatte augenscheinlich auf der oberen Bank geschlafen.
„Was soll der Scheiß, Sheriff? Du kannst mich doch nicht so erschrecken.“
Langsam schraubte der Magister seinen Körper hoch.
„ Es ist gestern wieder bis 5 Uhr gegangen und heute Abend ist Osterfeuer, da brennt die Hütte. Ich brauch‘ meinen Schlaf.“
„Aber doch wohl nicht hier“, antwortete Petersen, „du hast doch ein Bett und man muss die Kneipe ja nicht bis 5 Uhr auflassen, andere machen ja auch früher zu.“
„Du bist so ein Beamten-Schnacker. Um 3 kamen noch Insulaner, die richtigen Hardcoretrinker, die kann ich nicht so wie Touristen rausschmeißen.“
„Okay, bleib ruhig Brauner, mantenere la calma!“ trug Petersen dick auf.
„Warst wieder in Bremen bei deinem Italiener und hast was aufgeschnappt im Grappa-Rausch, lecko mio, Volkshochschule für Alkoholiker.“
„Komm lass uns einen Kaffee trinken, damit du mal hier aus deiner Stinkbude rauskommst“, schlug Petersen vor.
„Guter Vorschlag, Herr Polizeipräsident, aber es sind ja

nicht alle im Öffentlichen Dienst. Ich muss noch Schwarzen aufsetzen, den haben die mir gestern Abend ausgesoffen."
„Wie, den machst du selbst, wie geht das denn?", zeigte sich Petersen interessiert.
„Ich geb' in diese große Flasche so Lakritzbonschen rein, Marke türkischer Pfeffer, dann kommt Wodka da drauf und das muss richtig lange ziehen, bis das dann Inselblut wird."
„Inselblut?", stutzte Petersen.
„Ja, so nennen das einige Insulaner, gibt es nicht nur hier, auch oben im Korb."
„Und wo kriegst du den Wodka her?"
„Sag mal, ist das ein Verhör?", konterte der Magister, „das willst du nicht wirklich wissen. Sehen wir uns heute Abend, ich kann Security gebrauchen?"
„Nein, ich habe Bereitschaft. Wir sehen uns nur, wenn hier Alarm ist, was wir nicht hoffen wollen."
Mit diesen Worten verließ Petersen das „Störtebeker" und bog rechts zur Inselbäckerei ab. Rita Kolbow war leider nicht im Verkaufsraum. Petersen kaufte zwei Kranzlängen und schlenderte wieder zurück zur Wache. Unterwegs musste er an die Reaktion des Magisters denken, als er diesen nach der Herkunft des Wodkas fragte.

Um 20 Uhr standen alle drei Beamte in Uniform und mit Funkgeräten bewaffnet bereit zum Abmarsch. Onno wies noch einmal darauf hin, dass zwar Lars Bereitschaft habe, dass aber im Notfall auch alle anderen einsatzbereit sein müssten. Auf den Straßen war schon eine Menge los. Viele Menschen strebten in Richtung Flughafen, obwohl das Wetter kalt und ungemütlich war. Auf einer Wiese hinter dem Flughafen war ein riesiger Haufen mit Gestrüpp und Baumschnitt aufgeschichtet worden. Die Jugendfeuerwehr bildete eine Absperrung, mit der verhindert werden sollte,

dass vor allem die Kinder zu nah ans Feuer gingen. Bier- und Wurstwagen sorgten für das leibliche Wohl. Die Stimmung war locker und friedfertig. Petersen war von der professionellen Organisation angetan. Er entdeckte auch Harm Gerdes, den Leiter der Feuerwehr, der seinen Mannen Anweisungen zu geben schien. Ein kleines Nebenfeuer war schon entfacht worden, hier sollte für die Kinder unter Aufsicht der Jugendfeuerwehr das traditionelle Stockbrotbacken stattfinden.
Um 21 Uhr wurde unter bewunderdem Raunen das große Feuer entfacht. Da sich jetzt auch der Mond zeigte, wirkte die Szenerie durchaus romantisch. Petersen musste an den Ostfriesenkrimi von Klaus-Peter Wolf „Ostfriesenfeuer“ denken. Vor den Augen der Kripo in Norden lag dort eine Leiche im Osterfeuer. Gruselige Idee, dachte Petersen und ging weiter durch die Reihen der Zuschauer, unter denen viele Familien mit Kindern waren. An der Bratwurstbude entdeckte er Rita Kolbow, die sich angeregt mit einem Feuerwehrmann unterhielt. Das Feuer war mittlerweile stark runtergebrannt und die Menschen begaben sich auf den Nachhauseweg oder aber in die Kneipen. Da er aber jetzt keine Lust auf Unterhaltung und Flirt hatte, wandte er sich ab und ging in Richtung Siedlerstraße. Onno und Walter Haake meldeten über Funk keine besonderen Vorkommnisse. Petersen ging mit den Massen in Richtung Dorf. Walter Haake und Onno Siebelts blieben noch ein wenig am Feuer, so wie es abgemacht war. Über die Westingstraße ging Petersen zur Promenade. Ein großes Kreuzfahrtschiff fuhr hell erleuchtet in Richtung Bremerhaven. Auf der Reede vor Wangerooge lagen viele Schiffe vor Anker, die wohl auf den Schichtbeginn in den Häfen nach Ostern warteten. Petersen hatte sich vorgenommen, die Inselkneipen abzuklappern, ohne

allerdings einzukehren. In der „Givtbude“ im Kaiserhofkomplex war schon viel los. Die Theke war voll besetzt. Gut gestylte junge Menschen fielen Petersen auf, ein etwas anderes Publikum als im „Strandkorb“ oder im „Störtebeker“. Der „Strandkorb“ war randvoll. An der Theke wurde geknobelt. Einige Gäste winkten ihm zu. Auch die Esslokale in der Zedeliusstraße waren gut besucht. Der Endpunkt seines Streifenganges bildete das „Störtebeker“. Alles schien ruhig und friedlich zu sein. Die gute Stimmung beim Osterfeuer hatte sich wohl bis in die Kneipen verbreitet. Etwas neidisch war Petersen schon, dass er heute vom Kneipenleben ausgeschlossen war. Aber als Polizist war ihm diese Erfahrung ja nicht neu. Mit diesem Gefühl ging er ins Revier. Er zog seine Schuhe aus und legte seine Füße auf dem Schreibtisch. In dieser Stellung schlief er ein.

Gerda Nordbrock ging durch das Haus in der Rösingstraße, um die Fenster zu schließen. Der frische Ostwind wehte den Rauch vom Osterfeuer direkt in den Ort. Vereinzelnd gingen Fußgängergruppen laut scherzend die Straße entlang, auch Gruppen von Fahrradfahrern zog es laut klingelnd in das Ortsinnere. Besorgt blickte sie in das große Wohnzimmer, in dem ihr greiser Vater in seinem Ohrensessel saß. Gegen 19 Uhr hatte die Pflegerin, die sie unterstützte, das Haus verlassen. Voller Sorge hatte sie von den Gerüchten gesprochen, die um die Pflegestation auf Wangerooge kursierten. Die Diakonie war anscheinend aus finanziellen Gründen von der Schließung bedroht. Der Evangelischen Kirche, welche die Pflegestation unterhielt, schien das Geld auszugehen. Ein Wegfall bei der Unterstützung der Pflege ihres Vaters hätte ihr noch gefehlt. Sie war mit der Leitung ihrer großen Frühstückspension in der Friedrich-August-Straße voll ausgelastet. Zwar war ihr Vater alles andere als dement, aber ein Schlaganfall im letzten Jahr hatte eine Gesichtshälfte gelähmt. Das Sprechen fiel ihm schwer und auch die Bewegungen waren langsamer und beschwerlicher geworden. Seit gestern Abend wirkte er verändert. Eine gewisse Unruhe hatte Meinhard Siems erfasst. Die Pflegerin hatte einen erhöhten Blutdruck festgestellt und auch schon Dr. Meyerdierks darüber informiert. Er hatte einen Hausbesuch für Ostermontag angekündigt. Auslöser dieser Unruhe schien ein Telefonanruf aus Bremen gewesen zu sein. Über den Inhalt des Anrufs hüllte sich der alte Mann in Schweigen, auf Nachfrage seiner Tochter schwieg er. Eigentlich war Meinhard Siems ein lebenslustiger Mann gewesen. Nach dem Krieg hatte er eine Verwaltungslaufbahn eingeschlagen. Auf der Verwaltungsschule in Oldenburg absolvierte er seine Ausbildung und nach einer Zwischenstation in der Stadtverwaltung von Wittmund kehrte er nach Wangerooge zurück. In der Kurverwaltung war er für die Finanzen zuständig und brachte es bis zum stellvertretenden Kurdirektor. Er engagierte sich in der Gemeindepolitik und war in zahlreichen Vereinen ehrenamtlich tätig. Für Aufsehen auf der Insel sorgte allerdings die Tatsache, dass er schon am Anfang seiner Verwaltungskarriere finanziell in der Lage war, sich eine große Ferienpension zu kaufen, die dann von seiner Frau bewirtschaftet wurde. Aber in den 50-er Jahren herrschte allgemeine Aufbruchsstimmung auf den Inseln. Mit dem Wirtschaftswunder lief auch der Kurbetrieb wieder an und die Pensionen schossen nur so aus der Erde. Meinhard Siems war ein geachtetes Mitglied in der Gemeinde. Viele Insulaner hätten es gern gesehen, wenn er für das Amt des Bürgermeisters kandidiert hätte. Dies lehnte Siems aller-

dings immer sehr entschieden ab, obwohl er gute Chancen gehabt hätte, gewählt zu werden.
Meinhard Siems nahm sehr wohl wahr, dass seine Tochter ihn sorgenvoll beobachtete. Seine Lebenszeit würde in absehbarer Zeit ablaufen, dies war ihm völlig klar. Was ihn aber stark beunruhigte, war die Tatsache, dass er mit sich noch nicht im Reinen war. Er hielt die Zeit jetzt für gekommen mit seiner Tochter zu sprechen, um bestimmte Vorkehrungen zu treffen. Mühsam richtete sich der kleine rundliche Mann mit den freundlichen Augen auf und sprach langsam zu seiner Tochter:
„Gerda setz dich einen Moment zu mir. Ich möchte etwas mit dir besprechen."
Gerda Nordbrock durchströmte ein beklemmendes Gefühl. Was würde jetzt kommen?
Nachdem sie sich neben ihren Vater gesetzt hatte, nahm dieser ihre Hand:
„Ich möchte, dass du jetzt keine Fragen stellst. Für den Fall meines Todes habe ich dir alle meine Unterlagen zusammengestellt. Die Papiere findest du in der Kassette in der Schublade meines Sekretärs. Einige Informationen, die du dann erhältst, werden dich überraschen, vielleicht auch verstören. Ich kann zum jetzigen Zeitpunkt mit dir darüber nicht sprechen. Alles dies geschieht auch zu deinem eigenen Schutz.
Wenn mir etwas passiert, darfst du alles lesen, was drinsteht und auch alle Informationen verwenden, so wie du das für richtig hältst."
Gerda Nordbrok hatte Tränen in den Augen, während ihr Vater zärtlich ihre Hand streichelte.
„Papa, was hat das zu bedeuten? Ich versteht das alles nicht", flüsterte sie.
„Du wirst alles verstehen, wenn ich nicht mir bin. Bitte stelle

keine Fragen mehr. Ich bin jetzt müde und möchte ins Bett gehen, akzeptiere das bitte."
Das Weinen half nicht. Meinhard Siems griff nach seinem Stock, richtete sich auf und schlurfte, ohne noch ein Wort zu sagen, ins Schlafzimmer. Er ließ eine völlig verstörte Tochter zurück, der es schwer fiel, sich zu sammeln. Er war sich aber sicher, dass sein Mädel seinem Wunsch entsprechen würde. Der Tod seiner Frau, Gerdas Mutter, und auch der Tod von Gerdas Ehemann hatten Vater und Tochter zusammengeschweißt. Sie konnten sich aufeinander verlassen.

Lars Petersen träumte gerade von einem fulminanten Konzert der Rolling Stones in der Bremer Stadthalle. Keith Richard hatte ihn auf die Bühne geholt, um mit ihm gemeinsam den Titel *Route 66* zu zelebrieren. In der Ferne hörte er allerdings das Läuten eines Telefons. Der Klingelton wurde immer lauter und störte das harmonische Klangbild empfindlich. Jetzt merkte er, dass er geträumt hatte und bedauerte, dass er geweckt wurde. Auf dem Display war die Leitstelle Jever zu sehen, was immer nichts Gutes bedeutete. Jemand hatte auf der Insel 110 gewählt. Der diensthabende Beamte meldete sich mit einem trockenen „Moin" und meinte lakonisch:
„Könnt ihr da auf euerm Sandhaufen nicht mal ohne Schlägerei Ostern feiern?"
Petersen war nicht zum Scherzen zumute. Auf Streitereien mit Besoffenen hatte er nun überhaupt keinen Bock. Im knappen dienstlichen Ton fragte er:
„Wo ist was passiert?"
„Aus zwei Lokalen wurde nacheinander im Abstand von wenigen Minuten die 110 gewählt", antwortete der Beamte, jetzt auch in dienstlich sachlichem Ton.

„Welche Lokale in welcher Reihenfolge?“, wollte Petersen noch wissen.
„Erst ‚Treibsand‘, dann ‚Störtebeker‘ .“
Nachdem das Gespräch beendet war, stöhnte Petersen vor sich hin:
„Immer die gleiche Scheiße, können die nicht einfach gemütlich ein Bier trinken.“
Schnell zog er Schuhe und Jacke an und eilte in Richtung „Café Treibsand“. Vor dem Lokal standen einige Gruppen, die heftig diskutierten, aber von einer Schlägerei war nichts zu sehen. Als die Chefin ihn erblickte, rief sie Petersen zu:
„Die sind bestimmt weiter zum Magister, Vorsicht, hochaggressive Typen!“
Ja, wohin auch sonst, dachte sich Petersen und eilte die Zedeliusstraße Richtung Dorfplatz hinunter. Vor der Tür des „Störtebekers“ war eine große Traube Menschen zu beobachten. Je näher Petersen kam, desto deutlicher waren zwei sehr kräftige Personen auszumachen, die augenscheinlich im Mittelpunkt der Auseinandersetzung standen. Als Petersen so nah rankam, dass er die beiden genau sehen konnte, schimpfte er vor sich hin:
„Das sind Jungs von der ganz harten Fraktion, das wird kein Spaziergang.“
Beide sahen vom Körperbau so aus, dass Petersen daraus schloss, dass sie Bodybuilding betrieben. Bullige untersetzte Typen, der eine davon hatte eine Vollglatze, der andere einen dieser Haarschnitte, wie sie jetzt bei jungen Leuten Mode waren. Dunkle Haare, aber beide Seiten total glattrasiert. Petersen tippte auf den Balkan als Herkunftsgegend. Ruhig und sachlich wandte er sich an die große Gruppe:
„Was ist passiert?“
Der mit der Vollglatze antwortete lallend, aber in hoch

aggressivem Ton:
„Was willst du, du Pappnase, wir haben dich nicht gerufen. Wir regeln das hier, mit den Fischfressern werden wir alleine fertig."
Aus dem Hintergrund hörte man die Stimme des Magisters:
„Ich habe angerufen, die machen hier Stunk und belästigen meine Gäste."
Der dunkelhaarige der beiden brüllte ihn an:
„Dich machen wir platt, du Schwuchtel und deinen Laden gleich mit."
Mit einigen Schritten versuchte er in Richtung Magister zu kommen, der in der Eingangstür der Kneipe stand. Petersen stellte sich ihm in den Weg.
„Ich muss Sie bitten den Platz hier zu verlassen. Wir wollen doch beide keinen Ärger", sprach Petersen in ruhigem und sachlichem Ton, zu dem er sich allerdings zwingen musste. Petersen fixierte den Dunkelhaarigen und schaute ihm direkt in die Augen, dabei übersah er, dass der Glatzkopf ausholte und ihm einen linken Haken direkt aufs Auge verpasste. Petersen fiel zu Boden. Der Dunkelhaarige trat ihm, nachdem er gefallen war, mit seinen Biker-Boots in die Seite. Petersen verspürte einen stechenden Schmerz, seine linke Augenbraue fing an zu bluten. Der Glatzkopf beugte sich über ihn und wollte zum nächsten Schlag ausholen, in seiner blinden aggressiven Wut merkte er nicht, dass Petersen mit zittrigen Händen seinen Pfefferspray aus der rechten Hosentasche zu fassen bekam und abdrückte. Sein Gegenüber schrie auf und rieb sich die Augen, was die Sache natürlich noch schlimmer machte. Er konnte nicht mehr sehen und ließ von Petersen ab. Einer der Stammgäste von der Knobelrunde half Petersen wieder auf die Beine. Der Dunkelhaarige setzte zu einem erneuten Angriff an. Nun passierte etwas, was Petersen für nicht möglich gehalten

hätte. Vier Personen, von ihnen zwei Gemeinderäte, die Petersen kannte und zwei Stammgäste des Magister, die immer zu Ostern auf der Insel weilten, griffen von hinten in den Schlagarm des Angreifers und versuchten ihn festzuhalten, was nur teilweise gelang. Immer wieder versuchte der bärenstarke Mann sich loszureißen. Doch immer mehr der herumstehenden Gäste kamen zur Hilfe und versuchten den Schläger festzuhalten. Von hinten rief jetzt der Magister:
„Sheriff durchhalten, Onno kommt gleich zur Unterstützung."
Einer der Gäste reichte Petersen ein Tempotaschentuch, damit er das Blut stillen konnte.
Der vom Pfefferspray getroffene, lehnte an der Kneipenaußenwand, fuchtelte abwechselnd mit den Armen oder rieb sich die Augen. Blind vor Wut schrie er immer wieder:
„Dafür wirst du bezahlen, du Scheißbulle!"
In diesem Moment traf Onno Siebelts ein. Er hatte einen hochroten Kopf und war sichtlich schockiert über den Anblick, der sich ihm bot.
„Tut mir leid Lars, man hat mich jetzt erst benachrichtigt."
Mit schmerzverzehrtem Blick rief Petersen nur:
„Handschellen anlegen!"
Mit Hilfe von sechs couragierten Helfern gelang es als erstes dem Dunkelhaarigen Handschellen anzulegen. Schwieriger war die Angelegenheit bei dem vom Pfefferspray Getroffenen. Dieser schlug in seiner blinden Wut wild um sich. Petersen nahm seinen Schlagstock in die Hand und schlug dem Glatzkopf von hinten in die rechte Kniekehle, so dass dieser einknickte. Onno begriff sofort was Petersen vorhatte, kniete sich auf den massigen Körper und mit vereinten Kräften gelang es ihnen, dem Delinquenten die

Handschellen anzulegen. Mindestens zehn Leute erklärten sich bereit, zur Sicherung, die beiden Schläger mit den Beamten ins Revier zu bringen. Vor dem Abmarsch reichte der Magister Petersen noch ein großes Pflaster aus seinem Ersten Hilfe Schrank. Petersen war davon überzeugt, dass das Haltbarkeitsdatum für den Inhalt des Kastens überschritten war, freute sich aber trotzdem über das Pflaster. Jovial klopfte der Magister Petersen auf die Schulter:

„Ich hab‘ den Doc ins Revier bestellt, deine Wunde muss versorgt werden. Am Auge blutet es immer am meisten. Davon kann ich ein Lied singen.“

Petersen glaubte ihm das unbenommen und murmelte:

„Getränkeunfälle.“

Der Magister lachte, weil er das Gemurmel wohl gehört hatte.

„Deinen Humor scheinst du ja nicht verloren zu haben.“

Ein großer Pulk von Helfern begleitete die beiden Beamten mit den Festgenommenen zum Revier in der Charlottenstraße.

Vor dem Revier wartete schon der Rettungswagen mit Dr. Meyerdierks, dem Inselarzt.

Nachdem die beiden Schläger in die Arrestzellen gebracht waren, kümmerte sich der Doktor zuerst um die Wunde von Lars Petersen, während einer der Sanitäter im Beisein von Onno Siebelts sich um die Augen des Glatzkopfes kümmerte. Nachdem die Wunde versorgt war und er einen kleinen Kopfverband bekommen hatte, ging Petersen nochmal vor die Tür, wo noch immer einige der Helfer standen und die Erlebnisse erst einmal verarbeiten mussten. Petersen verspürte das dringende Gefühl sich bei den Leuten zu bedanken. Es ist heute keine Selbstverständlichkeit mehr der Polizei zu helfen.

Mit fester Stimme sprach er zu den Anwesenden:
„Leute, ich möchte mich bei euch auch im Namen von Onno für eure Hilfe bedanken. Wir werden sicher noch eure Aussagen brauchen. Aber erst einmal gute Nacht und herzlichen Dank für die Zivilcourage, die ihr gezeigt habt."
Langsam zerstreute sich die Gruppe. Arzt und Sanitäter hatten ihre Arbeit getan. Dr. Meyerdierks versäumte es nicht Petersen zu ermahnen, morgen bei ihm vorbeizuschauen.
Petersen versprach dies zu tun. Als Onno und Lars sich erschöpft in ihre Bürosessel fallen ließen, erschien plötzlich völlig verschlafen Walter Haake im Dienstzimmer.
„Was ist los, Kollegen, hab' ich was verpasst?", fragte er in die Runde.
Onno war kurz vorm Platzen:
„Das fragst du. Ich hab' dich nicht wachgekriegt, du lagst besoffen im Bett. Das hatten wir anders besprochen. Jeder sollte erreichbar sein an einem solchen Tag. Das wird ein Nachspiel haben."
Petersen fürchtete um Onnos Blutdruck. Er nickte und fügte hinzu:
„Zu dritt hätten wir besser ausgesehen. Wir konnten uns nur mit Hilfe von Helfern durchsetzen. Das war richtige Scheiße! Ich geh' jetzt ins Bett, mir brummt der Schädel."
Mit diesen Worten verabschiedete er sich, ohne Walter Haake eines weiteren Blickes zu würdigen.
Onno telefonierte noch mit dem Dauerdienst in Wilhelmshaven und erörterte mit den dortigen Beamten die Modalitäten für die Rückführung der beiden Schläger auf das Festland. Für ihn und Lars war das alleine nicht zu schaffen und auf Walter Haake war kein Verlass. Wilhelmshaven rief bei der Seenotrettungszentrale in Bremen an. Die Seenotretter versprachen Unterstützung.

Mit Hilfe der „Wilma Sikorski“ sollten noch in dieser Nacht drei Beamte für den Rücktransport der gefährlichen Schläger auf die Insel gebracht werden. Ein Vorgang, der nicht so häufig im Inselleben vorkam. Petersen wurde von Onno in seine Wohnung geschickt. Die Kopfwunde als auch die Rippen schmerzten erheblich und er war dankbar dafür, dass er sich zurückziehen konnte. Emotional war er aber noch so aufgewühlt, dass an Schlaf nicht zu denken war. Die Zivilcourage der Gäste des „Störtebeker“ war beeindruckend gewesen. Trotzdem ärgerte er sich über das Bild, das die Polizei abgegeben hatte. Es wäre sicherlich besser gewesen, gleich Verstärkung anzufordern. Er hatte auch kurz den zweiten Randalierer aus dem Auge verloren und musste für diese Unaufmerksamkeit schmerzhaft bezahlen. Das Verhalten des Kollegen Haake ärgerte ihn genauso wie Onno maßlos. Da sein Schädel brummte, wollte er diesmal sein Einschlafmittel I-Pod nicht einsetzen. Es dauerte eine Weile, doch irgendwann schlief er dann doch ein.

10

Am nächsten Morgen, er hatte knappe 5 Stunden geschlafen, wurde er durch Motorengeräusche geweckt. Vor dem Revier waren zwei Fahrzeuge vorgefahren, einmal der Rover der Feuerwehr und dann der Geländewagen der Seenotretter. Die nächtlichen Randalierer wurden von den drei Festlandpolizisten auf die beiden Fahrzeuge verteilt. Beiden waren Handschellen und Fußfesseln angelegt worden. Walter Haake stieg mit ins Feuerwehrfahrzeug, so dass jeder der Randalierer von zwei Beamten begleitet wurde.
Im Revier fand Petersen einen völlig erschöpften Onno Siebelts vor, der sich gerade einen Kaffee kochen wollte. Petersen setzte sich zu ihm:
„Komm geh‘ nach Hause Onno, du brauchst jetzt Schlaf. Walter kommt gleich wieder und der kann mit dem ganzen Schreibkram beginnen."
„Hör auf mit Walter, der hat mich auf ganzer Linie enttäuscht. Den hab‘ ich schon mit Aufgaben vollgeballert. Trotzdem müssen wir natürlich unsere eigenen Berichte fertigmachen. Ich hab‘ in der Nacht noch Platzverweise, also Inselverbot, für die Randalierer ausgesprochen. Abgesehen von dem Strafverfahren, was die beiden erwartet, werden sie auf der Insel nicht mehr arbeiten können. Ich hab gehört, dass das Gerüstbauer waren. Kann sein, dass die ihren Arbeitsplatz verlieren, mit denen hab‘ ich aber kein Mitleid. So, du gehst jetzt aber erst zum Arzt, dein Verband nässt durch, das ist noch nicht in Ordnung und da gibt es keine Widerrede."
Petersen nickte und fasste sich an den Verband:

„Ich will eben noch frühstücken und dann geh' ich rüber zum Doc."
„Apropos Frühstück, heute Morgen lag eine Brötchentüte vor der Tür mit einem Zettel, auf dem gute Besserung stand. Hast du schon wieder eine Verehrerin auf der Insel?"
„Muss ja nicht von einer Frau sein", wiegelte Petersen ab, der natürlich einen Verdacht hatte, von wem die Brötchentüte hätte sein können. Onno ließ nicht locker:
„Die Handschrift sieht mir aber sehr weiblich aus", lachte er.
„Bist du auch noch Graphologe im Nebenberuf. Ich werd' bei den nächsten Ermittlungen auf dich zurückkommen."
Beide lachten und beendeten ihre Frotzelei. Onno nahm seine Jacke und verschwand in Richtung Heimat. Petersen war über die Brötchentüte sehr dankbar, denn die Schlange vor der Inselbäckerei wollte er sich gar nicht vorstellen, es war immerhin Ostersonntag.
Der Inselarzt, Dr. Meyerdierks, kam extra für Lars Petersen in die Praxis, um sich die Wunde noch einmal anzusehen. Er hatte in der Nacht die Wunde zwar geklebt, war aber mit dem Ergebnis nicht zufrieden. So musste Petersen die Zähne zusammenbeißen, als der Arzt die Wunde mit ein paar Stichen zunähte. Außerdem wurde Petersen trotz großem Protest für zwei Tage krankgeschrieben.
Nachdem er die Praxis verlassen hatte, entschloss er sich noch einen kleinen Spaziergang zu machen. Durch die Robbenstraße gelangte er zum Bahnhof und bog dann in die Rösingstraße ein. Nicht ohne Grund blieb er vor einem schönen großen Haus stehen, dessen äußere Fassade zur Hälfte mit Efeu bewachsen war. Der Eingang war durch eine Art Wintergarten überbaut worden. Den unteren Teil des Hauses zierten Klinker, während die oberen zweidrittel der Fassade in schlichtem Weiß gestrichen waren. Der Garten war in einem sehr gepflegten Zustand. Für Wangerooger

Verhältnisse war dies ein sehr großes Haus, das durchaus einen dezenten Wohlstand ausstrahlte. Während Petersen das Haus beobachtete, kam aus dem hinteren Teil des Gartens eine Frau, er schätzte sie auf knapp 60 Jahre, auf ihn zu. In etwas schroffem Ton sprach sie Petersen an:
„Suchen Sie etwas oder warum starren Sie unser Haus so an?“
Genau so etwas wollte er eigentlich vermeiden. Petersen ärgerte sich über sich selbst, dass er so offensichtlich neugierig vor dem Haus von Meinhard Siems stand. Er entschloss sich für die Offensive und stellte sich höflich vor. Die Frau gab sich als Gerda Nordbrock, Tochter von Meinhard Siems, zu erkennen. Petersen berichtete kurz von dem Leichenfund und der gelungenen Identifizierung. Gerda Nordbrock runzelte mit der Stirn, so ganz glücklich war sie nicht mit dem, was der Polizist ihr da erzählte. Sie dachte an das letzte Gespräch mit ihrem Vater. Petersen ließ sich aber nicht beirren:
„Vielleicht dürfte es Ihren Vater interessieren, dass wir einen Freund aus Kriegstagen, Dietrich Reimers, gefunden haben. Ich habe die Briefe von Herrn Reimers an seine Schwester gelesen. Er hat sehr freundschaftlich über Ihren Vater geschrieben. Die beiden müssen sich sehr gemocht haben. Vielleicht dürfte ich die Sache mal mit Ihrem Vater besprechen. Ich habe da noch ein paar Fragen zum Tode von Dietrich Reimers. Besprechen Sie das in aller Ruhe mit ihm. Sie können mich jederzeit im Polizeirevier erreichen.“
Gerda Nordbrok war sichtlich unwohl bei dem Gedanken, ihren Vater mit dem Gesprächswunsch des Polizisten zu konfrontieren. Auf der anderen Seite ahnte sie, dass ihr Vater ihr etwas verheimlichte. In etwas freundlicherem Ton antwortete sie Petersen:
„Ich werd‘ mal sehen, was sich machen lässt. Er ist im

Moment gesundheitlich nicht so auf der Höhe. Ich weiß nicht, wie er auf solch' alte Geschichten aus dem Krieg reagieren wird."

Petersen wusste, dass er die Tochter auf seine Seite ziehen musste. Sehr einfühlsam beendete er die Unterhaltung:

„Lassen Sie sich Zeit! Vielleicht kann eine solche Unterhaltung eine Befreiung sein. Man kann einen Schlussstrich unter alte Geschichten ziehen, Ungewissheiten beenden."

Gerda Nordbrok nickte und verabschiedete sich höflich bei Petersen, der begeistert war über seine sensible Gesprächsführung.

„Lars der Therapeut", murmelte er vor sich hin, „wer hätte das gedacht?"

Auf dem Rückweg vermied er es über die Zedeliusstraße zu gehen, eigentlich wollte er sich noch bei Rita für die Brötchen bedanken, aber mit seinem Kopfverband war es ihm äußerst unangenehm, sich öffentlich auf der Hauptstraße Wangerooges zu zeigen. Das Image des unfehlbaren Polizisten, des einsamen Wolfs von der Insel, war angekratzt. Doch er wollte nicht wieder in sein altes Selbstmitleid, das ihn am Anfang seiner Inselzeit begleitet hatte, zurückfallen.

Den Rest des Ostersonntags als auch den gesamten Ostermontag verbrachte Petersen mehr oder weniger auf dem Sofa. Er spielte Gitarre oder sah fern. Sönke Meiners hatte ihm eine Liste möglicher Titel für ihre erste Bandprobe durchgegeben. Die meisten Titel waren ihm bekannt. Sie kamen aus dem Oldie-Bereich und gehörten zum gängigen Repertoire. Da Sönke einen Schüler der 10-ten Klasse als Schlagzeuger gewinnen konnte, schlug dieser einen Titel der Ärzte, *Westerland,* vor. Zwar kannten Lars und Sönke den Titel, aber beide hatten ihn noch nie gespielt. Petersen war gespannt, ob der Schüler den Titel rhythmisch hinbekam. Der Text passte ohne Zweifel zur Küste:

Oh ich hab' solche Sehnsucht.
Ich verliere den Verstand!
Ich will wieder an die Nordsee, oho
Ich will zurück nach Westerland!

Der Magister würde diesen Titel zweifelsohne mit seinem Kultspruch kommentieren:
„Wir sind hier nicht auf Sylt!"
Petersen musste innerlich grinsen. Irgendwie hatte er Sehnsucht nach der Kneipe und den Sprüchen des Wirts, aber mit einer Krankschreibung in der Tasche war ein Besuch nicht zu machen, zumal über die Feiertage viele Touristen die Theke belagern würden. Dienstag sollte sich das Ganze wohl entspannen, dachte Petersen, als es plötzlich an seiner Wohnungstür klopfte. Es war Onno Siebelts, der von seiner Frau Frieda frisches Labskaus mitbrachte. Petersen war hocherfreut, denn Labskaus konnte er immer essen. Onno setzte sich zu ihm an den Küchentisch:
„Viele Leute haben sich nach dir erkundigt. Die Sache macht natürlich auf der Insel die Runde. Ich hab' da eine Idee. Wir sollten uns im „Inselkurier" für die Mithilfe und Zivilcourage bedanken. Was hältst du davon?"
„Gute Idee, obwohl wir bei der Aktion nicht so gut wegkommen."
„Ja klar, aber wir sind als Polizei immer auf die Mithilfe der Bevölkerung angewiesen. Wenn das nicht mehr klappt, können wir in dieser Gesellschaft einpacken."
„Hast ja Recht, aber was machen wir mit Walter?"
„Mein Gott Walter, entschuldige diesen Kalauer", lachte

Onno Siebelts, „der kann sich erst einmal die Finger wund schreiben an unseren Berichten. Eigentlich will ich ihn ja nicht in die Pfanne hauen, so kurz vor seiner Pensionierung. Bloß, wenn Wilbert nachfragt, was machen wir dann?"
Petersens Ärger über seinen Kollegen Haake hatte sich noch nicht verzogen.
„Ich halte auch nichts vom gegenseitigen Anscheißen, aber man muss sich aufeinander verlassen können. Wenn Wilbert fragt, was wir für 'n Mist gebaut haben, dann komm' ich mit der Wahrheit raus."
Onno Siebelts nickte:
„Geht wohl nicht anders. Die beiden Schläger sind identifiziert, der eine ist Kosovo-Albaner und der andere kommt aus Brandenburg. Beide haben schon Vorstrafen wegen Körperverletzung. Ich hab' den Platzverweis nach Wilhelmshaven geschickt, die geben das an den Arbeitgeber weiter, das ist eine Gerüstbaufirma aus Aurich.
So bis morgen, ruh dich noch aus. Ich mach' jetzt auch Feierabend und guten Appetit."
Petersen geleitete seinen Kollegen noch an die Tür:
„Grüß Frieda und noch mal vielen Dank für das Labskaus."
Gegen Abend meldete sich Rita Kolbow und erkundigte sich nach seinem Befinden. Petersen wagte etwas schüchtern eine Einladung zu einem Besuch in seine Wohnung auszusprechen, bekam aber einen Korb. Die Begründung für ihre ablehnende Haltung gab ihm aber zu denken. Der Hinweis mit den Worten „was sollen denn deine Kollegen denken" war für ihn doch recht gewöhnungsbedürftig. Eine klare Ansage darüber, dass man ihre Beziehung doch im Unverbindlichen belassen sollte, hätte er ja verstanden, außerdem wusste er selber gar nicht, worauf das Ganze hinauslaufen sollte. Vielleicht spukte die Sache mit Mona noch zu sehr in seinem Kopf herum und der eiskalte

Aufreißer, der nur ein Ziel hatte, eine Frau ins Bett zu kriegen, war er nun wirklich nicht. Wenn sich zwanglos etwas ergeben würde, na klar. Allerdings waren die Gelegenheiten und Möglichkeiten auf dieser Insel nicht wirklich groß. Irgendwie hatte er das Gefühl, dass Rita große Angst davor hatte, ihren Ruf zu verlieren. In einer Großstadt war das sicherlich anders, vermutlich befürchtete sie als „Schlampe“ oder leicht zu habende Frau dazustehen. Für Saisonkräfte, die nur eine Saison ableisteten, war die Sache wahrscheinlich einfacher, aber als Stammpersonal, dass jedes Jahr wiederkam, empfand sie das anscheinend anders. Petersen nahm sich vor, das Problem direkt anzusprechen. Da er nun nicht gerade als großer Frauenversteher bekannt war, bedurfte es einiger Anstrengungen, aber irgendwie würde er das schon hinbekommen.

11

Am nächsten Morgen herrschte frostige Stimmung im Revier. Walter Haake murmelte nur ein kurzes Moin und nahm von Petersen kaum Notiz, als dieser sich einen Kaffee kochte. Onno Siebelts hatte Brötchen mitgebracht. Haake lehnte aber dankend das Angebot ab, mit seinen beiden Kollegen zu frühstücken. Um Punkt 9 Uhr klingelte das Telefon. Am Display sah Petersen, dass es Kommissar Wilbert war. Nach einem kurzen „der fehlt mir noch“ nahm Petersen ab.

Wilbert legte gleich los:

„Die Berichte über eure Schlägerei bekomme ich ja noch. Das mit dem Platzverweis geht in Ordnung, deshalb ruf ich aber gar nicht an. Sagen Sie mal Kollege Petersen, was haben Sie eigentlich in Bremen gemacht? Sie sollten doch nur die Angehörigen von diesem Reimers informieren, das war Ihr klarer Auftrag. Heute Morgen ruft mich das Rechtsanwaltsbüro Monsees und Partner aus Bremen an und fragt, vor welchem Hintergrund wir Ermittlungen über den Tod von Dietrich Reimers führen. Ein Kommissar Petersen wäre in der Firma FuSS gewesen, um Herrn Fehrensen zu sprechen. Sagen Sie mal Petersen, sind Sie noch ganz bei Trost, was haben Sie da gewollt? Niemand hat Sie für eine solche Aktion ermächtigt!“

Petersen schluckte. Ihm war klar, dass er in der schwächeren Position war und seine Kompetenzen überschritten hatte. Er startete einen Rechtfertigungsversuch:

„Frau Wiechers, also die Schwester von Dietrich Reimers, war schon entsetzt, dass ihr Bruder erschossen wurde. Ihr wurde ja damals eine ganz andere Todesursache über-

mittelt. Sie bat mich, Kontakt zu den noch lebenden Zeugen aufzunehmen. Es war für mich völlig neu, dass zwei seiner Freunde aus jener Zeit noch leben, einer in Wangerooge und der andere in Bremen. Da ich nun in Bremen war, wollte ich nur mal fragen, ob Gerd Fehrensen eine Erklärung für die neue Todesursache hat, das war doch naheliegend oder?"
Wilbert schnaufte am anderen Ende der Leitung:
„Aber das war nicht Ihr Auftrag, Petersen, dass es neue Zeugen gibt, das hätten Sie mit mir besprechen müssen. Außerdem wissen Sie doch, was ich von der ganzen Sache halte. Das war im Krieg, da sind eben Soldaten gestorben, sicherlich der ein oder andere auch auf mysteriöse Weise, aber daraus ergibt sich doch für uns kein Ermittlungsauftrag."
„Was ist mit dem legitimen Interesse von Frau Wiechers nach Aufklärung?", unterbrach Petersen seinen Vorgesetzten.
„Das bringt doch alles nichts mehr und jetzt haben wir so ein prominentes Rechtsanwaltsbüro aus Bremen an den Hacken, das behagt mir überhaupt nicht. Sie halten jetzt still. Die Sache ist für Sie beendet! Das ist eine dienstliche Anweisung, haben Sie mich verstanden?"
Wilberts Ton war jetzt deutlich schärfer geworden. Petersen war klar, dass er erst einmal den Rückzug antreten musste. Kleinlaut entgegnete er:
„Ja, habe verstanden."
Damit war das Gespräch beendet. Onno warf Petersen einen besorgten Blick zu:
„Ich will ja nun nicht den Besserwisser geben, aber mit dieser Weltkriegssache kannst du keinen Blumentopf gewinnen."
Etwas verärgert konterte Petersen:
„Ich will nichts gewinnen, aber ich kann auch Angehörige

verstehen, die wissen wollen, was wirklich passiert ist. Ich hab‘ jetzt aber keine Lust mehr noch weiter darüber zu diskutieren, sonst kriege ich schlechte Laune.“

„Ist ja gut, bleib ruhig Brauner“, versuchte Onno die Situation zu entspannen.

Walter Haake, der auf seinen Monitor starrte, schüttelte mit dem Kopf.

Wenn der jetzt noch seinen Senf dazugibt, dann gibt’s ein Unglück, dachte Petersen und nahm seine Jacke und meldete sich zu einem Streifengang ab.

Auf der Promenade in Höhe Gemeindeverwaltung traf er Ralf Kleppe, den Zollbeamten. Kleppe erkundigte sich nach Petersens Verletzung und sprach ihm sein Mitgefühl aus. Petersen wollte davon aber nichts wissen und lenkte das Gesprächsthema auf die Ermittlungen in Sachen Schnapsschmuggel von Helgoland:

„Sag mal, seid ihr schon weiter gekommen mit der Fuselgeschichte?“

Kleppe verneinte und schien in dieser Sache ziemlich ratlos zu sein. Petersen ließ aber nicht locker:

„Ich hab´ dir doch von dem Drogenschmuggel in Bremen erzählt, Ketchup-Flaschen mit doppelten Boden oder falsch deklarierter Ware usw. Nehmen wir mal an das läuft hier auch so und gehen wir davon aus, dass es nachts äußerst auffällig wäre, größere Mengen vom Hafen in den Ort zu transportieren, dann bleibt nur eine Möglichkeit über oder?“

Kleppes Miene hellte sich auf:

„Du meinst, es wird der normale Transportweg genutzt?“

„Genau“, antwortete Petersen, der sich durchaus bewusst war, jetzt den Wichtigen zu machen, „falsch deklarierte Ware wird auf den Versorgungszug geladen. Ich hab‘ mir das mal im Hafen angesehen, da sind doch diese roten

Container und davor ist eine Plane.“
Kleppe nickte.
„Dahinter irgendetwas zu stellen“, fuhr Petersen gleich fort, „dürfte doch nicht schwierig sein. Es gibt aber zwei Schwachstellen, die Ware vom Sportboot zum Zug zu bringen und sie am Bahnhof unbemerkt wegzuschaffen.“
Petersen war stolz auf sein Vermutungskonstrukt. Kleppe schien beeindruckt.
„Wenn du Recht hast und vieles spricht dafür, muss jemand von der Bahn da mitspielen“, schaltete sich Kleppe ein, „eigentlich kann ich mir das nicht richtig vorstellen.“
Petersen lachte:
„Das ist nur eine Frage des Preises, was springt dabei rüber, da hat man schon Pferde kotzen gesehen.“
Kleppe bemühte sich sachlich zu bleiben:
„Nur die beiden von dir benannten Schwachstellen wären dann ja unser Ansatzpunkt. Aber ich kann doch nicht jeden Versorgungszug im Hafen oder am Bahnhof überwachen. Das Personal habe ich doch gar nicht.“
Petersen schmunzelte:
„Richtig und da sind wir dann beim Punkt, der mir in Bremen zum Verhängnis wurde. Du bist auf Informationen angewiesen, aber dein Informant will eine Gegenleistung, sonst läuft gar nichts. Ich will aber über meine Sache nicht weiter sprechen und dich hier volllabern, aber Ralf, du brauchst einen Tipp, manchmal auch nur eine kleine Auffälligkeit, ohne das geht es nicht, lass dir das gesagt sein.“
Kleppe schien von Petersens Ausführungen beeindruckt zu sein.
„Ich lass mir das noch mal durch den Kopf gehen und versuche den Hafenmeister anzuzapfen, okay. Kann ich dich zu einem Kaffee im „Diggers“ einladen?“
Petersen lehnte dankend ab:

„Wenn ich hier in voller Montur mit dir einen Kaffee trinke, direkt vor den Augen der Gemeinde, dann heißt es wieder, die Polizei tut nichts und sitzt nur an der Promenade. Ist lieb von dir gemeint, machen wir mal, wenn ich nicht im Dienst bin."

Ralf Kleppe verzog sich in das Innere der Gemeindeverwaltung. Gedankenversunken starrte Petersen auf das Holzschild vor dem „Diggers". Eigentlich war es eine Holzuhr, über der „sunset time" stand. Die Uhr war auf 16:00 Uhr stehen geblieben, ein Überbleibsel aus dem Winter. Am Horizont war eine Luxusyacht auszumachen, die wahrscheinlich erste Probefahrten absolvierte. Zumeist wurden diese Yachten auf den Bremer Werften Lürssen oder Abeking & Rasmussen gebaut. Genauer gesagt befanden sich diese Werften in dem Ort Lemwerder gegenüber von Bremen-Vegesack. Über die Auftraggeber solcher Luxusschiffe wurde in der Regel Stillschweigen gewahrt, meist waren es Scheichs oder russische Oligarchen, die die Auftragsbücher dieser Werften füllten. Petersen musste seine Fantasie bändigen, weil er sich gerade vorstellte, was auf diesen Yachten so alles geschah. Hart wurde er auf den Boden der Tatsachen zurückgeholt, denn vor ihm stand Bürgermeister Depken.

„Moin Kommissar Petersen", sprach er ihn an, „wie geht es Ihnen, muss ja wohl hart gewesen sein, Samstag nach dem Osterfeuer?"

Petersen nickte, das hatte ihm jetzt noch gefehlt, dass Depken ihm sein Mitgefühl aussprach.

„Das mit den vielen Bauarbeitern auf der Insel, das macht mir große Sorgen", fuhr Depken fort, „ich will ja keine Vorurteile schüren, die kommen ja aber auch aus finsteren Gegenden, wahrhaft gruselig."

Wer auf einer Insel derart viele Bauaktivitäten veranlasst,

der muss auch mit den Folgen rechnen, dachte Petersen, sprach aber seinen Gedanken nicht aus. Es stand ihm nicht zu, sich in die Gemeindepolitik einzumischen, schon gar nicht als zugereister, strafversetzter Beamter. Nun wechselte Depken das Thema und das ließ Petersen aufhorchen:
„Sagen Sie mal Petersen, übertreiben Sie es nicht mit den Nachforschungen in Sachen Weltkriegsleiche? Sie bringen wieder ganz schön Unruhe rein."
Petersen stockte der Atem. Er durfte jetzt keinen Fehler machen. Er atmete tief ein und ließ zwei Sekunden verstreichen, so hatte es ihm einmal ein Polizeipsychologe in Bremen geraten. Ruhig antwortete er:
„Meinen Sie nicht Herr Bürgermeister, dass die Angehörigen ein Recht darauf haben, die wirkliche Todesursache ihres Verwandten zu erfahren, zumal auf dem Totenschein eine offensichtlich falsche Todesursache stand."
Eigentlich hätte er dieses Ermittlungsergebnis nicht weitergeben dürfen, aber der Bürgermeister versuchte, warum auch immer, ihn zu beeinflussen.
„Da haben Sie sicher Recht, aber die Sache ist doch schon so lange her und es herrschte Krieg."
Das Argument kam Petersen seltsam bekannt vor. Er musste an die Zeile aus *Aloha Hey* von Achim Reichel denken.
Depken war aber noch nicht fertig:
„Sie waren ja in Bremen und haben versucht, den alten Fehrensen zu sprechen. Kleiner Tipp von mir, Fehrensens Firma hat auf der Insel zahlreiche Immobilien und errichtet gerade am Bootsweg eine neue Ferienwohnungsanlage."
Petersen Herz begann zu rasen:
„Was wollen Sie mir eigentlich damit sagen, Herr Bürgermeister, soll das eine Drohung sein, wollen Sie in die Ermittlungen eingreifen?", schäumte Petersen.

„Natürlich nicht“, versuchte Depken Petersen zu beruhigen, „ich weise Sie ja nur auf Zusammenhänge hin, die Sie ja nicht kennen können. So, ich hab‘ jetzt eine Sitzung. Schönen Tag noch.“ Mit diesen Worten verschwand der Bürgermeister im Gemeindegebäude und hinterließ einen wütenden Petersen, der Mühe hatte seine Beherrschung nicht zu verlieren.
„Was ist hier eigentlich los?“, sprach er halblaut in den Wind. Seine Gedanken spielten wilde Sau mit ihm. Woher wusste Depken, dass er bei Fehrensen in Bremen war? Warum wollten ihn alle an weiteren Ermittlungen in Sachen Dietrich Reimers hindern? Langsam glaubte er nicht mehr an einen Zufall, dass er in Bremen immer ein Fahrzeug der Firma FuSS in seiner Nähe gesehen hatte. Was ihn am meisten störte, war, dass er sich mit niemanden austauschen konnte. Schmerzlich wie noch nie wurde ihm das Fehlen von Mona bewusst. Mit ihr hätte er sich vertrauensvoll austauschen können. Sie hätte ihm auch glasklar gesagt, wenn er auf der falschen Spur war. Ob er sie anrufen sollte? Schnell verwarf er diesen Gedanken, dann hätte er sich schon eher melden müssen. Sie hatten sich beide in dem Bewusstsein getrennt, dass eine Beziehung für sie perspektivlos war. Einfach so jetzt anrufen, als wäre nichts passiert, hallo ich hab‘ da ein Problem, kannst du mir mal helfen? Das kam für ihn nicht infrage. Er musste sich jetzt ablenken, Uniform hin oder her. Er ging die Treppe zum „Strandkorb“ hoch, jetzt musste doch ein Kaffee sein.
Die Theke war schwach besetzt. Rechts am Tresen saß ein kleiner untersetzter Mann mit einer braunen Lederjacke und sonnengegerbtem Gesicht, vor ihm stand ein kleines Glas Wasser und ein volles Schnapsglas. Links am Fenster saß ein Paar, das Petersen sofort als Urlauberpaar identifizierte. Die Frau hatte ein Fernglas in der Hand und

sprach den Satz, bei dem Petersens sich die Nackenhaare hochstellten:
„Guck mal Heinz-Walter, wie viele Schiffe da heute Morgen stehen.“
Der Mann mit der Lederjacke schüttelte nur seinen Kopf und hielt dem jungen Mann hinter der Theke sein nun leeres Schnapsglas hin.
„Dummtüch“, murmelte er vor sich hin.
„Na Sheriff“, wurde Petersen von dem Mann hinter dem Tresen, der den polnischen Namen Milosz trug, angesprochen, „ihr hattet ja wohl ganz schön Schwierigkeiten mit den beiden Schlägern. Die waren auch vorher hier drin, sehr aggressiv. Ich war froh, als die abgehauen sind. Haben paar blöde Polenwitze gemacht, ich musste mich stark zusammenreißen, die hätten mich sonst plattgemacht.“
Petersen nickte.
„War gut so, dass du nichts gemacht hast, du siehst ja mein Auge. Ich glaub‘, die hatten Kampfsporterfahrungen. Jetzt haben sie Inselverbot und eine Anzeige wegen Körperverletzung und Widerstands gegen die Staatsgewalt.“
Milosz reichte Petersen einen Cappuccino. In diesem Moment klingelte Petersens Privathandy. Es war der Archivpädagoge Gutjahr aus Bremen.
„Ich hab‘ da ein bisschen für dich recherchiert. Hast du ein paar Minuten?“, fragte er Petersen.
Petersen bejahte, nahm seinen Cappuccino und ging die Treppe hinunter nach draußen und setzte sich in den Strandkorb, der immer vor der Kneipe stand.
„So, schieß los, ich bin jetzt allein.“
Gutjahr räusperte sich und begann mit seinen Ausführungen:
„Also, was wir ja schon wussten, war, dass der alte Fehr-

ensen, also Gerds Vater, bei der Gestapo in Bremen war, diese war wiederum auch für die Arbeits- und Erziehungslager auf Wangerooge zuständig. Was der da genau gemacht hat, weiß ich nicht, da fehlen die Akten. Aber es existieren die Reisekosten und Spesenabrechnungen für seine Fahrten nach Wangerooge, typisch deutsch. Hier ist auch erst mal nichts Auffälliges zu finden, der ist ungefähr alle 4 Wochen auf der Insel gewesen. Dieser Rhythmus wurde am 23.03.1945 unterbrochen, obwohl er gerade drei Tage vorher auf Wangerooge gewesen war. Wann ist der Reimers umgekommen?"
„Volltreffer, am 22.03. steht auf dem Schreiben an die Angehörigen", Petersen schnalzte mit der Zunge, „das kann doch kein Zufall sein. Über den Tod von Reimers hast du nichts gefunden?"
„Nein, wenn, müsste da was im Marinearchiv sein, letztlich war das ja Sache der Marine. Aber da ist noch was, der alte Fehrensen hätte nach dem Krieg ja gar nicht mehr als Beamter in Bremen tätig sein dürfen. War er am Anfang auch nicht, aber mit dem *Gesetz zur Befreiung vom Nationalsozialismus und Militarismus von 1947* wurde bei der Entnazifizierung die Einzelfallprüfung eingeführt. Alle mussten diesen Meldebogen ausfüllen, der im Volksmund später auch als Persilschein bekannt wurde. Eine Spruchkammer hat dann diese Bögen bearbeitet und entweder mit schriftlichem Bescheid oder nach Anhörung die Leute nach Kategorien wie z. B. Mitläufer, Minderbelasteter oder Hauptschuldiger eingeteilt."
Petersen wurde jetzt ungeduldig:
„Hallo, komm zum Punkt, was willst du mir sagen?"
„Entschuldigung, mit mir geht gerade wieder der Archivar durch. Also bei Fehrensen hat es keine Anhörung gegeben, sondern nur einen schriftlichen Bescheid. Er wurde als

Minderbelasteter eingestuft, musste eine Geldbuße zahlen und wurde wieder in den Polizeidienst übernommen, allerdings nicht auf führender Ebene."
„Aber der war doch hoher Gestapo-Beamter?", unterbrach Petersen.
„Genau das ist der Knackpunkt. Ein Protokoll der Spruchkammer existiert nicht mehr. Aber, und jetzt kommt es, auf dem Meldebogen, den Fehrensen sehr korrekt ausgefüllt hat, ist auf dem sogenannten Quittungsabschnitt handschriftlich auf Englisch ein *friendly support* vermerkt."
„Also, Bremen gehörte ja zur amerikanischen Besatzungszone, dann war der Vermerk von einem amerikanischen Offizier?", warf Petersen ein.
Gutjahr lachte laut ins Telefon.
„Gut aufgepasst im Geschichtsunterricht, Herr Kommissar, und auch die richtige Schlussfolgerung gezogen, Bravo! So, mehr hab' ich nicht. Moment mal, da ist noch was. Fehrensen ist dann 57 aus dem Polizeidienst ausgeschieden und hat diese Sicherheitsfirma gegründet und das gleich im großen Stil. Die Frage ist doch, wie kann ein kleiner Beamter gleich so eine Firma aufbauen. Woher hat der die Kohle? Ich hoffe du kannst da was mit anfangen."
„Doch, das hilft mir weiter, wenn auch noch vieles im Dunklen bleibt, vielen Dank für deine Hilfe."
„Mach ich doch gerne, war doch auch für mich interessant. Aber jetzt ist der Kommissar gefragt. Liebe Grüße an die Nordsee!" Mit diesen Worten beendete Gutjahr das Gespräch.
Petersen nippte an seinem Cappuccino, der mittlerweile kalt geworden war. Langsam und in Gedanken versunken ging er die Treppe zur Kneipe wieder hoch, um sich einen zweiten „Cappu" zu bestellen.
Das Touristenpaar war immer noch damit beschäftigt, mit

den Ferngläsern vorbeifahrende Schiffe zu beobachten. Jetzt wurde ein Autotransporter, der in Richtung Bremerhaven fuhr, als Kreuzfahrtschiff der Marke „Aida“ identifiziert. Der Mann mit der braunen Lederjacke und dem sonnengegerbten Gesicht verlangte wieder nach einem neuen Schnaps, den er auch postwendend bekam. Petersen stellte sich neben ihn und rührte nachdenklich in seinem frischen Cappuccino.

„Na mien Jung, mein jugendlicher Freund des Gesetzes. Hast du Probleme?“, sprach ihn jetzt sein Nachbar an. Petersen nickte.

„Die Schlägerei von Ostersonnabend liegt mir noch quer im Magen“, antwortete Petersen nicht ganz wahrheitsgemäß, denn, wozu sollte er über vage Spekulationen in seinen Weltkriegsermittlungen erzählen?

„Wo war denn eigentlich euer dritter Mann?“, mischte sich jetzt Milosz ein, „zu dritt hättet ihr die doch plattgemacht oder?“

Petersen musste jetzt auf der Hut sein. Seine Verärgerung über den Kollegen Haake wollte er nicht in der Öffentlichkeit kundtun. Im Stile eines Politikers antwortete er knapp:

„Kein Kommentar.“

Sein Thekennachbar fuchtelte mit seinem leeren Schnapsglas in Richtung Milosz und ließ noch einen, für Petersen aufschlussreichen, Kommentar los:

„Wenn der auf der Insel war, hat der sich noch nie krumm gemacht. Der sitzt hier seine Zeit auf der linken Arschbacke ab, nichts für ungut, das ist meine Meinung.“

Petersen hatte jetzt ein ungutes Gefühl, die Unterhaltung lief in die falsche Richtung und er war sehr dankbar dafür, dass das Touristenpaar eine Bestellung aufgab, wobei ein Wasser und eine Weinschorle mit wenig Wein geordert

wurde. Kaum hörbar stöhnte sein Nachbar:
„Dat sind Mesters."
Petersen wusste, dass das die plattdeutsche Bezeichnung für Lehrer war und konnte ein Grinsen nicht verbergen. Schnell zahlte er, klopfte auf die Theke und verließ den „Strandkorb". Zügig ging er durch die Zedeliusstraße in Richtung Revier. Die Straße war gut gefüllt. Die Osterferien in Niedersachsen, Bremen und Nordrhein-Westfalen waren noch nicht beendet. Viele Menschen drängten sich an den Andenkenläden und auch die Terrasse der „Düne 17" war gut gefüllt, obwohl es eigentlich noch recht kühl war. Ein Fahrradfahrer, der vor der Bäckerei Bolte aufs Fahrrad steigen wollte, wurde von Petersen freundlich verwarnt. Auf der Terrasse der „Schmackothek", einem Baguette-Laden, saßen einige Einheimische und tranken Kaffee. Der Schwede, den er ja aus dem „Störtebeker" kannte, grüßte freundlich, konnte sich dann doch einen Kommentar zu den Ereignissen am Ostersonnabend nicht verkneifen:
„Sheriff, nächstes Mal, wenn du in Schwierigkeiten bist, sagst du mir Bescheid, ich war mal Kampfsportler."
Eigentlich konnte Petersen über diesen Kommentar nicht lachen. Irgendwie wurde schon registriert, dass die Inselpolizei am besagten Abend große Schwierigkeiten hatte. Eine Tatsache die Petersen richtig ärgerte. Trotzdem lächelte er dem Schweden freundlich zu und bog in die Friedrich-August-Straße ein. Direkt vor der „Teestube" lief er in die Arme von Rita Kolbow, die gerade eine Stunde Pause hatte und sich ein Baguette holen wollte. Sie umarmte Petersen nicht, sondern gab ihm nur die Hand:
„Na, dir scheint es ja wieder besser zu gehen, deine Wunde Sieht ja schon ganz gut aus", begann sie freundlich das Gespräch.
„Bin hart im Nehmen", antwortete Petersen, der betont

männlich wirken wollte.
„Nun gib mal nicht so an“, konterte Rita, „nach den Erzählungen musst du ganz schön was abbekommen haben. Ich hab‘ die Typen auch schon Mal bei uns in der Bäckerei gesehen, richtig gruselig. Seit hier so viel gebaut wird, laufen einige merkwürdige Gesellen rum.“
Petersen hatte keine Lust auf diese Art von Unterhaltung und wechselte abrupt das Thema.
„Heute Abend kommen ein paar Freunde von mir ins „Störtebeker“, ein Paar aus Wuppertal und aus Bremen, wäre schön, wenn du Zeit hättest.“
Rita schüttelte mit dem Kopf.
„Du kennst ja meine Meinung zum „Störtebeker“, als Frau allein da hingehen, wie sieht das denn aus.“
„Du bist ja nicht allein“, unterbrach Petersen Rita, „ ich treff‘ mich mit 2 Pärchen, alles ehrbare Leute, wovor hast du Angst?“
„Ich lebe hier in der Saison alleine auf der Insel und muss schon ein bisschen auf meinen Ruf achten.“
„Schämst du dich mit mir gesehen zu werden?“ Petersen wurde im Ton etwas schärfer, „wir sind doch erwachsene Menschen.“
„Ja, aber wir leben auf einer Insel, wir können uns gerne mal abends treffen und in den Dünen spazieren gehen.“
Petersen lachte.
„Wie Schüler auf einer Klassenfahrt verdrücken wir uns in die Dünen, damit der Herr Lehrer das nicht sieht.“
„So hab‘ ich das doch nicht gemeint, sei doch nicht gleich beleidigt“, warf Rita Kolbow leicht weinerlich ein. Petersen konnte seine Verärgerung kaum unterdrücken.
„Lass uns demnächst mal schön einen Kaffee im Bahnhofs-kiosk trinken, mehr geht dann ja nicht. So, ich muss jetzt los. Bis dann!“

Mit diesen Worten ließ Petersen Rita Kolbow stehen, die mit den Tränen kämpfte.
Nachdem er in die Charlottenstraße eingebogen war und kurz vor dem Revier stand, ließ sein Ärger merklich nach und sein schlechtes Gewissen meldete sich. Warum war er Rita so hart angegangen? Eigentlich war das nicht seine Art, zumal er sich überhaupt nicht im Klaren darüber war, was er eigentlich von ihr wollte. Sicherlich war ein kleines sexuelles Abenteuer nicht zu verachten, aber Rita Kolbow war anscheinend nicht dazu bereit. Sie hatte Angst um ihren guten Ruf auf der Insel. Er hielt diese Angst für überzogen, aber er hätte sie niemals so hart angehen dürfen. Das musste er irgendwie wieder gerade biegen und er ertappte sich bei dem Gedanken sich zu fragen, was Mona wohl zu seinem Verhalten gesagt hätte. Das Urteil wäre vernichtend gewesen. Warum fiel ihm jetzt auch noch Mona ein? Das Chaos in seinem Kopf war perfekt. Aber die Ablenkung nahte in Gestalt von Walter Haake, der gerade das Polizeirevier verließ und stracks auf ihn zu steuerte.
„Gut, dass du kommst, du sollst noch mal in Wilhelmshaven anrufen, der Wilbert will noch was von dir."
Haake tippte mit dem Finger an seine Dienstmütze und ging ohne weiteren Kommentar in Richtung Zedeliusstraße. Das hatte ihm jetzt noch gefehlt. Seinen Einlauf hatte er ja nun bekommen, was wollte Wilbert denn jetzt schon wieder?
Im Revier griff er sich sofort das Telefon und wählte Wilberts Nummer, der sich auch gleich meldete:
„Gut, dass Sie sofort zurückrufen Kollege Petersen. Wissen Sie, wer mich vor einer Viertelstunde angerufen hat? Der persönliche Referent des Bremer Innensenators, der wollte sich darüber beschweren, dass Sie bei Fehrensen gewesen sind. Meine Meinung zu Ihrem Alleingang kennen Sie ja, aber dass da so ein Politheini aus Bremen hier anruft, halte

ich dann doch für sehr überzogen. Irgendwie hat der Fehrensen mit seiner Firma in Bremen gute Kontakte zur Politik und die scheint er ja richtig auszunutzen. Ich hab' Sie übrigens gedeckt und dem gesagt, dass Sie für die Angehörigen die näheren Umstände des Todes klären sollen. Trotzdem gilt natürlich die dienstliche Anweisung: Stillhalten! Aber ich werfe Sie denen nicht zum Fraß vor, das sollten Sie wissen. So, das war es, schönen Tag noch und Gruß auf die Insel."
Petersen konnte sich nicht einmal mehr bedanken. Wilbert hatte bereits die Verbindung getrennt. Trotzdem spürte er eine gewisse Erleichterung. Sein Vorgesetzter ließ ihn nicht fallen, das war schon mal was. Die Tatsache allerdings, dass der persönliche Referent des Innensenators aus Bremen sich einmischte, bestärkte ihn in dem Verdacht, dass er irgendwie in ein Wespennest gestochen hatte. Wie sollte er aber weiter vorgehen?
Keinesfalls konnte er offen weitere Ermittlungen anstellen, dafür hatte er nicht Wilberts Rückendeckung. Er musste über Bande spielen. Nervös suchte er sein Privathandy. Das Gespräch, das er jetzt führen wollte, konnte er unmöglich vom Dienstapparat führen, denn alle Gespräche über die Diensttelefone wurden protokolliert und diese Aufzeichnungen konnten im Fall der Fälle gegen ihn verwendet werden. Nachdem er sein Handy gefunden hatte, ging er in seine Dienstwohnung und wählte die Nummer von Wilhelmine Wiechers in Bremen. Es meldete sich die Tochter, die aber sofort den Apparat an ihre Mutter mit den Worten weiterreichte:
„Mama, da ist der nette Polizist aus Wangerooge am Apparat, der will dich sprechen."
Es kruschelte etwas in der Leitung bevor sich Wilhelmine Wiechers meldete:

„Moin Herr Petersen, schön, dass Sie sich mal melden. Ich hab‘ auch was für Sie. Die sterblichen Überreste meines Bruders sind von der Gerichtsmedizin freigegeben worden. Es kann jetzt eine Bestattung stattfinden, darüber sind wir sehr froh, nach so langer Zeit. Was wollten Sie denn von mir? Haben Sie Neuigkeiten?“
Petersen erzählte der alten Dame von seinem Besuch bei Fehrensen in der Überseestadt und von den Ereignissen, die daraufhin folgten bis hin zu dem heutigen Anruf des persönlichen Referenten des Innensenators. Als Petersen seine Informationen losgeworden war, hörte er das schwere Atmen der alten Frau am anderen Ende der Telefonleitung. Nach einer kurzen Pause seufzte sie:
„Irgendwas stimmt da nicht. Sie haben wahrscheinlich irgendjemanden aufgeschreckt. Warum weiß ich nicht, aber, dass die Bremer Politik sich einmischt, ist hochgradig verdächtig. Fehrensens Firma ist natürlich eine große Nummer in der Stadt, die haben die Aufträge für alle Großveranstaltungen gekriegt, Weser Stadion, Stadthalle usw. und alle öffentlichen Gebäude, die mit Alarmanlagen ausgerüstet sind, haben langfristige Verträge mit der FuSS.“
Petersen war außerordentlich überrascht, wie gut die alte Dame informiert war, vorsichtig fragte er:
„Woher wissen Sie das alles?“
Wilhelmine Wiechers lachte:
„Ich war jahrelang im Unterbezirksvorstand der SPD. Ich hab‘ so einiges mitbekommen. Ich werd‘ mal meine Fühler ausstrecken.“
„Sie können meine Informationen aber nicht direkt verwenden, sonst bin ich geliefert“, unterbrach Petersen.
„Hallo Herr Kommissar, ich bin noch nicht senil, obwohl ich alt bin. Ich hab‘ fast dreißig Jahre Politik in Bremen gemacht. Ich weiß, wie man so was macht, darauf können

Sie sich verlassen."
Diese alte Frau überraschte Petersen immer wieder, von der konnte er so einiges lernen.
Sie gab noch den Termin für die Trauerfeier ihres Bruders durch. Beide hielten es aber für keine gute Idee, wenn Petersen dort erscheinen würde. Man verabschiedete sich herzlich und versprach gegenseitig Kontakt zu halten. Trotzdem wäre Petersen gerne bei der Trauerfeier auf dem Waller Friedhof in Bremen dabei gewesen, alleine schon um die Szenerie zu beobachten. Er musste jemanden schicken, der für ihn die Trauerfeier beobachtete und er wusste auch wen, seinen Kumpel Merti. Merti wohnte nur 100 Meter vom Friedhof entfernt und würde das auch sicher für ihn machen. Vielleicht konnte er sogar heimlich ein paar Aufnahmen machen oder sogar ein kleines Filmchen. Im Zeitalter des Smartphones war das ja alles möglich.
Wie nicht anders zu erwarten war, konnte Petersen seinen Freund Merti für den kleinen detektivischen Auftrag gewinnen. Der fühlte sich sichtlich geehrt und sehr selbstbewusst verkündete er, warum nur er für diesen Auftrag der richtige Mann war:
„Ich kenne mich mit Trauerfeiern aus. Als Beerdigungsmusiker ist mir die Szenerie geläufig, habe lange genug auf den ausgeleierten Harmoniums gespielt. Du kannst dich auf mich verlassen, ich werde dir den Watson machen."
Mit schallendem Gelächter beendete Merti das Gespräch. Petersen war nicht so ganz von Mertis kriminalistischen Fähigkeiten überzeugt, aber er hatte keine andere Wahl.
Nach der Erledigung einiger Routinearbeiten begab er sich in seine Dienstwohnung. Am Abend würde er dem Magister einen Besuch abstatten, darauf freute er sich.
Als Petersen gegen 21 Uhr den „Störtebeker" betrat, war die

Kneipe gut gefüllt. Ein Teil der allabendlichen „after work Knobelrunde“ hatte sich verzogen, nur der Schwede und sein Kumpel Peter waren übriggeblieben. Da die Osterferien in den Bundesländern mit dem größten Gästeanteil noch nicht beendet waren, wurde die Kneipe von vielen „Touris“ bevölkert, allerdings tippte Petersen auf Stammgäste, da der Magister in seiner Ansprache an die Gäste recht vertraut tat. Petersen selbst wurde mit einem lauten, „jetzt kommt unser Insel-Rambo“ begrüßt. Der Magister war bestens gelaunt, was wohl auch den vielen ausgeleerten Jever-Flaschen, die vor ihm auf dem Tresen standen, geschuldet war. Die beiden befreundeten Ehepaare aus Wuppertal und Bremen hatten sich auf der rechten Seite der Theke postiert. Die Damen saßen, schon leicht angeschickert, wie Petersen vermutete, auf der Verlobungsbank, während ihre Begleiter vor dem Spielautomaten standen, auf dem in der Glaskugel unentwegt der grüne Schriftzug mit dem Motto „wir sind hier nicht auf Sylt“ kreiste. Petersen wurde herzlich begrüßt und es entwickelte sich eine anregende Unterhaltung, wie immer, wenn man sich in dieser Konstellation traf. An der Glasscheibe neben dem Automaten hatte der Magister ein neues Schild angebracht: „Cocktail des Tages: Bier“. Irgendwie passte dieser Spruch zu dem Sylt-Motto des Magisters. Aus den Boxen dröhnte der Titel *Who'll stop the Rain* von Creedence Clearwater Revival. Von der Empore wurde eine Runde Schnaps bestellt, was für den Magister immer eine große Herausforderung war. Er musste sich dann mit dem vollen Tablett durch die Reihen vor der Theke schlängeln, was ihm sichtlich Unbehagen bereitete. Die Schnapsgläser hatte er derart voll eingeschenkt, so dass die Gläser bei der kleinsten Bewegung überliefen. Ein Gast, der vor dem Zigarettenautomaten stand, fragte erstaunt:

„Magister, warum machst du die Gläser so voll?“

Prompt kam schlagfertig zurück:
„Ich mach das immer, weil ich unterwegs so viel verschütte."
Der Schwede und sein Kumpel Peter schüttelten nur mit dem Kopf und verdrehten die Augen. Als der Magister von seinem Ausflug von der Empore zurückkam, sprach er die Runde um Petersen an:
„Männer, das Leben ist zu kurz um billiges Bier zu trinken. Noch 'ne Runde Jever?"
Die Männer nickten. Die alten Gläser wurden wieder vollgemacht. An ein Spülen der Gläser war nicht zu denken, der Magister war sichtlich im Stress.
Als Petersen seinen Platz verließ, um die Treppe runter zur Toilette zu gehen, wurde er vom Magister grinsend angesprochen:
„Kann mir der Herr Polizeipräsident von unten eine Kiste Jever mitbringen, ich habe Rücken."
„Wer hat nicht Rücken", lachte Petersen, „aber die Polizei ist ja dein Freund und Helfer."
Wie immer, wenn er auf die Toilette ging, musste er einen Blick auf das Plakat mit der Frau und den Strapsen am Checkpoint Charlie werfen. An der linken unteren Seite war es schon eingerissen. Sollte jemand den Versuch gewagt haben, das Plakat zu entwenden? Verständlich wäre es. In der Kühlkammer schnappte er sich eine Kiste Jever. Einen Moment musste er stutzen. In der linken Ecke des Vorratsraumes fielen ihm zwei grüne Kanister mit der Aufschrift Olivenöl auf. Merkwürdig, wofür brauchte der Magister Olivenöl? Mit der Kiste direkt am Körper, so hatte es ihm eine Krankengymnastin nach seinem Bandscheibenvorfall vorgemacht, trug er die Bierkiste nach oben. Gnädig bekam er vom Magister eine Flasche gratis, obwohl dieser wusste, dass er überhaupt kein „Flaschbier" in der Kneipe trank. Petersen bedankte sich und ging wieder zu

seinem Platz zurück. Im Vorbeigehen drückte er dem Schweden die Flasche in die Hand.

Am anderen Ende der Theke saß ein kleingewachsener Mann mit einem Spitzbart, der sein schmales Gesicht etwas in die Länge zog. Petersen meinte ihn schon einmal mit einem E-Karren gesehen zu haben. Der Mann wollte anscheinend gehen, denn er stand von seinem Barhocker auf.
„Zwei Euro sechzig“ rief ihm der Magister zu. Prompt kam die Antwort in plattdeutsch:
„Heb‘ ick nich.“
„Wie, hast du nicht?“, reagierte der Magister erstaunt.
Der Mann zuckte mit den Schultern. Langsam wurde die gesamte Thekenbesatzung auf diese sonderbare Unterhaltung aufmerksam. Der Magister rang um Fassung:
„Wie, du kannst doch nicht in die Kneipe kommen, ohne Geld dabei?“
Wieder zuckte das Männlein mit der Schulter. Die ersten Gäste konnten sich nicht mehr halten vor Lachen und warteten gespannt auf die Reaktion des Magisters. Dieser schüttelte mit dem Kopf, zerriss den Bierdeckel.
„Komm, geh‘ nach Hause und wenn du das nächste Mal in die Kneipe gehst, bringst du Geld mit.“
Ohne eine Miene zu verziehen, schlich der kleine Mann aus der Kneipe. Nachdem das Gelächter verklungen war, nahm der Magister eine Flasche Jever und trank sie fast in einem Schluck aus und stellte trocken fest:
„Hier machst du was mit, lauter Pflegefälle und Patienten.“
Die Stimmung wurde nach diesem Vorfall ausgelassener. Viele der Stammgäste kannten sich untereinander. Es wurde geflachst und man gab sich gegenseitig Bierrunden aus. Für einen kurzen Moment war der Magister im Keller

verschwunden, um aus der Kühlkammer zwei Flaschen roten Genever zu holen. Plötzlich hörte man von der Treppe einen Schrei:
„Das kann doch wohl nicht wahr sein, jetzt scheißen sie einem auf die Treppe. Die Treppe ist vollgeschissen worden. Ich bin nur von Idioten umgeben. Das gibt es doch alles nicht. Gut, dass die Polizei hier ist. Herr Kommissar, kann man das anzeigen?"
Petersen ging zur Kellertreppe und kam mit einem Scherzartikel in der Hand, der einem Haufen täuschend ähnlich sah, wieder die Treppe hinauf. Er konnte sich vor Lachen nicht mehr halten. Die Kneipe tobte, besonders die Bremen-Wuppertal-Connection konnte sich nicht mehr halten. Der Magister lief rot an, ruderte mit den Armen. In diesem Moment hatte er erfasst, dass ihm ein Streich gespielt worden war und zu Recht vermutete er die Urheber dieses Spaßes in der Bremen-Wuppertaler-Ecke.
„Ich fasse es nicht. Solche Scherze haben wir als Zwölfjährige Silvester gemacht und hier muss ich mich mit über Fünfzigjährigen befassen, die in die Pubertät zurückgefallen sind. Ich sag' ja alles Pflegefälle, gut, dass ich mal Sozialarbeiter war, sonst könnt' ich das hier gar nicht aushalten. So, und jetzt habt ihr selbst Schuld. Ich muss jetzt den *Laubfrosch* hören, als Balsam für meine Seele."
Ratlosigkeit an der Theke, Laubfrosch? Petersen wusste, was jetzt kommen würde.
Es handelte sich um die CD von Bauer, Garn & Dyke Sturmfrei und auf dieser CD war der besagte *Laubfrosch Blues*. Hannes Bauer war bekannt als Gitarrist von Udo Lindenberg, verfolgte aber auch eigene Solo Projekte. Der Magister hatte die CD jetzt gefunden und drehte die Boxen auf:
Baby, hättest du gern einen Laubfrosch in deinem Bett

Baby, hättest du gern einen Laubfrosch in deinem Bett
Baby, hättest du gern einen Laubfrosch in deinem Bett
Es liegt schon einer drin und der ist dick und fett

Baby, hättest du gern einen Laubfrosch in deinem Bett
Baby, hättest du gern einen Laubfrosch in deinem Bett
Vielleicht wird er ein Prinz, bist du zu ihm ein bisschen nett
Baby, so ein Prinz ist meistens höllisch reich
Auch wenn er dämlich aussieht, ist doch völlig gleich
Baby, küss ihn schnell, sonst haut' er wieder ab in Teich

Küss den Laubfrosch
....
Text Heidi Bauer, Johannes Bauer van Dörp

Der rockige Blues wurde in sehr hoher Geschwindigkeit gespielt und mit extrem harten Gitarrenriffs unterlegt. Die Thekenbesatzung rockte am Tresen mit und der Magister spielte Luftgitarre in einer äußerst hüftsteifen Variante. Die Zeit zwischen bestellen und trinken näherte sich gen Null und Petersen musste eine Entscheidung treffen. So schön der Abend auch war, so bitter war für ihn die Erkenntnis, dass er kein Urlauber auf der Insel war und am nächsten Tag arbeiten musste. Eine Tatsache, der sich viele Insulaner in den Inselkneipen stellen mussten, wenn sie mit den Feriengästen feierten. Mit einem Rest von Vernunft bat Petersen um die Rechnung. Die Thekenbesatzung versuchte ihn mit einer neuen Bestellung umzustimmen, aber vergeblich. Er hatte sich entschieden zu gehen. Mit einem breiten Grinsen legte der Magister das Wechselgeld auf die Theke und kommentierte:
„Der Beamte muss auch außerhalb des Dienstes ein Vorbild

sein.“
Petersen lachte erstaunt:
„Seit wann kennst du denn das Beamtenrecht?“
„Seit ich dich kenn‘, Sheriff“, konterte der Magister. Dröhnendes Gelächter ertönte und ohne großes Aufsehen verließ Petersen die Kneipe. Die klare Luft tat ihm gut. Irgendwie war er stolz auf sich. Er hatte rechtzeitig den Absprung gefunden. Am nächsten Tag würde er sich wieder das Gejammer vom Magister anhören müssen. Dieser hatte sich grüne T-Shirts mit dem Aufdruck „war spät gestern“ anfertigen lassen. Mit einem dieser Shirts würde er morgen gegen Mittag durch die Zedeliusstraße stolzieren und allen, die es wissen wollten, verkünden, dass er den „Störtebeker“ erst gegen 7 Uhr abgeschlossen hatte.

12

Meinhard Siems öffnete mit zittrigen Händen den schwarzumrandeten Brief, den ihm die Pflegerin nach dem Frühstück auf den kleinen Beistelltisch neben seinem Ohrensessel gelegt hatte. Das Lesen des Absenders verstärkte sein Unwohlsein: Wilhelmine Wiechers, Bremen. Der Brief enthielt die Einladung zu einer Trauerfeier für Dietrich Reimers auf dem Waller Friedhof in Bremen. Die Traueranzeige war mit dem Satz überschrieben:

>> Endlich haben wir Gewissheit und können meinem

lieben Bruder und Onkel Dietrich Reimers

eine Ruhestätte geben. <<"

Fahrig legte Siems den Brief beiseite. Jetzt waren sie wieder da, die Bilder, die ihn sein Leben lang verfolgten. Er hörte das Röhren der feindlichen Maschinen, das gleichmäßige „Tak, Tak" der Flakgeschütze. Die amerikanische Maschine, die kurz vor Schillig ins Watt stürzte, hinterließ eine schwarze Rauchsäule. Ein Fallschirm hatte sich geöffnet und segelte in Richtung Blaue Balje, dem Fahrwasser zwischen der Ostspitze Wangerooges und dem Minsener Oog. Deutlich hörte er den von Gerd Fehrensen mit schneidenden Worten gesprochenen Satz:
„Den holen wir uns!"
Wie aus einer anderen Welt klangen die Worte:
„Blutdruck messen, Herr Siems." Meinhard Siems erschrak. Er hatte die zeitliche Orientierung verloren. Zwei Welten

trafen aufeinander und er wusste nicht, in welcher er sich gerade befand. Erst als sich die Pflegerin mit einem Blutdruckmessgerät vor ihm aufbaute, hatte ihn die Gegenwart wieder.
„Was ist mit Ihnen, Herr Siems?“, sprach ihn die Pflegerin an, „Sie sehen kreidebleich aus, Ihre Hände zittern und Ihre Stirn ist völlig nass.“
Siems machte eine abwehrende Handbewegung:
„Ich bin wohl eingeschlafen und habe schlecht geträumt“, log er die Pflegerin an.
„180 zu 100, das ist gar nicht gut Herr Siems. Ich muss dem Doktor Bescheid sagen, diese Werte gefallen mir überhaupt nicht“, entgegnete die besorgte Betreuerin.
Mürrisch fuhr Siems die Frau an:
„Das lassen Sie mal. Ich hatte einen Albtraum, basta!“
Ohne mit ihrem Patienten zu sprechen, rief die Pflegerin von ihrem Handy heimlich Gerda Nordbrock an, die gerade in ihrer Ferienpension das Saubermachen der Zimmer beaufsichtigte. Der Anruf der Betreuerin ihres Vaters versetzte sie in Sorge. Die steigende innere Unruhe bei ihm, seit die Überreste der Leiche des Marinehelfers gefunden wurden, war offensichtlich. Leider waren alle Versuche, mit ihrem Vater über die Ereignisse im Krieg zu reden, vergebens gewesen. Sie holte ihr rotes Hollandfahrrad aus dem Schuppen und fuhr in die Rösingstraße. Schon im Hausflur wurde sie von der besorgten Pflegerin erwartet. Direkt, ohne mit der Frau zu sprechen, steuerte sie das Wohnzimmer an. Ihr Vater war augenscheinlich kurz eingenickt. Seine Augen waren geschlossen und auf seinem Schoß lag die Traueranzeige von Dietrich Reimers. Vorsichtig nahm sie den Brief an sich und studierte den Text, ohne zu bemerken, dass ihr Vater die Augen wieder geöffnet hatte. Sie erschrak, als sie ihn sprechen hörte:

„Hat die dumme Kuh dich angerufen? Ich hatte schlecht geträumt, danach waren meine Blutdruckwerte erhöht, das ist doch kein Grund, um so einen Aufstand zu machen. Ich lebe noch und übrigens will ich zu dieser Trauerfeier nach Bremen, damit du es gleich weißt."
Gerda Nordbrock hatte sich wieder gefangen und sah Ihren Vater entsetzt an:
„Das ist doch wohl nicht dein Ernst, in diesem Zustand kannst du doch nicht nach Bremen..."
„Darüber wird nicht diskutiert", unterbrach Meinhard Siems seine Tochter in barschem Ton, „ich muss dahin, sonst finde ich keine Ruhe. Wenn du mich nicht fahren willst, bestell ich mir ein Taxi und fahr von Harle nach Bremen, basta."
Gerda Nordbrock schüttelte mit dem Kopf. Früher hatte er nie das Wort Basta benutzt und sich sogar darüber lustig gemacht, wenn der frühere Bundeskanzler Gerhard Schröder in politischen Auseinandersetzungen mit diesem Wort gearbeitet hatte. War das nun eine Form von Altersstarrsinn oder wo kam dieses rigorose Verhalten her? Ihr Vater war eher für sein ausgleichendes Wesen bekannt gewesen und in diesem Geist hatte er auch seine Tochter, nach dem Tod ihrer Mutter, erzogen und wofür sie ihm sehr dankbar war. Sie musste an das Gespräch am Gartenzaun mit dem Polizisten Petersen denken, vielleicht sollte sie ihrem Vater doch davon berichten. Wenn er alles mit sich selbst ausmachte, war das nicht gut für seine Gesundheit. Milde gestimmt wandte sie sich ihrem Vater zu:
„Wenn dir das so wichtig ist, fahren wir nach Bremen."
Meinhard Siems nahm beide Hände seiner Tochter und umfasste sie fest:
„Es ist mir sehr wichtig, ich danke dir, mien Deern."
Plattdeutsche Redewendungen benutzte ihr Vater immer,

wenn er milde gestimmt war, das kannte sie schon aus ihrer Kindheit. Beruhigt fuhr Gerda Nordbrock zurück in ihre Ferienpension. Die Blutdruckwerte waren ihr erst einmal egal. Sie wusste, dass sie ihrem Vater mit der Fahrt nach Bremen einen Herzenswunsch erfüllen würde.

Als Lars Petersen diesen Morgen seinen Weg zur Inselbäckerei startete, war ihm mulmig zumute. Nicht, dass er unter den Folgen des gestrigen Abends litt, nein, seine Auseinandersetzung mit Rita lag ihm schwer im Magen. Sie hatten danach keinen Kontakt mehr gehabt. Wie sollte er ihr gleich in der Bäckerei gegenüber treten? Auf den Treppen zum Eingang hatte sich eine kleine Schlange gebildet. Es waren halt immer noch Osterferien und die Insel war ausgebucht. Ob Rita ihn schon gesehen hatte? Die Verkäuferinnen im Laden arbeiteten die Schlange zügig ab. Als er im Verkaufsraum war, vermied es Rita ihn anzuschauen. Augenscheinlich taxierte sie die wartenden Kunden so, dass sie Petersen nicht bedienen musste. Tatsächlich wurde er von einer anderen Verkäuferin bedient. Rita verließ sogar den Verkaufsraum, anscheinend um Brötchennachschub aus der Backstube zu holen. Petersen bezahlte. Ohne sich noch einmal umzudrehen, verließ er die Bäckerei. So konnte es nicht weitergehen, waren seine Gedanken. Er kam nicht darum herum, ein klärendes Gespräch mit ihr zu führen.
Direkt im Vorgarten des Reviers unter dem großen Nadelbaum stand Onno und schien ihn zu erwarten. Das verhieß nichts Gutes, zumal Onno ein sorgenvolles Gesicht machte.
„Die haben dich angeschissen, du hast eine Anzeige an den Hacken. Wilbert hat gerade angerufen“, empfing ihn Onno.

Petersen runzelte mit der Stirn. Er spürte sofort ein flaues Gefühl in der Magengegend:
„Wie, was, wer hat mich angezeigt?“, fragte er völlig konsterniert.
„Die Schläger von Ostersonnabend.“
„Wie bitte, soll das ein Witz sein, die sind doch gar nicht in der Lage das Wort Anzeige zu buchstabieren.“
Petersen Stimme wurde lauter. Onno legte seine rechte Hand auf Petersens Schulter.
„Lass uns erstmal reingehen. Ich schicke Haake auf Streife. Du sollst sowieso Wilbert anrufen.“
Beide gingen in die Wache. Onno gab Haake kurze Anweisungen, ohne zu murren verließ dieser die Wache. Petersen schenkte sich einen Kaffee ein und schmierte sich seine Brötchen.
„Ich muss erst mal was essen, mir wird sonst ganz schlecht“, murmelte Petersen mit vollem Mund.
Onno Siebelts nahm ihm gegenüber Platz:
„Bleib jetzt ganz ruhig! Wir kriegen das wieder hin. Was mich stutzig gemacht hat, ist, dass Wilbert was von einem Rechtsanwaltsbüro aus Bremen gesagt hat.“
Petersen hätte sich fast an seinem Brötchenstück verschluckt:
„Wie bitte, das kann doch wohl nicht wahr sein. Ich krieg ‘ne Krise. Wenn die damit durchkommen, bin ich weg vom Fenster. Ein zweites Diszi bricht mir das Genick.“
Sorgenvoll musterte Onno Siebelts sein Gegenüber. Petersen Gesicht war hochrot angelaufen, er schnappte nach Luft.
„Körperverletzung im Amt, das war es dann wohl“, stammelte er vor sich hin.
Onno stand auf, legte beide Hände auf Petersens Schulter und sprach ihm ganz ruhig direkt ins Gesicht:

„Hör jetzt auf mit dem Scheiß! Wir wissen beide, dass du angegriffen worden bist, dafür gibt's genügend Zeugen. Du rufst jetzt in Wilhelmshaven an, danach machen wir `nen Schlachtplan. Klar ist, dass du in dieser Angelegenheit nichts machen darfst, da gegen dich ermittelt wird. Ich bin am Zuge und werde die Zeugen hier schon ran holen."
Petersen nahm einen Schluck Kaffee nickte kurz und griff zum Telefonhörer.
Wilbert war nicht direkt am Apparat. Er wurde aber sofort weiterverbunden.
„Moin Kollege Petersen, Siebelts hat Ihnen sicher schon berichtet, dass eine Anzeige wegen Körperverletzung gegen Sie vorliegt. Es geht vor allem um den Einsatz von Pfefferspray. Machen Sie sich jetzt aber nicht in die Hose, bitte keine Panik. Onno hat mir versichert, dass Sie korrekt gehandelt haben und er hat wohl auch einige Zeugen für Ihre Vorgehensweise. Also Ruhe bewahren, obwohl ich mir vorstellen kann, dass die Sache für Sie belastend ist. Vertrauen Sie Ihrem Kollegen Siebelts. Was mich interessieren würde, wo war eigentlich der Kollege Haake? Normalerweise hätten Sie doch gar nicht allein in eine solche Situation kommen dürfen?"
Petersen räusperte sich:
„Die Alarmkette hat wohl nicht funktioniert, mehr kann ich dazu nicht sagen."
„Ich verstehe, Sie wollen Ihren Kollegen da nicht reinreiten. Aber um diesen Vorgang kümmere ich mich später. Eine Sache gibt mir allerdings zu denken. Die Anzeige ist von der Kanzlei Monsees und Partner aus Bremen gestellt worden, die haben ein Mandat von den beiden Schlägern bekommen. Es ist schon seltsam, dass eine der renommiertesten Kanzleien von Bremen zwei Schläger vertritt, die schon mehrere Vorstrafen wegen Gewalt-

delikten auf der Pfanne haben."
„Fehrensen", entfuhr es Petersen.
„Genau", bestätigte Wilbert, „aber wie kommen diese beiden Dumpfbacken an diese Kanzlei. Normalerweise würden doch solche Leute, wenn sie schon einen Anwalt wollen, eine Wald- und Wiesenkanzlei irgendwo in Ostfriesland aufsuchen oder?"
Wilbert machte eine Pause und fuhr dann wieder fort:
„Wo ist die Verbindung der Schläger nach Bremen? Irgendjemand auf der Insel muss doch geplaudert haben. Solche Einzeller kennen doch dieses Anwaltsbüro nicht und dann noch genau das Büro, was sich über Sie beschwert hatte, weil Sie bei Fehrensens Firma in Bremen aufgetaucht sind. Alles sehr merkwürdig. Okay, jetzt ist Kollege Siebelts am Zug. Sie halten still. Wir pauken Sie da raus. Bis bald."
Petersen hörte das Knacken in der Leitung, Wilbert hatte aufgelegt. Gerne hätte er noch weiter über die mögliche Verbindung nach Bremen spekuliert. Aber sein Denkvermögen war blockiert. Er musste sich beruhigen, um wieder handlungsfähig zu werden. Im Hintergrund hörte er Siebelts telefonieren. Er bestellte anscheinend die Zeugen für morgen Früh zur Vernehmung. Danach wandte er sich Petersen zu.
„Du versuchst mal deinen Freund, den Magister, aus den Federn zu holen, den brauch ich morgen auch hier und er soll dir sagen, wo diese Stammgäste auf der Insel wohnen, die dir geholfen haben. Die beiden Gemeinderatsmitglieder habe ich schon erreicht, die sind morgen pünktlich hier."
„Danke Onno, gut, dass ich mich auf dich verlassen kann. Ich geh' dann mal den Magister suchen."
Eigentlich wohnte der Magister schräg gegenüber der Polizeiwache. Ihn zu Hause aufzusuchen, fand Petersen keine gute Idee. Um diese Zeit trank er meistens seinen

Cappuccino entweder im „Café Treibsand“ oder in der „Schmackothek“. Also beschloss er beide Lokale abzuklappern, zumal frische Luft ihm guttun würde. Sein Herz raste immer noch, an seinen Blutdruck wollte er gar nicht denken. Er versuchte seinen Atem zu kontrollieren. Wie ein Langstreckenläufer, der gerade durchs Ziel gekommen war, atmete er tief ein und dann mir einem lauten Pusten wieder aus. Einige Touristen, die ihm entgegen kamen, musterten ihn fragend. Er erhöhte sein Schritttempo, um ja nicht als keuchender Polizist aufzufallen. Das „Café Treibsand“ entpuppte sich als Volltreffer. Am Außenfenster saß der Magister und hielt mit der jungen Bedienung ein Schwätzchen. Als Petersen das Lokal betrat, kam sofort der entsprechende Spruch:
„Musst du mir die Tour bei der jungen Dame vermasseln, das ist nicht die Aufgabe der Polizei.“
Das ernste Gesicht des Polizisten signalisierte ihm aber, so sensibel war er dann doch, dass hier etwas nicht stimmte:
„Was ist los? Du siehst nicht gut aus. Am Alkohol kann es nicht liegen, du bist ja gestern früh gegangen. Es ging übrigens bis 6 Uhr morgens.“
Petersen bestellte sich auch einen Cappuccino und erzählte dem Magister von der Anzeige. Völlig perplex schüttelte dieser bei Petersens Ausführungen ständig mit dem Kopf und stammelte:
„Das darf doch wohl nicht wahr sein.“
Als Petersen mit seinem Bericht fertig war, bekam sein Gegenüber einen hochroten Kopf.
„Wo leben wir eigentlich, dass wir von miesen Kneipenschlägern eine Anzeige bekommen und die sich noch einen teuren Rechtsanwalt leisten können. Das stinkt bis nach Meppen.“
„Ich brauche deine Aussage und die deiner Stammgäste, die

mir geholfen haben. Kannst du das organisieren“, unterbrach Petersen ihn.
„Na klar, das ist doch Ehrensache“, kam es vom Magister zurück.
Petersen zahlte und machte dann einen Umweg über die Promenade.
Die See machte einen ruhigen Eindruck. Windstärke 3 schätzte Petersen. Die ersten Segler hatten anscheinend ihre Winterquartiere verlassen, um die neue Saison einzuläuten. Helgoland war bei diesem Wetter gut erreichbar. Gerne wäre Petersen da drüben irgendwo mit an Bord gewesen. Die Probleme vom Wind wegblasen zu lassen und sich ganz auf das Beherrschen des Bootes zu konzentrieren, das wäre die ideale Therapie gegen seine Probleme. Nach der Strafversetzung von Bremen auf die Insel hatte er eigentlich mit einem ruhigen Dienst und dem Abarbeiten von Bagatellfällen gerechnet, stattdessen war er mit zwei Tötungsdelikten konfrontiert und jetzt ging es auch noch um seine Existenz. Irgendjemand, er vermutete Fehrensen, wollte ihn aus dem Weg haben. Aber warum? War er dem Geheimnis um den Tod Dietrich Reimers zu nah gekommen? Alles Fragen, die er nicht beantworten konnte, noch nicht. Am liebsten hätte er sich auf eine der Bänke vor der Kurverwaltung gesetzt, was aber natürlich nicht in Frage kam. Ein Polizist in Uniform, der sich auf einer Bank sonnte, das wäre was, um die Vorurteile gegenüber Beamten zu befeuern. Beamtenhasser schien es auf der Insel genug zu geben. Ein blauer E-Karren mit Getränkekisten fuhr an ihm vorbei, eigentlich nichts ungewöhnliches, aber, zwischen zwei Kisten Jever eingeklemmt, erkannte er zwei grüne Kanister mit der Aufschrift „Natives Olivenöl.“ Das Fahrzeug hielt vor einem Lokal an der oberen Strandpromenade. Der Fahrer schleppte die Getränkekisten

in einen Vorratsraum. Petersens Blick auf das Geschehen, fokussierte sich stärker, als er sah, wie der Fahrer auch die Olivenölkisten ins Kneipeninnere wuchtete. Merkwürdig, dachte er, wofür braucht ein Bierlokal Olivenöl, genauso wie es ihm beim Magister aufgefallen war. Ein leiser Verdacht begann sich in Petersens Kopf festzusetzen, den er aber noch nicht wahrhaben wollte.

Am Abend war die erste Probe von Sönke Meiners Band angesetzt. Für Petersen war dieser Termin eine willkommene Abwechslung von seinen dunklen Gedanken. Mit seinem Gitarrenkoffer unterm Arm strebte er der Inselschule zu. Kurz bevor er das Schultor in der Charlottenstraße erreicht hatte, lief ihm Rita Kolbow über den Weg, seine nächste Problembaustelle. Weggucken und weitergehen ging nicht, dafür war es schon zu spät. Direkt aus der Jadestraße kommend, steuerte sie auf Petersen zu. Als sie ihn erblickte, versuchte sie ihren Blick abzuwenden, zu spät, Petersen sprach sie direkt an:
„Dass wir uns jetzt aus dem Wege gehen, ist doch wohl albern oder?"
Sie zog ihre Schultern hoch und lief rot an. Petersen sprach ruhig weiter:
„Ich möchte mich bei dir entschuldigen, dass ich neulich so laut geworden bin. Ich habe starken dienstlichen Ärger und bin, glaube ich, im Moment extrem dünnhäutig."
Bei diesen Worten streichelte er ihre Schulter. Rita setzte diesem Anflug von Zärtlichkeit keinen Widerstand entgegen.
„Hab' ich schon gehört. Die ganze Insel spricht davon, dass du eine Anzeige bekommen hast wegen dieser Schläger", versuchte sie das Thema von ihrem Krach mit Petersen

wegzulenken. Petersen war leicht verärgert:
„Prost Mahlzeit, da zerreißen sich wohl alle wieder die Mäuler, was der Polizist aus Bremen wohl nun wieder für ‘ne Scheiße gebaut hat.“
„Hallo“, unterbrach sie ihn, „nun komm‘ mal wieder runter. Die Leute sind alle auf deiner Seite. Viele haben doch diese aggressiven Typen am Ostersonnabend in den Kneipen erlebt.“
„Tut mir Leid“, erwiderte er, „mir geht das an die Nieren. Wenn die mit ihre Anzeige durchkommen, bin ich weg vom Fenster, ohne Beamtenversorgung, direkt Hartz IV. Lass uns mal demnächst in Ruhe treffen, von mir aus auch einen Spaziergang in den Dünen machen, aber ich muss jetzt hier rein, zur Bandprobe.“
Rita Kolbow nickte:
„Die Insel steht hinter dir, die kommen mit ihrer Anzeige nicht durch und jetzt sei wieder der Insel-Clapton.“
Sie lächelte ihn freundlich an, hauchte ihm einen Kuss auf die Wange und verabschiedete sich in Richtung Zedeliusstraße. Petersen musste innerlich grinsen. Bei ihrer ersten Begegnung hatte sie ihn „Insel-Clapton“ genannt, weil sie aus seiner Wohnung seine Gitarrenriffs gehört hatte. Nun hieß es, sich dieses Lob bei der Probe zu verdienen.

Im Musikraum der Schule war schon alles aufgebaut. Die übrigen Mitglieder der Band, der Bassgitarrist des Shantychores, der Schüler der Schlagzeug spielen sollte, und Bandleader Sönke Meiners waren schon dabei die Instrumente zu stimmen und die Mikrofone einzupegeln. Petersen wurde herzlich begrüßt. Sönke Meiners klopfte ihm auf die Schulter.
„Lass dich nicht kleinkriegen, wir stehen hinter dir.“

Petersen war über den Zuspruch sehr erfreut und konnte sich jetzt auf das Musikalische konzentrieren. Die Probe verlief alles in allem recht erfolgreich. Wie erwartet, hatte der junge Schlagzeuger bei einigen Oldie-Titeln seine Schwierigkeiten, aber das würde werden. Beim Gesang schienen die größten Probleme zu liegen. Nur Sönke Meiners und Lars Petersen konnten mehrstimmig singen, was ihre musikalischen Möglichkeiten natürlich einschränkte. Bei dem Titel *Westerland* von den Ärzten konnte der Schüler sein Vorwissen ausspielen und den alten Hasen einige Tipps geben, was für das Gruppengefüge nur positiv sein konnte. Nach ungefähr drei Stunden Probe hatten sie 8 Titel eingeübt, eine stolze Leistung wie Sönke Meiners befand. In Kürze wollte er mit der Band einen kleinen Auftritt bei einer Geburtstagsfeier abmachen. Die übrigen Bandmitglieder hielten dieses Unterfangen für viel zu früh. Aber Sönke Meiners ließ sich nicht von seinem Plan abbringen.
„Nur durch Auftritte bekommen wir Routine. Eine Geburtstagsfeier ist kein Open-Air im Rosengarten“, stellte er gnadenlos fest.
Völlig ausgepowert verließ Petersen die Inselschule. Musik war wieder einmal eine große Hilfe beim Verjagen von schlechten Stimmungen gewesen.

13

Frank Mertens schaute auf die Uhr und legte danach seine Morgenzeitung weg. Es war Zeit sich fertig zu machen. Die Trauerfeier würde in einer halben Stunde beginnen. Er hatte sich vorgenommen früh dort zu sein, um die Szenerie zu beobachten, genauso wie Petersen es ihm aufgetragen hatte. Seine Wohnung lag nur ca. 100 Meter vom Nebeneingang des Friedhofs in Bremen-Walle entfernt. Schwarze Jeans und die dunkle Lederjacke mussten als Trauerkleidung reichen, zumal er nicht zu den Angehörigen gehörte, unnötig auffallen wollte er natürlich auch nicht. Immerhin hatte Petersen ihm einen „Observierungsauftrag" erteilt und darauf war er mächtig stolz.

Auf dem Parkplatz für Angehörige stand ein weißer VW-Golf mit dem Ortskennzeichen FRI für Friesland. Dieser Umstand deutete darauf hin, dass Meinhard Siems doch die für ihn beschwerliche Reise von Wangerooge nach Bremen angetreten hatte. Mertens umrundete die Feierhalle. Auf dem Vorplatz zum Eingang stand nur ein Angestellter des Bestattungsunternehmens, der das Kondolenzbuch bewachte. Einen Moment war Mertens verunsichert, sollte er sich in die Kondolenzliste eintragen oder nicht? Wenn er es nicht tat, wäre das schon sehr auffällig gewesen, aber mit seinem richtigen Namen zu unterschreiben, dazu war er nicht bereit. Letztlich wollte er in diese ganze Angelegenheit nicht reingezogen werden. Er tat nur seinem alten Freund Lars einen Gefallen. Da ihm nichts anderes einfiel, trug er sich mit Frank Schulze in das Kondolenzbuch ein. Danach betrat er die Feierhalle und setzte sich in die letzte Reihe. In der zweiten Reihe saß ein weißhaariger Mann im Rollstuhl, neben ihm eine schlank gewachsene Frau, die nach Petersens Beschreibung Gerda Nordbrock, die Tochter von Meinhard Siems, sein musste, sonst war noch niemand zu sehen.

Neben dem dunklen Sarg, der mit roten Rosen dekoriert war, stand ein großes Portrait, das Dietrich Reimers in Marineuniform zeigte, ein frisches jugendliches Gesicht mit einem sympathischen Lächeln, befand Mertens. Der Harmoniumspieler begann zu spielen. Mertens meinte eine Fuge von Bach zu erkennen. Schließlich war er ja vom Fach und hatte schon häufig auf diesem Instrument gespielt, wenngleich die Tendenz zu Musik von der CD ging und dieses die Verdienstmöglichkeiten für Musiker schmälerte, was er sehr bedauerte. Vom Eingangsbereich hörte er Geräusche, ein sehr alter Mann mit einem silbernen Krückstock, eskortiert von zwei sehr muskulösen jungen Männern, betrat die Halle. Mertens fingerte an seinem Handy. Er vergewisserte sich, dass der Blitz ausgeschaltet war und drückte auf den Auslöser. Natürlich war es zu dunkel, aber egal, vielleicht konnte man die Bilder später am PC nachbearbeiten. Langsam ging der alte Mann mit seinen Begleitern nach vorne, direkt vor dem Sarg hielt er inne. Nach ungefähr 20 Sekunden wandte er sich dem Mann mit dem Rollstuhl zu und legte seine eine Hand auf dessen Schulter, dann setzte er sich ebenfalls in die zweite Reihe. Seine Begleiter nahmen in der Reihe hinter ihm Platz. Noch zwei weitere Männer betraten die Halle, den einen glaubte Mertens zu kennen. Nach seiner Meinung war dies ein langjähriger Parteivorsitzender der SPD, der auch mehrere Jahre Mitglied im Bremer Senat gewesen war, ansonsten waren das alle Trauergäste, aber was sollte man erwarten. Dieser junge Mann, dessen Überreste da vorne im Sarg lagen, war immerhin schon seit 69 Jahren tot.

Das Harmoniumspiel wurde lauter und aus der Seitentür betrat Wilhelmine Wiechers, die Schwester von Dietrich Reimers, mit ihrer Tochter die Halle. Vor dem Sarg blieben beide stehen und verneigten sich nach kurzer Pause. Beide nahmen in der ersten Reihe Platz. Die Trauerrednerin betrat das Rednerpult und gab einen Überblick über das kurze Leben des jungen Marinehelfers, der schon so jung sterben musste. Sie drückte auch Dankbarkeit aus, dass nach so vielen Jahren die sterblichen Überreste des Dietrich Reimers am Strand von Wangerooge gefunden wurden. Ein Satz am Schluss der Trauerrede ließ Frank Mertens aufhorchen. Die Rednerin wandte sich direkt an Wilhelmine Wiechers:
„Liebe Frau Wiechers, so beruhigend es für Sie jetzt ist, Ihren Bruder zur letzten Ruhe betten zu können, so treten Zweifel über die Ursache des Todes in den Vordergrund. Ich wünsche Ihnen von Herzen, dass Sie bald auch in dieser Angelegenheit Gewissheit bekommen." Mertens stockte der Atem, dieser Satz musste die beiden alten Herren da vorne in der zweiten Reihe zutiefst verunsichern. Leider konnte er nicht in ihre Gesichter schauen. Auf einem kleinen Notizblock notierte er diese bedeutsamen Worte aus der Trauerrede. Aus den Lautsprechern ertönte zum Abschluss das Lied *Lili Marleen* gesungen von Lale Andersen. Das Lied, das für so viele Soldaten im 2. Weltkrieg eine Bedeutung hatte. Die Tür hinter der Empore ging auf und der Sarg wurde auf einen Wagen gehoben. Die Trauergemeinde versammelte sich hinter dem Wagen, der sich langsam in Bewegung setzte. Frank Mertens hielt Abstand zur Trauergemeinde, unnötig auffallen wollte er auf keinen Fall. Der Zug ging am Haupteingang des Friedhofs vorbei und bog danach rechts in den Weg ein, der am Ehrenmal für die Gefallenen der Bremer Räterepublik vorbeiführte. Etwa 50

Meter dahinter war ein frisches Grab ausgehoben. Der Sarg wurde in die Grube abgesenkt und wie üblich warfen die Trauernden mit einer kleinen Schaufel Erde in das Grab. Nach der Zeremonie löste sich die Gruppe auf. Wilhelmine Wiechers und ihre Tochter strebten mit der Trauerrednerin dem Ausgang zu. Die beiden alten Herren ließen sich zurückfallen. Etwa auf der Höhe des Ehrenmals hielten sie inne. Meinhard Siems bedeutete seiner Tochter schon vorauszugehen. Als die beiden Männer alleine waren, beobachtete Mertens aus sicherer Distanz eine heftige verbale Auseinandersetzung. Beide redeten aufeinander ein, gestikulierten auffällig. Der Mann mit dem silbernen Krückstock schien eine sehr drohende Haltung gegenüber Meinhard Siems einzunehmen. Mertens, der hinter einem Baum stand, schoss eine Reihe von Bildern. Die heftige Auseinandersetzung fand ein jähes Ende, weil wohl Gerda Nordbrock den Streit beobachtet hatte und zu den Männern zurück eilte. Mit einem heftigen Ruck drehte sie den Rollstuhl ihres Vaters um und schob diesen laut schimpfend in Richtung Ausgang. Frank Mertens hatte genug gesehen und ging einen anderen Weg in Richtung Ausgang. In Höhe des riesigen Grabmals des Barons von Knoop bemerkte er, dass er verfolgt wurde. Einer der schwarz gekleideten Begleiter des Mannes mit dem Silberstock, von dem er annahm, dass er Gerd Fehrensen war, hatte sich an seine Fersen geheftet. Mertens erhöhte seine Schrittzahl. Schweiß lief ihm über die Stirn. Zum Helden war er nicht geboren, als typisch musisch begabter Mensch verfügte er nicht über große körperliche Kräfte. Als er den Seitenausgang schon vor sich sah, erschrak er. Ein anderer Mann mit ähnlicher Bekleidung trat hinter einem Baum hervor und sprach ihn an:

„Sie haben die Wahl, entweder Sie geben uns Ihr Handy

oder wir holen es uns, was für Sie nicht gut wäre.“
Ohne seine Reaktion abzuwarten, griff der Mann, der hinter ihm stand, in seine Jacke und hatte das Handy schnell gefunden. Er ließ es auf die Erde fallen, trampelte auf dem Smartphone rum, nahm es dann und warf es in einen angrenzenden Teich. Halbherzig protestierte Frank Mertens in der sicheren Erkenntnis, dass er gegen diese Männer keine Chance hatte. Zum Abschluss rammte, der Mann, der von der Seite gekommen war, seinen spitzen Ellbogen mit voller Wucht in Mertens Bauch. Während dieser nach Luft schnappte und drohte, das Gleichgewicht zu verlieren, waren die beiden Männer schon verschwunden. Wenig später sah er eine große schwarze Limousine mit hoher Geschwindigkeit vom Angehörigenparkplatz vor der Trauerhalle wegfahren. Mertens schleppte sich bis zu einer Bank und versuchte sich erst einmal zu beruhigen. Er hatte seine Fähigkeiten überschätzt, für solche Aktionen war er nicht geschaffen.

Als Lars Petersen an diesem Morgen das Revier betrat, saßen Onno Siebelts und Walter Haake ungewöhnlicherweise bereits an ihren Arbeitsplätzen. In der Regel war er immer der erste am Arbeitsplatz, was natürlich auch daran lag, dass er gerne im Revier frühstückte. Dieses Ritual hatte er einmal mit Mona eingeführt. Es wurden dabei wichtige und schöne Gespräche geführt, die er sehr vermisste. Onno drückte Petersen einen Becher Kaffee in die Hand und eröffnete mit einem knurrigen „Moin“ das Gespräch:
„Dich kann ich hier heute nicht gebrauchen. Es haben sich über 20 Zeugen gemeldet, die etwas zu den Vorfällen mit den Schlägern von Ostersonnabend beobachtet haben wollen. Es verbietet sich von selbst, dass du dabei sein darfst, sonst hauen uns diese Nobelanwälte aus Bremen die

Aussagen um die Ohren, das dürfte dir doch klar sein oder?"
Petersen nickte. Natürlich war diese Vorgehensweise richtig und lag in seinem Interesse. Über die Zahl der Zeugen wunderte er sich allerdings, sollten so viele Leute etwas beobachtet haben? Ihm kam die Zahl wesentlich kleiner vor, aber einmischen sollte er sich lieber nicht.
„Hast du denn noch was für mich?", fragte er Onno, der in seinen Unterlagen wühlte.
„Ja, gestern haben mehrere Wirte über eine Frau geklagt, die den „Mutti-Trick" angewandt hatte."
„Wie bitte, ich verstehe nicht", unterbrach Petersen Onno, „was soll das denn für ein Trick sein?"
Onno grinste:
„Ja, da kennt sich der alten Drogenfahnder nicht mit aus. Schön, dass ich dir mal was Neues erzählen kann. Also das läuft so. Die Frau setzt sich irgendwo an die Theke oder an einen Tisch, wo auch andere Leute sitzen. Sie verlässt dann das Lokal und sagt bei der Bedienung, mein Sohn, kann aber auch die Tochter sein, zahlt die Rechnung."
„Das ist ja eine simple Nummer", lachte Petersen, „ganz schön cool. Aber wenn das gestern war, ist die doch längst wieder von der Insel weg."
„Kann sein, aber das erste Schiff geht erst um 14 Uhr. Versuch es mal, auch wenn das Zeitfenster eng ist. Hier will ich dich sonst heute nicht mehr sehen. Mach dir einen schönen Tag. Entspann dich einfach."
Ein eleganter Rauswurf fand Petersen. Er ließ sich noch die Namen der Lokale nennen, schnappte sich dann seine Jacke und ging als erstes in Richtung „Café Treibsand". Eine junge Bedienung wischte gerade die Tische ab und verteilte die Sitzpolster für die Stühle im Außenbereich. Fasziniert starrte Petersen auf die Arme der Bedienung, die komplett mit merkwürdigen Tattoos übersät waren. Schrecklich,

dachte er sich, dass ich da kein Verständnis mehr für habe. Irgendwie werde ich alt.
„Is‘ was?“ meldete sich die junge Frau, die sich augenscheinlich beobachtet fühlte.
„Entschuldigung“, antwortete Petersen, „ich habe nur Ihre tollen Tattoos bewundert“, log er die junge Bedienung an.
„Ich bin aber aus einem anderen Grund hier“, und dann erläuterte er sein wahres Anliegen.
Die junge Frau konnte tatsächlich eine relativ gute Beschreibung der Frau mit dem „Mutti-Trick“ beisteuern. Sie beschrieb die Person wie folgt: Schlanke Erscheinung, geschätztes Alter zwischen 50 und 60 Jahre, „polenblonde“ Haare, wie sie sich ausdrückte, hatte an dem besagten Morgen eine rote Windjacke an. Petersen bedankte sich und ging schräg hinüber zur „Düne 17“. Hier wurde saubergemacht und die Bedienung war noch nicht anwesend. Er hinterließ seine Visitenkarte mit der Bitte um einen Rückruf. Die letzte Station war der ihm gut bekannte „Strandkorb“ an der Promenade. Wie nicht anders zu erwarten, saß als einziger Gast der kleine Mann mit der braunen Lederjacke am Tresen. Petersen wurde mit einem „Moin, mein jugendlicher Freund“ begrüßt. Milosz, der heute Morgen Dienst hatte, wischte den Tresen sauber:
„Cappuccino Sheriff?“, fragte er. Petersen nickte und trug sein Anliegen vor. Milosz wusste zwar von dem Vorfall, konnte aber kaum eine Beschreibung abgeben, weil die Sache sich bei den Außentischen auf der Promenade abgespielt hatte und dort eine polnische Praktikantin bediente.
„Ich kann da was zu sagen“, meldete sich der Mann an der Theke, „di Deern kam ja gestern ganz aufgeregt hier reingelaufen, weil die Frau weg war und niemand bezahlen wollte. Die hat was von einer großen blonden Frau erzählt.“

Petersen notierte sich die Aussage. Milosz stellte ein Glas Korn auf den Tresen:
„Hier für unseren Zeugen und Flächenrembrandt.“
Petersen stutzte:
„Flächenrembrandt?“
„Ich war mal bei der Gemeinde als Maler angestellt“, klärte sein Thekennachbar ihn grinsend auf. Petersen bedankte sich für die Information, bezahlte und wollte sich nochmal auf den Weg zur „Düne 17“ machen, als sich sein Privathandy mit der Melodie von *Smoke on the Water* meldete. Auf dem Display sah er Mertis Festnetznummer. War die Trauerfeier schon vorbei? Mit „Hi Merti ist alles schon gelaufen?“, meldete er sich und war gespannt auf die Informationen von seinem „Hobby-Ermittler“. Was er aber nun hörte, war ein gequältes Stöhnen:
„Die haben mich plattgemacht. Mein Handy ist weg und ich spucke Blut.“
Petersen konnte es nicht fassen, was Merti ihm da berichtete. Er selbst bekam ein flaues Gefühl in der Magengegend. In was hatte er Merti da verwickelt? Das Ganze bekam eine Dimension, die anscheinend für ihn eine Nummer zu groß war. Das schlechte Gewissen gegenüber seinem Freund Merti war die eine Sache, aber wie konnten die Ermittlungen um den Tod von Dietrich Reimers so eskalieren? Er fühlte sich überfordert. Wie aus einer anderen Welt hörte er Mertis Frage:
„Zur Polizei gehen kann ich wohl vergessen, oder?“
„Stimmt, man hat mir ja verboten in dieser Sache weiter zu ermitteln, deshalb solltest du ja die Trauerfeier beobachten. Es tut mir sehr leid, dass ich dich da mit reingezogen habe. Kauf dir ein neues Handy. Ich werd‘ dir das bezahlen, wenn ich wieder in Bremen bin und ein Abend bei „Da Rocco“ geht auch auf meine Rechnung. Ich melde mich später bei dir.

Ich muss jetzt erst einmal nachdenken."
Petersen war schwindelig. Eigentlich hätte er wieder in den Strandkorb gehen müssen, um einen Schnaps zu trinken. Nur, er war in Uniform und musste noch zur „Düne 17". Er beschloss die Sache jetzt schnell hinter sich zu bringen. Danach würde er das Angebot von Onno Siebelts annehmen und den Nachmittag blau machen.
In der „Düne 17" erinnerte sich eine männliche Bedienung an den Vorfall mit dem „Mutti-Trick". Die Beschreibung der Frau deckte sich in etwa mit den vorangegangenen. Ein kleines Detail allerdings wusste der Kellner noch zu berichten. Ihm sei ein kleines Tattoo am Hals aufgefallen, die Rolling Stones Zunge. Da er Stones Fan war, fiel ihm das Hals-Tattoo sofort auf. Petersen notierte sich die Aussage und ging zurück zum Revier. Als er seine Dienststelle betrat, erschrak er. Im Flur saßen 5 Zeugen, die auf die Protokollierung ihrer Aussagen warteten. Er wurde mit großem Hallo begrüßt und ihm die Solidarität der ganzen Insel versichert. Petersen bedankte sich und gab den Hinweis, dass er nicht mit ihnen sprechen dürfe.

Gerda Nordbrock und ihr Vater hatten das Oldenburger-Kreuz erreicht. Sie bogen jetzt auf die Autobahn nach Wilhelmshaven ein. Ihr Vater hatte die Fahrt über bis hierher geschwiegen. Sie hatte ihm Vorhaltungen gemacht, dass er sich auf die Auseinandersetzung mit Gerd Fehrensen eingelassen habe. Aber ihre Fragen nach dem Grund des Streites blieben unbeantwortet. Nachdem sie die Huntebrücke passiert hatten, brach Meinhard Siems zum ersten Mal sein Schweigen:
„Du hast mir doch von diesem Polizisten erzählt, der mich sprechen wollte. Wie hieß der noch?"
„Petersen", antwortete seine Tochter.

„Ich möchte, dass du in den nächsten Tagen einen Termin mit dem machst. Danach werde ich auch dir alles erzählen. Vielleicht wirst du mich danach verachten. Dein Bild von mir wird einen Riss bekommen, aber es hilft nichts. Ich muss mit mir im Reinen sein, bevor ich gehe."
Erschrocken blickte ihn seine Tochter an. Ihre Gesichtszüge schienen ihr zu entgleisen.
„Guck auf die Fahrbahn. Ich möchte nicht als Opfer eines Verkehrsunfalls sterben. Die paar Tage musst du das jetzt aushalten. Ich kann nicht anders. Hinterher wirst du mich verstehen oder verfluchen", schnauzte Siems seine Tochter an.
Diese Worte lösten bei Gerda Nordbrock eine regelrechte Panik aus. Sie drosselte die Geschwindigkeit und atmete schwer. Sie kannte ihren Vater nur zu gut. Weiterbohren würde nicht helfen. Sie musste mit dieser Ungewissheit in den nächsten Tagen leben, das war ihr klar. Krampfhaft konzentrierte sie sich wieder auf das Autofahren. Gleich heute Abend würde sie versuchen, Kontakt mit diesem Petersen aufzunehmen.

Nachdem Petersen sich seiner Uniform entledigt hatte, ging er noch kurz zum Bahnhof. Er fand aber keine Frau, auf die die Beschreibung passte. Allerdings musste er sich eingestehen, dass seine Suche äußerst halbherzig ausfiel, zu sehr hatte der Anruf von Merti in seinem Kopf ein Chaos ausgelöst.
Er schnappte sich sein Dienstfahrrad, das er schon so häufig verflucht hatte und machte sich auf den Weg in den Westen der Insel. Kurz vor der kleinen Sternwarte stellte er sein Rad ab und ging den Weg hoch zur DLRG-Station. Hier war die Insel komplett zubetoniert worden, weil die Kräfte des Meeres die Insel immer weiter nach Osten verschoben

hatten. Er setzte sich auf die Bank vor der Station und blickte auf das Harle-Gatt, der Meerenge zwischen Spiekeroog und Wangerooge. Die See war ruhig, was an dieser Stelle recht ungewöhnlich war. Rechts war die lange Buhne zu sehen, von der er eine Mordverdächtige aus dem Wasser gezogen hatte. Für sein Gefühl lagen diese Ereignisse schon lange zurück, obwohl es sich, rein zeitlich gesehen, nur um wenige Monate handelte. Schön wäre es jetzt hier mit Mona zu sitzen, gemeinsam die Gedanken zu ordnen. Sie hatte immer einen unverstellten Blick auf die Wirklichkeit gehabt. Diese direkte Art Probleme anzugehen, fehlte ihm. Sexuelle Phantasien zum Thema Mona verbot er sich. Allerdings musste er sich eingestehen, dass ihm dies sehr schwer fiel.
Einige Touristen mit Kindern hatten sich jetzt auch bei der Station niedergelassen. Das Geschrei der Kinder und die ständigen Ermahnungen der Eltern nervten Petersen. Er verließ die Bank und ging wieder zurück zu seinem Rad. Im „Westturm-Café" holte er sich einen Cappuccino von der Selbstbedienungstheke und setzte sich in den Biergarten. Was konnten seine nächsten Schritte sein? Jetzt mit Leuten wie dem Magister oder seinem alten Kumpel Harm Gerdes, dem Leiter der Feuerwehr, über diese Vorgänge zu sprechen, verwarf er, nicht weil er ihnen nicht vertraute, sondern weil die Vorkenntnisse in dieser Angelegenheiten beiden fehlten. Irgendwann würde er Wilbert einweihen müssen, er hielt den Zeitpunkt aber noch für zu früh. Die Gefahr, dass dieser ihn als Verschwörungstheoretiker abspeisen würde, war noch zu stark. Das Risiko wollte er nicht eingehen. Eigentlich blieb nur Wilhelmine Wiechers, die selbst ein großes Interesse hatte, die Umstände um den Tod ihres Bruders aufgeklärt zu wissen. Die taffe alte Dame hatte ihn in Bremen sehr beeindruckt. Sie schien, dank ihrer

langen Erfahrungen als Parteipolitikerin in Bremen, mit allen Wassern gewaschen zu sein. Kurzentschlossen tippte er auf den Kontakt Wilhelmine Wiechers in seinem Smartphone.

„Stehnken“, meldete sich die Tochter. Petersen entschuldigte sich, dass er so kurz nach der Trauerfeier anrief. Freundlich machte Brigitte Stehnken Petersen Mut:

„Sie können immer anrufen Herr Petersen. Sie haben ein Stein im Brett bei meiner Mutter, das wissen Sie ja. Ich hole sie mal eben.“

Petersen hörte ein lautes „Mama, Herr Petersen für dich.“ Nach kurzer Zeit meldete sich Wilhelmine Wiechers. Äußerst betroffen reagierte sie auf das, was Lars Petersen ihr erzählte.

„Der Fehrensen hat Dreck am Stecken, ich ahne das. Ich hab‘ meine Fühler in Richtung Innensenator schon ausgestreckt. Der Gerd muss irgendwie offiziell mal zu einer Aussage gezwungen werden, aber der ist hier halt ‘ne starke Nummer in Bremen. Die trauen sich nicht so richtig ran an ihn, da bestehen Abhängigkeiten, die keiner so richtig durchschaut. Was ist mit Meinhard Siems? Sind Sie da weiter gekommen?“

Petersen erzählte von seinem Gespräch mit Gerda Nordbrock.

„Ich hoffe, dass er nach der Auseinandersetzung auf dem Friedhof vielleicht eher bereit ist, was auszusagen. Mein Problem ist, dass ich offiziell nicht an den Mann rantreten darf. Wenn ich das mache, bin ich ganz weg vom Fenster.“

„Auf keinen Fall“, unterbrach ihn Wilhelmine Wiechers, „dann habe ich überhaupt keinen Verbündeten mehr.“

Petersen war immer wieder überrascht von dieser alten Dame, die strategisch denken konnte. Wenn es gelänge, Fehrensen offiziell zu vernehmen, wäre das ein großer

Fortschritt.
Nach dem Gespräch mit Wilhelmine Wiechers bestellte Petersen eine Bockwurst mit Kartoffelsalat. Irgendwie hatte er jetzt wieder ein besseres Gefühl. Da er nicht im Dienst war, genehmigte er sich ein gepflegtes Feierabendbier. Danach radelte er noch kurz zum Hafen. Die Inselbahn wartete schon auf ein ankommendes Schiff. Langsam schlenderte er die Schienen entlang zum Mohlenkopf. Ein holländisches Plattbodenschiff nahm Kurs auf die Hafeneinfahrt. Die an Bord befindlichen Jugendlichen machten die Fender klar. Petersen konnte den bärtigen Skipper erkennen, der den Kids unentwegt irgendwelche Befehle erteilte. Das alles machte noch einen sehr ungeordneten Eindruck. Petersen beschloss, sich das Anlegemanöver nicht entgehen zu lassen und drehte um. Der Holländer hatte die Hafeneinfahrt noch nicht erreicht, da erregte etwas anderes Petersens Aufmerksamkeit. Die Duschräume und Toiletten des Hafens waren wegen der Hochwassergefahr auf Stelzen gebaut. Hinter einer der hinteren Stelzen standen 4 grüne Kanister mit der Aufschrift „Natives Olivenöl". In gebückter Haltung näherte er sich den Kanistern. Drei der Behälter waren leer, in einem befand sich noch ein wenig Restflüssigkeit. Langsam schraubte er den Verschluss dieses Kanisters auf und steckte seinen Finger in die Öffnung. Nachdem er den Finger abgeleckt hatte, pfiff Petersen durch die Zähne und halblaut sagte er:
„Kameraden, verarschen könnt ihr mich nicht, so läuft also euer Schnapsschmuggel, da wird sich der Kleppe vom Zoll aber freuen."
Noch ein kurzer Blick auf den Spruch, der an der Holzkonstruktion zwischen zwei Fenstern angebracht war: „Gott schuf die Zeit, von Eile hat er nichts gesagt." Petersen

fand diesen Spruch außerordentlich sympathisch, wandte sich aber jetzt wieder dem holländischen Segler zu. Vor der Pier drehte der Skipper sein Schiff. Am Bug stand ein etwas dicklicher Jugendlicher mit hochrotem Kopf, der wohl die Aufgabe hatte auf die Kaje zu springen, um die Festmacher entgegen zu nehmen und die Vorleine über den Poller zu ziehen. Das Mädchen, das neben ihm stand, sollte dann wohl die Festmacher übergeben. Der Skipper wurde sichtlich nervös, weil sich am Bug nichts tat.

„Spring, spring“, feuerte er den verunsicherten Jungen an, der sich offensichtlich aber nicht traute, vom Schiff auf die Pier zu springen. Irgendwie hatte Petersen Mitleid mit dem Jungen und eilte zum Bug des Schiffes.

„Schmeiß rüber“, rief er dem Mädchen mit der Vorleine zu. Das Mädchen tat sein Bestes, doch die Vorleine landete im Wasser. Petersen kam jetzt noch näher an den Rand der Pier. Er musste aufpassen, dass er nicht selbst ins Hafenbecken fiel. Aber in der Art eines Sporttrainers machte er dem Mädchen Mut:

„Nochmal, du schaffst es“, er klatschte dabei in die Hände und tatsächlich landete die Vorleine diesmal vor Petersens Füßen. Er zog den Tampen über den Poller.

„Gut gemacht“, lobte er das Mädchen. Von hinten rief der erleichterte Skipper ein kurzes „Bedankt“ in Richtung Petersen.

Zufrieden mit sich und seinem pädagogischen Wirken ging er zu seinem verhassten Dienstfahrrad und trat den Heimweg an. Immer, wenn er auf dem Deich in Richtung Inseldorf fuhr, hatte er Gegenwind, so kam es ihm jedenfalls vor. Wenn die Vorgesetzten schon kein Dienstfahrzeug für die Polizei auf der Insel spendieren wollten, so sollte doch zumindest ein E-Bike drin sein, befand er bei seinem Kampf gegen den steifen Ostwind. Als er den Deichschart in Höhe

Müllpressstation erreicht hatte, vibrierte sein Privathandy. Es war Rita, die ihn zu einem Abendspaziergang einlud. Eigentlich hatte er keine Lust händchenhaltend durch die Düne zu bummeln, aber nachdem er Rita so hart angegangen war, sagte er zu.

Im Revier empfing ihn ein freudestrahlender Onno Siebelts: „Alle Zeugen haben deine Version von der Schlägerei am Ostersonnabend bestätigt, da kommt selbst so ein Prominentenanwalt nicht gegen an. Du bist raus! Ich hab' die Aussagen schon an Wilbert weitergeleitet. Herzlichen Glückwunsch! Mach dir noch einen schönen Abend. Morgen geht es dann wieder normal weiter und du bist wieder der Chef."

Petersen fiel eine Last vom Herzen. Besonders erfreut war er über die Tatsache, dass ihn kein Insulaner in die Pfanne hauen wollte. Gut gelaunt ging er in seine Wohnung und legte eine Gitarren-Session ein.

Kurz bevor er die Wohnung verlassen wollte, um sich mit Rita Kolbow zu treffen, klingelte sein Diensthandy. Auf dem Display sah er eine Privatnummer von der Insel.

„Scheiße, lasst mich heute zufrieden, ich hab' meinen freien Tag", fluchte er laut, drückte aber auf die grüne Empfangstaste.

„Gerda Nordbrock", meldete sich eine Frauenstimme, „spreche ich mit Herrn Petersen von der Polizei?"

Petersen stutzte, er konnte den Namen im Moment nirgendwo unterbringen.

„Ja, am Apparat", meldete er sich.

„Ich weiß nicht, ob Sie sich noch an mich erinnern. Ich bin die Tochter von Meinhard Siems. Wir hatten ein Gespräch am Gartenzaun."

„Richtig, ich erinnere mich", warf Petersen ein und war nun

sehr gespannt, was da kommen würde.
„Mein Vater möchte mit Ihnen sprechen. Wir waren heute auf der Beerdigung von Dietrich Reimers in Bremen. Er war sehr aufgewühlt und es gab wohl auch einen Streit mit Gerd Fehrensen, der ihm emotional sehr zusetzte. Mir wollte er noch nicht sagen, um was es eigentlich geht. Er will zuerst nur mit Ihnen sprechen. Können Sie morgen vorbei kommen?"
Petersens Kehle schnürte sich zu. Jetzt kam Bewegung in die Sache, darauf hatte er so lange gehofft:
„Ich komme gerne, wann passt es Ihnen denn?", antwortete er Gerda Nordbrock.
„Morgen kommt eine Vertretungspflegerin zu meinem Vater, die muss ich erst einweisen. Kommen Sie man so gegen 11 Uhr."
„Okay, ich bin dann da."
Das war die Wende, da war sich Petersen sicher. Siems war Augenzeuge, damals als Dietrich Reimers starb. Morgen würde so oder so Licht ins Dunkel dieser Angelegenheit kommen. Optimistisch gestimmt schlenderte er in Richtung Flughafen, wo er mit Rita Kolbow verabredet war. Bloß jetzt keinen Stress, dachte er sich und nahm sich vor, nicht auf Konfrontationskurs zu gehen.

Rita hatte sich augenscheinlich extrem aufgebrezelt, was Petersens erster Eindruck war, als er sie am Ende der Siedlerstraße stehen sah. Enge schwarze Jeans mit hohen, schwarzen Stiefeln, darüber ein schwarzer Lackmantel. Das Gesicht war stark geschminkt. Irgendwie passte ihr Outfit nicht zu dem geplanten Abendspaziergang auf einer Nordseeinsel. Petersen war etwas mulmig zumute. Bisher hatte er Rita eher als etwas spießig eingeschätzt. Ihre Weigerung mit ihm in die Kneipen zu gehen, war für ihn ein

Beleg dafür. Führte sie etwas im Schilde? Leicht verunsichert begrüßte er Rita an der Einmündung zum Flughafen. Sie hauchte ihm einen Kuss auf die Wange. Dann machten sie sich auf den Weg zum „Café Neudeich", für den Rückweg planten sie am Strand zurückzugehen. Es entspann sich eine ziemlich vertrauliche Unterhaltung zwischen ihnen. Sie erzählte ihm von ihren Erlebnissen in der Bäckerei und er berichtete über die für ihn entlastenden Zeugenaussagen der Insulaner und Gäste. Den schnurgeraden Weg in Richtung Osten empfand Petersen als ätzend. Von beiden Seiten war der Weg von Bäumen und Büschen begrenzt, die die Aussicht stark einschränkten. Ab und zu hörten sie die Motoren der Flugzeuge, die auf der benachbarten Rollbahn entweder starteten oder landeten. Irgendwie konnte er es nicht erwarten den Rückweg über den Strand zu nehmen, aber dank der hochhackigen Stiefel von Rita kamen sie nur langsam voran. Ein beknackte Idee, mit solchem Schuhwerk einen Inselrundgang zu machen, wie sollte das erst am Strand werden, dachte er. Nach etwa einer halben Stunde hatten sie das „Café Neudeich" erreicht und bogen auf dem Deich links zum Dünenüberweg ab. Allerdings machte Petersen noch einen Abstecher zur Schutzhütte des Mellumrats. Der Mellumrat e. V. war ein Verein, der zum Schutz der Vogelinsel Mellum gegründet worden war. Heute unterhält der Verein Stationen im Niedersächsischen Wattenmeer zur Betreuung der Inseln Mellum, Minsener Oog und Wangerooge. Auf ihren Infotafeln auf der Insel wurde für jeden Monat der sogenannte „Vogel des Monats" benannt. Diesmal war es die Kornweihe, ein Greifvogel aus der Familie der Habichtarten. Petersens ornithologisches Interesse war eher unterentwickelt, aber seit seinem Aufenthalt auf Wangerooge hatte er es sich zur Pflicht gemacht, für jeden

Monat den „Vogel des Monats“ kennenzulernen. Rita schüttelte nur verständnislos den Kopf, als er ihr mitteilte, wer „Vogel des Monats“ war.
„Du bist auch so ‘n Vogel“, murmelte sie vor sich hin. Nach ungefähr der Hälfte des Weges über die Dünen zog Rita Petersen nach rechts auf den kleinen Weg, der in den Dünen parallel zum Strand verlief.
„Wenn du jetzt noch einen Umweg machen willst, kommen wir erst am nächsten Morgen wieder an“, brummelte er Rita an.
Nach etwa 50 Metern stoppte sie, umschlang Petersen mit beiden Armen und hauchte ihm ins Ohr:
„Ich will dich hier und jetzt.“
Bei diesen Worten griff sie ihm plump in den Schritt. Petersen war völlig perplex und wich erschrocken zurück.
„Wie jetzt?“, stammelte er.
„Ich will es jetzt hier mit dir treiben“, hauchte sie und nestelte an dem Reißverschluss seiner Hose. Petersen schoss der Schweiß auf die Stirn, aber weniger aus sexueller Erregung, sondern eher als Folge einer Panikattacke. Er konnte nicht verleugnen, dass auch er Lust gehabt hätte, mit Rita in die Kiste zu springen, aber das Szenario hier hatte etwas Unwirkliches und fühlte sich nicht gut an. Wollte sie ihm etwas beweisen? Vorsichtig schob er ihre Hand zurück.
„Aber doch nicht hier“, versuchte er die Situation zu retten, „wir sind doch keine Schüler auf einer Klassenfahrt.“
Sofort nachdem er diese Worte gesprochen hatte, wusste er, dass er völlig unsensibel reagiert hatte und prompt fing Rita an zu weinen. Prost Mahlzeit, das hast du ja toll hingekriegt, verfluchte Petersen sich selbst. Er nahm Rita in den Arm und versuchte sie zu trösten.
„Ich will doch auch mit dir schlafen, aber das kam jetzt ein bisschen plötzlich für mich und hier finde ich es nur kalt

und ungemütlich“, versuchte er die Situation zu retten. Schluchzend löste Rita sich aus seinen Armen.
„Ich denke, ihr Männer träumt immer davon von einer Frau angefallen zu werden. Dass du mich für eine verklemmte Tussie hältst, die nicht mit dir durch die Kneipen zieht, ist mir schon lange klar. Wahrscheinlich brauchst du erst mal an der Theke genügend Stoff, um eine Frau abzuschleppen. Das ist doch dein Schema, so hast du es doch mit deiner Mona auch gemacht.“
Konsterniert wich Petersen zurück, das hatte gesessen. Der Hinweis auf Mona versetzte ihm einen Stich. Sollte er ihr jetzt erklären, dass das mit Mona doch alles anders gewesen war. Wegen Mona wollte er sich aber auf keinen Fall rechtfertigen. An ihrem Hinweis mit den Kneipen könnte was dran sein und während seiner Musikerzeit war es sowieso einfach gewesen, mit Frauen anzubändeln.
„Warum kommst du nicht einfach mit in meine Wohnung, was ist dabei?“, versuchte er die Situation zu retten.
„Das hatten wir alles schon“, unterbrach sie ihn mit schriller Stimme, „du brauchst auf deinen Ruf nicht zu achten. Wenn du deine „Diszistrafe“ auf der Insel abgesessen hast, verschwindest du wieder nach Bremen. Bei Männern ist das sowieso kein Problem, wahrscheinlich himmeln dich die Frauen auf der Insel alle an, Lars unser Gitarrengott. Ich aber bin auf diesen Job angewiesen, bin keine Beamtin und als alleinstehende Frau und denn noch aus dem Osten, ist man schnell als Thekenluder und Inselmatratze abgestempelt. Die kaufen dann bei mir morgens die Brötchen und rümpfen die Nase. Schönen Dank, da hab‘ ich keinen Bock drauf!“
Petersen entschied sich dafür, nicht auf diesen Ausbruch zu reagieren. Er fühlte sich ein wenig hilflos und nahm ihre Hand:

„Lass uns weiter gehen. Es wird kalt."
Rita wehrte sich nicht gegen die Hand und so gingen beide händchenhaltend am Flutsaum entlang in Richtung Promenade. Auf dem Weg dorthin wurde kaum gesprochen, nur einmal erklärte Petersen den Aufbau einer Fregatte, die nach Wilhelmshaven einlief. Er wusste, dass er dies nur aus Verlegenheit tat. Vor dem Aufgang zur Promenade umarmten sie sich. Zaghaft streichelte er ihre Wange, von nun an gingen sie nicht mehr Hand in Hand. Ohne körperliche Berührung verabschiedeten sie sich vor der Inselbäckerei. Petersen war etwas verstört, das war also das Ende seines freien Tages. Wahrscheinlich hätte ihn jeder andere Mann ausgelacht, Outdoor-Sex in den Dünen, aber er musste ja rumzicken. Diese deprimierende Stimmung verlangte nach einem Jever Pils.

Beim Magister schien nicht viel los zu sein. Von außen konnte er niemanden an der Theke erkennen. Lediglich auf der Empore saß ein Paar.
„Ich wollte gerade Feierabend machen, aber für einen rehabilitierten Beamten haben wir natürlich ein Stützbier", empfing ihn der Magister, „aber irgendwie siehst du aus, als wäre dir eine Laus über die Leber gelaufen. Alter, was ist los?"
Petersen winkte ab:
„Privatkram, hab' jetzt keine Lust auf Therapiegespräche."
Frech grinste ihn der Magister an:
„Klappt es nicht so mit deiner blonden Bäckersfrau?"
Petersen hätte ihm so eine reinhauen können. Irgendwie hatte Rita Recht, unbeobachtet war man anscheinend auf dieser Insel nie.
„Erzähl lieber mal was aus deinem Liebesleben, hab' lange nichts mehr gehört davon", versuchte Petersen zu kontern.

Mit einem verschmitzten Lächeln bekam er eine Antwort.
„Ich hab‘ kein Liebesleben mehr. Ich hab‘ alles gehabt, was soll noch kommen, alles ausprobiert, ich kenn‘ alles.“
Bei dieser Antwort entglitten Petersen die Gesichtszüge. Er hatte gerade einen Schluck Bier genommen und prustete diesen nun über die Theke.
„Das macht mich fertig. So ein Spruch, kannst du den nicht ankündigen? Aber bitte nicht, wenn ich Bier im Mund habe.“
Der Magister schob aber schon nach:
„Mir kann keine Frau mehr was vormachen, das langweilt mich jetzt alles.“
„Die Musik ist zu laut, ich kann dich nicht verstehen.“
Obwohl keine Musik mehr lief, versuchte Petersen das Thema zu wechseln.
„Du willst mich nicht verstehen“, kam es vom Magister zurück, „weil es dich fertig macht.“
Petersen hob beide Hände.
„Ich geb‘ auf, du bist der große Sexualguru.“
„Das wollte ich hören, ich merke, wir verstehen uns. Aber einer kommt noch, den habe ich gestern in einem alten deutschen Spielfilm gehört. Es erinnert mich an das, was Frauen oft zu mir gesagt haben:
„An deinen Namen erinnere ich mich nicht, aber an deine Küsse.“
Der Magister brach in schallendes Gelächter aus, klopfte sich auf die Schenkel.
„Das ist der neue Klassiker“, rief er Petersen zu.
Zur Freude von Petersen wurde die Unterhaltung unterbrochen, da das Paar von der Empore um die Rechnung bat. Er selbst nutzte die Gelegenheit, um auf die Toilette zu gehen. Die Tür zum Lager war nicht richtig geschlossen. Durch den Türspalt sah er sie wieder, diese

merkwürdigen Olivenölbehälter. Er öffnete die Tür ein wenig, schraubte den Verschluss eines Behälters auf und steckte seinen Finger in die Öffnung. Nach der Geruchsprobe war ihm alles klar: Wodka!
Gerade wollte er sich umdrehen, um wieder nach oben zu gehen, erschrak er. Direkt hinter ihm stand der Magister:
„Das kann doch wohl nicht wahr sein. Du spionierst in meinem Lager rum und das als Freund. Ich fasse es nicht."
Petersen bekam einen roten Kopf. Er fühlte sich ertappt. Korrekt war das nicht gewesen, dessen war er sich bewusst.
„Ich bin auch Polizist. Der Kleppe vom Zoll hat mir irgendwas vom Schnapsschmuggel von Helgoland erzählt."
„Ja und, das gibt dir lange noch nicht das Recht hier rumzuschnüffeln. Hast du einen Durchsuchungsbeschluss?"
Das Gesicht des Magisters hatte sich jetzt auch rot gefärbt.
„Hör doch auf mit deinen Sprüchen aus dem Tatort", versuchte Petersen sich zu retten.
Beide gingen jetzt wieder nach oben. Wutentbrannt schloss der Magister die Kneipe ab und dimmte das Licht weiter runter.
„Das ist ein Vertrauensbruch, mein Lieber. Ich bin' heute Morgen zu Onno gegangen und habe eine Aussage gemacht, um dir den Arsch zu retten und das ist der Dank."
„Ich bin halt Ermittler und wollte rauskriegen, wie das mit dem Schmuggel läuft. Sorry, das war mein Ehrgeiz."
„Nun tu mal nicht so, als wärst du immer der lupenreine Ermittler gewesen. Ich sage nur Steintor Bremen. Du hast deine Informanten mit Drogen angefüttert, ist das alles schon wieder vergessen? Spiel dich hier nicht als der Saubermann auf. Warum bist du denn auf der Insel?"
„Das war doch was anderes", versuchte es Petersen nochmal.
„Quatsch", fiel ihm der Magister ins Wort, „hier versuchen ein paar Leute ein wenig billiger an Schnaps zu kommen. Ich

verkaufe kein Heroin an Jugendliche. Nur die Steuer wird um ein bis zwei Euro beschissen, also pluster dich nicht so auf.“

Petersen war in sich zusammengesackt. Er hatte dem nichts mehr entgegenzusetzen. Irgendwie war heute Abend alles falsch gelaufen und er war drauf und dran zwei Menschen, die er sehr mochte, zu verlieren. Letztlich interessierte ihn die Schnapsgeschichte nicht wirklich. Eigentlich wollte er andere Dinge aufklären und morgen könnte dafür ein entscheidender Tag werden. Kleinlaut wandte er sich an den Magister:

„Ich hab‘ doch gar nicht gesagt, dass ich das hier zur Anzeige bringen will, aber mit eurem Olivenöl, das ist viel zu auffällig. Was wollen Bierkneipen mit Olivenöl? Das ist mir auf der Promenade sofort aufgefallen, als neben den Bierkisten Olivenölbehälter angeliefert wurden. Macht das man mit Kanistern für Reinigungsmittel, die braucht man in jeder Kneipe, bei dir allerdings nicht so viel.“

„Na ja, da ist er ja wieder unser ‚Dirty Lars‘, durchtriebener Bulle aus den Bremer Ghettos. So, das Bier geht jetzt aufs Haus.“

Nachdem er das Bier gezapft hatte, legte er *Dead Flowers* von den Rolling Stones auf, ein Stück, was sie beide aus ihren Bremer Tagen verband.

14

Den nächsten Morgen vermied es Petersen, frische Brötchen beim Inselbäcker Kunst zu holen. Ein Zusammentreffen mit Rita wollte er auf jeden Fall vermeiden. Vom heutigen Tag erwartete er den Schlüssel zur Lösung des Geheimnisses von Dietrich Reimers Tod. Es galt klaren Kopf zu behalten. Der gestrige Tag hatte genug Verwirrung bei ihm angerichtet. Seine ganze Aufmerksamkeit musste sich jetzt wieder auf die Polizeiarbeit fokussieren. Vor dem Spiegel im Flur seiner Dienstwohnung musterte er sich skeptisch. Er sah nicht gerade kraftstrotzend aus. Seine dunklen Ringe unter den Augen gefielen ihm überhaupt nicht und das, obwohl er gestern wenig Alkohol getrunken hatte. Er musste sich an einen Kollegen bei der Ausbildung erinnern, der jeden Tag in den Mannschaftsunterkünften der Bereitschaftspolizei vor dem Spiegel stand und sich mit den Worten „guter Mann, guter Mann" selbst motivierte. Dabei schlug er sich trommelnd mit beiden Fäusten auf den Brustkorb. Petersen interpretierte das als eine Art Autosuggestion. Die ganze Einheit belachte dieses Ritual, aber der Kollege ließ sich nicht beirren. Vielleicht sollte er auch zu diesem Ritual greifen. Irgendwie hatte er das Bedürfnis sich selbst aufzubauen, verwarf die Aktion aber schnell wieder. Eigentlich glaubte er sowieso nicht an diesen Psychohokuspokus.
Im Dienstzimmer hatte Onno bereits Kaffee gekocht. Stolz präsentierte er Petersen die zahlreichen Zeugenaussagen zu dem Vorfall am Ostersonnabend, die allesamt Petersen entlasteten.

„Du bist raus aus der Sache, die können dir nichts mehr anhängen“, verkündete Onno.
Artig bedankte sich Petersen für den Einsatz seines Kollegen. Dann berichtete er kurz von seinen Ermittlungen in Sachen Zechprellerei mit dem Mutti-Trick. Beide waren sich einig, dass die Frau wohl schon die Insel verlassen haben müsste, da man mit diesem Trick nicht fortwährend an einem Ort arbeiten konnte. Nach längerem Zögern entschloss sich Petersen von seinem Termin bei Meinhard Siems zu erzählen.
„Die Frau Nordbrock hat mich im Auftrag ihres Vaters angerufen. Ich werd‘ da gleich mal hingehen, bin sehr gespannt, was er mir zu sagen hat.“
Onno blickte Petersen skeptisch an.
„Du weißt, was ich von dieser ganzen Geschichte halte. Andererseits, wenn der alte Siems dich sprechen will, kann man das als Polizist nicht verweigern. Also geh‘ ruhig hin, meinen Segen hast du.“
Petersen war erleichtert. Zwar hatte er Onno nicht über alles eingeweiht, schon gar nicht über die Beobachtungen von Merti auf dem Bremer Friedhof. Aber wenn er auf der Insel weiterkommen wollte, brauchte er die Rückendeckung seines Revierkollegen. Dass Walter Haake dabei außen vor bleiben würde, verstand sich von selbst. Wie gerufen, betrat dieser in diesem Moment das Dienstzimmer. In einem kurzen Gespräch verabredeten die drei für den nächsten Montag die große Fahrradkontrollaktion in der Zedeliusstraße durchzuführen. Onno lachte dabei:
„Wir machen Symbolpolitik à la Lars Petersen aus Bremen.“
Nachdem Petersen noch kurz seinen Bericht über die Zechprellerin geschrieben hatte, machte er sich auf den Weg zu Meinhard Siems. Da er noch etwas Zeit hatte, schlenderte er gemütlich die Charlottenstraße entlang. Im

Frischemarkt und auch beim Insel-Markt war wieder Ruhe eingekehrt. Erst wieder um den 1. Mai würde die nächste Touristenwelle anrollen. Bei der Inselschule bog er rechts in die Rösingstraße ein. Von Ferne hörte er das Martinshorn des Rettungswagens. Irgendwo war wieder ein Notfall. Arzt auf einer solchen Insel zu sein, war sicherlich auch kein leichtes Los, sinnierte Petersen. Die jederzeitige Verfügbarkeit war eine Sache, die Polizei und Arzt gleichermaßen betraf. In Höhe der Friedrich-August-Straße machte die Rösingstraße einen leichten Bogen. Was Petersen am Ende des Bogens sah, ließ seinen Puls in die Höhe schnellen. Direkt vor dem Hause von Meinhard Siems stand der Rettungswagen. Das Blaulicht rotierte noch auf dem Dach des Wagens. Einer der Sanitäter lief im Eiltempo zum Wagen zurück und holte zwei Alukoffer aus dem hinteren Teil des Fahrzeugs. Genauso zügig lief er zurück ins Haus. Petersen verlangsamte seine Schritte. Er musste sich beruhigen. Durch tiefes Ein- und Ausatmen stabilisierte er sich wieder. Tausend Gedanken schwirrten ihm durch den Kopf. Galt dieser Einsatz dem alten Siems, wenn ja, was war passiert? Er musste sich jetzt konzentrieren. Im Inneren hörte er, wie so häufig in Stresssituationen, die väterliche Stimme des Polizeipsychologen aus der Zeit seiner Ausbildung:
„Nicht spekulieren, sich an die Fakten halten, sonst gehen Sie mit der Panik, die sowieso schon herrscht, unter."
Mit diesem Vorsatz betrat er den Vorgarten des alten Siems. Die Eingangstür stand offen. Von drinnen hörte er Dr. Meyerdierks:
„Achtung Defi, ich erhöhe die Dosis, weg vom Patienten!"
Der Einsatz eines Defibrillators verhieß nichts Gutes. Petersen entschloss sich vor der Tür stehen zu bleiben. Jetzt waren der Arzt und die Sanitäter am Zuge. Nach ungefähr

einer Viertelstunde kam ein völlig erschöpfter Dr. Meyerdierks aus der Eingangstür. Die Anstrengung war ihm auf die Stirn geschrieben. Als er Petersen auf dem Weg zur Tür stehen sah, murmelte er:
„Da war nichts mehr zu machen. Das Herz, irgendwann musste das ja bei dieser Herzschwäche passieren."
Jetzt wandte er sich direkt an Petersen:
„Was machen Sie den hier? Das ist kein Fall für die Polizei. Hier ist ein sehr alter Mann einen normalen Herztod gestorben. Er war schon lange herzkrank."
Petersen nickte:
„Ich bin nur hier, weil mich Herr Siems für heute um ein Gespräch gebeten hatte. Jetzt werde ich nie mehr erfahren, was er mir sagen wollte."
„Da kann ich Ihnen auch nicht weiter helfen", bemerkte Dr. Meyerdierks achselzuckend, „in letzter Zeit war er sehr unruhig und diese Fahrt nach Bremen zur Beerdigung seines alten Kriegskumpels hat ihm den Rest gegeben. Seine Tochter und ich haben alles versucht, ihn davon abzubringen. Der Alte konnte ganz schön stur sein. Aber sei's drum, er ist recht alt geworden und ist dabei nicht dement vor sich hin vegetiert, das ist nicht allen vergönnt."
Petersen rang mit sich, ob er, trotz des eindeutigen Arztbefundes, noch diese Frage stellen sollte. Er entschloss sich es zu tun:
„Entschuldigen Sie die Frage Doc, können wir Fremdeinwirkung ausschließen?"
Sein Gegenüber schüttelte nur mit dem Kopf.
„Herr Petersen, jetzt geht aber die Fantasie mit Ihnen durch. Das ist wahrscheinlich eine Berufskrankheit. Sie waren ja mal bei der Kriminalpolizei, da denkt man wohl so. Wie ich schon sagte, Herztod wird auf dem Totenschein stehen."
Jetzt kamen auch die beiden Sanitäter aus dem Haus. Sie

besprachen, wer den Bestatter in Esens informieren sollte. Etwas schüchtern fragte Petersen die drei, ob er ins Haus zu Frau Nordbrock gehen dürfe. Niemand hatte Einwände. Mit ungutem Gefühl betrat Petersen das Haus. Langsam ging er durch den Flur ins Wohnzimmer, wo er den Toten vermutete. Meinhard Siems lag auf dem Fußboden mit aufgerissenen Augen und offenem Mund, daneben lagen leere Ampullen, Gummihandschuhe und Reste von weißen Tüchern. Die Szene erinnerte an ein Schlachtfeld. Irgendwie war es das ja auch. Vor 10 Minuten wurde hier noch um das Leben eines Menschen gekämpft. Gerda Nordbrock saß zusammengesunken in dem Ohrensesel ihres Vaters. Ihre Augen waren stark gerötet. Verkrampft hielt sie in beiden Händen völlig aufgeweichte Papiertaschentücher. Petersen war sich unsicher, ob er die trauernde Tochter überhaupt ansprechen sollte. Als Gerda Nordbrock ihn sah, bedeutete sie ihm, dass er sich setzen solle. Mit fester Stimme sprach sie ihn an:
„Einmal musste es ja passieren, aber wenn es dann soweit ist, trifft es einen doch unvorbereitet. Nun werden wir beide nicht erfahren, was er Ihnen erzählen wollte. Mir gegenüber war er immer sehr verschlossen, wenn es um seine Erlebnisse im Krieg ging."
„Mein aufrichtiges Beileid Frau Nordbrock", kondolierte Petersen, „ich hoffe nicht, dass mein bevorstehender Besuch Ihren Vater so aufgeregt hat."
„Quatsch, Herr Petersen", fiel ihm Gerda Nordbrock ins Wort, „da machen Sie sich man keine Sorgen, das war ganz allein seine Entscheidung. Ich hätte nicht mit ihm nach Bremen fahren dürfen. Aber manchmal war er recht starrsinnig. Vielleicht hätte ich ihn auch nicht mit der neuen Pflegerin alleine lassen dürfen, die ja sowieso nur übergangweise Dienst macht. Ich hab' sie heute Morgen

eingewiesen und bin dann in unsere Pension gegangen. Zwei Stunden später kam der Anruf von ihr, dass es meinem Vater schlecht gehen würde."
„Hat sie was falsch gemacht", fragte Petersen.
„Nein, aber es war eben eine fremde Person, das ist für alte Leute nicht gut."
Vorsichtig schob Petersen eine Frage nach:
„Wer macht denn hier die Pflege auf der Insel?"
„Noch läuft das über die Kirche, aber die ziehen sich demnächst aus dem Pflegegeschäft zurück, deshalb kam jemand zur Überbrückung, bis geklärt ist, wie es mit der Pflege auf der Insel weitergeht. Na ja, das kann mir jetzt auch egal sein", antwortete sie traurig.
„Sie haben vorhin vermutet, dass Ihr Vater mit mir über seine Kriegserlebnisse reden wollte. Wie kommen Sie darauf?"
„Na ja, diesen Entschluss hat er nach der Trauerfeier für Dietrich Reimers getroffen und nach der Auseinandersetzung mit Gerd Fehrensen."
„Wissen Sie denn, worum es bei diesem Streit ging?"
fragte Petersen so, als ob er von diesem Vorfall nichts wusste.
„Nein, er wollte mit mir erst nach der Unterhaltung mit Ihnen darüber reden."
Gerda Nordbrock schien jetzt sehr erschöpft zu sein. Petersen trat den Rückzug an.
„Haben Sie jemanden, der sich um Sie kümmert?", erkundigte er sich.
„Danke der Nachfrage Herr Kommissar, meine Freundin aus Wittmund kommt noch heute auf die Insel."
Petersen war darüber erleichtert, denn Gerda Nordbrock machte auf ihn einen sehr sympathischen Eindruck. Für ihn war es an der Zeit zu gehen. Sich so zu unterhalten im

Beisein einer Leiche, war selbst für ihn als hartgesottenen Kriminalbeamten nicht unbedingt alltäglich. Gefühlvoll nahm er die trauernde Frau in die Arme und verabschiedete sich.
Draußen angekommen, musste er erst einmal kräftig durchatmen. Der Rettungswagen war schon weg, auch Dr. Meyerdierks war nicht mehr zu sehen. Nur ein paar Nachbarn standen an der Gartenmauer. Ein älterer Mann sprach Petersen direkt an:
„Ist hier ein Verbrechen passiert?"
Petersen schüttelte mit dem Kopf:
„Normaler Herztod."
Auf eine längere Unterhaltung hatte er nun überhaupt keine Lust. Schnell ging er auf die Straße in Richtung Bahnhof.
Sein wichtiger Zeuge im Fall des Todes von Dietrich Reimers war nun tot. Er würde sich damit abfinden müssen, dass alle Türen, um noch Licht in das Dunkel der damaligen Ereignisse zu bringen, verschlossen waren, obwohl der Zeitpunkt des Todes von Meinhard Siems ihn doch ziemlich irritierte. Da er Onno zumindest teilweise eingeweiht hatte, wollte er mit ihm sprechen und zwar sofort. Die Zweifel, die ihn befallen hatten, mussten artikuliert werden, sonst würde er noch Magengeschwüre bekommen. Als er das Dienstzimmer betrat, wurde er von Onno erstaunt begrüßt:
„Was, du bist schon wieder da, hatte der alte Mann nichts zu sagen? Na gut, dann ist die Geschichte ja für dich endlich erledigt."
Petersen ließ sich mit einem tiefen Seufzer in seinen Bürostuhl fallen.
„Nichts ist gut, Siems ist tot."
„Wie bitte, das kann doch nicht wahr sein", sah Onno Siebelts ihn entsetzt an.
Petersen schenkte sich einen Kaffee ein, nahm sich einen

Butterkeks vom Keksteller, der immer auf der Theke des Reviers stand, und begann damit, Onno über die letzte Stunde ins Bild zu setzen. Zum ersten Mal bei dieser Geschichte hatte Petersen den Eindruck, dass Onno ihm ernsthaftes Interesse entgegen brachte. Konzentriert folgte er dem Bericht seines Kollegen. Als Petersen geendet hatte, kniff Onno die Augen zusammen und wiegte seinen Kopf hin und her:

„Natürlich kann das Ganze ein blöder Zufall sein. Meinhard litt, soviel ich weiß, in den letzten Jahren immer unter Herzproblemen. Vielleicht hat sein Entschluss mit dir zu reden, ihn derart unter Stress gesetzt, dass sein Herz das nicht ausgehalten hat. Das ist, musst du zugeben, eine sehr wahrscheinliche Variante. Die Todesursache anzweifeln können wir als Laien ja wohl kaum. Wenn Meyerdierks vom plötzlichen Herztode spricht, müssen wir das hinnehmen oder siehst du das anders?“ Sein Gegenüber nickte.

„Was mich etwas irritiert, ist, dass du in deinem Bericht, wenn ich das richtig verstanden habe, von einer neuen Pflegerin gesprochen hast, die ausgerechnet heute bei Siems angefangen hat.“

Petersen war erleichtert. Onno war eingestiegen. Er war nicht mehr allein mit seinen Gedanken und Zweifeln. Sie waren wieder ein Team, so wie er damals mit Mona.

„Genau“, nahm er den Faden wieder auf, „die erste Variante ist die wahrscheinlichere. Aber um jeden Zweifel auszuschließen, sollten wir uns mit dieser Pflegerin beschäftigen. Eine Obduktion jedenfalls kriegen wir bei unserem mageren Verdacht nie durch. Wilbert würde uns für verrückt erklären.“

„Sehe ich genauso“, stimmte Onno zu. Petersen war aber noch nicht fertig:

„Die Umstände, wie diese Frau jetzt so plötzlich bei Siems

auftaucht, müssen wir ins Zentrum der Ermittlung rücken. Wenn da alles glatt gelaufen ist und wir nichts finden, dann waren das alles Hirngespinste und ich bitte um Vergebung, dass ich dich mit dieser Weltkriegsscheiße genervt habe."
Onno grinste:
„Dafür musst du aber nicht nach Canossa gehen. Ein schönes Jever beim Magister würde reichen. Aber Spaß beiseite. Noch wird der Pflegedienst hier ja von der Kirche organisiert, auch wenn damit bald Schluss ist. Die oberste Kirchenverwaltung hat aus Kostengründen der Wangerooger Gemeinde zur Auflage gemacht, die Diakoniestation zu schließen. Ich kenne die Diakonin schon lange, ich werd' mal ganz sensibel vorfühlen."
Petersen war sichtlich erfreut, dass Onno ihm nicht nur zuhörte, sondern richtig aktiv werden wollte. Seine intimen Inselkontakte waren natürlich von unschätzbarem Wert. Er selbst hätte hier nichts ausrichten können.
„Ich werd' das Ganze nicht so offiziell machen", ergänzte Onno noch einmal, „die Diakonin sehe ich ja wahrscheinlich heute Abend auf der Geburtstagsfeier von Rolf Hansen, der wird stramme 55, da nehm' ich sie mir mal beiseite."
Petersen fand diese Art von Informationsbeschaffung sowieso am effektivsten, aber ein anderer Umstand verunsicherte ihn. Heute Abend Geburtstagsfeier? Er sollte heute Abend mit der Band von Sönke Meiners auftreten.
„Wo ist die Feier?", fragte er erschrocken.
„Im Foyer der Dünenhalle, da werden wohl fünfzig bis sechzig Leute kommen."
„Ach du Scheiße", entfuhr es Petersen, „da soll ich heute auftreten, mit Sönke Meiners. So viele Leute und wir haben nur einmal geprobt."
„Das ist ja toll, dann höre ich dich ja mal endlich Gitarre spielen, dir eilt ja ein legendärer Ruf voraus. Aber macht es

man nicht zu laut. Ich stehe eher auf alte norddeutsche Schlager. Beatles und Stones sind an mir vorbeigegangen."
Das kann ja heiter werden, dachte Petersen. Schlecht vorbereitet und dann wollen die Leute am Ende doch nur Helene Fischer und Andreas Gabalier hören, garniert mit Friesenfolklore. Was hatte Meiners ihnen da bloß eingebrockt?
Der Nachmittag verging mit Schriftkram, Berichte schreiben, Fahndungsaufrufe studieren und der Vorbereitung der morgigen Fahrradaktion. Recht früh machte Petersen Feierabend, er wollte noch kurz die 10 Stücke, die sie eingeübt hatten, durchspielen. Das flaue Gefühl im Magen ließ sich nicht leugnen. Es fühlte sich so an, als ob er heute Abend in einer großen Halle vor 1000 Leuten spielen müsste. Dabei war es nur eine Fete mit überschaubarer Zuschauerzahl, aber die zu kurze Vorbereitung machte ihn nervös. Gegen 18 Uhr lud er seinen Gitarrenverstärker, Effektbrett und seine beiden Gitarren auf den Bollerwagen der Polizeidienststelle und zog gen Dünenhalle ab.
Der Eingang der Halle war mit einer Zeltplane überdacht worden, rechts und links waren Fackeln angebracht und die Angestellten des Schlachtermeisters des Insel-Marktes begannen mit dem Aufbau des Buffets. Sönke Meiners hatte bereits damit angefangen, sein Keyboard als auch sein Akkordeon zu verkabeln. Das Schlagzeug war schon aufgebaut, aber von dem Schüler der 10. Klasse, der es spielen sollte, war noch nichts zu sehen. Bassist Arnfried trudelte endlich ein. Eigentlich sollte jetzt ein Soundcheck stattfinden, aber ohne Schlagzeug war das kaum möglich. Die ersten Gäste fanden sich langsam ein. Sönke Meiners stand in einer Ecke des Raumes und versuchte krampfhaft, seinen Schüler zu erreichen. An einen Soundcheck war jetzt

nicht mehr zu denken. Rolf Hansen, den Petersen nur flüchtig kannte, war Angestellter der Kurverwaltung, ein allseits beliebter Mann, der auch in der Laienspielgruppe von Sönke Meiners mitwirkte. Ein Blick auf die Gäste zeigte Petersen, dass heute die Prominenz der Insel zugegen war. Umso ärgerlicher war es, dass immer noch kein Schlagzeuger zu sehen war. Mit hochrotem Kopf kam Sönke Meiners zu Lars Petersen:
„Der hat verpennt, er kommt jetzt aber, trotzdem Scheiße."
Petersen nickte und versuchte seine Nervosität hinter einem Pokerface zu verbergen. Die erste Stunde verging mit Reden und kleinen Vorführungen. Bürgermeister Depken, der gleichzeitig auch Direktor der Kurverwaltung war, hielt eine launige Rede und Sönke Meiners trug mit Mitgliedern der Laienspielgruppe einen Sketch vor. Das Geburtstagskind bedankte sich artig und wollte das Buffet eröffnen, aber Schlachtermeister Willms forderte die Band auf, vorher einen Suppenmarsch zu spielen. Sönke Meiners winkte verlegen ab:
„Haben wir nicht eingeübt, unser Schlagzeuger ist auch noch nicht da."
Rolf Hansen, der nicht so aussah, als ob er unbedingt einen Suppenmarsch brauchte, überspielte souverän die kleine Peinlichkeit und eröffnete das Buffet. Petersens Nervosität verstärkte sich durch diesen Vorfall. Hier wurde augenscheinlich eine Tanzkappelle erwartet, die die Rituale von traditionellen Feiern abspulen sollte, aber sie hatten nur 8 Stücke auf Lager, die eigentlich mehr aus dem Oldie-Bereich stammten und nicht aus dem schier unerschöpflichen Repertoire der deutschen Stimmungsmusik. Petersen befürchtete eine Zerreißprobe. Zum Glück war inzwischen wenigstens ihr junger Schlagzeuger eingetroffen.

Als auch sie sich kurz am Buffet gestärkt hatten, verteilte Sönke Meiners noch zum Erstaunen aller ein neues Textblatt zum Titel der Ärzte *Westerland*. Die letzte Zeile des Refrains sollte einen Wangerooge Bezug bekommen.

Oh ich hab' solche Sehnsucht.
Ich verliere den Verstand!
Ich will wieder an die Nordsee, oho
Ich will zurück zum Wooge-Strand!

Hauptsache, dachte Petersen, sie würden bei der Aufregung diese Textzeile nicht vergessen.
Als das Buffet abgegrast war, ertönten nun die ersten Rufe nach Musik. „Ehrentanz" wurde gerufen. Rolf Hansen schüttelte mit dem Kopf, augenscheinlich wollte er dies gar nicht. Aber die Gäste fingen jetzt an zu skandieren: „Ehrentanz, Ehrentanz!" Mit rhythmischem Klatschen wurde die Forderung unterstrichen. Sönke Meiners nahm sein Akkordeon und rief seinen Mitstreitern *Nordseewellen* zu. Arnfried und er hatten den Titel schon mal mit dem Shanty-Chor gespielt. Harmonisch kein Problem, nur zwei Harmonien.
„C-Dur", zischte Meiners seinen Bandkollegen zu. Ein Text war nicht vorhanden. Petersen hoffte nur, dass Meiners das Stück instrumental spielen wollte. Er kannte nur die ersten beiden Zeilen:

Wo die Nordseewellen trecken an den Strand
und die geelen Blumen blühn' ins gröne Land
(Krannig/Müller-Krählert)

Meiners zählte vor: „ Eins zwei drei, eins zwei drei..."
Er wollte damit vor allem seinem jugendlichen Schlagzeuger

den Takt vorgeben. Dieses Vorhaben misslang. Der Junge hatte offensichtlich in seinem Leben noch keinen Walzer gespielt, was ja auch für sein Alter nicht ungewöhnlich war. Das Schlagzeug rumpelte völlig neben dem Takt. Rolf Hansen, der mit seiner Lebensgefährtin tanzen sollte, gelang es nicht in einen annehmbaren Rhythmus zu kommen. Petersen drehte sich zum Schlagzeug um und versuchte mit seinen Gitarrenschlägen den Rhythmus vorzugeben. Er unterstütze dieses Vorhaben mit dem Aufstampfen seines Fußes und siehe da, der völlig verunsicherte Schüler fand den Takt. Petersen munterte ihn auf:

„Gut so, weiter so, achte auf meinen Gitarrenschlag."

Mit Ach und Krach bekamen sie das Stück zu Ende.

„Sofort weitermachen", rief Meiners.

Erleichterung beim Publikum. Ihr erstes reguläres Stück *Bad Moon Rising* von CCR klang nun wesentlich besser. Die Tanzfläche füllte sich zunehmend. Die Gesichter der Musiker entspannten sich.

Onno Siebelts, der kein Liebhaber englischer Oldie-Musik war, versuchte nun seinem Ermittlungsdrang nachzugehen. Frieda, seine Frau, war gerade im Gespräch mit anderen Frauen, so dass die Gelegenheit günstig war, sich Gaby Stelljes, der Leiterin der Diakoniestation, zu nähern.

„Sag nicht Onno, dass du mit mir tanzen willst, das glaub' ich nicht", begrüßte sie ihn.

„Nein, nicht meine Musik und außerdem ist Frieda fürchterlich eifersüchtig. Komm mal eben mit raus, ich hab' da ein paar Fragen", mit diesen Worten schob er die erstaunte Diakonin in den Eingangsbereich.

„Nun verdirb mir nicht den Abend, ich seh' schon, du wirst jetzt dienstlich." Ihre Augen funkelten ärgerlich.

„Beruhig dich, nur ein paar Minuten. Es geht um den Tod

von Meinhard. Erzähl mit einfach, warum da jetzt zum Schluss eine neuere Pflegerin war?"
„Was soll das denn jetzt? Was interessiert dich daran? Meinhard war schwer herzkrank. Menschen, die so etwas haben, sterben dann, das ist doch ganz normal oder?"
„Ja, nun beruhig dich, das weiß ich doch alles, beantworte einfach meine Frage", setzte Siebelts nach.
„Gut, du hast sicher im Inselkurier gelesen, dass die obere Kirchenverwaltung die Diakoniestation geschlossen hat, weil das Ganze ein Zuschussgeschäft war."
„Wie jetzt schon?", unterbrach Onno
„Ja, seit zwei Wochen. Ich hatte lediglich noch den Auftrag, einen Nachfolgepflegedienst für die Insel zu organisieren. Ich war in Verhandlungen mit den Johannitern, aber das klappte nicht. Ich steh' jetzt kurz vor dem Abschluss mit einem privaten Pflegedienst. Für diese Übergangszeit haben wir uns mit Hilfe von Inseraten in den ostfriesischen Zeitungen Ersatzpflegekräfte beschafft. Das ging nicht anders. Die Kirchenverwaltung hat uns die Pistole auf die Brust gesetzt. Der Pastor hat noch protestiert, die haben uns dann den Geldhahn vor drei Wochen abgedreht. Ich wechsele in die Verwaltung der Kirchengemeinde."
„Das war mir alles neu, entschuldige, aber noch eine Bitte. Kannst du mir in den nächsten Tagen die Personaldaten der Übergangspflegerin von Meinhard raussuchen?"
Gaby Stelljes runzelte mit der Stirn:
„Ich erkenne den Sinn nicht ganz, aber weil du es bist, mach' ich das. Ich melde mich."
Onno war sichtlich erleichtert. Beide gingen wieder in den Partyraum. Petersen sang gerade *Aloha Hey* von Achim Reichel. Die Stimmung war auf dem Höhepunkt. Wieder hatten sich einige junge Leute auf die Tanzfläche gesetzt und machten Ruderbewegungen. Jetzt kam ihr letztes

Stück, *Westerland* von den Ärzten. Die älteren Leute verließen mit schmerzverzerrten Blicken die Tanzfläche. Der harte Rhythmus war ihnen zu viel, zumal der junge Schlagzeuger jetzt in seinem Element war und Gas gab.

Ich will wieder an die Nordsee, oho
Ich will zurück zum Wooge-Strand!

Die Idee von Sönke Meiners die letzte Zeile zu ändern, stellte sich als Glücksfall heraus. Selbst die älteren Leute horchten auf und grölten den Refrain mit. Der Saal tobte. „Zugabe, Zugabe", ertönte es und noch einmal wurde *Westerland* gespielt. Je mehr die Band um Sönke Meiners und Lars Petersen den Leuten einheizte, umso schwieriger wurde es jetzt, die Leute wieder zu beruhigen. Was niemand außer der Band wusste, sie hatten ihr Repertoire erschöpft. Eine alte Musikerregel hatten sie missachtet: Zum Schluss musste das Publikum mit einem langsamen Stück befriedet werden. Petersens alter Bandleader aus Bremer Zeiten rief dann immer „abstinken" und sie spielten ein langsames Stück, häufig war das dann *Samba Pati* von Santana. Aber nun war die Stimmung auf dem Siedepunkt, es war erst 23 Uhr. Sönke Meiners bat um eine kleine Verschnaufpause. Erste Pfiffe ertönten. Natürlich war für Musik von der CD gesorgt, aber die Leute wollten augenscheinlich Livemusik. Die Band verzog sich kurz nach draußen.
„Es tut mir leid", entschuldigte sich Meiners bei seinen Musikerkollegen, „ich hab' das hier völlig falsch eingeschätzt. Es war nie die Rede davon, dass wir hier den ganzen Abend bestreiten sollten. Die Leute sind ja völlig auf unsere Musik abgefahren. Was machen wir?"
„Wir können nicht unser Programm nochmal spielen, das wäre peinlich", warf Petersen ein.

Sönke Meiners und die beiden anderen nickten:
„Ich hab‘ uns die Suppe eingebrockt, ich werde sie auch auslöffeln“, murmelte Meiners kleinlaut, „ich werd‘ die Begleitautomatik von meinem Keyboard aktivieren und ein paar Stimmungslieder spielen, so wie das andere Tanzmucker auch machen. Geht mir zwar gegen den Strich, aber ich habe keine andere Wahl.“
Der Schüler, der das Schlagzeug spielte, lehnte eine Begleitung ab, was auch verständlich war. Petersen gab sich einen Ruck:
„Bass und Schlagzeug sind ja in deinem Keyboard drin. Ich werde versuchen, dich ein wenig mit der Gitarre zu begleiten.“
Sönke Meiners war sichtlich erleichtert.
„Das werd‘ ich dir nie vergessen.“
„Abwarten, vielleicht wirst du mich verfluchen, wenn ich die falschen Akkorde spiele“, lachte Petersen.
Die beiden Musiker gingen auf die Bühne. Meiners erklärte kurz, dass sie nun improvisieren mussten. Die Menge grölte. „*Nordseeküste* in G flüsterte Meiners Petersen zu.“ Petersen nickte, das kannte er.
Er hatte den Song vor Klaus und Klaus als *Wild Rover* von den Dubliners gespielt. Die Zuhörer hakten sich unter und begannen zu schunkeln. Die Stimmung war erst einmal gerettet. Eine Ouzo-Runde jagte die nächste und führte dazu, dass die musikalischen Unzulänglichkeiten untergingen. Vor allem beim Gesang mussten die beiden Musiker improvisieren, weil ja keine Texte vorlagen. Das ging über „La, la“ oder einer von beiden spielte die Melodie auf seinem Instrument. Der letzte Ausweg war „und jetzt alle, ich hör‘ euch nicht, macht ein büschen mit!“
Die Gäste sangen den Text und merkten dabei nicht, dass die Kapelle ihn nur bruchstückhaft beherrschte. Bei Meiners

und Petersen wich langsam die Anspannung. Beide wurden lockerer, was bei Petersen auch dem Ouzo geschuldet war. Sie spielten immer nur drei Stücke, dann brachte Petersen seinen alten Musikerspruch:
„Die Herren führen jetzt die Damen an die Theke“, und nach dem nächsten Set umgekehrt.
„Die Damen führen nun die Herren an die Theke.“
Alles das hörte sich sehr professionell an, ohne dass jemand ahnte, wie unsicher und unvorbereitet die beiden Musiker da vorne eigentlich waren. Zwischendurch kam Onno Siebelts vorbei, den die Stimmungsmusik begeisterte und rief fast militärisch: „ Männer, weitermachen!“
Den Abschluss des Abends bildete das berühmte Trinklied von den Bots aus Holland *Was wollen wir trinken, wir haben Durst*. Die Menge gab sich nach dem letzten Ton auch ganz dem Motto des Liedes hin und es wurde zur Erleichterung der beiden Musikanten keine Zugabe mehr gefordert. Sönke Meiners und Lars Petersen klatschten sich nach dem Auftritt ab. Rolf Hansen war hellauf zufrieden mit dem Verlauf des Abends und gab noch eine weitere Runde Ouzo aus. Meiners, der keinen Alkohol trank, goss seinen Schnaps heimlich in die Yuka-Palme, die strategisch günstig neben der Bühne stand. Viele Gäste kamen noch vorbei und klopften den beiden auf die Schulter. „Geile Mucke“ und ähnliche Sprüche. Petersen begann den Ouzo zu spüren. Er war fix und fertig. Nachdem er sein Equipment auf den Bollerwagen geladen hatte, verschwand er klammheimlich.

Am nächsten Morgen, es war Sonntag, spielte sich nicht viel ab. Walter Haake hatte frei, Onno ebenfalls und Petersen war für die Rufbereitschaft eingeteilt. Da er kein Toastbrot mehr hatte, musste er notgedrungen zum Inselbäcker

gehen. Eigentlich wollte er ein Treffen mit Rita vermeiden. Irgendwie wusste er nicht mehr, was Sache war. Sein Hunger besiegte aber die Zweifel, die an ihm nagten. Wenn er nicht ordentlich gefrühstückt hatte, war mit ihm nicht viel anzufangen. Einen dicken Kopf von gestern hatte er nicht, aber eine gewisse Erschöpfung war nicht von der Hand zu weisen. Es war schon lange her, dass er eine solch lange Zeit auf der Bühne zugebracht, aber was ihn dabei wirklich gestresst hatte, war das ungeübte Spielen von Tanzmusiknummern, die nun wirklich nicht sein Ding waren. Er hatte zwar, als er noch Lehramtsstudent war, Geld mit Tanzmusik verdient, diese Sache war aber eher aus finanzieller Not geboren und entsprang nicht einer musikalischen Leidenschaft. Als er vor der Bäckerei stand, gab er sich einen Ruck, denn der Verkaufsraum war leer und nur Rita war zu sehen. Mit einem kräftigen „Moin“ trat er ein. Rita grinste ihn frech an.
„Den Insel-Clapton nehme ich zurück und ersetze ihn durch Tanzmucker.“
Petersen war baff, woher wusste sie nun wieder davon:
„Auf dieser Insel bleibt ja wirklich nichts geheim, du warst doch gestern gar nicht dabei.“
„Sag ich ja, dass hier jeder vom jedem weiß. Euer Auftritt war schon heute Morgen Tagesgespräch.“
Petersen schüttelte ungläubig den Kopf.
„Ich habe nur Sönke geholfen, eigentlich war nur ein kurzer Auftritt vorgesehen.“
„Ja, ja“, lachte Rita, „aus der Nummer kommst du nicht mehr raus. Ich warte jetzt nur noch auf Helene Fischer und Andrea Berg.“
Petersen war erleichtert, als neue Kunden die Bäckerei betraten. Diese Diskussion wollte er am frühen Morgen nicht führen. Er nahm seine Brötchentüte und wünschte

noch einen guten Tag. Er traute seinen Ohren nicht als Rita ihm „atemlos durch den Tag Herr Kommissar“ hinterher flötete. Ihren Humor schien sie ja nicht verloren zu haben, aber leider ging das diesmal auf seine Kosten.
Nach dem Frühstück erledigte er noch ein wenig Büroarbeit. Er war drauf und dran Onno anzurufen, so gespannt war er auf dessen Gesprächsergebnisse mit der Diakonin. Aber er fürchtete eine Schimpfkanonade von Frieda Siebelts wegen Ruhestörung am Sonntagmorgen und beschloss, seine Neugier noch bis morgen zu zügeln. Um 15:30 Uhr war das Sonntagspiel der Bundesliga mit Werder. Der Magister hatte seinen Ruhetag. Nach einem kurzen Spaziergang würde er im „Strandkorb“ einkehren, um das Spiel dort zu sehen.
Im „Strandkorb“ war die Hütte voll. Einige der üblichen Kandidaten waren vom Frühschoppen hängen geblieben. Die Werder-Fans trudelten langsam ein. Die Luft war schneidend. Rauch, Bier– und Schnapsgeruch mischten sich zu einer heftigen Melange. Zehn Minuten nach Spielbeginn traf auch der Magister ein. Als er Petersen erblickte, machte er einen tänzelnden Ausfallschritt und sang: *Wo die Nordseewellen trecken an den Strand*. Gott sei Dank verstanden nicht alle Kneipengäste diese Anspielung. Petersen hatte den Eindruck, dass er einen roten Kopf bekam und ärgerte sich mächtig über sich selbst. Er fertigte den Magister kurz ab:
„Ruhe, ich muss das Spiel lesen, das können nur wenige, wie du weißt.“
Der Magister gab tatsächlich Ruhe und von nun an waren sie mit dem Spielgeschehen beschäftigt. Kurz vor Ende des Spiels löste sich eine rothaarige Frau von der Verlobungsbank, auch der Strandkorb besaß eine solche und bewegte sich in Richtung Toilette. Fasziniert starrte Petersen auf die roten Haare. „Pumuckl“ kam es halblaut

vom Magister, was ihm einen bösen Blick von der Dame einbrachte. Als sie wiederkam, setzten Petersen und der Magister ihr Pokerface auf.
„Kein Machogehabe bitte“, flüsterte Petersen. Als die Frau sich wieder umdrehte, konnten sich Petersens Blicke nicht von ihrem Hals lösen. Was er dort sah, ließ den Ermittler in ihm frohlocken: die Rolling Stones-Zunge. Nach dem Spiel gab es das übliche „Auswertungsgelaber“ der Experten. Die ersten Gäste orderten die Rechnung. Ganz laut und für alle vernehmbar, sagte Petersen zu Milosz, der heute hinter dem Tresen stand:
„Meine Zeche zahlt meine Schwester und er zeigte mit dem Finger auf die Frau mit den roten Haaren.“ Mit diesen Worten verließ er die Kneipe.
„Spinnst du jetzt“, rief ihm der Magister hinterher, „du hast doch gar keine Schwester.“
Petersen blieb hinter dem Strandkorb, der neben dem Kneipenaufgang stand, stehen und versteckte sich. Wie er erwartet hatte, kam nun die Frau mit den roten Haaren aus der Kneipe gestürzt und wollte sich verdrücken, lief aber direkt in Petersen Arme.
„Schwester-Trick schlägt Mutti-Trick“, grinste er die völlig verdutzte Frau an.
„Ich bin Polizeibeamter, Sie kommen jetzt mit auf die Wache.“ Die gesamte Kneipenbesatzung stand nun auf der Treppe vor dem Strandkorb. Der Magister und Milosz gingen direkt auf Lars Petersen zu.
„Was ist los, Sheriff?“, fragte der völlig perplexe Tresen-Mann des „Strandkorbs“.
„Das ist die Frau mit dem Mutti-Trick. Ihr habt sie nur nicht erkannt wegen ihrer Rothaarperücke.“
Völlig konsterniert blickten die beiden die Frau an.
„Hallo, das Tattoo, Haare kann man wechseln, aber ein

Tattoo nicht so schnell", triumphierte Petersen.
„Du überrascht mich immer wieder, Sheriff", stammelte der immer noch völlig überraschte Magister. Petersen zahlte noch schnell seine Zeche und zog mit der rothaarigen Frau in Richtung Revier.
Bei der Feststellung der Personalien auf der Wache stellte sich heraus, dass die Dame in Jever polizeilich gemeldet war und anscheinend auf allen ostfriesischen Inseln ihren Mutti-Trick schon abgezogen hatte.

15

Am nächsten Morgen trafen sich alle drei Beamten zur sogenannten Einsatzbesprechung wegen der anstehenden Fahrradkontrolle in der Fußgängerzone. Petersen als erfahrener Großstadt-Cop fand den Begriff Einsatzbesprechung etwas hochgegriffen und amüsierte sich innerlich, wie generalstabsmäßig Onno Siebelts die Sache anging. Eigentlich ging es nur darum, Fahrradfahrer in der Fußgängerzone anzuhalten und eine Verwarnung oder ein Bußgeld zu verhängen. Genau um diesen Punkt gab es aber dann doch eine Debatte. Onno wollte es bei den Kontrollen nur bei Verwarnungen belassen, während Walter Haake und Petersen sich für die Verhängung von Bußgeldern aussprachen.

„Ich bin ja nun seit einem halben Jahr auf der Insel, aber die Nichtbeachtung der Fußgängerzonenschilder sind ein Dauerthema im Gemeinderat und in den Bürgerrunden, deshalb sollten wir auch mal konsequent handeln. Ich bin gespannt, was passiert", argumentierte Petersen, der eigentlich mehr daran interessiert war zu hören, was Onno mit der Diakonin besprochen hatte. Augenscheinlich wollte Onno dieses Thema nicht vor Walter Haake besprechen, dem er neuerdings nicht mehr zu trauen schien. Petersen fand dieses Verhalten schon sehr interessant, wollte die Sache aber noch nicht thematisieren. Dass Onno in seiner „Weltkriegssache" jetzt aktiv wurde, wollte er auf keinen Fall gefährden. Siebelts gab in der Debatte um die Bußgelder schließlich nach. Man einigte sich darauf, Kinder freundlich zu verwarnen, während Erwachsene die „volle Härte der Polizeigewalt" treffen sollte.

Walter Haake wurde für die Promenade eingeteilt, während Onno Siebelts im oberen Teil der Zedeliusstraße kontrollieren sollte, während Petersen sich an der Kreuzung Charlottenstraße/Zedeliusstraße postierte. Die ganze Aktion erregte ein gewisses Aufsehen. Viele ältere Damen beklatschten die Aktion unter dem Motto:
„Endlich wird mal was gemacht, das wurde aber auch Zeit."
Die erwischten Mitbürger fluchten und waren von dem verhängten Bußgeld wenig begeistert. Die Beamten hörten Worte wie „kleinkariert" oder „das solltet ihr mal lieber in der Hochsaison machen."
Als die drei Beamten nach zwei Stunden ihre Aktion beendeten, zogen sie Bilanz:
Es wurden zwanzig Bußgelder verhängt. Die Mehrheit ging davon an Insulaner. Erstaunlich war, dass fünf Bons an Mitarbeiter der Kurverwaltung bzw. der Gemeindeverwaltung gingen. Onno sah sorgenvoll in die Runde:
„Das gibt bestimmt Ärger."
Kaum hatte er diese Befürchtung ausgesprochen, klingelte das Telefon. Onno, der die Nummer im Display sah, stöhnte, Depken.
Ohne zu fragen, ergriff Petersen den Hörer und säuselte überfreundlich:
„Polizeistation Wangerooge, Petersen am Apparat. Was kann ich für Sie tun?"
Onno entgleisten die Gesichtszüge. Diesen Ton hatte er von Petersen noch nie gehört. Eigentlich war dieser eher brummig, mit einem leicht genervten Unterton. Petersen drückte auf die Mithörtaste:
„Hier Bürgermeister Depken. So geht es ja nun auch nicht, Herr Petersen. Fahrradkontrolle ja, aber doch nicht gleich mit alle Mann. Wir leben doch nicht in einem Polizeistaat. Verwarnungen hätten es ja auch getan. Wir verärgern ja nur

unsere Gäste."
Siebelts und Haake starrten Petersen an, wie würde er jetzt reagieren. Zur Überraschung aller blieb dieser in seinem leicht schleimig wirkenden Säuselton:
„Lieber Herr Bürgermeister, wir sind nur den Bitten des Gemeinderats und vieler Bürger nachgekommen, die sich um ihre Sicherheit durch rücksichtslose Fahrradfahrer in der Fußgängerzone sorgen. Außerdem ist in dieser Woche der Tag der Verkehrssicherheit und im Rahmen einer bundesweiten Aktion geht es um Fußgängersicherheit. Wir sind also nur Teil einer großen Aktion im Bundesgebiet und als Insel im deutschen Hoheitsgebiet sind wir hier weisungsgebunden. Ich rechne mit Ihrem Verständnis."
Walter Haake grimassierte. Beide mussten aber ihr Lachen unterdrücken, weil die Mithörtaste noch aktiviert war, was wiederum den Lachdruck erheblich erhöhte. Bürgermeister Depken gab sich überraschenderweise mit Petersens Erklärungen zufrieden und wünschte noch einen schönen Tag. Lautes Gelächter im Revier. Onno Siebelts lag fast unter dem Tisch vor Lachen:
„Du bist ja ein genialer Schauspieler Lars, so kennen wir dich ja gar nicht. Ist heute wirklich Tag der Verkehrssicherheit?", grinste Onno.
„Ne, hab' ich mir ausgedacht. Irgendeine symbolträchtige Aktion läuft doch immer in Deutschland, zwar ohne Wirkung, aber es macht sich gut oder?"
Zum ersten Mal war die Stimmung unter allen dreien wirklich gut. Walter Haake fühlte sich wohl mit seinen Kollegen. Man trank noch einen Kaffee zusammen. Danach verabschiedete sich Haake, der sich um einen Fahrraddiebstahl im Westen kümmern sollte. Onno Siebelts, der alteingesessene Inselpolizist, war mit allen Wassern gewaschen, denn eine Anzeige in Sachen

Fahrraddiebstahl lag überhaupt nicht vor. Siebelts wollte Haake loswerden, das war für Petersen sonnenklar. Kaum, dass Haake gegangen war, betrat Gaby Stelljes, mit einer blauen Mappe in der Hand, die Wache. Siebelts stellte sie Petersen vor. Er war etwas überrascht, da er nun nicht mehr auf dem neuesten Stand der Dinge war. Es war noch keine Zeit dafür gewesen, ihn über das Gespräch von Samstagabend zu informieren. Die Diakonin legte den beiden Beamten eine Art Personalakte vor. Selbstsicher begann sie zu referieren:
„Also für die Übergangszeit der Pflege bei Meinhard haben wir Frau Elena Dimitrov engagiert. Sie hat sich auf unsere Anzeige hin im Jeverschen Wochenblatt gemeldet. Frau Dimitrov ist examinierte Altenpflegerin. Das Zeugnis ist von der Altenpflegeschule der Bremer Heimstiftung mit Datum von 2012. Sie ist also noch ziemlich neu im Geschäft. Wie der Name erkennen lässt, kommt sie aus Bulgarien, spricht aber fließend Deutsch, sonst hätte sie das anspruchsvolle Examen nicht geschafft."
„Dürfen wir von deiner Mappe Kopien ziehen?", fragte Onno Siebelts.
Gaby Stelljes nickte.
„Ich weiß allerdings nicht, was ihr damit wollt. An den Papieren gibt es doch nichts zu bemängeln", fügte sie hinzu.
Petersen wiegte seinen Kopf hin und her. Er wollte jetzt keinen Fehler machen. Sie waren auf die Kooperationsbereitschaft der Diakonin angewiesen:
„Es sieht in der Tat erst einmal so aus, da haben Sie Recht. Ich hab' aber noch eine andere Frage. Was musste Frau Dimitrov bei Herrn Siems eigentlich genau machen?"
„Das steht hier", Gaby Stelljes blätterte in ihrer Mappe, „hier steht es: Die Medikation überwachen, den Blutdruck messen und........"

„Was heißt Medikation überwachen?“, setzte Petersen nach.
„Pillen rausnehmen und verabreichen und laut ärztlicher Verordnung ein Herzmedikament spritzen.“
„Wissen Sie, um welches Medikament es sich da handelte?“
„Das müssen Sie Meyerdierks fragen, der hat die Rezepte ausgestellt. Gerda, also Meinhards Tochter, wird das sicherlich auch wissen. Aber verunsichern Sie sie bitte nicht mit Ihren Fragen, die muss morgen erst einmal die Beerdigung hinter sich bringen. Ich versteh‘ immer noch nicht, was Sie an der Sache so interessant finden? Ein sehr alter Mann, der schwer herzkrank war, ist gestorben, kein Fall für die Polizei oder?“
Onno warf Lars Petersen einen hilflosen Blick zu. Er war mit seinem Latein am Ende.
Petersen ergriff nach kurzer Pause wieder das Wort:
„Im Prinzip haben Sie Recht. Wir wollen bloß einen Behandlungsfehler ausschließen. Sie haben sicher in der Zeitung gelesen, dass sehr viele Tötungsdelikte gerade bei alten Menschen nicht erkannt werden, gerade von Ärzten, die den Totenschein ausstellen. Es gibt eine große Debatte darüber, ob unsere Ärzte genügend qualifiziert sind, solche Fälle zu erkennen.“
„Sie wollen doch nicht unterstellen, dass unser Doc und unsere Pflegerin nicht genügend qualifiziert sind“, unterbrach jetzt Gaby Stelljes Lars Petersen in recht ärgerlichem Ton.
„Nein, da haben Sie mich missverstanden“, schaltete sich Petersen wieder ein.
„Ich wollte Ihnen nur erklären, warum wir als Polizei gehalten sind, bei Todesfällen genauer hinzuschauen. Das ist eine Weisung von unseren Vorgesetzten. Verstehen Sie? Sie haben ja unsere Zweifel ausgeräumt. Wir danken Ihnen dafür, dass Sie uns so schnell geholfen haben.“

Gaby Stelljes Gesichtszüge entspannten sich.
„Dann ist ja gut. Macht eure Kopien und bringt mir die Mappe die Tage wieder vorbei."
Mit diesen Worten verabschiedete sie sich bei den beiden Polizisten und verließ die Polizeistation.
Onno schüttelte mit dem Kopf, als die Tür wieder geschlossen war:
„Das ist jetzt das zweite Mal heute, dass du den Lügenbaron gibst. Weisung unserer Vorgesetzten, ich glaub', ich spinne."
„Ja, gut, das war eine Notlüge, aber die Diskussion über eine qualifizierte Leichenschau gibt es wirklich. In Bremen wird sogar darüber diskutiert, die Leichen zur Untersuchung nach Hamburg zu fahren. Onno, wenn wir jetzt die Wahrheit gesagt hätten, dass wir Zweifel haben und so weiter. Was glaubst du, was auf dieser schönen Insel, wo nichts geheim bleibt, passieren würde?"
Onno nickte:
„Bleib ruhig, du hast ja Recht, aber was machen wir jetzt?"
„Jetzt kommt die Ermittlerarbeit. Wer ist Elena Dimitrov? Hintergrundcheck ist das Stichwort und die sogenannte Medikation müssen wir unter die Lupe nehmen. Erst einmal kümmern wir uns aber um die Pflegerin. Weder Meyerdierks noch Gerda Nordbrock können wir vor der Beerdigung befragen, da hat die Stelljes Recht oder?"
Onno stimmte zu:
„Zur Trauerfeier sollten wir aber hingehen."
Petersen fand die Idee gut und sah die Zeit gekommen, Onno über die Vorfälle auf dem Friedhof in Bremen-Walle zu informieren. Onno Siebelts war nach Petersens Bericht aufgebracht:
„Du hast kein Vertrauen zu mir, du hättest mir das eher erzählen sollen. Das erhärtet doch unseren Verdacht, wenn Meinhard sich mit Fehrensen gestritten hat."

„Reg dich ab Onno, du warst derjenige, der meine Gedanken als Weltkriegsgeschichte abgetan hat. Ich wollte dich erst informieren, nachdem ich etwas Handfesteres in der Hand hatte. Und der Zeitpunkt ist jetzt gekommen. Das hat nichts mit mangelndem Vertrauen zu tun. Du warst einfach noch nicht bereit, mich und meine Überlegungen ernst zu nehmen, sei ehrlich?"
„Irgendwie hast du schon Recht. Aber ich bin jetzt immer mehr davon überzeugt, dass da was nicht stimmt. Bloß, wo ist der Zusammenhang zu deiner Weltkriegsgeschichte? Es muss ja etwas passiert sein, dessen Folgen bis in die Gegenwart reichen."
„Willkommen im Club", sagte Petersen und gab seinem Kollegen die Hand, „auf gute Zusammenarbeit. Du stellst die richtigen Fragen. Dietrich Reimers ist nicht bei einem Bombenangriff ums Leben gekommen. Er ist erschossen worden. Aber warum? Meinhard Siems wollte als damaliger Augenzeuge mit mir sprechen. Kurz bevor ich bei ihm eintreffe, stirbt er. Zufall oder nicht? Fehrensen, der jetzt einzige Überlebende, will anscheinend nicht aussagen und unternimmt alles, um mir Knüppel zwischen die Beine zu werfen. Ich sage nur Bremer Rechtsanwaltsbüro."
„Müssten wir nicht Wilbert über unseren Verdacht informieren?"
„Machen wir, wenn tatsächlich was mit der Pflegerin nicht stimmt. Wenn wir falsch liegen, dreht der uns doch durch den Fleischwolf. Eins muss uns klar sein, wenn wir eine Exhumierung beantragen müssten, kann das eine bittere Geschichte werden."
„Oh Gott, und das auf der Insel, das möchte ich mir überhaupt nicht vorstellen."
„Lass uns einen Schritt nach dem anderen machen", unterbrach Petersen Onno, „ich übernehme jetzt erst

einmal die Anrufe nach Bremen, Pflegeschule und Abfrage Einwohnermeldeamt."

Onno Siebelts nickte und schenkte nochmal Kaffee nach.

Petersen wählte die Nummer der Pflegeschule der Bremer Heimstiftung. Wie immer bei solchen Anfragen gab es Ärger wegen des Datenschutzes. Petersen hinterließ die Telefonnummer des Reviers. Nach einer Viertelstunde kam der Rückruf aus Bremen. Nun konnte er sein Anliegen vortragen. Er verzichtete auf irgendwelche Andeutungen im Zusammenhang mit dem Todesfall. Ganz sachlich fragte er, ob ein Abschlusszeugnis für Elena Dimitrov vorliegen würde, da es Unregelmäßigkeiten bei einer Pflegestelle auf Wangerooge gab und dies der Polizei gemeldet wurde. Das Sekretariat der Pflegschule versprach sich darum zu kümmern. Sein nächster Anruf war eine Personalabfrage beim Melderegister des Einwohnermeldeamts Bremen. Eine solche Abfrage war für Polizeidienststellen kein Problem, da sie zum alltäglichen Polizeialltag gehörten. Er bekam auch die sofortige Auskunft, dass eine Person mit dem Namen Elena Dimitrov nicht in Bremen gemeldet sei. Diese Tatsache hatte natürlich noch nichts zu bedeuten, vielleicht wohnte die Dame irgendwo anders in Deutschland, also startete er eine bundesweite Abfrage. Das Ergebnis würde dann auf seinem PC erscheinen. In der Regel dauerte das nur wenige Minuten. Gespannt beobachtete Onno Petersen bei dessen Recherche. Da Petersen nun auf das Ergebnis der Abfrage wartete, bekam nun Onno seine Aufgabe:

„Sag' mal, der Fehrensen hat doch Immobilienbesitz hier auf der Insel. Mich würde mal interessieren, wo sein Geld hier drinsteckt. Kannst du sowas diskret rauskriegen, ohne dass der Bürgermeister das spitzkriegt?"

„Kann ich versuchen, ich kenn den Kämmerer ganz gut, der muss ja wissen, wer hier alles Zweitwohnungssteuer zahlt."

Petersen überlegte kurz, aber er musste noch etwas anderes loswerden:
„Onno, woher kommt eigentlich dein plötzliches Misstrauen gegen den Kollegen Haake? Mir ist schon aufgefallen, dass du den jetzt weggeschickt hast, obwohl überhaupt kein Fahrrad im Westen gestohlen wurde."
Onno machte ein ernstes Gesicht:
„Dir kann man aber auch nichts vormachen. Mir liegt immer noch die Sache mit der Anzeige gegen dich schwer im Magen. Woher hatten diese Promianwälte aus Bremen diese Detailkenntnisse? Von den Schlägerdumpfbacken können die eigentlich nicht kommen. In der Anzeige war zu viel Insiderwissen drin."
„Vielleicht liegst du richtig. Damit beschäftigen wir uns, wenn die Sache hier vorbei ist. Klar ist, wir besprechen die Weltkriegsgeschichte, so wie du sie nennst, nicht im Beisein von Haake."
„Deine Ruhe möcht' ich haben. Wenn wir hier ein U-Boot auf der Wache haben, fühl' ich mich nicht mehr wohl."
„Geht mir auch so", stimmte Petersen zu, „aber wenn du ihn jetzt darauf ansprichst und er ist tatsächlich ein Maulwurf, dann sind seine Auftraggeber gewarnt."
Onno nickte zustimmend.
Von Petersen PC kam ein akustisches Signal. Schwungvoll drehte er seinen Bürostuhl und starrte auf den Monitor. Onno stand gebannt hinter ihm. Der Melderegisterabgleich lag vor. Es waren im Bundesgebiet vier Elena Dimitrovs gemeldet. Die Geburtsdaten der vier stimmten nicht mit dem Geburtsdatum auf dem Abschlusszeugnis der Pflegeschule überein. Petersen runzelte die Stirn. Das musste noch nichts bedeuten. Aber drei Frauen waren über vierzig und in Ostdeutschland gemeldet, eine war jünger und in Stuttgart gemeldet.

„Normalerweise müssten wir jetzt die Stuttgarter Kollegen darauf ansetzen“, bemerkte Onno, „aber ohne das Einverständnis von Wilbert geht das nicht.“
„Richtig, aber wir haben ja noch die Pflegeschule in Bremen als Trumpf im Ärmel. Also abwarten.“
Irgendwie war Petersen vom Jagdfieber erfasst. Er fühlte sich wohl bei seiner Tätigkeit. Was sie hier machten, war solide Polizeiarbeit und mit Onno hatte er jetzt jemanden, mit dem man offen reden konnte. Er konnte natürlich aus verständlichen Gründen Mona nicht ersetzen, aber er musste sie sowieso aus dem Kopf bekommen. Diese junge Frau war eine Sackgasse für ihn. Je eher er das für sich akzeptieren würde, umso leichter konnte sein Leben wieder werden. Wenn die Sache mit Rita bloß nicht so kompliziert wäre. Eigentlich mochte er sie, aber diese neurotische Angst von ihr, auf der Insel als Schlampe dazustehen, ging ihm mächtig auf den Senkel.
Seine privaten Gedanken wurden durch das Klingeln des Diensttelefons unterbrochen. Eine dunkle weibliche Stimme meldete sich:
„Evers, Sekretariat Bremer Heimstiftung, Abteilung Ausbildung, spreche ich mit Kommissar Petersen?“
Nach einem kurzen „Ja“ von Petersen legte Frau Evers los:
„Eine Elena Dimitrov hat an unserer Schule nie ein Examen gemacht und auch sonst nie bei der Bremer Heimstiftung als Pflegekraft gearbeitet. Wir sind an der Aufklärung dieser mysteriösen Sache hochgradig interessiert. Könnten Sie uns eine Kopie des Ihnen vorliegenden Zeugnisses faxen?“
„Selbstverständlich“, antwortete ein sichtlich nervöser Petersen.
Nachdem er die Faxnummer aufgeschrieben hatte, fuhr Frau Evers fort:
„Offensichtlich ist das Zeugnis eine Fälschung. Wir werden

unverzüglich Anzeige gegen Unbekannt erstatten. Es wäre gut, wenn die Person, bei der die Dame gearbeitet hat, dies auch tun würde.“
Petersen überlegte kurz, ob er von dem Todesfall erzählen sollte, entschied sich aber dagegen.
„Wir werden uns darum kümmern. Vielen Dank für Ihre Hilfe.“
Damit war das Gespräch zu Ende. Es entstand eine kurze Pause. Beide Beamten sagten nichts und schauten sich nur ernst in die Augen. Onno Siebelts war der Erste, der das Schweigen beendete:
„Das ist der Hammer, daraus lässt sich ein klarer Mordverdacht ableiten. So was hab‘ ich hier noch nicht erlebt, du ja schon im Fall der toten Lehrerin.“
Petersen beobachtete seinen Kollegen. Onnos Kopf war leicht gerötet. War Onno, als herzkranker Polizist, der gerade erst auf Kur war gewesen war, dieser Belastung gewachsen? Petersen machte sich Sorgen. Er öffnete das Fenster, auch er brauchte jetzt frische Luft, um seine Gedanken zu sammeln:
„Also, wir müssen jetzt die Ruhe bewahren. Wenn wir jetzt Wilhelmshaven informieren, stoppen die sofort die Beerdigung. Wollen wir das?“
Onno schüttelte den Kopf.
„Das können wir Gerda nicht antun. Meinhard soll sein Begräbnis bekommen, wie er es verdient hat. Der hat viel für die Insel getan. Ich hab‘ ihn immer gemocht.“
„Sehe ich genauso“, stimmte Petersen zu. Nach dem Begräbnis gehen wir zum Doc und fragen, welches Herzmittel er verschrieben hat und dann bleibt uns nichts anderes übrig als Wilbert ins Spiel zu bringen. Bis dahin Sendepause. Einverstanden?“
Onno war mit diesem Ablauf zufrieden, obwohl er natürlich

ahnte, was auf sie zukommen würde. Aber er fühlte sich bei diesen Ermittlungen bei Lars Petersen gut aufgehoben.
Beide Polizisten räumten ihre Sachen zusammen. Man verabredete auf der Trauerfeier in Uniform zu erscheinen. Walter Haake sollte in der Wache bleiben. Mit schweren Schritten verließ Onno Siebelts das Revier. Petersen machte sich Sorgen um seinen Kollegen, der als langjähriger Inselpolizist nun vor ganz neuen Herausforderungen stand. Der Vibrationsalarm eines Handys ließ Petersen aufschrecken. Sein Handy war es in keinem Fall, das steckte in seiner Uniformjacke. Das Geräusch kam von Walter Haakes Schreibtisch. Augenscheinlich hatte dieser eine SMS oder ein Nachricht von WhatsApp bekommen. Jetzt tat Petersen etwas, was er unter normalen Umständen nie machen würde. Er aktivierte das Handy. Auf keinen Fall durfte er die Nachricht öffnen, denn in diesem Fall wäre klar gewesen, dass jemand am Gerät die Nachricht gelesen hätte. Nein, ihn interessierte etwas anderes. Langsam scrollte er sich durch das Adressbuch und dann kam es, Rechtsanwaltsbüro Monsees und Partner. Petersen schoss der Schweiß auf die Stirn. Onno hatte Recht gehabt, Haake war ein U-Boot, wie er sich ausgedrückt hatte. Allzu viel über die aktuellen Ermittlungen konnte Haake nicht wissen. Petersen hatte Onno erst heute eingeweiht. Aber die Anzeige mit der Schlägerei am Ostersonnabend ging eindeutig auf seine Kappe. Morgen würde er Siebelts einweihen. Schnell fuhr Petersen noch einmal seinen PC hoch und änderte sein Passwort. Es war Vorsicht geboten. Morgen musste er diese Aktion auch Siebelts vorschlagen. Er hörte das Knarren der Eingangstür, Haake war zurück.
„Sag mal, die Sache mit dem Fahrraddiebstahl war doch wohl irgendwie eine Fehlmeldung“, bemerkte er etwas angesäuert.

„Kann passieren. Ich hab‘ davon nichts mitbekommen, sorry“, entgegnete Petersen in einem aufgesetzt freundlichem Ton. Danach verabschiedeten sich beide Beamten in den Feierabend.

Sein Feierabendbier nahm Petersen diesmal nicht im „Störtebeker“, sondern im „Diggers“ an der oberen Strandpromenade. Zwar war es noch zu kalt, um draußen zu sitzen, aber sein Bier trank er an dem Stehtisch neben der Eingangstür. Die Nordsee zeigte sich von ihrer ruhigen Seite. Gedankenversunken starrte er auf das hölzerne Hinweiskreuz, was vor ihm in den Dünen verankert war. Auf den Schildern las er die Entfernungshinweise: Zum Grand Canyon 8.546 km, zu den Rocky Mountains 8069 km und zum Great Barrier Reef 14.802 km. Fernweh wollte sich aber bei diesen Hinweisen nicht einstellen, zu sehr war er mit den Geschehnissen der letzten Tage beschäftigt. Was war im März 1945 geschehen? Für ihn war klar, dass dort der Schlüssel zu allem lag, aber wie ihn finden? Meinhard Siems hätte dieser Schlüssel sein können, der war jetzt aber tot. War Gerd Fehrensen der große Strippenzieher, der alle Fäden in der Hand hielt? Petersen war davon fest überzeugt, indes die Beweise fehlten. In diesem Moment rumpelte der E-Karren des Getränkeverlags an ihm vorbei. Er hätte sich fast an seinem Bier verschluckt, als er auf der Ladefläche neben diversen Getränkekisten vier große Kanister mit der Aufschrift Desinfektionsreiniger entdeckte. Die Wodka-Gang hatte offensichtlich sehr schnell seinen Ratschlag befolgt. Wohl war ihm bei der Sache nicht, aber es warteten größere Aufgaben auf ihn, so redete er es sich jedenfalls ein.

16

Am nächsten Morgen trafen sich alle drei Beamten recht früh in der Wache. Onno Siebelts und Petersen hatten verabredet, in Uniform zur Trauerfeier zu gehen. Walter Haake hatte noch nicht gefrühstückt.
„Geh zum Bäcker und frühstücke da, wir sind ja noch einen Moment hier", sprach Petersen Haake in einem sehr freundlichen Ton an.
Onno entgleisten die Gesichtszüge, hatte sein Kollege Kreide gefressen?
Haake nahm die Aufforderung zum Frühstück hoch erfreut an und zog sofort ab.
Fassungslos sprach Onno seinen Kollegen an:
„Was ist denn mit dir los? Hast du einen neuen Freund gefunden?"
Petersen schüttelte den Kopf:
„Ich wollte ihn nur loswerden, du hattest mit deiner U-Boot-Theorie Recht."
Petersen erklärte kurz seine gestrige Entdeckung im Handy von Haake. Onno, der zwar schon einen Verdacht hatte, war schockiert:
„Das müssen wir melden, ich will den hier nicht mehr sehen!"
„Gar nichts machen wir", erklärte Petersen, „beweisen können wir nichts. Wie gestern besprochen, unternehmen wir noch nichts. Alles, was mit unserem Fall zu tun hat, wird nur unter uns besprochen. Was du aber jetzt sofort machst, ist, dass du dein Passwort für den Dienst-PC änderst."
Mit hochrotem Kopf setzte sich Onno an seinen PC. Immer, wenn Petersens Kollege einen so roten Kopf bekam, hatte er

Angst um ihn. Hoffentlich würde dieser ohne Schlaganfall oder Herzinfarkt durchhalten.

Der Friedhof von Wangerooge lag etwas außerhalb des Ortes an der Straße zum Westen. In kleinen Gruppen sah man viele schwarz gekleidete Menschen dem Friedhof zustreben. Onno Siebelts ging direkt vor Petersen und unterhielt sich dabei mit Dr. Meyerdierks. „Hoffentlich verrät er nicht schon jetzt unseren Ermittlungsansatz“, sorgte sich Petersen. Von hinten wurde er von Sönke Meiners, der sein Akkordeon unter dem Arm trug, angesprochen.
„Noch mal vielen Dank Lars für deine Unterstützung bei der Feier. Dass wir da den ganzen Abend bestreiten sollten, war mir nicht klar. Du hast einen gut bei mir.“
„Geschenkt“, antwortete Petersen, „bei allem Stress hat es ja auch irgendwie Spaß gemacht. Musst du heute Beerdigungsmusik machen?“
Petersen deutete auf das Akkordeon.
„Ja, Meiners war früher mal im Shanty-Chor, aber lange vor meiner Zeit. Seine alten Kollegen, die noch leben, haben mich gebeten, mit ihnen zwei Abschiedslieder zu spielen. Tradition verpflichtet, da kann man ja nicht nein sagen.“
Petersen nickte. In der Höhe des Hauses Cronemeyer mussten sie dem Inseltaxi Platz machen. Petersen bekam eine Gänsehaut. Im Taxi saß augenscheinlich Fehrensen mit einem jüngeren Mann, vielleicht seinem Sohn. Der traut sich was, dachte Petersen. Am Ende des kleinen Wäldchens machte die Straße eine Biegung nach links. Direkt an dieser Kurve lag der Eingang zum Inselfriedhof. Zwischen zwei alten Kiefern stand ein braunes Kreuz und dahinter lag, verdeckt von einer Reihe von Büschen, die Trauerhalle. Petersen war hier noch nie gewesen. Die Halle bot nur einer

kleinen Anzahl von Menschen Platz. Petersen schätzte die Kapazität auf 30 bis 40 Plätze, die natürlich für die direkten Angehörigen und Freunde reserviert waren. Die weiße Eingangstür war geöffnet und neben der Tür waren zwei kleine Lautsprecherboxen aufgestellt. Auf dem Vorplatz standen nach Petersens Schätzung etwa 100 Menschen. Petersen bedauerte, dass er die direkte Szenerie in der Halle nicht beobachten konnte. Vor allem interessierte ihn das Zusammentreffen von Gerd Fehrensen mit Gerda Nordbrock, die ja den Streit zwischen den beiden Männern auf dem Friedhof in Bremen Walle beobachtet hatte. Auf der anderen Seite war er froh, nicht zusammengepfercht in der kleinen Halle sitzen zu müssen. Die Gespräche verstummten als aus der Lausprecheranlage die Stimme des evangelischen Inselpastors ertönte. Die Trauerrede dauerte etwa 15 Minuten und sie enthielt für Petersen keine wichtigen Hinweise. Vor allem wurden die Verdienste für die Gemeinde Wangerooge hervorgehoben. Nach dem Pastor sprach noch Bürgermeister Depken einige Worte des Dankes. Nach den Reden ertönte aus den Minilautsprechern in fürchterlicher Tonqualität Hans Albers *Goodbye Johnny*. Der Klassiker, dachte Petersen und musste feststellen, dass das Lied, obwohl er es nicht wahr haben wollte, ihn emotional aufwühlte. Vier junge Männer in der Uniform der Freiwilligen Feuerwehr trugen den Sarg aus der Halle. Direkt hinter dem Sarg ging Gerda Nordbrock in gebückter Haltung, neben ihr zwei jüngere Frauen, die Petersen nicht kannte. In vierter Reihe kam schon Gerd Fehrensen mit seinem silbernen Krückstock, gestützt von einem jüngeren Mann, den Petersen aufgrund der Ähnlichkeit für Fehrensen Junior hielt. Von Fehrensens „Gorillas", die in Bremen auf dem Friedhof seinen Freund Merti bedrängt hatten, war nichts zu sehen. Ob Wilhelmine Wiechers, die Schwester

von Dietrich Reimers, anwesend war? Im Moment konnte er sie nicht finden. Bewusst schob Petersen sich direkt an die vorbeigehende Trauergemeinde. Fehrensen blickte kurz auf, er musste Lars Petersen gesehen haben. Mit steinerne Miene fixierte Petersen Vater und Sohn. Er wollte gesehen werden, quasi als Symbol für seine Entschlossenheit diesen Fall aufzuklären. Die vor der Trauerhalle wartenden Menschen schlossen sich jetzt dem Trauerzug an. Der Weg zu den Gräberfeldern war von Bäumen umschlossen und sah an diesem trüben Tag wie ein langer Tunnel aus. Auch Petersen und Onno Siebelts schlossen sich dem Zug an. Vor dem ausgehobenen Grab versammelte sich die gesamte Trauergemeinde noch einmal. Der Pastor sprach noch einige Worte und dann traten ehemalige Mitglieder des Shanty-Chores vor und begleitet von Sören Meiners wurde *Rolling Home* angestimmt. Die Männer versuchten mehrstimmig zu singen, was aber vollends in die Hose ging. Sönke Meiners verzog keine Miene, aber Petersen ahnte, dass die falschen Töne eine Beleidigung für die Ohren des Musiklehrers sein mussten. Nachdem *Rolling Home* verklungen war, trat noch einmal der Inselpastor vor und wies auf das letzte Lied hin, welches die jungen Marinehelfer abends in ihren Unterkünften gesungen hatten.
„Es war Meinhards letzter Wunsch dieses Lied an seinem Grab zu hören“, betonte der Geistliche in pathetischem Tonfall. Der Chor stimmte wieder an:

Blutrot sank die Sonn am Himmelszelt,
eine Amsel die hört ich singen,
aus der Ferne hört ich´s klingen;
Schlafe wohl, schlafe wohl du deutsche Welt!

Schlafe wohl, schlaf wohl mein Mägdelein,
tausend Sterne, die soll'n dich grüßen,
sollen dir den Schlaf versüßen,
denn ich kann, denn ich kann nicht bei dir sein

Schlafe wohl, schlaf wohl du deutsche Welt
Vater, Mutter wohl in der Ferne
wäre bei Euch ja so gerne
doch ich steh', ja ich steh' für Euch auf Wacht.

Zu den Klängen des Liedes wurde der Sarg von den Männern der Freiwilligen Feuerwehr in die Grube gesenkt. Petersen erschauderte etwas bei dem Text des Liedes, in dem von der deutschen Welt die Rede war. Schnell verlor er diesen Gedankengang aber, als er einen riesigen Kranz am Grab erblickte. Auf der Schleife war rechts eine amerikanische Fahne aufgedruckt und links die deutsche Flagge. Die große Schleife in der Mitte trug die Aufschrift „In ewiger Dankbarkeit Familie Eric Richards, Nebraska." Langsam löste sich die Trauergemeinde auf. Gerda Nordbrock hatte darum gebeten von Beileidskundgebungen am Grab abzusehen. Petersen blieb eine Zeitlang alleine am Grab stehen, machte sein Handy klar und fotografierte heimlich den Kranz des Amerikaners.
„Auch auf Beerdigungen wird ermittelt, was sollte das denn?", ertönte von hinten die Stimme von Onno.
„Ich weiß auch nicht, hatte der amerikanische Verwandtschaft? Was soll das mit der ewigen Dankbarkeit? Ich finde die Sache zumindest höchst merkwürdig."
„Du siehst immer merkwürdige Sachen. Nun entspann dich. Ich habe vorhin den Doc aufs Revier bestellt. Der ist in einer Stunde da, bis dahin müssen wir für Haake eine Aufgabe finden."
Beide verließen den Friedhof und grüßten unterwegs noch

einige Trauergäste, die noch in Grüppchen auf dem Friedhof zusammenstanden.
Kurz bevor die beiden Polizisten das Revier erreichten, hatte Onno den entscheidenden Einfall.
„Haake kann die Fahrradverleihe abklappern und darauf hinweisen, dass die Räder verkehrssicher sein müssen, wenn sie vermietet werden. Letzte Saison hatten sich Gäste über fehlendes Licht und schlechte Bremsen beschwert."
„Die Polizei wird präventiv tätig", warf Petersen mit einem ironischen Lächeln ein.
„Ihr aus der Großstadt habt immer Sprüche parat, schöne Fremdwörter für banale Aktionen."
Petersen lachte:
„So wird in Bremen Polizei-Politik gemacht. Auf bestimmte Problemlagen mit öffentlichkeitswirksamen Projekten reagieren und nach sechs Wochen kommt das nächste Projekt. Wichtig ist alles zu vernebeln, damit niemand bemerkt, was für profane Sachen sich dahinter verstecken."
„Für sowas bin ich zu alt", winkte Onno ab.
Vor dem Revier erwartete sie Zollsekretär Kleppe, der sich noch einmal nach neuen Erkenntnissen in Sachen Alkoholschmuggel erkundigen wollte. Petersen war nicht ganz wohl in seiner Haut, als er den armen Zollkollegen mit Allgemeinplätzen abfertigte. Das Klingeln seines Handys kam Petersen in diesem Fall zu Hilfe. Zu seiner Überraschung meldete sich Wilhelmine Wiechers:
„Hallo Herr Petersen, bitte nicht wundern, ich bin nicht auf der Beerdigung gewesen. Meine Hüfte spielt nicht mehr mit. Ich will Ihnen aber nichts vorjammern. Ich hab' eine wichtige Information für Sie. Die Staatsanwaltschaft Bremen hat wegen der ungeklärten Umstände um den Tod meines Sohnes eine Anfrage an Wilhelmshaven gerichtet, da die zuständig sind. Ich finde, Sie sollten das wissen. Ihre

Vorgesetzten können die Sache nicht mehr unter den Teppich kehren.“

Petersen war über diese Nachricht hoch erfreut. Die Sache nahm Fahrt auf.

Dr. Meyerdierks betrat pünktlich das Polizeirevier Wangerooge. Kaffee und Gebäck standen auf dem Tisch. Nach einem kurzen Plausch über die Trauerfeier kam Petersen zur Sache.

„Lieber Herr Doktor, Sie sind der erste mit dem wir über diese Sache reden. Bitte behalten Sie das, was Sie jetzt hören, für sich.“

Der Mediziner kräuselte die Stirn und sah Petersen gespannt in die Augen:

„Jetzt machen Sie mich aber neugierig.“

Ruhig fuhr Petersen fort:

„Die Pflegerin, die am letzten Tagen Meinhard Siems gepflegt hatte, war gar keine echte Pflegerin. Ihr Zeugnis ist gefälscht. An dieser Erkenntnis gibt es keinen Zweifel.“

Meyerdierks entgleisten die Gesichtszüge:

„Das kann doch nicht sein, die machte eigentlich einen kompetenten Eindruck, aber meine Aufgabe ist es ja nicht, die Qualifikation einer Pflegerin zu überprüfen.“

„Wir machen Ihnen keinen Vorwurf, Herr Doktor, wir glauben an eine bewusste Straftat und zur Aufklärung brauchen wir Ihre Hilfe. Welches Medikament hatten Sie Siems verschrieben, das von der Pflegerin gespritzt werden sollte?“

„Gilurytmal“, antwortete der Doktor sofort.

„Mit dem Wirkstoff Ajmalin, richtig?“, setzte Petersen nach.

Onno Siebelts wunderte sich über die Fachkenntnis seines Kollegen, sagte aber nichts.

„Worauf wollen Sie hinaus, Herr Petersen?“ fragte Meyerdierks fassungslos.
„Eine falsche oder zu hohe Verabreichung kann zum Tode führen oder?“
Der Doktor nickte. Die Gesichtsfarbe des Mediziners veränderte sich bedrohlich.
Petersen hatte Mitleid mit seinem Gegenüber.
„Nochmal, wir machen Ihnen keine Vorwürfe, es könnte hier ein Verbrechen durch die vermeintliche Pflegerin vorliegen.“
Meyerdierks rang nach Luft und griff zur Kaffeetasse. Das Zittern seiner Hand konnte er nicht verbergen.
„Eigentlich hätte ich dieses Medikament selber spritzen müssen, aber ich bin im Moment der einzige Arzt auf der Insel. Ich kann mich ja nicht zerreißen.“
Es entstand eine kurze Pause bis Petersen nur ein Wort sagte:
„Delmenhorst.“
„Delmenhorst, was soll das denn jetzt, Lars?“, meldete sich Onno erstaunt.
Dr. Meyerdierks wusste sofort, auf was Petersen anspielte:
„Der Krankenpfleger aus Delmenhorst, der so viele Menschen mit diesem Medikament umgebracht hat.“
„Exakt Herr Doktor, und es sind immer noch nicht alle Fälle aufgeklärt“, ergänzte Petersen „bisher sind 47 Leichen exhumiert worden.“
„Warum sagen Sie mir das erst jetzt, wo gerade die Beerdigung war?“
„Weil wir das mit der Pflegerin auch erst aktuell wissen und von Ihnen die Information über die Medikation brauchten. Sie erinnern sich, dass Sie am Todestag jeden Verdacht auf einen unnatürlichen Tod mir gegenüber von sich gewiesen haben. Zugegeben, das war ja nur ein vager Verdacht, damit

konnten wir aber doch die Beerdigung nicht verhindern."
Meyerdierks nickte.
„Und was machen wir jetzt?", fragte er kleinlaut.
„Wir werden bei der Staatsanwaltschaft eine Exhumierung beantragen, da kommen wir leider nicht drum herum, so bitter das auch ist."
Onno war erleichtert, dass Petersen die unangenehme Angelegenheit ausgesprochen hatte. Ihm graute davor, eine bisher einmalige Sache auf der Insel. Das Gerede der Insulaner wollte er sich nicht ausmalen.
Gemeinsam mit dem Inseldoktor wurde ein Protokoll aufgesetzt. Danach verließ ein am Boden zerstörter Dr. Meyerdierks die Wache.
Alle wichtigen Informationen zu dieser Angelegenheit fasste Petersen zu einem Bericht zusammen und mailte diesen an Kommissar Wilbert in Wilhelmshaven. Danach griff er zum Telefon und drückte auf die eingespeicherte Nummer des Kommissars, der sich aber nicht meldete.
„Verschnaufpause", seufzte Onno, „hoffentlich macht der nicht wieder den Affen."
„Kann er nicht", entgegnete Petersen selbstbewusst, „die Verdachtsmomente sind zu erdrückend."
Kaum hatte er seinen Satz zu Ende gesprochen, klingelte das Telefon und Wilbert meldete sich. Petersen setzte seinen Vorgesetzten ins Bild und verwies auf den Bericht.
„Okay Kollege Petersen, ich gehe zum Staatsanwalt keine Frage, aber die Verbindung zu Ihrem Weltkriegsfall steht mir doch zu sehr auf wackligen Füßen. Sie haben mich ganz schön hinters Licht geführt, indem Sie da weiter ermittelt haben, aber da machen wir jetzt nichts draus, zumal Bremen eine Anfrage eingereicht hat. Wir konzentrieren uns erst einmal auf den Todesfall bei Ihnen. Diese Krankenpflegerin müssen wir wohl in jedem Fall zur Fahndung ausschreiben,

egal was bei der gerichtsmedizinischen Untersuchung rauskommt oder sehen Sie das anders?"
„Nee, sehe ich auch so, vielleicht sollten Sie Kontakt mit Bremen aufnehmen, die Pflegeschule der Bremer Heimstiftung wollte Anzeige erstatten."
„Noch besser, Petersen. Sie hören von mir, Gruß an den Kollegen Siebelts."
„Na geht doch", grinste Petersen seinen Kollegen an, „wenn die Exhumierung durch ist, werden wir die Sache vor Haake nicht mehr geheim halten können. Macht aber nichts, soll er ruhig Infos an Fehrensen oder wen auch immer weiterleiten, das verunsichert die Gegenseite oder?" Onno nickte.
„Ich habe noch eine Bitte Onno, wenn das durch ist, würdest du mit Gerda Nordbrock reden, denn die wird aus allen Wolken fallen wegen der Unklarheiten bezüglich der Pflegerin. Frag bei dieser Gelegenheit auch mal nach, welchen Bezug der Amerikaner zur Familie hat."
„Mach ich, aber nicht mehr heute, da ist jetzt nur noch Kaffeetafel mit den Trauergästen."
Petersen war einverstanden. Die Anspannung war beiden Beamten anzusehen.
„Mittagspause, Lars, ich verdrück mich."
„Okay, schönen Gruß an Frieda."
Für Petersen bestand kein Zweifel daran, dass die Exhumierung bei der Staatanwaltschaft durchgehen würde. In Gedanken spielte er das Szenario schon einmal durch. In der Regel führte man so etwas in der Nacht oder am frühen Morgen durch, um nicht zu viele Neugierige anzulocken. Weiträumiges Absperren war also angesagt, Sichtschutz und Licht war zu organisieren. Der Sarg dürfte noch komplett stabil sein, so dass ein Ausgraben wohl kein Problem wäre. Der Abtransport müsste diskret in einem

Container der Inselbahn erfolgen. Da war also noch einiges zu organisieren und er hoffte auf die Zusammenarbeit mit Harm Gerdes von der Freiwilligen Feuerwehr, mit dem er ja schon bei seinem letzten Fall so gute Erfahrungen gemacht hatte.
Schon kurz vor Dienstschluss traf per Fax der erhoffte Beschluss der Staatsanwaltschaft in Wangerooge ein. Um 20 Uhr verabredete Petersen sich mit dem Gemeindebrandmeister Gerdes in seinem Lokal. Gerdes staunte nicht schlecht über das, was ihm Petersen erzählte. Beide entwarfen einen Plan für die Durchführung der Exhumierung. Selbst bei diesem delikaten Thema war Petersen nicht der Appetit vergangen. Er hatte keine Skrupel bei einer Scholle „Finkenwerder Art“ über das Ausgraben einer Leiche zu diskutieren.

17

Der Besuch bei Gerda Nordbrock in der Rösingstraße war für Onno Siebelts eine der härtesten Prüfungen in seiner bisher eher beschaulichen Polizeikarriere. Er versuchte so sensibel wie möglich die schreckliche Neuigkeit zu überbringen, aber das Ganze war ein sinnloses Unterfangen. Wie sollte man einem Angehörigen schonend beibringen, dass der Verstorbene schon einen Tag nach der Beerdigung wieder ausgegraben werden musste. Die sonst so beherrschte Frau verlor völlig die Fassung und warf sich weinend aufs Sofa. Onno Siebelts musste einsehen, dass es ein Fehler gewesen war, diesen Besuch ohne ärztlichen Beistand durchgeführt zu haben. Ohne zu zögern holte er dieses Versäumnis nach und bat Dr. Meyerdierks sofort zu kommen. Der Verdacht eines unnatürlichen Todes ihres Vaters schien Gerda Nordbrock jedoch nicht wirklich aus der Fassung zu bringen. Schon nach der Rückfahrt von der Trauerfeier für Dietrich Reimers beschlich sie bereits eine dunkle Ahnung. Die nebulösen Andeutungen ihres Vaters hatten sie zutiefst beunruhigt, sie konnte aber so gar nichts damit anfangen. Erst jetzt war ihr klargeworden, dass ihr Vater Angst hatte. Sie hatte diese deutlichen Zeichen nicht erkannt. Viel schlimmer wog aber die Tatsache der bevorstehenden Exhumierung. Recht aggressiv machte sie der Polizei den Vorwurf, den Verdacht zu spät erhoben zu haben. Siebelts Versuche, ihr die Abläufe zu erklären, endeten im Desaster und er war heilfroh, als Dr. Meyerdierks eintraf und Gerda Nordbrock eine Beruhigungsspritze gab. An Fragen nach dem Kranz des Amerikaners war nicht zu denken. Wie ein begossener

Pudel trottete Siebelts zurück ins Revier. Dort traf er auf einen geschäftigen Petersen, der dabei, war einen Organisationsplan für die Exhumierung auszuarbeiten. Nach einem Telefonat war klar, dass kein Experte vom Festland kommen würde. Der Sarg würde unbeschädigt bleiben und sollte direkt diese Nacht nach Harlesiel überführt werden.
Petersen blickte in das blasse Gesicht seines Kollegen:
„War schrecklich oder?"
Siebelts nickte und konnte seine Tränen nicht verbergen. Petersen, der kein Freund emotionaler Gesten war, stand auf und nahm seinen älteren Kollegen in den Arm.
„Tut mir Leid, vielleicht hätte ich das lieber machen sollen. Geh nach Hause Onno, ruh' dich aus. Heute Nacht wird es nicht leichter."
Onno nahm diesen Vorschlag dankend an. Beim Verlassen des Dienstzimmers drehte er sich noch einmal um.
„Lars, wenn das alles stimmt, was wir vermuten, habe ich Angst um dich. Du hast das Vorwissen und hältst die Fäden in der Hand. Pass bloß auf dich auf!"
„Danke Onno, da mach dir man keine Gedanken drum. Hier auf der Insel kann nichts passieren."

Lars Petersen hatte den Beginn der Exhumierung auf 2 Uhr morgens angesetzt. Alle Beteiligten trafen sich zu einer kurzen Vorbesprechung im Revier: Fünf Mitglieder der Freiwilligen Feuerwehr, zwei Arbeiter vom örtlichen Bauunternehmer und zwei Mitarbeiter der Bahn bzw. der örtlichen Spedition und die drei Polizisten.
Die Szenerie auf dem Inselfriedhof hatte gespenstische Züge. Die Feuerwehr hatte zwei Scheinwerfer installiert und direkt am Grab Sichtschutzzäune aufgestellt. Düstere Nebelschwaden zogen über den Friedhof. Petersen musste

an frühe Edgar Wallace Filme denken. Jetzt fehlte nur noch Klaus Kinski, der als Mann mit der Maske über den Friedhof geisterte. Die Realität holte ihn aber schnell wieder ein. Einige Schaulustige waren trotz strengster Geheimhaltung erschienen. Petersen forderte Haake auf, diese zu verscheuchen. Ein kleiner Bagger räumte die erste Erdschicht vom Grab. Um den Sarg nicht zu beschädigen, musste die letzte Schicht per Hand ausgehoben werden. Zwei Gurte wurden um den freigelegten Sarg gelegt und der kleine Bagger hob den Sarg aus dem Grab. Am Ende des Friedhofswegs stand ein E-Karren der Bahnspedition. Vorsichtig wurde der Sarg auf die Ladefläche gehoben. Die Plane des Wagens wurde vergurtet, so dass niemand den Sarg sehen konnte. Während die eine Hälfte der Beteiligten das Grab wieder herrichtete, fuhren die anderen zum Bahnhof. Mit einem Gabelstapler wurde der Sarg in einen Bahncontainer geschoben. Um 5:30 Uhr wurde das Materialschiff, die „Harleriff", im Hafen erwartet, das den Sarg dann nach Harlesiel bringen würde.
Petersen war mit dem Ablauf der Aktion hoch zufrieden. Er bedankte sich bei den Männern und zusätzlich versprach Harm Gerdes, der Gemeindebrandmeister, seinen Kameraden am Wochenende eine Kiste Freibier im „Störtebeker".
Petersen war sich sicher, dass das Ergebnis der Obduktion in Oldenburg nicht lange auf sich warten lassen würde und dann könnte die richtige Ermittlungsarbeit beginnen und auch Gerd Fehrensen würde sich dann einer Befragung nicht mehr entziehen können.

Erst gegen Mittag kam wieder Leben in die Polizeistation. Wilbert meldete sich und bedankte sich für den reibungslosen Ablauf der delikaten Aktion. Der Sarg war in

Oldenburg angekommen und in etwa drei Tagen war mit einem Ergebnis der Obduktion zu rechnen. Für Petersen war klar, dass diese Tage eine kleine Verschnaufpause bedeuteten. Wenn sich ihr Verdacht in Bezug eines Mordes an Meinhard Siems bestätigen würde, dann war mit einem großen Auflauf zu rechnen. Wahrscheinlich würde Kommissar Wilbert mit seinem Gefolge wieder auf die Insel einfallen und die örtliche Polizei nur eine Nebenrolle spielen. Aber diesmal hatten Onno und er einen Wissensvorsprung. Einen möglichen Zusammenhang zum Tode von Dietrich Reimers konnten nur sie, aber insbesondere Petersen selbst, herstellen.

Am Abend saß Petersen gelangweilt in der Polizeistation. Er hatte sich für die Bereitschaft diese Nacht eingeteilt. Der Kollege Haake hatte sich merkwürdigerweise krank gemeldet, obwohl Petersen an ihm keine vermeintliche Erkrankung beobachtet hatte. Eigentlich eine gute Sache, so hatten Onno und er freie Bahn, sich ohne Vorsichtsmaßnahmen auszutauschen. Der Nachteil lag nun in dieser blöden Nachtbereitschaft. Onno war nach der Begegnung mit Gerda Nordbrock psychisch angeschlagen, ihm war in der jetzigen Situation ein solcher Dienst nicht zuzumuten. Er brauchte einen fitten Onno Siebelts, der ihm durch seine guten Kontakte zu den Insulanern eine große Hilfe war. Gegen 23 Uhr hatte Petersen seinen offiziellen Bericht über die Exhumierung beendet. Er entschied sich gegen ein Feierabendbier beim Magister. Die Vernunft blieb diesmal Sieger. Im Fernsehen lief ein alter englischer Krimi: „Inspektor Barnaby", genau das richtige, um langsam wegzuschlummern. Gegen 0:30 Uhr schreckte Petersen hoch. Das Handy klingelte. Jemand hatte 110 gewählt.
„Es wird eine Ruhestörung in der Siedlerstraße gemeldet, tut

mir leid Herr Kollege“, meldete sich der diensthabende Beamte in der Leitstelle.
„So ein Scheiß“, fluchte Petersen. Er zog sich wieder an und radelte noch etwas schlaftrunken in die Siedlerstraße. Die laute Musik war schon auf der Straße zu hören. Eine Gruppe von fünf Personen feierte einen Geburtstag, zwei davon waren ihm von der Knobelrunde beim Magister bekannt. Mit ruhiger Ansprache gelang es Petersen die stark alkoholisierten Männer zu überzeugen, die Musik leiser zu drehen. Genervt fuhr er zurück. Langsam machte sich auch bei ihm der Schlafmangel bemerkbar. Als er in die Friedrich-August-Straße einbog, sah er noch Licht im „Störtebeker“ brennen. Gäste schienen nicht mehr anwesend zu sein. Petersen besiegte wieder einmal seine Vernunft und öffnete die Kneipentür.
„Wir haben schon geschlossen“, tönte es aus der rechten Ecke hinter dem Tresen.
„Dies ist ein Notfall, Polizei Drogenkontrolle!“ rief Petersen mit scharfer Stimme.
„Zeigen Sie mir bitte Ihre Desinfektionsmittelbehälter“, setzte er nach.
Mit hochrotem Kopf sprang der Magister aus der Ecke hinter dem Tresen hervor.
„Mann, wie kannst du mich so erschrecken alter Bulle, dir entgeht aber auch gar nichts. Darf ich dir einen Hopfentee zubereiten, Herr Kommissar?“
Petersen nickte und berichtete von seinem Einsatz in der Siedlerstraße.
„Das war mir klar, dass die über die Stränge schlagen, die haben noch bei mir Schnaps nachgeholt, die schießen sich ab. Aber was anderes, was habt ihr denn letzte Nacht auf dem Friedhof gemacht?“
„Kein Wort von mir. Ich bin Geheimnisträger“, grinste

Petersen.
„Ach, 007 Petersen, der Mann, der die Insel das Fürchten lehrte, wo ist denn dein „Bond-Girl“, die Mona, taucht die gleich im Lederanzug auf?“ Der Magister lachte schallend.
Beim Thema Mona verstand Petersen allerdings keinen Spaß und er war irgendwie froh, dass sein Diensthandy klingelte, wahrscheinlich hatten die Jungs in der Siedlerstraße ihre Musik wieder lauter gedreht. Petersen sollte sich irren.
„Notruf zweier weiblicher Nachtwanderinnen von der Ostspitze, sie werden von zwei Männern belästigt. Heute hast du aber wirklich die Arschkarte gezogen“, mit diesen mitfühlenden Worten verabschiedete sich der Beamte der Leitstelle. Petersen stöhnte auf.
„Jetzt kann ich mit diesem verrosteten Scheißrad an die Ostspitze fahren. Selbst der Doc hat jetzt eine Genehmigung für einen Motorroller, nur die Polizei hat noch Schrotträder. Ich fasse es nicht!“
Selten hatte der Magister Petersen so verärgert gesehen.
„So ist das eben, wenn man im Auftrag seiner Majestät unterwegs ist, dafür hat man die Lizenz zum Töten“, setzte der Magister unter dröhnendem Gelächter noch einen drauf.
Wutentbrannt verließ Petersen die Kneipe, schwang sich auf sein Dienstfahrrad und radelte gen Osten. Der lange Weg bis zum „Café Neudeich“ wollte kein Ende nehmen. Nassgeschwitzt erreichte er die Deichkuppe. Obwohl es stockfinster war, musste Petersen feststellen, dass er nun mit dem Fahrrad nicht mehr weiterkam. Es war auflaufend Wasser und der Weg zur Ostspitze war teilweise überflutet.
„Womit hab‘ ich das verdient?“, fluchte er und stellte sein Fahrrad an den Zaun in der Nähe der Schutzhütte vom Mellumrat ab.

Sein Selbstgespräch war noch nicht beendet:
„Welche Idioten gehen denn hier mitten in der Nacht spazieren? Ökofreunde, Liebespaare und wer belästigt die hier? Ich fasse es nicht!"
Er hatte jetzt seine Taschenlampe eingeschaltet. Dicht am Dünenrand stapfte er durch den Sand, bloß nicht ins Wasser treten. In der Ferne in Höhe des alten Ostanlegers meinte er ein Boot gesehen zu haben. Häufig wurde der Ort als Ankerplatz von Seglern genutzt, die von der Jade in die Blaue Balje einfuhren. Die Blaue Balje, ein sogenanntes Seegatt, führt zwischen Wangerooge und Minsener Oog hindurch. Die Insel Minsener Oog entstand Anfang des 20. Jahrhunderts aus Sandbänken. Ab 1906 errichtete die Marinebaudirektion Wilhelmshaven Dämme, um eine Verlandung des Fahrwassers des Jadestroms zu verhindern. Diese Maßnahme diente vor allem dafür, die Fahrrinne nach Wilhelmshaven für die Kaiserliche Marine offen zu halten, das hatte Petersen erst kürzlich gelesen.
Auf der linken Seite der ersten Dünenreihe erkannte er ein sechseckiges Schutzhäuschen, das Wanderern Schutz vor Regen und Sturm bieten sollte. Nach etwa 100 Metern meinte er vor sich ein Licht gesehen zu haben, oder irrte er sich? Er schaltete seine Taschenlampe aus, um mögliche Lichtsignale besser erkennen zu können. In diesem Moment hörte er das Rattern einer Maschinenpistole im Dauerfeuer. Instinktiv warf er sich zur Seite in einen Busch aus Dünenrosen. Die stacheligen Blätter nahm er in diesem Augenblick nicht wahr. Völlig automatisch, wie es ihm in der Ausbildung antrainiert wurde, zog er seine Dienstwaffe, eine Walther P99 Q, aus dem Holster und schoss zurück. Ein richtiges Ziel konnte er allerdings nicht ausmachen. Seine Brust drohte zu zerspringen, so heftig spürte er seinen Herzschlag. Er musste aus dem freien Schussfeld des

Strandes verschwinden. Wurde er von einem oder zwei Männern angegriffen? Langsam robbte er die Dünen hinauf. Bloß nicht die Taschenlampe einschalten. Links von ihm in etwa 100 Metern Entfernung sah er einige Bäume. Von seinem Spaziergang mit Rita wusste er, dass sich dort mitten in den Dünen ein kleines Kiefernwäldchen befand. Irgendwie musste er es bis dahin schaffen, egal wie. Die relativ hohen Bäume würden ihm ein wenig Deckung geben können. Wieder wurde geschossen, allerdings wähnte er die Schüsse in gewisser Entfernung von sich. Wie in Trance schoss er zurück, ärgerte sich dann aber über sich selbst. War es überhaupt klug, hier ins Nichts zu ballern, ohne irgendwie ein konkretes Ziel vor Augen zu haben? Ein Glück, dass er schon diese neue Dienstwaffe hatte. Sie hatte jetzt 15 statt 8 Schuss im Magazin. Irgendetwas brannte an seinen rechten Oberschenkel. Das Brennen wuchs sich immer mehr zu einem stechenden Schmerz aus. Sein rechtes Hosenbein war feucht. Nachdem er dieses abgetastet hatte, bemerkte er Blut an seiner Hand. Panik erfasste ihn, ohne Hilfe würde er hier elendig verbluten. Er musste mit dem Handy Hilfe herbeirufen. Kaum hatte er mit einem Wischen das Display entsperrt, leuchtete dieses auf. Wieder wurde auf ihn geschossen. Augenscheinlich hatten seine Gegenüber den Lichtschein gesehen. Da er glaubte in ca. 100 Metern Entfernung einen Schatten gesehen zu haben, feuerte er gezielt zwei Schüsse ab. Er musste dieses Wäldchen erreichen, sonst war er verloren. Es fiel ihm besonders schwer mit dem stark schmerzendem Bein durch die Büsche der Dünenrosen zu robben. Die Stacheln dieser Pflanze bereiteten ihm bei jeder Berührung fürchterliche Schmerzen. Ein Gebrauch des Handys konnte er jedenfalls zum jetzigen Zeitpunkt vergessen. Mit einem aufleuchtenden Display war er eine lebende Zielscheibe. Mit zusammengebissenen Zähnen wühlte er sich langsam durch die Büsche.

Frieda Siebelts stieß ihren Mann unsanft im Ehebett an: „Onno hörst du nicht, das Telefon klingelt schon die ganze Zeit.“ Völlig verschlafen griff er zum Hörer:
„Leitstelle Jever, wir können ihren diensthabenden Kollegen nicht erreichen. Der Naturschutzwart des Mellumrates meldet heftige Schusswechsel im Dünengebiet östlich der Schutzhütte. Ich hatte Ihren Kollegen vor etwa einer Stunde wegen eines Notrufes von der Ostspitze alarmiert.“
Onno Siebelts war im Nu wach. Lars war in Not. Das war ihm sofort klar.
„Wir brauchen Unterstützung, mein Kollege ist in Gefahr. Ich melde mich gleich wieder.“
Frieda, die das Gespräch mitverfolgt hatte, holte bereits die Uniform ihres Mannes aus dem Schrank, dieser hatte inzwischen bereits Harm Gerdes von der Freiwilligen Feuerwehr in der Leitung.
„Harm, Lars ist in Gefahr, im Osten wird geschossen. Wir brauchen den Rover und vor allem Licht. Treffpunkt an der Wache, so schnell wie möglich.“
Vor der Wache wartete Onno ungeduldig auf die Feuerwehrmänner. Aus der Dunkelheit hörte er in dunkles „Moin, was ist denn hier los?“
Es war der Magister, der leicht schwankend auf dem Weg nach Hause war.
„Hast du heute mit Lars gesprochen?“, fragte ihn Siebelts mit aufgeregter Stimme.
„Ja, der war vor einer Stunde bei mir und wurde dann in den Osten gerufen, Notruf. Da würden zwei Frauen belästigt, hab‘ ich so mitbekommen.“
„Scheiße, wenn das man keine Falle ist“, stöhnte Onno.

Petersen schätzte die Entfernung bis zum Kiefernwäldchen auf noch ungefähr 50 Meter. Die Schmerzen in seinem Bein waren unerträglich geworden. Es ging nur noch sehr langsam voran. Es kam ihm unendlich lang vor, dieses Robben durch das Gebüsch. Aus seitlicher Entfernung kam jetzt der nächste Feuerstoß. Petersen merkte sofort, dass er wieder getroffen worden war. Seine linke Schulter schmerzte höllisch. Wo war seine Waffe? Offensichtlich war sie ihm bei diesem Treffer aus der Hand gefallen. Er tastete wie von Sinnen den Boden ab. Jetzt spürte er den Plastikknauf. Wütend und völlig unkontrolliert gab er vier Schüsse ab. Wenn er hier drauf gehen würde, dann wollte er wenigstens einen mitnehmen. Und tatsächlich bildete er sich ein, einen Schrei gehört zu haben. Noch 20 Meter, dann würde er die Kieferngruppe erreicht haben. Die verletzte Schulter machte ein Robben fast unmöglich. An dem Zweig eines Busches zog er sich halbhoch und ging tief gebückt auf die Kiefern zu. In jeder Sekunde erwartete er einen neuen Feuerstoß, aber es blieb ruhig. Petersen hatte das Wäldchen erreicht und kroch ins Unterholz. Seine Uniform war blutverschmiert. Die Schmerzen wurden immer unerträglicher. Mit zitternden Fingern suchte er nach Tempotaschentüchern in seiner Uniformjacke. Er wollte die Blutungen stillen. Irgendwie gelang es ihm die Tücher auf die Wunden zu legen, aber lange konnte das nicht mehr gutgehen. Er würde hier verrecken und die Ironie des Schicksals war, dass es in der Nähe des Ortes sein sollte, wo Dietrich Reimers sein Leben gelassen hatte. Von irgendwo her glaubte Petersen einen Lichtschein zu erkennen. War das helle Licht der Anfang vom Ende?

Onno Siebelts und Harm Gerdes standen mit ihren Fahrzeugen auf der Deichkrone neben dem „Café Neu-

deich“. Ein Krankenwagen mit Dr. Meyerdierks war ebenfalls angefordert worden.
„Onno, was machen wir jetzt“, fragte Harm Gerdes, dem die Sorge um seinen Kumpel Lars Petersen anzumerken war, „gehen wir da jetzt rein?“
Onno schüttelte den Kopf:
„Wie denn Harm, deine Leute sind für so was nicht ausgebildet. Wir dürfen sie nicht in Gefahr bringen. Die Leitstelle hat mir Unterstützung zugesagt. Wie, weiß ich nicht.
Was wir machen können, ist Licht machen. Wer auch immer da Lars verfolgt, muss wissen, dass Hilfe naht. Kurbelt euren Lichtmast hoch und gebt voll Power in die Dünen. Sie müssen sich beobachtet fühlen. Vielleicht schlägt sie das schon in die Flucht.“
Harm Gerdes gab seinen Männern die entsprechende Anweisung.

Die Leitstelle in Jever hatte die Befehlsgewalt an das SEK Oldenburg abgegeben. Onno Siebelts wurde aufgefordert die Handy-Nummer von Petersen durchzugeben. Sie wollten versuchen, sein Handy zu orten. Der Generator wurde angeworfen und das Licht erhellte einen Teil des Deichvorlandes. Die Männer auf dem Deich beobachteten angespannt die Dünenlandschaft, die leider vom Scheinwerferkegel nicht erreicht wurde. Immerhin hörten sie keine Schüsse mehr. Onno zweifelte, ob das ein gutes Zeichen war. Vielleicht hatten die Mörder ihr Werk bereits getan und waren schon auf dem Rückzug. Dieser Rückzug konnte nur über die Wattenmeerseite erfolgen. Ein Boot war aber aus dieser Entfernung nicht auszumachen. Sollte er die Seenotretter alarmieren? Männer, die Dienst taten, um Menschenleben zu retten in die Konfrontation mit Mördern

treiben? Siebelts verwarf diesen Gedanken sofort. Harm Gerdes tippte ihm auf die Schulter:
„Hörst du das? Die schicken einen Hubschrauber."
Das Brummen kam näher. Am Himmel war ein Licht zu sehen, das immer näher kam.
Über Handy bekam Siebelts die Mitteilung, dass er nun live mit dem Piloten des Polizeihubschraubers verbunden war.
„Bitte Scheinwerferleistung reduzieren. Wir werden geblendet."
Siebelts gab diese Anweisung sofort an Harm Gerdes weiter. Der Hubschrauber umkreiste jetzt die Dünenlandschaft. Über sein Mobiltelefon hörte Siebelts den Piloten sagen:
„Da am Strand liegt ein Festrumpfschlauchboot. Ich geh weiter runter."
Stimmengewirr im Hubschrauber, eine andere Stimme rief gut verständlich.
„Weiter nördlich auf 12 Uhr zwei Personen, einer scheint verletzt zu sein."
Dazwischen eine andere Stimme:
„Der versucht den über den Strand zum Boot zu ziehen."
„Ich geh‘ weiter runter", hörte Siebelts wieder die Stimme des Piloten.
„Hier Oldenburg-Control", unterbrach die Leitstelle das Gespräch im Hubschrauber, „Eigensicherung, die haben Schusswaffen und irgendwo liegt wahrscheinlich ein verletzter Kollege, das hat Priorität."
Kaum hatte der Pilot sein „Over" gesagt, wurde vom Strand aus auf den Helikopter geschossen. Siebelts hörte ein lautes „Scheiße, auf uns wird geschossen!" Der Hubschrauber drehte ab. Dann wieder eine aufgeregte Stimme:
„Der lässt den Verletzten liegen und läuft zum Boot!"
Der Hubschrauber befand sich jetzt nur wenige Meter über der Erde inmitten der Dünenlandschaft. Vier Personen in

schwarzen Overalls und mit geschwärzten Gesichtern seilten sich ab. Zwei von ihnen liefen sofort in Richtung Strand an der Wattseite. Die beiden anderen liefen den Spazierweg zwischen den Dünen in westlicher Richtung.
Jetzt meldete sich der Pilot wieder:
„Wo kann ich landen? Ich brauche eine Sichthilfe."
Siebelts reagierte sofort:
„Vor der Schutzhütte des Mellumrates ist eine Wiese. Wir lassen uns was einfallen."
„Wir nehmen das Sprungtuch, was wir im Fahrzeug haben, und breiten das auf der Wiese aus, das wird der ja wohl sehen können", brüllte Harm Gerdes gegen den Lärm des Rotors an. Seine Männer reagierten sofort und rollten das Sprungtuch aus. Langsam und mit eingeschaltetem Suchscheinwerfer flog der Pilot die Wiese hinter dem Deich an.

Petersen dämmerte vor sich hin. In weiter Ferne meinte er wieder Licht gesehen zu haben, Stimmen zu hören. Alles das konnte er aber nicht mehr verarbeiten, er gab sich seinem Schicksal hin. Nach etwa fünf Minuten meinte er eine Frauenstimme zu hören, sie schien sehr nah zu sein.
„Halte durch, reiß dich zusammen", schrie die Stimme, so dass es ihm fast wehtat. War das die Stimme von Mona? Vor dem Ende fantasiert man über wichtige Stationen seines Lebens. Es war also so weit. Er versuchte die Augen zu öffnen und sah nur schemenhaft ein schwarzbemaltes Gesicht. Vor lauter Schreck schloss er seine Augen wieder. Nun trafen ihn recht heftig Ohrfeigen, links, rechts.
Wieder diese Stimme:
„Durchhalten Lars, du schaffst es!"
Lars Petersen verlor das Bewusstsein.

Inzwischen hatte der geländegängige Rover der Feuerwehr das Kiefernwäldchen erreicht. Dr. Meyerdierks und Harm Gerdes sahen die SEK Beamtin sofort, die verzweifelt auf Petersen einredete. Mehrfach überschlug sich ihre Stimme. Langsam zogen sie ihn aus dem Unterholz. Die Beamtin wollte nicht von Petersen lassen. Mit sanfter Gewalt drückte Harm Gerdes die Beamtin zur Seite.
„Nun lassen Sie mal den Doc ran, mien Deern."
Meyerdierks versorgte die beiden stark bluteten Wunden mit Druckverbänden. Per Funk wurden die Rettungssanitäter, die mit ihrem Fahrzeug auf dem Deich warteten, aufgefordert einen Tropf vorzubereiten. Petersen wurde mit einer Trage in den Rover geschoben. Langsam fuhr das Fahrzeug in Richtung Deich.

Zeitgleich hatten die beiden anderen SEK Beamten den Flutsaum erreicht, wo der eine verletzte Angreifer lag. Ein Beamter kümmerte sich um den Verletzten, der andere sprintete den Strand entlang, um den Flüchtenden noch zu erreichen. In Höhe des alten Ostanlegers versuchte dieser sein Boot ins Wasser zu schieben. Ungefähr 100 Meter trennten die beiden. Ohne Vorwarnung eröffnete der Polizist das Feuer auf den Flüchtenden. Er hörte wie der Motor des Bootes gestartet wurde. Der völlig schwarz gekleidete Mann war kaum auszumachen. Noch einmal gab der Polizist Schüsse aus seiner Maschinenpistole ab, aber vergebens. Das Festrumpfschlauchboot verschwand mit hoher Geschwindigkeit in der Dunkelheit des Wattenmeeres. Per Funk gab der SEK Beamte den ungefähren Standort des Bootes an die Leitstelle durch.

Die Rotorblätter des Polizeihubschraubers begannen zu kreisen. Bei ohrenbetäubendem Lärm wurde Petersen in den Hubschrauber geschoben. Da es sich um keinen Rettungshelikopter handelte, war dieses Unterfangen nicht ganz einfach. Dr. Meyerdierks und die SEK Beamtin flogen mit ins Nordwest-Krankenhaus nach Sandebusch. Für den verletzten Verbrecher wurde ein zweiter Hubschrauber angefordert. Seine Verletzung schien aber nicht lebensbedrohend zu sein, so dass hier keine Eile geboten war.

18

Der rot geklinkerte Gebäudekomplex des Nordwest-Krankenhauses lag an diesem Tag unter einer dichten Nebeldecke, die sich erst im Laufe des Morgens vom Binnenland her ausgebreitet hatte. Vor dem Aufwachraum der Intensivstation saß eine junge Polizistin im SEK Kampfanzug. Ihr Helm lag auf dem Nachbarstuhl, die blonden Haare fielen auf den hohen Kragen des schwarzen Overalls. Das Gesicht war mit schwarzer Farbe verschmiert. Eine Krankenschwester brachte einen Becher Kaffee für die Beamtin.

„Ich zeig' Ihnen mal eben den Weg zum Waschraum. Ihr Gesicht sieht ja fürchterlich aus. Der Kollege hat es wohl geschafft, aber er wird erst langsam aufwachen. Machen Sie sich ruhig erst mal frisch."

Dankbar nahm die Polizistin die Hilfe der Krankenschwester an.

Eine Weile später öffnete Petersen langsam die Augen und starrte an die Krankenhausdecke. Neben sich sah er auf die Displays mehrerer Überwachungsgeräte. Die Schläuche und Kabel führten ohne Zweifel zu seinem Körper. Fürchterliche Schmerzen und trockene Lippen, die sich nach Feuchtigkeit sehnten, plagten ihn. Eine Krankenschwester in einem grünen Kittel beugte sich über ihn:

„Da ist er ja wieder unser Held."

Als könnte diese Frau Gedanken lesen, tupfte sie Petersens Lippen mit einem feuchten Q-Tipp ab.

„Trinken dürfen Sie noch nicht, aber was viel wichtiger ist, Sie sind dem Tod von der Schippe gesprungen. Zwei glatte Durchschüsse mit inneren Blutungen, fast wäre es zu spät

gewesen, aber Sie hatten schnelle Helfer, eine davon wartet schon seit Stunden auf Sie. Ich hole sie mal rein."
Petersen erschrak, jetzt bloß nicht seine Ex, das würde er nicht ertragen.
Er hörte noch die Stimme der Schwester:
„Kommen Sie ruhig rein, er ist aufgewacht, aber nicht zu lange, er braucht viel Ruhe."
Petersen sah zur Tür, seine Skepsis wich unverhohlener Freude. Über dem Krankenhauskittel sah er nur die langen blonden Haare und das dazugehörige Gesicht.
„Mona flüsterte er, was machst du denn hier", dabei liefen ihm Tränen über die Wangen. Als sie sich über ihn beugte, um ihm einen Kuss zu geben, kullerten ihre Tränen auf seine Krankenhausbettdecke. Langsam löste sie sich von ihm und setzte sich auf den Stuhl neben seinem Bett.
„Wir haben dich da letzte Nacht rausgeholt. Ich bin mit dir im Heli mitgeflogen."
„Versteh' ich nicht", flüsterte Petersen leise, die Unterhaltung wühlte ihn auf.
„Ich mache zurzeit eine Ausbildung bei einer SEK Einheit in Oldenburg und als der Notruf kam, hat mein Gruppenleiter rumgefragt, ob sich jemand auf Wangerooge auskennt. Na, ja, da war ich natürlich dann dabei."
Mona streichelte seine Wangen.
„Wir haben dein Handy geortet und dich schnell gefunden, wie du da unter den Kiefern lagst."
„Das muss jetzt erst einmal reichen", die strenge Stimme der Krankenschwester schreckte die beiden auf, „Herr Petersen braucht Ruhe, Sie können gerne morgen wieder kommen."
„Das werde ich auch machen", flüsterte Mona und gab ihm einen Abschiedskuss. Total erschöpft schlief Petersen sofort wieder ein.
Auf Wangerooge hatten die Ereignisse der letzten Nacht

große Bestürzung ausgelöst. Die Tatsache, dass ihr Inselpolizist in eine Falle gelockt wurde, um ihn umzubringen, war für viele Insulaner kaum vorstellbar. Kommissar Wilbert war mit mehreren Kriminaltechnikern noch am Morgen auf die Insel geflogen. Die Techniker begaben sich im Ostteil der Insel auf Spurensuche. Sie wurden dort von den auf der Insel verbliebenen drei SEK Beamten unterstützt.

Onno Siebelts war schwer angeschlagen. Die gestrige Nacht hatte ihm ordentlich zugesetzt und die Sorge um seinen Kollegen war Gift für Herz und Blutdruck. Nichtsdestotrotz nahm er Wilbert im Revier in Empfang. Erstaunt nahm dieser zur Kenntnis, dass Siebelts offenes Misstrauen gegenüber dem Kollegen Haake äußerte, der wieder einmal in einer schwierigen Situation nicht zur Stelle war. Haake, der noch krankgeschrieben war, wurde von Wilbert aufgefordert, sich wieder in seiner Heimatdienststelle in Wardenburg zu melden.

Soweit Onno informiert war, brachte er Wilbert auf den neuesten Stand der Ermittlungen.

Nachdenklich sah Wilbert seinen durch Müdigkeit gezeichneten Kollegen an:

„Ich muss mir selbst den Vorwurf machen, Petersen nicht ernst genommen zu haben. Er muss mit seinen Nachforschungen über die Ereignisse im März 1945 in ein Wespennest gestochen haben. Ein wichtiger Zeuge, der sich wahrscheinlich Petersen öffnen wollte, ist tot und mittlerweile habe ich keinen Zweifel, dass er umgebracht wurde. Bald werden wir darüber Gewissheit haben. Auf den Beamten, der Licht in dieses Dunkel bringen wollte, wird ein Mordanschlag verübt. Was ist damals passiert? Unfassbar diese Auswirkungen bis heute, das macht mich sehr nachdenklich. Wir müssen den alten Fehrensen vorladen, es scheint so, dass er etwas zu verbergen hat. Mit seiner großen Sicherheitsfirma in Bremen hat er alle Möglichkeiten, wie wir gestern Nacht erlebt haben. Das wird eine ganz harte Nuss. Ich brauche eine Art Verbindungsbeamten zwischen Petersen, den wir natürlich noch nicht belasten können, und den Ermittlungen hier vor Ort. Aber Petersen weiß mehr und wir sind auf sein Wissen angewiesen. Hoffentlich ist er bald so weit fit, dass er uns wenigstens aus dem Krankenhaus heraus helfen kann. Mir fällt nur eine Person ein, die das leisten kann."

„Kollegin Behrens", fiel ihm Siebelts ins Wort.

„Onno, Sie können hellsehen, genau an die habe ich auch gedacht. Sie kennt sich auf der Insel aus, kann gut mit Petersen."

Onno Siebelts musste grinsen. Er hatte Gerüchte über eine Liaison zwischen Lars und der Kollegin Behrens aufgeschnappt, wollte dies aber nicht so recht glauben.

„Ich werde mit dem SEK-Kommando in Oldenburg reden, die müssen die Kollegin für eine begrenzte Zeit abstellen."

Sofort griff Wilbert zum Telefon und telefonierte mit Oldenburg. Das SEK Kommando war mit dem Vorschlag einverstanden. Bei einem Mordanschlag auf einen Kollegen spielte Kompetenzgerangel keine Rolle mehr.

Am nächsten Morgen war Mona Behrens schon sehr früh mit dem Auto von Oldenburg aufgebrochen. Sie hatte schnell ein paar Sachen zusammengepackt und war nun auf dem Weg nach Harlesiel. In Sande würde sie einen kurzen Abstecher ins Nordwest-Krankenhaus machen. Ihr gestriger Gefühlsausbrauch im Krankenhaus machte ihr zu schaffen. Was war da immer noch zwischen Lars und ihr? Freundschaft sicher, aber ihre Panik in der Nacht auf der

Insel, als sie ihn schon fast sterben sah, verunsicherte sie. Es war erstaunlich, dass ein 30 Jahre älterer Mann ein derartiges Gefühlschaos bei ihr anrichtete. Vielleicht würden ihr die Tage auf der Insel guttun, um Ordnung in ihr Gefühlsleben zu bringen, obwohl, immer wenn sie an Wangerooge dachte, warfen ihre Gefühle sie aus der Bahn. Wie hatte es der Magister an einem dieser magischen Abende in seiner Kneipe formuliert:
„Leider hat das Leben keine Rückspultaste.“
Recht hatte der alte Kneipenphilosoph. Sie musste nach vorne schauen, zumal eine Aufgabe zu erfüllen war. Wer hatte versucht Lars umzubringen?
Inzwischen war sie in Sandebusch angekommen. Der große Gebäudekomplex mit den vielen Giebeln wirkte auf sie wie eine Burg. Sie musste an die Witze von Lars denken, wenn er von „Getränkeunfällen“ auf der Insel sprach. Er wollte das immer mal zählen, wie viele Hubschraubereinsätze es schon nach sogenannten „Getränkeunfällen“ gegeben hatte. Meist endete die Reise hier im Nordwest-Krankenhaus.
An der Information teilte man ihr mit, dass Lars Petersen auf Geheiß der Polizeidirektion in ein Einzelzimmer verlegt worden war. Unter dem Siegel der Verschwiegenheit hatte die Dame vom Empfang ihr dies mitgeteilt, nachdem sie ihren Dienstausweis vorgezeigt hatte.
Vor dem Zimmer saß ein Polizeibeamter und las Zeitung. Also Polizeischutz, registrierte Mona. Wilbert hatte an alles gedacht. Irgendwie beruhigte diese Maßnahme sie. Der Beamte lächelte freundlich, als Mona ihm den Dienstausweis unter die Nase hielt. Das Krankenzimmer war halb abgedunkelt. Petersen schien zu schlafen, Zärtlich streichelte sie seine Wangen. Er war nach wie vor mit Schläuchen verbunden. Sein Gesicht war schmal geworden. Sie spürte, dass es ihm nicht gut ging. Langsam öffnete er

seine Augen, ein leichtes Lächeln huschte über sein Gesicht.
„Hallo, wie geht es dir?“
Mona nahm seine Hand und hielt sie fest.
„Nicht wirklich gut, die Schmerzen machen mich mürbe“, antwortete er leise.
„Lass dir doch was geben, man muss das heute nicht mehr ertragen.“
„Die haben mir schon viel gegeben, zu viel will ich auch nicht.“
„Okay, ich fahre gleich auf die Insel. Wilbert hat mich angefordert. Ich soll den Kontakt zu dir halten, um dein Wissen zu nutzen.“
„Du musst mit der Nordbrock reden, wegen des Amerikaners“, unterbrach er sie.
„Hör zu, so kann ich nicht arbeiten. Vorschlag, ich denke du hast einige Berichte oder Notizen auf deinem PC. Ich seh‘ mir das an, dann komme ich mit gezielten Fragen wieder. Einverstanden?“
Petersen lächelte:
„Systematikerin, Polizeischule, deine klare Sicht der Dinge hat uns schon damals weitergeholfen.“
Mona lachte. Seinen Humor schien er nicht verloren zu haben.
„Was brauchst du? Einige Zeit wirst du noch hier bleiben müssen.“
„Ein wenig Wäsche, Jogginganzug und meinen I-Pod, bitte.“
„Wird erledigt, Herr Kommissar. Ich muss an deinen PC, ich brauch dein Passwort, was Intimes ist ja wohl nicht drauf oder?“
Petersen lächelte.
„Keine Angst, du wirst sicher keine Pornoseiten finden. Meine Notizen sind in dem Ordner MarineH. Mein Passwort ist Mona69.“

Mona errötete.
„Darf man fragen, warum 69?“
„Ja, in Anlehnung an Bryan Adams *Summer of 69*.“
„Dann muss ich mir den Song ja wohl mal genau anhören.“
Schnell merkte sie, wie stark ihn die Unterhaltung anstrengte. Mit einem zarten Kuss auf den Mund verabschiedete sie sich in Richtung Harlesiel.
Ungewöhnlicher Weise hatte die Polizeidirektion Wilhelmshaven Wilbert und ihr Freiflugscheine spendiert, damit zeitnah auch Termine am Festland wahrgenommen werden konnten. Bei den heutigen Sparmaßnahmen eine schon fast luxuriöse Maßnahme, wie Mona fand.
Sowohl in Harlesiel als auch in Wangerooge erkundigte sich das Flughafenpersonal ausgiebig nach dem Gesundheitszustand des angeschossenen Inselpolizisten. Man war augenscheinlich sehr betroffen. Vom Flugplatz wurde Mona Behrens mit dem Inseltaxi der Inselflieger sofort zum Revier gefahren. Die Insel schien traumatisiert zu sein. Mona atmete tief durch, als sie vor dem kleinen Häuschen mit dem langgezogenen Dach in der Charlottenstraße stand. In diesem kleinen Polizeiposten hatte sie ihre ersten Erfahrungen im Außendienst als Polizeianwärterin gemacht. Ihr knurriger Chef, Lars Petersen, hatte es ihr nicht immer leicht gemacht. Er steckte selber voller Probleme und hatte schwer an seiner Versetzung von Bremen nach Wangerooge zu knabbern. Ihm schien übel mitgespielt worden zu sein, ein Bauernopfer der Politik. Dieses Muster schien häufig zu greifen, wenn politische Entscheidungsträger unter Druck gerieten. Nach ihren anfänglichen Schwierigkeiten funktionierte ihre Zusammenarbeit immer besser und aus der gegenseitigen Abneigung war Sympathie und vielleicht auch mehr geworden. Was dieses Mehr aber nun genau war, dessen war

sich Mona nicht sicher oder vielleicht wollte sie es auch nicht wissen.

Sie drückte auf den Klingelknopf. Die Tür wurde automatisch geöffnet. Hinter der Theke saß ein etwas untersetzter, gemütlich wirkender Mann und sah sie freundlich an.

„Kollegin Behrens, wenn ich nicht irre? Ich bin Onno Siebelts. Wir sollten uns duzen, wie das unter Kollegen üblich ist, also Onno."

„Mona", kam es zurück. Beide gaben sich die Hand.

„Ich habe schon viel von dir gehört, dass du gestern Nacht dabei warst, habe ich gar nicht richtig mitbekommen. Diese Hektik und die Sorge um Lars haben mich ganz raschelig gemacht und du bist da ja auch noch in Kriegsbemalung rumgelaufen, so gefällst du mir allerdings viel besser, mien Deern."

Mona Behrens lachte, gleich auf den ersten Blick wirkte dieser Mann sympathisch auf sie. Während ihrer Dienstzeit auf der Insel hatte sie ihn nicht kennengelernt, da er auf Kur gewesen war.

„Die Wohnung oben kennst du ja. Frische Bettwäsche hat meine Frau schon hingelegt und sauber ist es auch. Der Kollege Haake hat die Insel gerade verlassen, aber das ist ein Thema, das hat schon was mit unserem Fall zu tun. Ich schlage vor, du richtest dich oben ein bisschen ein, ich koche Kaffee und dann versuche ich dich auf den neuesten Stand zu bringen. Wilbert ist übrigens im Osten und untersucht mit Technikern die Spurenlage in den Dünen. Zuerst erzählst du mir aber, wie es Lars geht, okay?"

Mona nickte und trug ihr Gepäck in das Obergeschoss.

Nachdem sie zusammen Kaffee getrunken hatten und Mona über Petersens Gesundheitszustand berichtet hatte, bat sie, erst einmal die Berichte im PC von Petersen lesen zu

können. Nach etwa einer Stunde brachte sie dann Onno Siebels auf den neuesten Stand. Unter dem Eindruck der Berichte brach es dann aus ihr heraus:
„Warum habt ihr Lars am Anfang nicht ernst genommen mit seinem Verdacht? Das lag doch auf der Hand. Dietrich Reimers wurde erschossen, daran kann es doch keinen Zweifel geben. Die Sache als Bombenopfer darzustellen, da hättet ihr misstrauisch werden müssen."
„Stimmt, ich mache mir auch Vorwürfe, aber das ist ja alles schon so lange her", rechtfertigte Onno sich. Mona setzte nach:
„Okay, das ist nicht mehr änderbar. Warum ist Fehrensen nie vernommen worden? Das kommt mir sowieso alles recht merkwürdig vor. Der Vater war bei der Gestapo, wird entnazifiziert, dann kleiner Polizeibeamter und baut nach ein paar Jahren in Bremen ein riesiges Sicherheitsunternehmen auf. Wie ist so etwas möglich?"
„Da musst du mich nicht fragen, Wilbert, als auch Bremen haben da wohl geblockt, der Fehrensen soll 'ne große Nummer in Bremen sein. Hier hat der auch Geld in Immobilien stecken. Ihm gehören die Villa Zucchini und das Kaiserpalais an der Promenade."
Zum Erstaunen von Siebels entrollte Mona einen Flipchart-Bogen und heftete ihn an das schwarze Brett. Ins Zentrum und mit einem roten Filzstift schrieb sie Fehrensen, von da ab zeichnete sie Pfeile mit Fragestellungen auf. Vier Fragen umrahmte sie.

- Todesfall Meinhard Siems. Wo ist die Pflegerin? Wer hat sie bezahlt? Stand sie in Kontakt zu Fehrensen?
- Vernehmung Gerda Nordbrock. Wusste sie, was Siems Lars sagen wollte? Amerikaner Eric Richards, hat der was mit der Sache zu tun?

- Fehrensen. Aussage zum Tode Reimers! Wie ist der zu so viel Geld gekommen?
- Vernehmung des verletzten Killers. Wer war sein Auftraggeber? Gab es Kontakte zu Fehrensen?

Siebelts war sichtlich beeindruckt. Die junge attraktive Frau überraschte ihn. Ihre systematische Herangehensweise ließ einiges klarer erscheinen:
„Eine Bitte habe ich Mona, könntest du mit Gerda Nordbrock reden? Die ist zusammengebrochen, und dann war da die Exhumierung einen Tag nach der Beerdigung. Mein Besuch bei ihr steckt mir noch in den Knochen."
„Ich verstehe, so von Frau zu Frau, das wolltest du doch sagen oder?"
„Na ja, hast irgendwie recht. Frauen sind da sensibler in der Gesprächsführung."
„Ja, wenn's ums Emotionale geht, sind wir Frauen gefragt, das kenn' ich. Aber okay, es ist besser, wenn das jemand macht, der hier nicht wohnt, einverstanden."
Onno fiel ein Stein vom Herzen.
In diesem Moment betrat Kommissar Wilbert die Wache.
„Willkommen im Team, Kollegin Behrens. War gar nicht so leicht Sie anzufordern, die halten da 'ne ganze Menge von Ihnen."
Mona war dieses Lob ein wenig peinlich, aber so ganz egal war ihr diese Wertschätzung natürlich nicht. Wilbert musterte aufmerksam den Flipchart am Schwarzen Brett:
„Jetzt weiß ich, warum ich Sie geholt habe. Das Prinzip Ordnung in die vielfältigen Gedanken zu bringen gefällt mir. So, jetzt zur Spurenlage, wir haben Patronenhülsen gefunden, die wir auch den Maschinenpistolen der Angreifer zuordnen können. Der Verletzte liegt unter Polizeibewachung in Oldenburg im Krankenhaus. Petersen

hat ihn am Oberschenkel getroffen. Um seine Vernehmung kümmern wir uns später. Der zweite Mann ist mit seinem Speed Boot, oder was das war, wohl entkommen. Da der Hubschrauber mit Petersen belegt war, konnte er nicht verfolgt werden. Die Wasserschutzpolizei nimmt an, dass er durch das Minsener Oog Wattfahrwasser in die Jade eingefahren ist. Die suchen jetzt die Küste nach dem Boot ab.“

Wilbert blickte noch einmal zum Flipchart.

„Wenn ich das so sehe, sind wir einer Meinung, was die weitere Vorgehensweise betrifft. Ich düse gleich wieder aufs Festland ab, mache einen kurzen Krankenbesuch in Sandebusch und kümmere mich um die Vorladung von Fehrensen. Ich denke, der wird seine Promianwälte aus Bremen dabei haben wollen. Vielleicht müssen wir dahin, das ist alles noch unklar. Sie beide kümmern sich um Gerda Nordbrock. Die Fahndung nach der Pflegerin läuft. Kollegin Behrens, Sie halten Kontakt zu Petersen. Wir brauchen alle Fakten von ihm in Vorbereitung der Vernehmung von Fehrensen. Das wird eine ganz harte Nummer. Frau Behrens, ich möchte Sie dabei haben.“

Mona war hoch erfreut. Sie würde sich in diesen Fall verbeißen, das war sie Lars schuldig. Nachdem Wilbert gegangen war, verließ auch Onno die Wache. Er brauchte dringend etwas Ruhe. Mona genoss die Stille auf der Wache, so konnte sie sich noch einmal mit Petersens Aufzeichnungen auseinandersetzen. Als das Telefon klingelte, stieg Ärger in ihr auf. Jetzt bloß kein Inselkleinkram, dafür hab‘ ich jetzt wirklich keinen Nerv, dachte sie. Aber am anderen Ende der Leitung war Petersen. Mit schwacher Stimme flüsterte er:

„Du musst die Briefe von Reimers an seine Schwester lesen. Ich habe sie in meinem Kleiderschrank unter den T-Shirts

versteckt. Da bekommst du einen Einblick in die Situation der Marinehelfer."
„Danke Lars, aber du musst hier nicht anrufen, schone dich. Ich komme morgen sowieso zu dir. Ich habe einige Fragen, spar dir deine Kraft dafür auf."
„Okay, mach' nicht mehr so lange und besauf dich nicht beim Magister."
Mona musste grinsen. Vielleicht sollte sie nachher tatsächlich im „Störtebeker" vorbeischauen. Onno hatte berichtet, dass der entscheidende Anruf Petersen in der Kneipe erreicht hatte.
Eigentlich war sie hundemüde. Der Einsatz mit dem SEK-Team hatte sie ganz schön geschlaucht, aber der Besuch beim Magister war notwendig, jedenfalls versuchte sie es sich einzureden. Kurzer Blick auf ihr sparsames Make-Up, einmal die langen blonden Haare durchgekämmt und dann ging sie tatsächlich noch los.
Die Knobelrunde schien sich schon aufgelöst zu haben, beobachtete sie von draußen. An der Theke saßen der „Schwede" und sein Freund Peter, zwei andere Gäste an der Theke kannte sie nicht und auf der Empore saßen vier Männer mittleren Alters.
Sie wurde mit einem großen Hallo begrüßt. Den Vogel schoss allerdings der Magister ab. Als er Mona in der Tür stehen sah, stimmte er an:

„Ein Tag wie jeder, ich träum von Liebe,
doch eben nur ein Traum, Oh, Oh!
Menschen wohin ich schau, Inselgetriebe
Und auf einmal sah ich sie, sie!
Siebzehn Jahr blondes Haar, so stand sie vor mir!"
(Jürgens/Hörbiger)

Mona war etwas verlegen:
„Danke für das Ständchen, aber siebzehn Jahr, leider nicht mehr."
Der Magister kam hinter der Theke hervor und umarmte sie.
„Schön, dass du da bist, wie geht es dem Sheriff?"
Mona gab einen kurzen Bericht zum Gesundheitszustand ab, wehrte aber alle Fragen zu dem Hintergrund des Mordanschlags auf Lars Petersen ab.
„Da wir hier nicht auf Sylt sind, lieber Magister, bestelle ich ein Alster."
Der Magister lachte.
„Gut, dass du den Spruch behalten hast, obwohl du ebenso gut auf die Insel der Schönen und Reichen passen würdest."
„Nee, nun wirklich nicht, das Schickimicki-Getue ist nun überhaupt nicht meine Welt."
„Hast du denn einen Musikwunsch?", spielte der Magister jetzt seine charmante Seite aus.
„Bitte kein Hans Albers und kein Freddy Quinn, sonst kannst du alles spielen."
„Dein Wunsch ist mir Befehl. Ich lege mal einen Blues Sampler auf, denn immerhin liegt unser geschätzter Sheriff im Krankenhaus, da machen wir jetzt keine Party hier."
Mona versuchte von ihren Gedanken an Lars Petersen wegzukommen und wechselte das Thema:
„Hast du eigentlich einmal selber Musik gemacht."
Der Magister grinste Mona frech an:
„Ich kann nur Hausmusik. Ich geige, sie zittert!"
Brüllendes Gelächter vom Magister selbst.. Der „Schwede" verdrehte seine Augen:
„Du hattest schon mal bessere Sprüche, ich möchte zahlen."
Kurz darauf zahlte auch sein Kumpel und ging.
Danach saß nur noch Mona alleine an der Theke, während auf der Empore die vier Männer saßen und eine Runde

Schnaps nach der anderen bestellten. Der Magister machte ein bedenkliches Gesicht:
„Das riecht nach Stress, Bauarbeiter vom Festland.“
Mona nutzte die Gelegenheit, um den Magister nach dem Notruf vom Osten der Insel zu befragen.
„Angeblich wurden da Leute belästigt, mehr habe ich auch nicht mitgekriegt. Lars hat sich jedenfalls fürchterlich aufgeregt, weil er mit dem alten Fahrrad in den Osten fahren musste. Du weißt ja die Fahrradnummer war sein Dauerbrenner.“
Leicht schwankend kam jetzt die Männerrunde an die Theke. Sie wollten zahlen. Dann das übliche Trinkergerede „einen können wir noch, für den Heimweg.“ Einer der Männer stellte sich direkt neben Mona, so dass sich ihre Körper berührten.
„Lass die Frau zufrieden“, rief der Magister.
Nun legte der stark angetrunkene Mann den Arm um Monas Schulter und versuchte mit einer Hand ihre Brust zu berühren. Der Magister rechnete die Zeche zusammen, so dass er diesen Annäherungsversuch nicht beobachten konnte. Mona rutschte von ihrem Barhocker, was der betrunkene Mann als Aufforderung zu verstehen schien, jetzt aufs Ganze zu gehen. Er sollte sich irren. Mona drehte sich um und trat dem aufdringlichen Mann zwischen die Beine. Mit leichtem Wimmern ging der Angegriffene zu Boden. Seine Kollegen wollten ihm zu Hilfe eilen. Schon stand der Magister hinter ihnen und brüllte:
„Raus Lokalverbot!“
So ganz waren die drei anderen Männer noch nicht Willens das Feld zu räumen.
Mit ruhiger Stimme wurden sie von Mona angesprochen:
„So Jungs, die Party ist vorbei. Ihr geht jetzt nach Hause, nehmt euren Kumpel mit und wir vergessen die Sache, sonst

gibt es von mir eine Anzeige wegen sexueller Belästigung und vom Wirt gibt's noch eine Anzeige wegen Hausfriedensbruch obendrauf."

Bei diesen Worten zog sie ihren Dienstausweis aus ihrer Lederjacke. Völlig verstört starrten die Männer auf das Dokument. Jetzt konnte es nicht schnell genug gehen. Sie nahmen ihren zu Boden gegangenen Kumpel in die Mitte und verließen panikartig die Kneipe.

Mona schüttelte sich:

„Einfach widerlich, sich von solchen Typen anmachen zu lassen."

Der Magister nickte:

„Ich hab's gerochen. Wir hatten in letzter Zeit viel Stress mit den Arbeitern vom Festland. Hier wird ja auch nur noch gebaut. Ein Eigentumsbunker nach dem anderen. Bald sind wir hier wirklich auf Sylt."

Mona trank noch ein Alster, um sich wieder zu beruhigen. Danach zahlte sie und ging zurück in ihre Dienstwohnung. Als sie an Petersens Wohnungstür vorbeikam, dachte sie wehmütig an ihre erste und einzige Liebesnacht mit ihm. Nach kurzem Zögern drehte sie um. Die Briefe des jungen Dietrich Reimers an seine Schwester, auf die Petersen hingewiesen hatte, interessierten sie. Mit merkwürdigem Gefühl nahm sie Petersens Schlüssel aus ihrer Jeans und schloss die Wohnung auf. Sofort fiel ihr auf, dass Lars sich die Wohnung inzwischen gemütlicher eingerichtet hatte. Poster hingen an den Wänden und sogar eine Tischdecke lag auf dem Tisch. Die Briefe waren in mehreren Klarsichthüllen im Kleiderschrank versteckt. Obwohl es schon recht spät war und sie eigentlich dringend Schlaf brauchte, nahm sie die Briefe an sich und setzte sich auf das Bett. Langsam begann sie zu lesen. Mona war von der Lektüre dermaßen gefesselt, dass sie dabei völlig vergaß, wo sie befand, nämlich in seinem Bett. In Gedanken zog sie sich die Bettdecke über die Beine. Was waren das für bewegende Zeilen, die Bruder und Schwester ausgetauscht hatten? Beim vorletzten Brief fielen ihr die Augen zu und sie schlief ein.

19

Mona Behrens fühlte sich völlig zerschlagen, als ihr Handy sie um 7 Uhr weckte. Auf der Bettdecke lagen die Briefe, die sie gestern Nacht mit großem Interesse gelesen hatte. Erst jetzt registrierte sie, dass sie nicht im Bett ihrer eigenen Dienstwohnung lag, sondern im Bett von Lars. Was hatte sie veranlasst in seiner Wohnung die Briefe zu lesen? Suchte sie unbewusst seine Nähe? Emotional ein wenig verwirrt verließ sie seine Wohnung und wechselte in die ihrige. Bevor sie unter die Dusche ging, las sie noch den letzten Brief. Als sie die letzten Zeilen gelesen hatte, erfasste sie eine tiefe Traurigkeit. Sie hatte gerade die letzten Zeilen Dietrich Reimers an seine Schwester gelesen. Eine Antwort seiner Schwester sollte ihn nicht mehr erreichen. Schweren Herzens legte Mona den Brief aus der Hand und ging unter die Dusche.

Der Duft von Kaffee begrüßte sie unten im Dienstzimmer. Mona war hoch erfreut einen gedeckten Frühstückstisch vor sich zu sehen. Es erinnerte sie an die gemeinsamen Frühstücke mit Lars, die sie so genossen hatte.

„Moin mien Deern“, rief Onno aus dem anderen Zimmer, „Frieda hat mir was für dich mitgegeben, du hast ja heute viel vor. Auf dem Rechner ist die Nachricht von der Gerichtsmedizin. Wie wir vermutet hatten, wurde Meinhard mit einer Überdosis Ajmalin ermordet. Jetzt bist du auch noch die Überbringerin der schlechten Nachricht.“

Mona nickte:

„Aber besser so, als wenn ihr euch geirrt hättet! Ein Exhumierung völlig umsonst könnte sie, glaube ich, überhaupt nicht verkraften.“

Das Frühstück tat ihr gut. Dann ließ sie sich die Adresse von Gerda Nordbrock geben. Mit bangen Gefühlen machte sie sich auf den Weg zu dieser vom Schicksal gebeutelten Frau. Da es noch sehr früh war, machte Mona einen kleinen Umweg über den Dorfplatz. Nur wenige Leute waren auf der Straße. Selbst in der Inselbäckerei Kunst war nichts los. Kurz bevor sie den Dorfplatz erreicht hatte, hörte sie eine Stimme in ihrem Rücken.
„Hallo warten Sie einen Moment." Aus der Bäckerei holte sie eine recht attraktiv aussehende Frau ein:
„Entschuldigung, dass ich Sie hier so auf der Straße anspreche. Sie sind doch Mona Behrens, die Polizeibeamtin?"
Mona nickte. Irgendwie meinte sie die Frau schon einmal gesehen zu haben.
„Ich bin Rita Kolbow von der Bäckerei. Wie geht es Lars? Sie haben ihn doch mit gerettet oder?"
„Wie man so sagt, den Umständen entsprechend. Er hat viel Glück gehabt. Wir konnten ihn rechtzeitig finden, aber es war schon sehr knapp. Er liegt in Sandebusch. Ich fahr' nachher zu ihm. Soll ich ihm was ausrichten?"
„Ach, bestellen Sie ihm einfach Grüße von mir. Wir hatten uns länger nicht mehr gesehen."
Mona Behrens bemerkte die Enttäuschung in ihrer Stimme. War da was gelaufen zwischen den beiden? Die Frau wirkte irgendwie traurig. Hatte Lars Mist gebaut?
„Hören Sie, ich bin, so lange die Ermittlungen laufen, wohl etwas länger noch auf der Insel. Wir sollten uns mal treffen. Ich weiß ja, wo ich Sie finde. Ich muss jetzt los."
Rita Kolbow nickte und verschwand wieder in die Bäckerei.
Mit flauem Gefühl in der Magengrube stand Mona Behrens vor dem Hause Siems in der Rösingstraße. Sie sammelte noch einmal ihre Gedanken, dann drückte sie auf die

Klingel. Nach ungefähr einer Minute wurde die Tür geöffnet. Eine sichtlich angeschlagene Frau mittleren Alters öffnete die Tür. Mona stellte sich vor und wurde kommentarlos ins Haus gebeten. Sie nahm auf dem Sofa Platz, während Frau Nordbrock sich in den Sessel setzte. Auf dem Beistelltisch lagen viele Medikamentenpackungen. Die Frau schien unter Beruhigungsmitteln zu stehen. Mona räusperte sich:
„Das Ergebnis der Obduktion ist heute Morgen gekommen. Ihr Vater wurde tatsächlich vergiftet.“ Gerda Nordbrock zeigte keine Reaktion. Nach einer kurzen Pause sprach sie leise:
„Dann hat Petersen doch recht gehabt und Papas Angst war berechtigt.“
„Was für Angst?“, hakte Mona Behrens nach.
„Auf dem Rückweg von Bremen, von dieser Trauerfeier für Dietrich Reimers, hat er so Andeutungen gemacht, dass, wenn er mit Petersen gesprochen habe, würde er mir die volle Wahrheit erzählen und er hätte nicht mehr lange zu leben.“
„Das war alles?“
„Ja, auch von dem Streit mit Fehrensen auf dem Friedhof in Bremen, der ihn so aufgeregt hatte, wollte er nichts erzählen.“
„Keine Andeutung, versuchen Sie sich zu erinnern.“
„Nichts!“
Jetzt wechselte Gerda Nordbrock das Thema:
„Wie geht es Ihrem Kollegen, was ist eigentlich passiert? Die ganze Insel spricht davon.“
„Auf ihn wurde ein Mordanschlag verübt. Er liegt im Krankenhaus.“
„Fehrensen“, entfuhr es Gerda Nordbrock, „mein Vater wollte kurz vor seinem Tod mit Ihrem Kollegen sprechen.

Dann wird mein Vater umgebracht und kurz danach wird ein Mordanschlag auf einen Polizisten verübt. Wovor hat dieser Mann Angst?"
Mona nickte verständnisvoll, aber auch ein wenig ratlos.
„Genau das ist die Frage. Mein Kollege hat mir erzählt, dass am Grab Ihres Vaters ein Kranz von einem Amerikaner namens Eric Richards lag. Was können Sie mir über diesen Mann sagen?"
„Eigentlich gar nichts. Mein Vater hat daraus immer ein Geheimnis gemacht, wenn wir zum Beispiel Post zu Weihnachten und auch Geschenke aus Amerika bekommen haben. Wenn ich oder auch meine verstorbene Mutter ihn danach gefragt habe, hat er nur gesagt, alter Freund aus dem Krieg."
„Merkwürdig ist das schon, wenn ein deutscher Soldat oder in diesem Fall ein Marinehelfer eine Freundschaft mit einem Amerikaner verbindet. Ich meine, sie waren damals doch Feinde. Ist Wangerooge von den Amerikanern besetzt worden?"
„Nein, soviel ich weiß von Kanadiern."
„Liebe Frau Nordbrock, wenn Sie im Nachlass Ihres Vaters noch irgendetwas finden, lassen Sie es mich bitte wissen. Wir müssen Licht in dieses Dunkel bringen."
Gerda Nordbrock stand auf und geleitete Mona Behrens an die Tür:
„Grüßen Sie Ihren Kollegen, ich hätte gleich auf ihn hören sollen."
Mit gemischten Gefühlen ging Mona Behrens wieder zurück in die Wache. Onno war damit beschäftigt, die Rückführung der Leiche von Meinhard Siems zu organisieren. Mona informierte kurz über das Gespräch mit Frau Nordbrock und packte dann die Sachen für Lars zusammen, um sich dann auf den Weg zum Flughafen zu machen.

Im Nordwest-Krankenhaus bot sich Mona Behrens ein merkwürdiges Bild. Am Krankenbett von Petersen saß eine Psychologin, die ihn mit einem Fragebogen traktierte. Freudig begrüßte Lars sie, als wäre sie seine Rettung vor der Psychologie. Petersen und Psychologie, das war so eine Sache. Mona registrierte, dass er diese Frau loswerden wollte:

„So Frau Dr. Müller-Finteln, wir sollten jetzt Schluss machen. Meine Kollegin ist da und wir müssen die weitere Ermittlungsarbeit besprechen."

Frau Dr. Müller-Finteln war von diesem Vorschlag wenig erfreut:

„Lieber Herr Petersen, Sie sind krankgeschrieben und das Opfer eines Gewaltverbrechens, das steckt man nicht so leicht weg. Sie wirken auf mich schwer traumatisiert."

Petersen konnte nur schwer ein Grinsen unterdrücken. Jetzt ergriff Mona das Wort.

„Lieber Frau Doktor, dies ist ein rein privater Besuch. Ich habe Wäsche für Herrn Petersen dabei und einige andere private Dinge."

„Dann kommen Sie bitte in einer halben Stunde wieder, wenn unsere Therapiesitzung abgeschlossen ist."

Mona blieb nichts anderes übrig, als sich in die Cafeteria des Krankenhauses zurückzuziehen. Sie machte sich bei einem Cappuccino eifrig Notizen. Nach etwa 20 Minuten traute sie ihren Augen nicht. Vor der Eingangstür stand im Jogginganzug und auf Krücken Lars. Auf Bitten von Petersen gingen beide in den Krankenhauspark und setzten sich auf eine Bank.

„Diese Psychologin macht mich fertig", stöhnte Petersen, „Satire wird zur Realität. Die will was von meiner gescheiterten Ehe wissen, warum ich keinen Kontakt zu meiner Tochter habe und warum ich in Bremen ein

Disziplinarverfahren hatte. Ich fasse es nicht. Was hat das alles mit dem Angriff auf mich zu tun? Zwei Auftragskiller versuchen dich platt zu machen und Frau Dr. Müller-Lüdenscheid oder wie die heißt, will meine Beziehungsprobleme aufarbeiten."
Mona nahm seine Hand und sah ihm tief in die Augen:
„Nun komm' mal runter, schon deine Kräfte, du siehst noch immer krank aus. Darfst du denn überhaupt hier rumlaufen?"
„Na ja, heute haben sie die Schläuche abgemacht und mich aufgefordert, jeden Tag eine Viertelstunde zu laufen."
„Okay, nun mal zur Sache. Siems ist ermordet worden. Wir haben den Befund. Ich war bei seiner Tochter. Die Sache mit dem Amerikaner sagt ihr wenig. Ich habe aber in deinen Aufzeichnungen diesen Hinweis auf die merkwürdige Entnazifizierung von dem alten Fehrensen gesehen. Hast du da eine Quelle? Ich würde da gerne ein wenig nachhaken. Was ist, wenn der Eric Richards etwas mit der Entnazifizierung zu tun hatte?"
„Der selbst kann doch eigentlich nicht mehr leben, wenn, kommt der Kranz vom Sohn oder?"
„Möglich, gib mir mal die Nummer von deinem Archivar aus dem Staatsarchiv Bremen."
„Okay."
Petersen fingerte sein Privathandy aus der Tasche der Jogginghose:
„Was ist mit Fehrensen?"
„Wilbert ist da dran. Wir werden ihn vorladen und ich darf dabei sein."
„Oh, welche Ehre. Ich hab's ja gesagt, du kommst noch mal groß raus."
Mona sah ihn verlegen an und lächelte danach süffisant:
„Ach, da ist noch was, ich soll dich von Rita grüßen."

„Hör auf so zu grinsen, da ist nichts."
„Du brauchst dich nicht zu rechtfertigen, aber diese Frau scheint dich zu mögen."
Petersen machte eine abwehrende Handbewegung.
„Das passt nicht. Sie ist nur auf ihren guten Ruf bedacht, will nirgendwo mit mir hin, nicht in meine Wohnung und auch nicht in die Kneipe."
„Als Frau so allein auf einer Insel ist das auch nicht ganz so einfach."
„Das sagt gerade die richtige. Du bist mit mir doch auch in die Kneipe gegangen."
„Bei mir war aber klar, dass ich die Insel wieder verlassen würde."
„Du bist eine selbstbewusste Frau, die sich nicht um das Gerede der anderen schert."
„Mag sein, aber so sicher bin ich da auch nicht. Ich war deine Auszubildende. Am Anfang warst du auch auf Abstand bedacht. Wie lange hast du mich gesiezt? Also mach' mal halblang. Frauen werden da leicht zur Inselschlampe abgestempelt, während Männer mit ihren Eroberungen an der Theke angeben."
„Die Zeiten sind doch eigentlich vorbei. Wir leben nicht in den 70-er Jahren."
Mona lachte:
„Ich hab da ja noch nicht gelebt. Aber was ich so gelesen habe, war man da vielleicht schon weiter. So alter Mann, ab mit dir ins Bett! Die Viertelstunde ist um. Ich muss wieder ermitteln."
Beide umarmten sich sehr lang und innig. Mona brachte Petersen noch zum Fahrstuhl und düste dann wieder Richtung Harlesiel davon.
Da ihr die Zeit davonlief, rief sie aus ihrem Auto den Archivpädagogen Gutjahr vom Bremer Staatsarchiv an.

Nachdem Gutjahr sich gemeldet hatte, trug sie ihr Anliegen vor:
„Mein Name ist Mona Behrens, zurzeit Beamtin bei der Kripo Wilhelmshaven. Ich habe ihre Nummer von meinem Kollegen Lars Petersen. Er hat mir erzählt, dass er vor einiger Zeit mit Ihnen über die Entnazifizierung vom alten Fehrensen gesprochen hat."
„Warum ruft Lars mich nicht selbst an?", unterbrach Gutjahr.
„Er ist Opfer eines Mordanschlags geworden und liegt im Krankenhaus in Sande. Wenn Sie mir misstrauen, können Sie ihn gern dort anrufen."
„Nee, ist schon gut. Das ist ja fürchterlich. Wie geht es ihm?"
„Er ist auf dem Wege der Besserung."
„Hängt der Anschlag etwa mit seiner Recherche zusammen?"
„Das wissen wir eben nicht", wich Mona aus, „mir geht es um die Entnazifizierung des alten Fehrensen, dem Vater von Gerd, der ja bei der Gestapo war, aber wieder in den bremischen Polizeidienst übernommen wurde und dann dieses Sicherheitsunternehmen aufgebaut hat."
„FuSS", kam es von Gutjahr.
„Ja genau. Sie haben Lars erzählt, dass auf diesem Meldebogen von einem amerikanischen Offizier *friendly support* geschrieben wurde. In welchen Fällen wurde so etwas von der Besatzungsbehörde gemacht?"
„Das Problem bei diesem Fall ist ja, dass das Protokoll der Spruchkammer merkwürdigerweise fehlt."
„Wieso merkwürdig?"
„Na ja, sonst fehlt kein Protokoll, nur bei Fehrensen. Aber lassen Sie mich ganz allgemein sagen. Die Amerikaner haben natürlich belastete Bürger schnell entnazifiziert, wenn die denen geholfen haben."

„Wie kann man sich das vorstellen?“ setzte Mona nach.
„Beispiel: Ein Gestapo Beamter denunziert seine eigenen Leute bei den Amerikanern, gibt wichtige Tipps über deren Verfehlungen in der Nazizeit oder jemand hat ganz persönlich einem amerikanischen Offizier geholfen.“
„Gibt es darüber Unterlagen?“
„Natürlich nicht. Die Amerikaner wollten sich nicht dem Verdacht aussetzen, mit Nazis kooperiert zu haben.“
„Verstehe“, sagte Mona, bedankte sich für das Gespräch und bog in den Kreisverkehr in Carolinensiel ein.
Arbeitshypothese, einer von den Marinehelfern hat einem Amerikaner geholfen oder aber Fehrensen hat seine Gestapokollegen bei den Amerikanern ans Messer geliefert. Mona war so in Gedanken bei ihren Überlegungen, dass sie fast die Straße nach Harlesiel verpasst hätte. Angenommen, da war was mit dem Eric Richards, aber was hatte das alles mit dem Mord an Siems und dem Anschlag auf Lars zu tun? Mona war ziemlich ratlos, als sie das Flugzeug nach Wangerooge bestieg.

Im Revier in der Charlottenstraße überfiel Onno Siebelts Mona mit zwei Neuigkeiten:
„Ihr habt einen Termin mit Fehrensen, morgen um 12 Uhr im Kaiserpalais an der Strandpromenade, neben dem Hotel Upstalsboom. Wilbert kommt um 9 Uhr mit dem Flieger. Es bleibt also noch Zeit für eine Vorbesprechung. Dann haben sie, also die Kollegen vom Wasserschutz, das Boot von den Killern im Watt vor Schillig gefunden, von dem zweiten Mann aber keine Spur. Das Boot wird jetzt untersucht. Vielleicht kriegen die raus, wo es herkommt.“
Mona berichtete kurz über ihren Besuch im Nordwest-Krankenhaus und von dem Telefonat mit dem Archivar aus Bremen. Danach verzog sie sich an den Schreibtisch von

Petersen und machte sich Notizen für die morgige Vernehmung von Fehrensen.
Kurz vor Feierabend entschloss sie sich noch bei der Bäckerei vorbeizugehen. Rita Kolbow war schon am Saubermachen. Mona bestellte Grüße von Lars, obwohl dieser sie gar nicht darum gebeten hatte.
„Er läuft schon auf Krücken und wird von einer Psychologin traktiert. Das gefällt ihm überhaupt nicht", lachte Mona.
„Das kann ich mir denken", stimmte Rita Kolbow zu.
„Ich hole dich, ich denke wir sollten uns duzen, heute Abend zu einem Abendspaziergang ab. Mir ist hier langweilig so allein auf der Insel. 19 Uhr vorm Café Pudding."
Mona ließ Rita Kolbow keine Chance auf eine Antwort. Sie drehte sich einfach um und verließ die Inselbäckerei mit einer Brötchentüte unter dem Arm.
Sie hatte sich nicht getäuscht. Pünktlich zum verabredeten Zeitpunkt stand Rita Kolbow neben der Bronzeplastik mit den Seehunden vor dem Café Pudding. Sie hatte sich dezent gestylt, leichtes Make-Up. Beide Frauen schienen ein Faible für schwarze Klamotten zu haben. Schwarze Pullover mit engen schwarzen Jeans und schwarzen Stiefeln bis zu den Knien. Rita Kolbow konnte allein schon auf Grund ihres Alters nicht ganz mit der sportlichen Figur der durchtrainierten Polizistin mithalten. Durch das tägliche Training beim SEK hatte Mona einige Pfunde verloren, was ihre Figur noch attraktiver machte. Die beiden Frauen gingen über die obere Strandpromenade Richtung Schwimmbad. Die See lag ruhig vor ihnen. Aus dem „Strandkorb" wurde ihnen freundlich zugewinkt. Rita erzählte Mona, wie sie auf die Insel gekommen war und schilderte ihre Lebensumstände nach der Wende. Als sie in die Anton-Günther Straße einbogen, stellte Rita die Frage, die Mona befürchtet hatte:

„Was ist eigentlich mit dir und Lars?"
„Das weiß ich, wenn ich ehrlich bin, auch nicht so richtig. Nachdem ich hier mein Praktikum auf Wangerooge gemacht hatte, gab es keinen Kontakt mehr zwischen uns."
„Warum nicht?", unterbrach Rita.
Mona überlegte einen Moment:
„Vielleicht hatten wir beide Angst vor der Wahrheit. Dreißig Jahre Altersunterschied, beide haben wir Schicksalsschläge zu verarbeiten und in seiner sperrigen Art ist er natürlich kein einfacher Typ, aber wer will schon einfache Typen?"
Rita Kolbow nickte. Was das Verhältnis zwischen Mona und Lars anging, war sie nun noch ratloser. Was verband die beiden? Aber sie hatte keine Lust auf weitere Psychodebatten, zumal sie sich gefährlich schnell dem „Störtebeker" näherten.
„Du weißt, dass ich da nicht reingehe", blaffte sie Mona an.
„Hallo, die Situation ist doch jetzt anders. Wir sind zwei selbstbewusste Frauen, wollen was trinken, okay? Der Magister lässt übrigens ein ungewolltes Anbaggern nicht zu, da ist der konsequent, und an deiner Seite ist eine im Nahkampf geschulte Polizistin."
Ohne dass Rita antworten konnte, schob Mona sie in die Kneipe.
Das Knobeln war in vollem Gange, so dass alle konzentriert auf ihre Becher mit den Würfeln starrten.
„Max Vier, ich drehe", schallte es durch die Kneipe.
Nur der Magister, von Berufs wegen an den Kunden interessiert, begrüßte sie mit einem
„Moin ihr Schönen, welch Glanz in meiner Hütte. Was wollt ihr trinken?"
Beide bestellten ein Alster und nahmen auf der Verlobungsbank Platz. Rita wirkte leicht verunsichert. Die verrauchte Luft machte ihr zu schaffen. Die meisten Männer

der Knobelrunde waren ihr aus der Bäckerei bekannt. Am äußersten Ende der Theke saß ein alter Mann, der ständig mit sich selbst sprach, ein Bild des Jammers, wie Rita fand. Der Magister erkundigte sich zwischendurch nach dem Befinden von Lars Petersen. Als Mona erzählte, verstummte die Knobelrunde, alle hörten ihr zu. Einige wollten mehr wissen über das, was sich im Osten der Insel in den Dünen ereignet hatte, aber Mona wehrte weitere Fragen mit dem Hinweis auf die laufenden Ermittlungen ab.
„Grüß ihn mal von uns", rief der Schwede und alle stimmten zu. Das Knobeln ging in die nächste Runde.
„Hast du dein Gerät dabei?", fragte der lang aufgeschossene Tischlergeselle, der immer so schnell sprach.
„Das will ich doch hoffen", kam prompt die Antwort. Dabei grinste ihn sein Gegenüber breit an.
Rita war sich unsicher, ob diese Bemerkung eine Anzüglichkeit war oder nicht. Der Magister fragte die beiden Frauen, ob sie einen Musikwunsch hätten. Rita fasste sich ein Herz und wünschte sich Bruce Springsteen. Es dauerte etwas, bis der Magister eine CD gefunden hatte.
„Man kann das auch alphabetisch sortieren", bemerkte der Elektromeister, der an der Spitze der Theke saß, süffisant.
„Ich find alles, was ich finden will", kam es prompt zurück, „nur Helene Fischer nicht, die will ich nicht finden. Gestern kamen wieder so verrückte Hühner rein, die wollten von Helene Fischer *Atemlos* hören, denen hab' ich gesagt, atemlos bin ich selbst. Au, die waren richtig beleidigt und sind wieder abgezogen."
Selbst Rita musste jetzt grinsen. Stellte sich aber vor, wie das wohl auf Touristen wirken musste, wenn sie den Magister nicht kannten. Der alte Mann am Thekenende wurde lauter. Der Magister ermahnte ihn leiser zu sein. Umsonst, laut rief er:

„Weiber raus, Nutten rein!“
Selbst die Knobler schüttelten verständnislos mit den Köpfen.
Der Magister konnte es aber nicht lassen, er wollte seinen Klassiker anbringen.
„Ruhe Walter, außerdem weißt du doch, hier gibt‘s keinen Puff, man muss nur klingeln.“
Der Schwede rief den Magister zur Ordnung:
„Konzentrier dich aufs Knobeln, der Witz ist uralt, stinkt schon bis Meppen.“
Leicht schockiert wandte Rita sich an Mona:
„Ist das hier immer so?“
„Manchmal schon, aber das hat nichts mit uns zu tun. Teilweise find ich es auch grenzwertig, aber die Runde hier, das sind alles nette Leute.“
Im weiteren Verlauf der Unterhaltung erkundigte sich Rita ausführlich nach der Polizeiausbildung, die Mona gerade durchlief. Das weitere Geschehen in der Kneipe trat zurück.
Nach etwa zwei Stunden zahlten die beiden Frauen.
„Kommt mal wieder ihr beiden Hübschen“, rief der Magister ihnen noch nach.
„Na, war doch nicht ganz so schlimm oder?“, erkundigte sich Mona.
„Okay, wenn man eine interessante Gesprächspartnerin hat wie dich und die gute Musik, dann kann man es aushalten.“
Beide Frauen umarmten sich zum Abschied.
Mona war froh, nur Alster getrunken zu haben. Morgen wartete ein wichtiger Tag auf sie.

20

Am nächsten Morgen gegen 9:30 Uhr fanden sich Kommissar Wilbert, Onno Siebelts und Mona Behrens im Revier Wangerooge ein. Wilbert hatte nur einen Aktenkoffer dabei, was darauf hindeutete, dass er noch am gleichen Tag die Insel wieder verlassen wollte. Onno Siebelts wurde beauftragt, die Rückführung der Leiche von Meinhard Siems zu überwachen. In den späteren Abendstunden sollte der Leichnam wieder ins Grab abgesenkt werden. Bei den offenen Fahndungen waren keine Neuigkeiten zu vermelden. Weder der flüchtige Killer, noch die falsche Pflegerin hatten anscheinend irgendwo Spuren hinterlassen. Wilbert und Mona Behrens sprachen noch ihre Verhörtaktik ab, danach machten sie sich auf den Weg zur Appartementanlage Kaiserpalais an der oberen Strandpromenade. Auf der Zedeliusstraße waren kaum Menschen zu sehen. Erst am 1. Mai würde die Insel sich wieder füllen. Unten am Klingelschild der Anlage fanden sie den Namen Fehrensen nicht, sondern den Firmennamen FuSS. Nachdem sie im obersten Stockwerk angekommen waren, öffnete sich die einzige Tür und ein Herr mit graumelierten Haaren und Goldrandbrille begrüßte sie:
„Darf ich mich vorstellen, Dr. Monsees, ich bin der Rechtsbeistand von Herrn Fehrensen."
Wilbert war wenig überrascht, dass ein Rechtsanwalt dabei war, auch Mona Behrens hatte dies erwartet. Vor dem riesigen Panoramafenster war eine schwarze Ledergarnitur aufgebaut, die jedem ermöglichte auf die Nordsee zu blicken. An der linken Seite stand ein großer schwarzer Sessel ebenfalls aus Leder, in dem ein sehr alter Mann saß.

Nicht besonders groß, mit schütterem grauem Haar. Er trug eine weinrote Strickjacke. Sein Gesicht war mit vielen Falten übersät und strahlte eine gewisse Strenge aus. An der linken Armlehne des Sessels lehnte ein silberner Krückstock. Auf dem Tisch vor der Sitzgruppe stand eine Teekanne, daneben Tassen mit dem entsprechenden ostfriesischen Dekor. Rechtsanwalt Dr. Monsees stellte die Polizeibeamten Fehrensen vor. Sein Blick verweilte etwas länger bei Mona Behrens:

„Da haben Sie aber eine attraktive Kollegin mitgebracht, Herr Wilbert. Wollen Sie mich bestechen?"

„Nein, Frau Behrens vertritt den Kollegen Petersen, auf den ja bedauerlicherweise ein Mordanschlag verübt wurde."

„Habe davon gehört, schlimme Sache."

Ganz schön abgebrüht, dachte Mona und machte dabei ein möglichst neutrales Gesicht.

Wilbert begann nun recht förmlich das Gespräch zu eröffnen:

„Herr Fehrensen, wir haben Sie als Zeugen vorgeladen und nicht als Beschuldigten. Das Gespräch wird aufgezeichnet und eine Abschrift wird Ihnen oder Ihrem Rechtsanwalt vorgelegt. 12:05 Uhr Beginn der Vernehmung, Anwesende Dr. Monsees, Herr Fehrensen, Polizeianwärterin Frau Mona Behrens und Hauptkommissar Wilbert.

Herr Fehrensen, Sie sind nach unserer Kenntnis der einzige Zeuge, der uns Aufschluss über den Tod von Dietrich Reimers geben kann, der keineswegs Opfer eines Bombenangriffs war, sondern erschossen wurde. Leider ist ja ein weiterer Zeuge, Herr Meinhard Siems, ermordet worden."

Diese Mitteilung schien die beiden Herren wenig zu beunruhigen, keine Regung, starre Mienen. Jetzt räusperte sich Dr. Monsees:

„Mein Mandant wird zu dem Tode von Dietrich Reimers eine Aussage machen, auch wenn ihm das nicht leicht fällt. Ich möchte Sie weiter bitten, die Vernehmung aus gesundheitlichen Gründen auf eine Stunde zu begrenzen."
Wilbert passte das überhaupt nicht, also mussten sie die richtigen Fragen stellen.
Fehrensen begann zu sprechen:
„Ich spare mir die Vorrede, sie haben sicher Ihre Hausaufgaben gemacht. Wir hatten an dem besagten Tag einen amerikanischen Bomber abgeschossen und sahen von Ferne, wie der Pilot mit dem Fallschirm ausstieg und im Watt an der Blauen Balje landete. Das war natürlich für uns Jungs was Besonderes. Uns hatte das Jagdfieber gepackt. Leutnant Behnken kam nicht hinterher. Wir drei also nichts wie rein ins Watt. Mir fiel auf, dass Dietrich besonders heiß auf den Amerikaner war. So kannten wir Dietrich eigentlich überhaupt nicht. Er war eher ein besonnener Junge gewesen, kein Heißsporn. Er schrie immer wieder ´du Schwein, du wirfst keine Bomben mehr auf Deutschland`. Als wir ungefähr zweihundert Meter von dem Amerikaner entfernt waren, legte Dietrich an. Meinhard und ich schrien ihn an, lass das, der ist Kriegsgefangener. Der Amerikaner hatte seine Hände über dem Kopf verschränkt, ein deutliches Zeichen, dass er sich ergeben wollte. Aber Dietrich war wie von Sinnen. Es kam zu einer Rangelei zwischen uns. Er stieß Meinhard von sich, drohte mir, wenn du mich hindern willst, erschieße ich dich. Er legte dann an und ich zweifelte keine Sekunde, dass er es ernst meinte und dann habe ich abgedrückt. Ich wollte ihn nur am Bein treffen, habe aber durch die Rückwärtsbewegung, in der ich mich befand, das Gewehr nach oben gerissen und seinen Kopf getroffen."
Es trat eine Pause ein. Niemand wagte etwas zu sagen, so

sehr waren die beiden Beamten von dieser Schilderung beeindruckt.
Wilbert war der erste, der seine Fassung wieder gewann.
„Warum ist das nie dokumentiert worden und findet sich nicht in irgendwelchen Akten?"
Dr. Monsees ergriff jetzt das Wort:
„Für damalige Verhältnisse war es undenkbar, dass sich Marineangehörige gegenseitig an die Gurgel gingen. Man hat das Ganze verschwiegen und später den Tod von Dietrich Reimers als Bombentod deklariert."
Jetzt schaltete sich Mona ein:
„Warum hat Frau Wiechers, die Schwester von Dietrich Reimers, nie die ganze Wahrheit erfahren?"
„Das war uns damals verboten worden", schaltete sich Fehrensen wieder ein.
„Ja, aber später in der Nachkriegszeit, da waren Sie doch nicht mehr an solche Verbote gebunden", unterbrach Mona den alten Mann.
„Nun mal langsam schöne Frau, die Wiechers war überzeugte Sozialistin, warum sollten wir ihr die Illusion von ihrem Bruder zerstören?"
Mona blickte Wilbert hilflos an.
„Was war die Ursache des Streits mit Siems auf dem Friedhof in Bremen, es gab da Beobachtungen von Zeugen?", setzte Wilbert noch einmal an.
„Gut, dass Sie das ansprechen Herr Kommissar, Meinhard meinte, dass es Zeit sei, der Schwester reinen Wein einzuschenken. Ich war strikt dagegen."
„Aus allem, was ich über Dietrich Reimers weiß, stand er dem Naziregime doch sehr kritisch gegenüber", warf Mona ein.
„Ja, junge Frau, da sehen Sie, was Krieg aus Menschen machen kann."

Bei diesen Worten wäre Mona Behrens dem alten Mann am liebsten an die Gurgel gesprungen. Sie hatte aus den Briefen von Dietrich an seine Schwester einen völlig anderen Eindruck von diesem jungen Mann gewonnen. Sollte sie sich irren? Natürlich veränderten sich Menschen im Krieg, davon hatte sie einiges gelesen und auch in der Schule hatten sie dies im Geschichtsunterricht diskutiert.

Wilbert versuchte nun seinen letzten Pfeil abzuschießen:

„Warum wird dann ausgerechnet ein zweiter Zeuge, nämlich Meinhard Siems, ermordet?"

Jetzt meldete sich Dr. Monsees zu Wort:

„Der Todesfall Siems kann nicht Gegenstand dieser Vernehmung sein oder haben Sie einen Anfangsverdacht? Dann erwarte ich Akteneinsicht."

Wilbert schüttelte seinen Kopf. Sie hatten nichts in der Hand.

Fehrensen grinste heimtückisch:

„Und jetzt fragen Sie wohl auch noch nach dem Anschlag auf Ihren Kollegen. Der hat in Bremen genug Dreck am Stecken, den haben die da nicht umsonst rausgeschmissen."

Mona lief rot an. Wilbert stieß sie an. Er spürte, dass seine junge Kollegin kurz davor war die Fassung zu verlieren.

Aber auch Dr. Monsees sah verärgert zu seinem Mandanten:

„Ich glaube da ist Herrn Fehrensen was rausgerutscht, was nicht hierher gehört."

„Wenn Sie meinen Herr Anwalt, dann streichen wir diese Bemerkung", grinste Fehrensen gönnerhaft.

Monsees ergriff wieder das Wort:

„Ich glaube meine Herren, das war's dann wohl. Schicken Sie mir bitte die Abschrift von diesem Gespräch in meine Kanzlei.

Völlig deprimiert erhoben sich die Beamten und verließen die Wohnung im Kaiserpalais.

Auf der Promenade explodierte Mona:
„Dieses Schwein, aalglatt, der fühlt sich völlig sicher und wir haben nichts außer Vermutungen."
„Ja, da haben Sie sicher Recht, trotzdem müssen Sie ruhig bleiben. Was meinen Sie, wievielen Typen von ähnlichem Kaliber ich schon gegenüber gesessen habe. Macht man einen Fehler, dann wird das durch diese Rechtsverdreher sofort gnadenlos ausgenutzt. Hätten wir Fehrensen allein gehabt, hätten wir ihn durch gezielte Provokationen aus der Fassung gebracht, da bin ich mir sicher. Nun wollen wir mal nicht gleich ganz schwarzsehen. Wir haben ja noch einen Trumpf, das ist der Mann, den Petersen angeschossen hat. Ich warte nur darauf, dass der vernommen werden kann. Das Protokoll der heutigen Befragung übernehmen wir in Wilhelmshaven. Ich düse ab zum Flughafen. Wir bleiben in Kontakt."
Mit diesen Worten drehte Wilbert in Richtung Flughafen ab.
Mona war völlig am Boden zerstört. War sie zu emotional gewesen? Aber die Bemerkung über Lars hatte sie aus der Bahn geworfen. Langsam ging sie die Treppe zum Strand hinunter. Sie brauchte frische Luft zum Atmen. Das Meer hatte sich zurückgezogen. Es war Ebbe. Viele Muscheln zerbarsten unter ihren Sohlen. Die ersten Segelyachten waren wieder am Horizont zu sehen. Wehmütig dachte sie an die Stunden, in denen ihr Lars die maritime Welt erklärt hatte.

Gerda Nordbrock begleitete Onno Siebelts an die Tür des Hauses in der Rösingstraße. Sie hatte sich für seine Information über die Rückführung der Leiche ihres Vaters nach Wangerooge bedankt. Für sie stand ihr Entschluss fest, dieser Rückführung nicht beizuwohnen. Eine erneute

Beerdigung war für sie nicht vorstellbar. Onno hatte dafür Verständnis gezeigt und war dann gegangen. Sie fühlte sich jetzt stark genug die Kassette aufzuschließen, in der ihr Vater wichtige Dokumente aufbewahrt hatte. Geburtsurkunde und Zeugnisse fand sie dort, auch ein kleines Testament, welches sie als Alleinerbin einsetzte. Eigentlich hätte es eines solchen Testaments gar nicht bedurft, da sie die alleinige gesetzliche Erbin war. Unter all diesen Schriftstücken fand sie noch einen Brief, auf dem nur ihr Vorname stand, Gerda. Vorsichtig öffnete sie den Umschlag mit einem Brieföffner. Tatsächlich enthielt der Umschlag einen persönlichen Brief ihres Vaters an sie. Gespannt fing sie an zu lesen:

„Meine liebe Tochter,

du wirst jetzt bald Kenntnis von einem Geheimnis bekommen, das ich fast mein ganzes Leben mit mir rumgetragen habe.

Es ist keine Ruhmestat und ich schäme mich für mein Verhalten. Dein Bild von mir wird starke Risse bekommen. Ich habe dich immer geliebt und wollte dich vor der schlimmen Wahrheit beschützen. Vielleicht ist dieses Verhalten ein

Fehler gewesen. Entscheide selbst!
Da dieses Geheimnis immer mein Leben bedroht hat, kann ich es dir in diesem Brief nicht mitteilen. In Albers Nähe findest du des Rätsels Lösung.
Ich hoffe, du wirst mich nicht verachten und mich trotz allem in guter Erinnerung behalten.
Pass auf dich auf!
Dein dich liebender Papa"

Gerda Nordbrock fing laut an zu schluchzen. Die Tränen liefen ihr über die Wangen. Was sollte jetzt noch kommen? Ihr Vater war ermordet worden, dann die Exhumierung und jetzt noch dieser Brief, den sie so gar nicht einordnen konnte. Wen oder was meinte ihr Vater mit Albers? Was für ein Rätsel? Sie hatte immer ein behütetes Leben geführt. Nach dem Tod ihrer Mutter hatte ihr Vater ihr alle Liebe der Welt gegeben. Von der Bedrohung dieser Idylle hatte sie zu keinem Zeitpunkt etwas mitbekommen. Jetzt wurde ihr anscheinend der Boden unter den Füßen weggezogen.
Nachdem sie sich etwas beruhigt hatte, nahm sie ihr Telefon und wählte die Nummer von Mona Behrens, der jungen Polizistin, zu der sie Vertrauen gefasst hatte.
Gedankenversunken lief Mona den Strand entlang, als ihr

Telefon klingelte. Eigentlich hatte sie einen Anruf des ungeduldigen Lars erwartet, der sicher wissen wollte, wie die Vernehmung von Fehrensen gelaufen war. Aber sie hatte sich getäuscht. Gerda Nordbrock bat sie, zu ihr zu kommen. Mit schnellen Schritten ging sie über die Westingstraße zum Hause von Meinhard Siems. Als Gerda Nordbrock ihr die Tür öffnete, sah Mona sofort die roten Augen. Gerda Nordbrock hatte geweint. Nachdem Mona sich gesetzt hatte, überreichte sie ihr ohne Worte einen Brief. Monas Herz fing an zu rasen. Sie bat um ein Glas Wasser. Hatte sie die Lösung des Falls in den Händen? Noch aber gab es keine Informationen. Sie beruhigte sich etwas, nachdem sie das Wasser getrunken hatte.

„Liebe Frau Nordbrock, wer ist Albers?“, fragte sie.

„Wenn ich das wüsste. Ich zermartere mir schon die ganze Zeit das Gehirn darüber“, sagte Gerda Nordbrock mit Tränen erstickter Stimme.

Mona machte eine Pause. Sie musste sich selbst konzentrieren.

„Haben Sie einen Bekannten namens Albers?“, setzte sie jetzt wieder an, „hier gibt es doch ein Baugeschäft mit gleichem Namen.“

„Ja, stimmt, aber zu denen haben wir nie Kontakt gehabt“, antwortete Gerda Nordbrock.

Jetzt fiel Mona etwas ein, auf das Lars Stolz gewesen wäre:

„ Albers, Albers, ich kenne nur Hans Albers, zwar nicht mein Fall aber....“

„Warten Sie mal“, wurde sie von Gerda Nordbrock unterbrochen, „mein Vater war Fan von Hans Albers, vor allem, wenn er einen getrunken hatte, legte er die Platten auf und sang immer mit. Meine Mutter und ich sind dann immer in den Garten geflüchtet.“

„Gut, aber hat das was mit diesem Hinweis zu tun?“, fragte

Mona nachdenklich.
„Wir hatten einen Kater, den mein Vater Albers nannte, das ist aber schon lange her“, fiel Gerda Nordbrock ein.
„Wo ist der denn hin?“ Mona kam eine Idee.
„Wie hin? Den haben wir im Garten verbuddelt, so ein richtiges Grab. Dazu hab ich, wie man das als Kind so macht, ein Holzkreuz gebastelt.“
Mona wurde immer unruhiger:
„Gibt es das Kreuz noch?“
„Nein, ich war ja noch ganz klein, das ist inzwischen längst vergammelt.“
„Aber wo haben Sie Ihren Kater vergraben?“ Monas Herz fing wieder an zu pochen. Sie dachte an die Worte ihres SEK Einsatzleiters, durch langsames Atmen wieder Kontrolle zu bekommen.
„Unter der Hortensie“, murmelte Gerda Nordbrock.
„Frau Nordbrock, haben Sie einen Spaten? Ich glaube wir müssen in den Garten.“
Gerda Nordbrock sah Mona ungläubig an.
„Sie glauben?“, stammelte sie.
„Ja, Ihr Vater muss eine fürchterliche Angst gehabt haben, wie wir jetzt wissen auch zu recht. Er wollte das hier nicht so einfach aufschreiben und im Haus lassen. Nur Sie können wissen, dass es einen Kater mit dem Namen Albers gab und wo er vergraben ist.“
„Gut, dass ich Sie angerufen habe, auf sowas wäre ich nie gekommen.“
„Abwarten, das kann auch eine falsche Überlegung sein.“
Beide Frauen gingen in den Garten. Gerda Nordbrock holte einen Spaten aus dem Schuppen. Mona stand schon bei dem Hortensienbusch.
„Erinnern Sie sich, wo der Kater genau lag?“, fragte Mona mit großer Neugier.

Gerda Nordbrock musste nur kurz überlegen.
„Hier rechts, glaube ich, war das.“
Mona setzte sofort den Spaten an. Nachdem sie etwa 20 cm tief gegraben hatte, traten tatsächlich einige Katzenknochen zutage. Mona ekelte sich, aber wer Leichen inspizieren musste, der sollte doch wohl den Anblick von Katzenknochen ertragen können.
„Unter den Knochen kann ja nun nichts mehr liegen. Ich gehe mal etwas weiter nach rechts. Hier sieht die Erde sowieso anders aus, irgendwie so, als hätte hier jemand vor nicht sehr langer Zeit gebuddelt.“
Kurz nachdem sie die 30 cm Marke überschritten hatte, stieß sie auf Metall. Gebannt starrten die beiden Frauen in das Erdloch. Eine kleine, rote, fast unversehrte Kassette wurde sichtbar. Mona grub jetzt mit den Händen weiter, bis sie die Kassette freigelegt hatte, um sie dann Gerda Nordbrock in die Hand zu drücken. Aus lauter Dankbarkeit über den Fund umarmte sie Mona.
„Kommen Sie, wir gehen ins Haus.“
Vorsichtig säuberte sie die Kassette, um dann andächtig den Deckel zu heben. Zur Überraschung der beiden Frauen war die Kassette nicht verschlossen.
Mona war etwas unwohl in ihrer Haut:
„Wenn Sie jetzt alleine sein wollen, ich kann auch nachher wieder kommen.“
„Auf keinen Fall, ohne Sie hätte ich das Ding nie gefunden“, wiegelte Gerda Nordbrock ab.
In einer Plastikfolie lag wiederum ein größerer Briefumschlag, auf dem „Beglaubigte eidesstattliche Erklärung“ stand. Ohne Umschweife öffnete sie den Umschlag, in dem ein briefähnliches Schriftstück lag und las laut vor:

„Wangerooge, 21.03.2008

Hiermit erkläre ich an Eides statt, dass die nachfolgende Schilderung der Wahrheit entspricht. Eine Zweitschrift dieses Textes ist bei Notar Wilkens in Jever hinterlegt.

Diese Schilderung bezieht sich auf einen Vorgang am 22.03.1945, der in den Tagen danach und nach dem Krieg verschleiert wurde. Es geht um den Tod meines Freundes und Kameraden Dietrich Reimers. An dem besagten Tag wurden wir von feindlichen amerikanischen Fliegern überflogen. Unsere Flak konnte an diesem Tag einige Treffer vermelden. Etwas rechts von Minsener Oog wurde ein Amerikaner getroffen. An der Maschine konnten wir eine starke Rauchentwicklung beobachten. Der Pilot schien am Leben zu sein, denn ein Fallschirm öffnete sich und segelte in Richtung Wattenmeer vor Schillig. Der starke Südost-Wind wehte den Fallschirm immer stärker in unsere Richtung. Gerd Fehrensen, Dietrich Reimers und ich verließen unsere Stellung und liefen in Richtung Wattenmeer. Leutnant Behnken, unser befehlshabender Offizier, folgte uns in einem Abstand von etwa 100 Metern, der sich aber weiter vergrößerte, weil wir anfingen zu laufen. Gerd Fehrensen, ein überzeugter National-sozialist, war kaum zu bremsen. ‚Den holen wir uns und machen ihn platt', rief er völlig fanatisiert. Der Amerikaner landete am Rande der Blauen Balje in etwa 500 Metern Entfernung vom Ostanleger im Watt. Ungefähr 200 Meter vor dem Piloten blieben wir stehen und verschnauften. Der Amerikaner hatte sich mittlerweile von seinem Fallschirm befreit und hielt seine Arme über dem Kopf verschränkt, für uns ein klares Zeichen, dass er sich ergeben würde. Gerd Fehrensen entsicherte seinen Karabiner mit den Worten:

‚Jetzt bekommst du die Quittung für die vielen Bomben, die ihr auf Deutschland geworfen habt.'

Dietrich und ich redeten auf ihn ein, dass er das nicht machen könne. Dietrich, dessen Eltern überzeugte Sozialdemokraten waren, redete sogar von der Genfer Konvention und dass man Kriegsgefangene nicht erschießen dürfe. Dietrich stellte sich vor Gerd, um zu verhindern, dass dieser auf den Amerikaner anlegen würde.

Aber Gerd schien blind vor Hass und Fanatismus. Sein Gesicht war zu einer Fratze mutiert, so hatte ich ihn noch nie gesehen und zu meinem

Entsetzen geschah es dann.
Aus ungefähr 3 Metern Entfernung drückt er einfach ab und schoss Dietrich direkt in den Kopf. Inzwischen kam Leutnant Behnken in Rufweite und brüllte: „Aufhören, Aufhören!“ Einen Moment hielt Gerd, als er den stark blutenden Dietrich im Watt liegen sah, inne. Widerstandslos nahm ich ihm seine Waffe ab. Ich habe mich dann um Dietrich gekümmert, aber da war nichts mehr zu machen. Er starb in meinen Armen. Behnken kümmerte sich um den Amerikaner. Gerd starrte regungslos auf den sterbenden Dietrich, ohne eine Reaktion zu zeigen. Der amerikanische Pilot, der sich mit Behnken näherte, sprach zu unserer Überraschung ein wenig deutsch. ‚Wollte der mich killen?‘, fragte er und deutete auf den toten Dietrich Reimers.

Wir alle sagten nichts und so entstand die Legende, dass Dietrich Reimers einen amerikanischen Piloten erschießen wollte. In der Folge hat sich dann der Vater von Gerd, der bei der Gestapo war, um die Sache gekümmert. Die Leiche von Dietrich, die wir aus dem Watt in die Dünen geschleppt hatten, verschwand am nächsten Tag und wurde nie wieder gesehen. Leutnant Behnken, Gerd und ich wurden dann von Gerds Vater und einem Marineoffizier, den ich nicht kannte, vorgeladen. Uns wurde erklärt, dass Dietrich offiziell durch einen Bombenabwurf gestorben sei und wir verpflichtet seien, dies auch so als Zeugen auszusagen. Der Marineoffizier redete vom Schutz der Marine. Genau kann ich mich daran nicht mehr erinnern. Später in unserer

Unterkunft stellte sich dann heraus, dass der amerikanische Pilot deutsche Vorfahren hatte und Eric Richards hieß. Sein Vater, der in den 20-er Jahren nach Nebraska ausgewandert war, trug den Namen Erich Richard und kam aus Braunschweig. Er hatte in Nebraska eine große Futtermittelfirma aufgebaut und die Familie wurde dadurch sehr wohlhabend. Die Firma gibt es immer noch und wird von dem ältesten Sohn des Piloten, der auch Eric heißt, geleitet. Die Familie wurde immer in dem Glauben gelassen, Dietrich Reimers hätte Eric erschießen wollen und wir hätten ihn gerettet. Diese Legende hat vor allem der Familie Fehrensen in Bremen sehr geholfen. Nach dem Krieg gab es große Probleme bei der Entnazifizierung des alten Fehrensen. Eric Richards hat sich dann bei der amerikanischen Besatzungsbehörde für ihn eingesetzt, so dass er dann wieder bei der Polizei in Bremen arbeiten konnte. Der Aufbau einer eigenen Sicherheitsfirma in Bremen war für Familie Fehrensen nur aufgrund eines großzügigen Kredits von Richards möglich.

Wir, die Familie Siems, haben ebenfalls von der Dankbarkeit der Familie Richards profitiert. Durch einen zwar kleineren, aber auch günstigen Kredit, konnten wir unsere Ferienpension in der Friedrich-August-Straße aufbauen.

Meinhard Siems"

An dem älteren Schriftstück war ein neuer Briefbogen angeheftet, auf dem folgendes geschrieben stand:

„Nachtrag Wangerooge, 26.04.2014

Liebe Gerda!

Das schlechte Gewissen hat mich die Jahre über

immer gequält, aber ich war zu feige die Wahrheit offenzulegen. Mit dem Fund der Leiche von Dietrich Reimers und den Nachforschungen des Polizisten Petersen kamen die Ereignisse von damals wieder hoch. Auf der Beerdigung von Dietrich Reimers in Bremen wurde mir von Gerd Fehrensen unmissverständlich klargemacht, was ein Bruch des Schweigegelübdes für mich bedeuten würde. Seit diesem Tag quälten mich Todesängste und ich entschloss mich, dir liebe Gerda, auf diese Weise die Wahrheit mitzuteilen. Ich bitte dich diese Erklärung der Polizei, insbesondere Herrn Petersen, zu übergeben.

Ich habe schwere Schuld auf mich geladen, meine liebe Tochter. Aber ein Grund zu schweigen war es, dir eine unbeschwerte Kindheit und Jugend zu ermöglichen. Nach dem frühen Tod meiner

geliebten Frau, deiner Mutter, war ich alleine und hatte für dich zu sorgen. Eine Beurteilung meiner Handlungsweise überlasse ich dir selbst. Ich habe dich immer über alles geliebt.
Dein Papa"

Gerda Nordbrock hatte die letzten Zeilen nur noch mit Tränen erstickter Stimme lesen können. Danach brach sie förmlich zusammen. Mona Behrens, emotional stark bewegt, umarmte sie und bettete sie aufs Sofa. Voller Mitgefühl hielt sie Gerda Nordbrocks Hand fest. Die Weinkrämpfe wollten kein Ende nehmen. Nach kurzem Überlegen nahm Mona ihr Telefon und bat Dr. Meyerdierks zu kommen.

Onno Siebelts sah im Gesicht seiner Kollegin sofort, dass etwas passiert war:
„Was ist los, mien Deern? Du siehst aus wie der Tod. Setzt dich, ich hab‘ noch einen Schluck Kaffee in der Kanne."
Ohne etwas zu sagen, ließ sich Mona in den Bürostuhl fallen. Sie öffnete ihre Jacke und reichte Onno ein Schriftstück: die eidesstattliche Erklärung von Meinhard Siems. Onno, der nicht so richtig wusste, was er mit dem Schriftstück anfangen sollte, schaute Mona fragend an.
„Lies einfach, aber setz dich hin, das wird dich umhauen",
flüsterte Mona leise.
Onno las das Papier aufmerksam. In seinem Gesicht konnte Mona die aufwallende Emotion genau beobachten. Zum

Schluss legte er den Brief auf den Schreibtisch und, was Mona nicht für möglich gehalten hätte, dieser sehr geerdet wirkende Mann fing an zu weinen.
Nachdem sich beide Beamten wieder gefangen hatten, faxte Mona das Dokument weiter an Kommissar Wilbert, der aber nicht mehr im Büro war.
Kurz bevor sie Feierabend machen wollte, klingelte das Telefon. Gerda Nordbrock, der es offenbar wieder etwas besser ging, erkundigte sich, wann der Sarg mit der Leiche ihres Vaters wieder am Friedhof eintreffen werde. Onno hatte die Zeit auf 20 Uhr festgelegt. Er übergab dann das Telefon an Mona Behrens:
„Liebe Frau Behrens, ich möchte doch heute Abend dabei sein. Holen Sie mich ab."
Mona musste schlucken. Diese Frau mutete sich einiges zu, sie konnte ihre Bitte aber nicht abschlagen, denn auch sie hatte das Bedürfnis zum Friedhof zu gehen.
„Ich komme um 19:30 Uhr bei Ihnen vorbei."

Die Freiwillige Feuerwehr hatte diesmal nur einen Scheinwerfer auf dem Friedhof installiert. Die Szenerie wirkte nüchtern, aber trotzdem hatte sie etwas Irreales. Der E-Karren mit dem abgedeckten Sarg fuhr den Hauptweg des Friedhofs hoch und versuchte vorsichtig, so nah wie möglich, an das geöffnete Grab heranzufahren. Dort standen die Männer der Feuerwehr bereit, den Sarg in die Grube abzusenken. Vor dem Grab standen die beiden Frauen und Onno Siebelts, der in Uniform erschienen war. Ohne ein Innehalten wurde der Sarg abgeladen und wieder in die Grube versenkt. Als dies geschehen war, löste sich Gerda Nordbrock von Mona und trat an das offene Grab. Mit fester Stimme sagte sie:
„Papa, ich habe dich immer geliebt und werde dich weiter

lieben."
Dann drehte sie sich um, hakte sich bei Mona Behrens ein und beide verließen den Friedhof schnellen Schrittes.
Nachdem Mona Gerda Nordbrock nach Hause gebracht hatte, ging sie noch eine Runde über die Strandpromenade. Dieser Tag hatte sie mächtig durcheinander gewirbelt. Sie vermied es auf ihr Handy zu schauen, wahrscheinlich hatte Lars mehrfach versucht sie zu erreichen. Er hatte von Anfang an Recht gehabt mit seinem Misstrauen gegenüber der offiziellen Version des Todes von Dietrich Reimers. Wäre er nicht so hartnäckig geblieben, wüsste jetzt niemand, was damals wirklich geschehen war. Eigentlich müsste sie ihn jetzt anrufen und ihn über die neuen Entwicklungen informieren, aber es fehlte ihr die Kraft. Sie setzte sich auf eine Bank und starrte auf das Meer. Ein helles Feuer zuckte in regelmäßigen Abständen am Horizont. Mona wusste, dass es das Leuchtfeuer von Helgoland war. Lars hatte es ihr im November in einer dieser schönen Nächte gezeigt.

21

Am nächsten Morgen herrschte große Hektik im Polizeiposten Wangerooge. Kommissar Wilbert hatte sich schon sehr früh gemeldet. Mona hatte noch nicht zu Ende gefrühstückt. Die Kopie der eidesstattlichen Erklärung hatte Wilbert in Aufruhr versetzt:
„Ich muss das mit der Staatsanwaltschaft klären, ob dieses Papier für einen Haftbefehl ausreichend ist. Falls Fehrensen noch auf der Insel ist, müssen wir ihn dort bei euch verhaften. Bitte klärt das möglichst diskret. Ich melde mich wieder."
Mona Behrens sah ihren Kollegen an:
„Wie machen wir das?"
„Das lass mich man machen. Ich kenn da jemanden von der Hausverwaltung", erklärte Onno Siebelts und schwang sich ans Telefon. Unterdessen versuchte Mona Petersen im Krankenhaus zu erreichen, was ihr aber nicht gelang, da irgendwelche Untersuchungen angesetzt waren. Langsam hatte sie ein schlechtes Gewissen, weil der Mann, der alles ins Rollen gebracht hatte, von nichts wusste. Mittlerweile hatte Onno in Erfahrung gebracht, dass Fehrensen heute mit einem Privatflugzeug die Insel in Richtung Bremen verlassen würde.
„So lange kein grünes Licht aus Wilhelmshaven kommt, können wir nichts machen. Worauf warten die denn?", grummelte er vor sich hin.
„Ich ruf' mal Uwe vom Tower in Wangerooge an. Wir sollten schon wissen, ob der noch hier ist oder schon den Abflug in Richtung Bremen gemacht hat."
Mona nickte.

„Mach das, denn dann kann, wenn grünes Licht kommt, Wilbert die Sache mit Bremen klarmachen."
Nach dem Anruf machten beide Polizisten lange Gesichter. Fehrensen war mit seinem Anwalt, der auch das Flugzeug flog, schon in der Luft. Zu gerne hätten sie sein Gesicht gesehen, wenn sie ihn in Haft genommen hätten.
Erst nach zwei Stunden meldete sich Wilhelmshaven. Ein Haftbefehl lag jetzt vor, aber auf Grund des hohen Alters von Fehrensen, er war jetzt 86 Jahre alt, war die Staatsanwaltschaft skeptisch, eine längere Untersuchungshaft durchsetzen zu können.
Da Fehrensen bereits in Bremen gelandet war, wurde er dann gegen 16 Uhr in seinem Haus in Bremen-Oberneuland festgenommen.
Gegen Mittag hatte Mona Petersen am Telefon:
„Glückwunsch Lars, du hattest mit deinen Vermutungen Recht. Fehrensen ist überführt. Wir haben eine eidesstattliche Erklärung von Siems gefunden, in der er bestätigt, dass Fehrensen Dietrich Meiners erschossen hat und zwar nicht aus Versehen, sondern vorsätzlich, weil Reimers den amerikanischen Piloten retten wollte."
Es entstand eine längere Pause. Mona hörte ein langsames Atmen im Telefon:
„Hallo Lars, bist du noch dran?"
„Ja, ich muss das erst einmal verarbeiten. Also wollte Siems mir das alles erzählen und musste das mit dem Tod bezahlen, bitter, sehr bitter. Seid ihr mit der Pflegerin und dem flüchtigen Killer schon weiter?"
Mona verneinte das. Petersen war im Verlaufe des Telefonats nicht sehr gesprächig:
„Lass uns Schluss machen, melde dich morgen lieber wieder. Ich bin irgendwie fertig."
Dann legte er unverhofft auf. Mona war etwas konsterniert.

Dieser große Mann, der manchmal sehr machomäßig rüber kam, zeigte Gefühle. Hoffentlich würde das Gespräch keine gesundheitlichen Folgen haben. Eigentlich war er doch in allem bestätigt worden. Vielleicht trat die Traumatisierung, von der die Psychologin gesprochen hatte, jetzt erst ein. Irgendwie machte sie sich Sorgen um ihn.

Eine Woche später war der Krankenhausaufenthalt für Lars Petersen beendet. Gegen den Rat der Psychologin beharrte er darauf, seine Reha-Maßnahme im Kurzentrum von Wangerooge zu absolvieren. Weil ein längeres Gehen auf Krücken für seine verletzte Schulter eine Gefahr darstellen würde, musste er in den sauren Apfel beißen, seine Rückkehr auf die Insel im Rollstuhl durchzuführen. Er hatte sich mit Händen und Füßen dagegen gewehrt, aber die Ärzte hatten ihm keine Wahl gelassen. Kommissar Wilbert meinte, Petersen etwas schuldig zu sein. Seine ersten Überlegungen zum Tode von Dietrich Reimers hatte er als „Weltkriegsgeschichte“ abgetan. So übernahm er es persönlich, Petersen mit einem VW-Bully der Polizei nach Harlesiel zu fahren. Dort würde Mona, die sich drei Tage Urlaub genommen hatte, den Rekonvaleszenten in Empfang nehmen und ihn auf die Insel begleiten.
Der Wind pfiff recht heftig aus Nordwest über den Parkplatz am Hafen von Harlesiel. Mona Behrens zog den Reißverschluss ihrer wattierten Jacke zu. In einer Viertelstunde würde das Schiff ablegen. Langsam wurde sie ungeduldig. Als sie wieder auf die Uhr sah, durchfuhr ein grünweißer Polizei-Bully den Deichschart des Hafens von Harlesiel. Der Wagen fuhr direkt vor die Gepäckaufgabestelle. Wilbert sprang heraus:
„Moin, Frau Kollegin, passen Sie mir gut auf unsere

Spürnase auf!“
Mit diesen Worten klappte er den Rollstuhl auseinander. Petersen konnte Mona nicht ansehen. Es machte ihm schwer zu schaffen, sich dieser attraktiven Frau als körperliches Wrack zu präsentieren. Mona nahm sein Reisegepäck und brachte es zur Gepäckaufgabestelle. Dann schob sie Petersen kommentarlos über die Rampe auf das Achterdeck der „MS Wangerooge.“
„Lass uns bitte draußen bleiben“, bat er, „nach diesem fürchterlichen Krankenhausgeruch wird mir die Seeluft guttun.“
Mona nickte und versprach zwei Becher Kaffee zu holen. Mittlerweile hatte das Schiff sich in Bewegung gesetzt und quirlte den Hafenschlick auf. Petersen starrte aus seinem Rollstuhl auf das Hafenbecken.
„Hast du eigentlich schlechte Laune oder warum sagst du nichts?“, hörte er von hinten Mona sagen, die zwei Becher dampfenden Kaffee in ihrer Hand hielt.
„Hier im Rollstuhl zu sitzen und das vor dir, das stinkt mir gewaltig“, antwortete er unwirsch.
„Was soll das denn jetzt? Bist du mal wieder im Macho-Modus? Du hast unheimlich viel Schwein gehabt. Um ein Haar wärst du jetzt auf dem Friedhof. Ein bisschen mehr Demut wäre wohl angebracht. Bald kannst du wieder richtig laufen, das ist doch was. Es gibt doch überhaupt nichts, was dir peinlich sein müsste, vor mir schon gar nicht“, mit diesen Worten gab sie ihm den Becher Kaffee. Petersen schwieg. Insgeheim wusste er, dass sie Recht hatte, wie so häufig. Trotzdem quälte ihn die Vorstellung, dass durch seine Nachforschungen ein Mensch sterben musste und er selbst nur knapp dem Tode entronnen war.
„Hast du eigentlich frei?“ fragte er in einem etwas versöhnlicheren Ton.

„Heute habe ich Dienst“, antwortete sie, „ich muss einen alten grimmigen Sauertopf auf die Insel bringen. Danach habe ich drei Tage Urlaub, bevor ich dann wieder nach Oldenburg muss. Ob ich aber drei Tage auf der Insel bleibe, muss ich mir noch überlegen, hängt ganz davon ab, wie sich ein griesgrämiger Polizeibeamter verhält.“
Jetzt musste Petersen grinsen. Er nahm ihre Hand und streichelte sie. Das Schiff hatte die Fahrrinne am Leitdamm verlassen und erhöhte die Geschwindigkeit. Wie so häufig kam ihnen das Beerdigungsschiff, die „MS Horizont“, entgegen. Mona deutete auf das Schiff.
„Da wären wir jetzt um ein Haar drauf gewesen, hätten deine Urne verklappt und ich fürchte die ganze Reise über wären Hans Albers- und Freddy Quinn-Lieder erklungen. Gut, dass ich das nicht aushalten musste.“
Petersen lachte laut:
„Ich fürchte genauso wäre es gewesen.“
In der Inselbahn waren beide alleine in dem Waggon, der für Kinderwagen, Rollstühle und Gäste mit Hunden vorgesehen waren. Diesmal war die Wartezeit kurz, da das Schiff nicht voll gewesen war. Irgendwie kam es ihm vor, als wäre er wieder zu Hause. Vor einem halben Jahr war das noch anders gewesen. Die Versetzung auf die Insel hatte er als Strafe und Tiefpunkt in seinem Leben angesehen. Irgendwie fühle es sich jetzt besser an.
Nachdem die Behindertenrampe an den Waggon geschoben war, rollte Mona ihn langsam auf den Bahnsteig. Er traute seinen Augen nicht. Ein richtiges Empfangskomitee war erschienen. Onno mit seiner Frau Frieda, Harm Gerdes, Sönke Meiners, Rolf Hansen und, er konnte es kaum fassen, auch Bürgermeister Depken, sogar mit einem Blumenstrauß in der Hand, standen dort. Alle umringten ihn, schüttelten seine Hände und übergaben kleine Willkommens-

geschenke. Er war gerührt, wollte es, ganz so wie es seine Art war, sich aber nicht anmerken lassen.

„Mit Kneipe wird das ja wohl in nächster Zeit nichts“, hörte er eine Stimme aus dem Hintergrund sagen, die ihm seltsam bekannt vorkam, „ich hab‘ nämlich keine Behindertentoilette.“

Dann dröhnendes Gelächter. Der Magister stand jetzt vor ihm mit seiner grünen Jacke, auf der stand „war spät gestern.“ Alle begleiteten Mona und ihn bis zum Polizeiposten in der Charlottenstraße. Mit Krücken und Unterstützung von Onno wurde er in die erste Etage des Polizeireviers gebracht. In seiner Wohnung war der Tisch gedeckt und am Fenster hing eine Girlande mit der Aufschrift „Herzlich Willkommen.“ Nun waren Mona und Lars alleine.

„Hast du noch die Wohnung nebenan für die nächsten Tage?“, fragte Lars Mona. Sie nickte,

setzte ihr verführerisches Lächeln auf und schob ihn zum Bett:

„Vielleicht muss ich ja heute Nacht bei dir am Krankenbett bleiben, um dich zu pflegen! Und vielleicht nutzt deine Lieblings Ex-Praktikantin deine Wehrlosigkeit schamlos aus.“

Petersens müde Augen überzog ein melancholischer Glanz.

Epilog

Zwei Tage verbrachte Gerd Fehrensen in Untersuchungshaft. Dann stellte die Kanzlei Monsees und Partner einen Antrag auf Haftprüfung. Vorgelegt wurde ein ärztliches Attest, das die Haftuntauglichkeit auf Grund des schlechten Gesundheitszustands und des hohen Alters von Fehrensen belegen sollte. Der Haftrichter kam diesem Antrag nach. Nach §116 StPO wurde eine Haftverschonung gegen eine Sicherheitsleistung verfügt, was in diesem Fall die Hinterlegung einer Kaution bedeutete. Ferner wurde für Fehrensen die Weisung erteilt, die Wohnung nur unter Aufsicht verlassen zu dürfen. Der Staatsanwaltschaft war bewusst, dass Fehrensen nur nach dem Jugendstrafrecht im Fall des Mordes an Dietrich Reimers zu belangen war, da er zum Zeitpunkt der Tat erst 17 Jahre alt war. Fieberhaft arbeiteten die Ermittlungsbehörden daran, einen Zusammenhang zum Tod von Meinhard Siems und dem Mordanschlag auf Lars Petersen herzustellen. Zu allererst konzentrierte man sich auf den inhaftierten Täter, den Petersen in Notwehr verletzt hatte. Dem Täter wurde eine Strafminderung in Aussicht gestellt, falls er seine Auftraggeber nennen würde. Augenscheinlich stand der Täter mächtig unter Druck. Mehrfach äußerte er die Angst, bei einer Aussage im Gefängnis ermordet zu werden. Die Recherchen im Umfeld des Täters ergaben, dass er bei einer Leiharbeitsfirma angestellt war, die ein Tochterunternehmen der FuSS war. Mit Argwohn beobachtete die Geschäftsleitung der FuSS, dass jetzt auch gegen das Unternehmen ermittelt wurde.
Ein weiterer Umstand kam den Ermittlern entgegen. Die bundesweite Fahndung nach Elena Dimitrov, die mit richtigem Namen Olga Popov hieß und tatsächlich aus

Bulgarien stammte, war von Erfolg gekrönt. Eine Arbeitskollegin erkannte sie. Olga Popov arbeitete bei einer privaten Reinigungsfirma, die in Rotenburg/Wümme die Reinigung in Schulen durchführte. Diese Firma gehörte einem Schwager von Fehrensen Junior.
Olga Popov wurde nach ihrer Verhaftung massiv unter Druck gesetzt und ihr angedroht, sie nach einer Verurteilung in Richtung Bulgarien auszuweisen. Sie hielt dem Druck der Ermittler nicht lange stand. Olga Popov nannte den Namen des Mannes, der ihr die Pflegestelle in Wangerooge beschafft hatte, sie medizinisch instruiert und ihr 50.000 € gezahlt habe. Der Mann mit Namen Rolf Zielke war Prokurist bei FuSS.
Ab diesem Zeitpunkt wurde der Ermittlungsdruck gegen die FuSS immer stärker. Die Firma war immerhin das größte Sicherheitsunternehmen in Bremen und lebte vor allem von Aufträgen der öffentlichen Hand. Die Geschäftsleitung der FuSS entschied sich unter dem stärker werdenden Ermittlungsdruck zu einem Strategiewechsel. Die Kanzlei Monsees und Partner ging auf Grund des Beschlusses des Haftrichters zur Haftverschonung davon aus, dass Gerd Fehrensen selbst bei einer Verurteilung niemals eine Haftanstalt von innen zu Gesicht bekommen würde. Der Prokurist der Firma, der Olga Popov beauftragt hatte, sagte aus, dass er diesen Auftrag von Gerd Fehrensen erhalten habe. Ferner gab die FuSS gegenüber der Staatsanwaltschaft die Erklärung ab, dass es sich bei dem Todesfall Siems, als auch bei dem Mordanschlag auf Kommissar Petersen um einen privaten Rachefeldzug handele, der in keinem Zusammenhang zur FuSS stehe.
Die Staatsanwaltschaft bereitete drei Mordanklagen gegen Gerd Fehrensen vor.
Wenige Tage vor der Eröffnung des Prozesses gegen Fehren-

sen verstarb dieser an einem Herzinfarkt und wurde unter Ausschluss der Öffentlichkeit auf dem Riensberger Friedhof in Bremen beigesetzt. Der durch Lars Petersen angeschossene Täter verpasste es rechtzeitig, gegen Fehrensen und seinen flüchtigen Komplizen eine Aussage zu machen, somit konnte die Kronzeugenregelung nicht greifen. Er wurde zu einer lebenslänglichen Freiheitsstrafe verurteilt. Der zweite Täter, der über das Wattenmeer geflohen war, konnte bisher nicht ermittelt werden.

Olga Popov kam mit einer 10 jährigen Freiheitsstrafe relativ milde davon. Das Gericht honorierte ihre Aussage gegen den Prokuristen der FuSS. Sie wurde nicht nach Bulgarien abgeschoben.

Auch gegen den Prokuristen der FuSS läuft ein Strafverfahren, das aber noch nicht abgeschlossen ist. Seinen Arbeitsplatz hat er mittlerweile verloren.

Nach Abschluss seiner Reha Maßnahme besuchte Lars Petersen Wilhelmine Wiechers, Dietrich Reimers' Schwester, in Bremen. Bei dem geplanten Prozess gegen Gerd Fehrensen wollte sie als Nebenklägerin auftreten.

Am selben Abend lud Lars Petersen seinen Freund Merti zu einem Essen ins „Ristorante da Rocco" ein. Wie üblich endete der Abend mit dem gemeinsamen Singen von italienischen Schlagern.

Die Familie Richards in Nebraska wurde durch einen ausführlichen Brief von Lars Petersen über die wahren Hintergründe des Todes von Dietrich Reimers informiert.

Die Familie lud Petersen zu einem Besuch in Nebraska ein.

Gegenüber Wilhelmine Wiechers bedauerte die Familie Richards in einem langen Brief aufrichtig den fatalen Irrtum, der Darstellung aufgesessen zu sein, dass Dietrich Reimers nicht der Täter, sondern das Opfer war.

Mein ganz besonderer Dank gilt meiner Frau Monika.

***

Vielen Dank an Dittmar E. Fräbel, für seinen zentralen Beitrag zur Korrektur dieses Buches.

**

Danke auch an Birgit Ernst für ihre Unterstützung.

*

Das Buch von Hans-Jürgen Jürgens „Zeugnisse aus unheilvoller Zeit“ hat mich dazu inspiriert, die Geschichte um die Marinehelfer zu entwickeln.

*

Auch wenn die Geschichte in der realen Kulisse Wangerooges und Bremens spielt, ist sie frei erfunden. Anregungen habe ich, wie auch beim ersten Buch, durch die Thekengespräche in der „Kogge“, im „Strandkorb“ und in „Peddy´s Barke“ in Bremen erhalten.

*

Die Szene im „Ristorante da Rocco“ in Bremen kann sich so oder ähnlich tatsächlich abgespielt haben.

*

Eine Ähnlichkeit mit lebenden Personen wäre rein zufällig und ist nicht beabsichtigt.

*

ISBN 978-3-7375-9902-3
9 783737 599023 00006
www.epubli.de